Deine letzte Lüge

Clare Mackintosh

Deine letzte Lüge

Thriller

Aus dem Englischen von
Sabine Schilasky

Weltbild

Die englische Originalausgabe erschien 2018 unter dem Titel *Let me lie* bei Sphere, an imprint of Little, Brown Book Group.

Besuchen Sie uns im Internet:
www.weltbild.de

Genehmigte Lizenzausgabe für Weltbild GmbH & Co. KG,
Werner-von-Siemens-Straße 1, 86159 Augsburg

Übersetzung: Sabine Schilasky
Umschlaggestaltung: Johannes Frick, Neusäß
Umschlagmotiv: © Johannes Frick unter Verwendung von Motiven von Trevillion Images (© Stephen Mulcahey) und Shutterstock (© Runrun2, © Husjak)
Satz: Datagroup int. SRL, Timisoara
Druck und Bindung: CPI Moravia Books s.r.o., Pohorelice
Printed in the EU
ISBN 978-3-95973-774-6

2019 2018
Die letzte Jahreszahl gibt die aktuelle Lizenzausgabe an.

Für Rob, der alles macht.

»Drei Menschen können ein Geheimnis wahren,
wenn zwei von ihnen tot sind.«

Benjamin Franklin

Teil 1

1

Tot zu sein steht mir nicht. Ich trage den Tod wie eine geliehene, schlechtsitzende Jacke, die mir von den Schultern in den Dreck rutscht. Kurz, er passt nicht. Und ist unbequem.

Ich möchte dieses Kostüm abstreifen, es in den Schrank werfen und in meine maßgeschneiderten Sachen schlüpfen. Ich wollte mein altes Leben nicht verlassen, hoffe jedoch auf das nächste – hoffe, dass ich jemand sein kann, der schön und strahlend ist. Denn jetzt bin ich gefangen.

Zwischen zwei Leben.

In der Schwebe.

Es heißt, plötzliche Abschiede sind leichter. Weniger schmerzlich. Was nicht stimmt. Jeder Schmerz, der beim verlängerten Abschied einer langen, schweren Krankheit entsteht, wird übertrumpft von dem schieren Horror eines unerwarteten, unangekündigt geraubten Lebens. Eines gewaltsam genommenen Lebens. Am Tag meines Todes balancierte ich zwischen zwei Welten, und das Auffangnetz unter mir war in Fetzen. In eine Richtung ging es in die Sicherheit; in die andere in die Gefahr.

Ich ging. Ich starb.

Früher machten wir Witze über das Sterben – als wir jung genug, vital genug waren, der Tod etwas war, das anderen widerfuhr.

»Was meinst du, wer als Erster geht?«, fragtest du eines Nachts, als der Wein alle war und wir in meiner Mietwohnung in Balham vor dem elektrischen Kaminfeuer lagen. Deine träge Hand, die meinen Oberschenkel streichelte, milderte die Worte ab. Ich antwortete prompt.

»Du natürlich.«

Und du warfst mir ein Kissen an den Kopf.

Wir waren seit einem Monat zusammen, genossen den Körper des anderen und sprachen über die Zukunft, als gehörte sie jemand anderem. Keine Verpflichtungen, keine Versprechungen – nur Möglichkeiten.

»Frauen leben länger.« Ich grinste. »Das ist eine allgemein bekannte Tatsache. Genetisch bedingt. Das Überleben des Stärkeren. Männer kommen alleine nicht klar.«

Du wurdest ernst, umfingst mein Gesicht mit den Händen, damit ich dich ansah. Im Dämmerlicht waren deine Augen schwarz, und das künstliche Feuer spiegelte sich in deinen Pupillen. »Das stimmt.«

Ich wollte dich küssen, aber du hieltst meinen Kopf fest. Deine Daumen drückten gegen mein Kinn.

»Ich weiß nicht, was ich tun würde, sollte dir irgendwas passieren.«

Ein winziges Frösteln, trotz der Hitze des Feuers, kaum mehr als eine Gänsehaut.

»Hör auf!«

»Ich würde auch sterben.«

Da hatte ich deinen jugendlichen Hang zum Drama gebremst, indem ich deine Hand von meinem Kinn zog. Allerdings hielt ich sie weiter fest, weil ich dich ja nicht kränken wollte. Ich küsste dich, erst sanft, dann fester, bis du dich auf den Rücken gleiten ließest, so dass ich auf dir lag und mein Haar einen Vorhang um unsere Gesichter bildete.

Du wärst für mich gestorben.

Unsere Beziehung war frisch, ein Funke, der ebenso leicht gelöscht wie zu einer Flamme entfacht werden konnte. Ich konnte nicht ahnen, dass du aufhören würdest, mich zu lieben; dass ich aufhören würde, dich zu lieben. Aber ich konnte auch nicht umhin, mich von der Tiefe deines Gefühls und der Intensität deines Blicks geschmeichelt zu fühlen.

Du wärst für mich gestorben, und in dem Moment dachte ich, ich würde vielleicht auch für dich sterben.

Ich hätte nur nie gedacht, dass es einer von uns müsste.

2

Anna

Ella ist acht Wochen alt. Ihre Augen sind geschlossen, und ihre langen dunkeln Wimpern fächern sich auf den Pausbacken, die sich beim Trinken auf und ab bewegen. Eine winzige Hand spreizt sich einem Seestern gleich auf meiner Brust. Ich sitze auf dem Sofa und denke an all die Dinge, die ich tun könnte, solange sie trinkt. Lesen. Fernsehen. In einem Online-Supermarkt stöbern.

Heute nicht.

Heute ist kein gewöhnlicher Tag.

Ich beobachte meine Tochter, und nach einer Weile heben sich ihre Augenlider, und sie fixiert mich mit ihrem Blick, ernst und vertrauensvoll. Ihre Pupillen sind tiefe Seen bedingungsloser Liebe. Mein Spiegelbild darin ist klein, aber klar.

Ellas Saugen wird langsamer. Wir sehen einander an, und mir kommt in den Sinn, dass Muttersein das bestgehütete Geheimnis von allen ist. All die Bücher, die Filme, die Ratschläge in der Welt bereiten einen nicht annähernd auf dieses überwältigende Gefühl vor, alles für ein winziges Wesen zu sein. Oder dass dieses Wesen alles für einen ist. Ich wahre das Geheimnis, verrate es keinem, denn wem soll ich es schon erzählen? Keine zehn Jahre nach der Schule teilen meine Freundinnen das Bett mit Liebhabern, nicht mit Babys.

Ella sieht mich immer noch an, doch allmählich verschwimmt der Fokus ihres Blicks, ähnlich Morgennebel, der sich über eine Landschaft schiebt. Ihre Lider sinken ein wenig, ein bisschen mehr, fallen zu. Ihr Saugen – anfangs immer so ungeduldig, dann rhythmisch, entspannt, wird träger, bis mehrere Sekunden zwischen zwei Schlucken vergehen. Schließlich hört es ganz auf. Sie schläft.

Ich hebe eine Hand und drücke behutsam mit dem Zeigefinger auf meine Brust, um den Kontakt zwischen meiner Brustwarze und Ellas Lippen zu lösen. Dann hake ich meinen Still-BH zu. Ellas Mund setzt die Saugbewegungen noch ein wenig fort, bis sie richtig eingeschlafen ist. Ihre Lippen erstarren in einem vollkommenen »O«.

Ich sollte sie hinlegen und die Zeit nutzen, solange sie schläft. Zehn Minuten? Eine Stunde? Wir sind noch weit von jedweder Routine entfernt. *Routine*. Das war das Losungswort für die neue Mutter, das einzige Gesprächsthema bei den Kaffeetreffen, zu denen mich die Gemeindeschwester verdonnert. *Schläft sie schon durch? Du musst versuchen, ihr Schreien zu kontrollieren. Hast du Gina Ford gelesen?*

Ich nicke, lächle und sage, *ja, ich versuch's*, ehe ich mich einer der anderen jungen Mütter zuwende. Jemand anderem. Weniger herrischem. Denn Routine ist mir egal. Ich will Ella nicht schreien lassen, während ich unten sitze und auf Facebook Beiträge zu »Albtraum Elternschaft« poste!

Es tut weh, nach einer Mutter zu schreien, die nicht kommt. Das muss Ella noch nicht erleben.

Sie regt sich im Schlaf, und der permanente Kloß in meinem Hals schwillt an. Wach ist Ella meine Tochter. Wenn Freunde behaupten, Ähnlichkeiten mit mir zu sehen, oder sagen, wie sehr sie Mark ähnelt, erkenne ich es nie. Ich sehe Ella an und erkenne schlicht Ella. Schläft sie jedoch ... dann sehe ich meine Mutter. Unter diesen Babybäckchen verbirgt sich ein herzförmiges Gesicht, und der Haaransatz ist so ähnlich, dass ich schon vorhersehen kann, wie meine Tochter in Jahren stundenlang vor dem Spiegel stehen und versuchen wird, diesen einen kleinen Wirbel zu korrigieren.

Träumen Babys? Wovon können sie träumen, wenn sie so wenig von der Welt wissen? Ich beneide Ella um ihren Schlaf, und das nicht bloß, weil ich so müde bin, wie ich es vor meinem Baby nie erlebt habe, sondern weil mit dem Schlaf meine Albträume kommen. Sie zeigen mir, was ich unmöglich wissen kann. Mutmaßungen aus Polizeiberichten und den Akten des Untersuchungsgerichts. Ich sehe meine Eltern, ihre Gesichter vom Wasser aufgedunsen und entstellt. Ich sehe Angst in ihren Zügen, als sie von der Klippe stürzen. Ich höre ihre Schreie.

Manchmal ist mein Unterbewusstsein nett zu mir. Ich sehe meine Eltern nicht immer fallen; manchmal sehe ich sie auch fliegen. Ich sehe, wie sie ins Nichts treten, ihre Arme ausbreiten und über das blaue Meer segeln, wo die Gischt in ihre lachenden Gesichter aufsprüht. Dann wache ich sanft auf, mit einem Lächeln auf den Lippen, bis ich meine Augen öffne und mir klar wird, dass alles noch genauso ist, wie es war, als ich sie schloss.

Neunzehn Monate ist es her, dass mein Vater einen Wagen vom Hof seines eigenen Geschäfts nahm – den neuesten und teuersten. Er fuhr die zehn Minuten von Eastbourne nach Beachy Head, wo er das Auto auf dem Parkplatz abstellte, die Türen unverriegelt, und hinauf zur Klippe ging. Auf dem Weg sammelte er Steine, um sich zu beschweren. Dann, als die Flut ihren Höchststand erreicht hatte, warf er sich von der Klippe.

Sieben Monate später, von Sinnen vor Trauer, tat es meine Mutter ihm mit solcher Präzision gleich, dass die Lokalzeitungen von einem »Nachahmungssuizid« sprachen.

Das alles weiß ich so genau, weil ich bei zwei unterschiedlichen Gelegenheiten mitanhören musste, wie uns der Coroner diese Abläufe Schritt für Schritt schilderte. Ich saß mit Onkel Billy da und lauschte dem ruhigen, aber schmerzlich gründlichen Bericht von zwei gescheiterten Rettungseinsätzen der Küstenwache. Ich starrte auf meinen Schoß, während Experten ihre Angaben zum Tidenwechsel, zu Überlebensraten und Sterbestatistiken machten. Und ich schloss meine Augen, als der Coroner Suizid als Todesursache festlegte.

Meine Eltern starben im Abstand von sieben Monaten, doch weil die Taten miteinander in Verbindung standen, fanden die Anhörungen vorm Untersuchungsgericht in derselben Woche statt. In jenen zwei Tagen erfuhr ich eine Menge, nur nicht das, worauf es wirklich ankam.

Warum sie es taten.

Vorausgesetzt, sie *hatten* es getan.

Die Fakten sind unanfechtbar. Abgesehen von der Tatsache, dass meine Eltern nicht suizidgefährdet gewesen waren. Sie waren nicht depressiv, litten nicht unter Angststörungen. Sie waren die letzten Menschen, von denen ich jemals erwartet hätte, dass sie ihr Leben aufgeben würden.

»Psychische Probleme sind nicht immer offensichtlich«, sagt Mark, wenn ich es anspreche, wobei keine Spur von Ungeduld durchklingt, weil das Gespräch – mal wieder – darauf kommt. »Die fähigsten, heitersten Leute können Depressionen haben.«

Im Laufe des letzten Jahres habe ich gelernt, meine Theorien für mich zu behalten; nichts vom Zynismus durchblicken zu lassen, der unter meiner Trauer schlummert. Niemand sonst hat irgendwelche Zweifel. Niemand sonst ist beunruhigt.

Andererseits kannte wohl auch keiner meine Eltern so wie ich.

Das Telefon läutet. Ich lasse den Anrufbeantworter anspringen, aber der Anrufer spricht nicht aufs Band. Stattdessen vibriert das Handy in meiner Tasche, und ich weiß schon, bevor ich hinsehe, dass es Mark ist.

»Zufällig unter einem schlafenden Baby?«

»Wie hast du das bloß erraten?«

»Wie geht es ihr?«

»Sie trinkt quasi alle halbe Stunde. Ich versuche dauernd, mit dem Kochen anzufangen, und komme keinen Schritt weiter.«

»Lass ruhig, das kann ich übernehmen, wenn ich zu Hause bin. Wie fühlst du dich?« Sein Ton verändert sich so minimal, dass es keinem außer mir auffallen würde. Da schwingt noch etwas anderes mit. Wie fühlst du dich *heute, an diesem Tag?*

»Ganz okay.«

»Ich kann nach Hause kommen …«

»Nein, mir geht es gut, ehrlich.«

Mark würde nur sehr ungern seinen Kurs nach der ersten Hälfte abbrechen. Er sammelt Fortbildungen wie andere Leute Bierdeckel oder ausländische Münzen; inzwischen hat er so viele

Abkürzungen zusammen, dass sie nicht mehr hinter seinen Namen passen. Alle paar Monate druckt er neue Visitenkarten, und die unwichtigsten Buchstabenkombinationen fallen hinten raus, geraten in Vergessenheit. Der heutige Kurs heißt »Der Wert der Empathie in der Klient-Therapeut-Beziehung«. Mark braucht ihn nicht; seine Empathiefähigkeit war in dem Moment offensichtlich, in dem ich durch seine Tür trat.

Er ließ mich weinen. Schob mir eine Schachtel Papiertaschentücher hin und sagte, ich solle mir Zeit lassen. Anfangen, wenn ich so weit bin, keine Sekunde früher. Und als ich aufhörte zu weinen, aber immer noch keine Worte fand, erzählte er mir von den Stadien der Trauer – Leugnen, Wut, Verhandeln, Depression, Akzeptanz –, und mir wurde bewusst, dass ich noch im ersten Stadium festhing.

Wir hatten vier Sitzungen hinter uns, da holte Mark tief Luft und sagte mir, dass er mich nicht mehr behandeln könne. Ich fragte ihn, ob es an mir läge, und er antwortete, es gäbe einen Interessenkonflikt und dies hier wäre schrecklich unprofessionell, aber ob ich eventuell mal mit ihm essen gehen würde.

Er war älter als ich – altersmäßig näher an meiner Mutter als mir – und mir immer dementsprechend selbstbewusst erschienen. Doch nun konnte ich auch die sorgfältig beherrschte Nervosität wahrnehmen.

Ich zögerte nicht. »Ja, sehr gerne.«

Hinterher sagte er, ihn würde der Abbruch meiner Therapie stärker belasten als das ethische Dilemma, etwas mit einer Klientin anzufangen. *Früheren* Klientin, hatte ich erwidert.

Ihm ist bis heute nicht ganz wohl dabei. Ich erinnere ihn jedes Mal, dass Menschen sich an allen erdenklichen Orten begegnen. Meine Eltern lernten sich in einem Londoner Nachtclub kennen; seine sich in der Tiefkühlabteilung von Marks & Spencer. Und er und ich begegneten uns in einer Wohnung im siebten Stock eines Hochhauses in Putney, in einem Sprechzimmer mit Ledersesseln, weichen Wolldecken und mit einem Schild an der Tür: MARK HEMMINGS. PSYCHOTHERAPEUT. TERMINE NUR NACH VEREINBARUNG.

»Wenn du meinst. Gib Ella-Bella einen Kuss von mir.«

»Bye.« Ich lege zuerst auf, und ich weiß, dass er sich das Telefon an die Lippen presst, wie er es immer tut, wenn er tief in Gedanken versunken ist. Er wird nach draußen gegangen sein, um mich anzurufen, verzichtet dafür auf Kaffee, Netzwerken oder was dreißig Therapeuten eben so tun, wenn sie aus einem Seminarraum kommen. Gleich wird er zu den anderen zurückkehren und die nächsten Stunden nicht verfügbar sein, weil er an seiner Empathie im Zusammenhang mit einem erfundenen Problem arbeitet. Vorgetäuschte Sorge. Fiktive Trauer.

Er würde gerne an meiner arbeiten, aber ich lasse ihn nicht. Ich habe die Therapie abgebrochen, als mir klar wurde, dass kein Reden der Welt meine Eltern zurückbringen konnte. Man erreicht einen Punkt, an dem der Schmerz im Innern zur schlichten Traurigkeit wird. Und die lässt sich nicht heilen.

Trauer ist kompliziert. Sie schwappt auf und ab und hat so viele Facetten, dass ich Kopfweh bekomme, wenn ich versuche, sie zu zerpflücken. Ich halte Tage durch, ohne zu weinen, und dann wieder kann ich vor lauter heftigem Schluchzen kaum atmen. Mal lache ich mit Onkel Billy über irgendwas Blödes, das mein Vater früher gemacht hat; im nächsten Augenblick bin ich voller Wut auf seinen Egoismus. Hätte mein Vater sich nicht umgebracht, hätte es meine Mutter auch nicht getan.

Die Wut ist das Schlimmste. Diese glühende Rage, der unweigerlich Schuldgefühle folgen.

Warum haben sie es getan?

Millionen Male bin ich in Gedanken die Tage vor dem Tod meines Vaters durchgegangen, habe mich gefragt, ob wir irgendwas hätten tun können, es zu verhindern.

Dein Dad wird vermisst.

Stirnrunzelnd hatte ich auf die Textnachricht gesehen und nach einem versteckten Witz gesucht. Ich wohnte noch bei meinen Eltern, war jedoch über Nacht bei einer Tagung in Oxford und saß gerade mit einer Kollegin aus London morgens beim Kaffee. Ich entschuldigte mich, um meine Mutter anzurufen.

»Was soll das heißen, er wird vermisst?«

Meine Mutter redete wirr. Sie sprach langsam, als müsse sie die Worte aus Untiefen hervorwühlen. Sie hatten sich den Abend zuvor gestritten; mein Vater war in den Pub geflohen. So weit war alles normal. Ich hatte mich längst damit abgefunden, dass die Beziehung meiner Eltern recht stürmisch war. Wobei die Böen sich genauso schnell beruhigten, wie sie herbeigefegt waren. Nur dass mein Vater diesmal nicht nach Hause gekommen war.

»Ich dachte, dass er vielleicht bei Bill geschlafen hat«, sagte sie, »aber jetzt bin ich bei der Arbeit, und Bill hat ihn nicht gesehen. Ich bin ganz krank vor Sorge, Anna!«

Ich verließ die Tagung sofort. Nicht, weil ich mich um meinen Vater sorgte, sondern weil ich mir Gedanken um meine Mutter machte. Sie achteten beide sehr darauf, den Anlass ihrer Streitereien vor mir zu verbergen, doch die Nachwehen hatte ich zu oft miterlebt. Mein Vater verschwand – zur Arbeit, auf den Golfplatz oder in den Pub. Und meine Mutter versteckte sich im Haus und tat mir gegenüber, als hätte sie nicht geweint.

Bis ich zu Hause eintraf, war alles vorbei. In der Küche standen Polizisten, die ihre Mützen in den Händen hielten. Meine Mutter zitterte so sehr, dass sie einen Sanitäter gerufen hatten, um ihr etwas gegen den Schock zu geben. Onkel Billy war dort, kreidebleich vor Kummer. Laura, das Patenkind meiner Mutter, machte Tee und vergaß, Milch hineinzutun. Keiner von uns nahm es richtig wahr.

Ich las die Textnachricht, die mein Vater geschickt hatte.

Ich schaffe das nicht mehr. Die Welt wird ohne mich ein besserer Ort sein.

»Ihr Vater hat einen Wagen von der Arbeit genommen.« Der Polizist war ungefähr im Alter meines Vaters, und ich fragte mich, ob er Kinder hatte. Ob sie ihn für selbstverständlich nahmen. »Die Kameras zeigen, wie der Wagen gestern spätabends in Richtung Beach Head fuhr.« Meine Mutter stieß einen erstickten Schrei aus. Ich sah Laura, die zu ihr ging, um sie zu trösten; ich konnte das nicht. Ich war wie erstarrt, wollte nichts hören und hörte doch genau hin.

»Officers reagierten auf einen Notruf gegen halb zehn heute Morgen.« PC Pickett blickte in seine Notizen. Ich vermutete, es war leichter, als uns anzusehen. »Eine Frau berichtete, dass sie einen Mann gesehen hatte, der einen Rucksack mit Steinen füllte, seine Brieftasche und sein Handy auf die Erde legte und über den Klippenrand trat.«

»Und sie hat nicht versucht, ihn *zurückzuhalten?*« Ich wollte eigentlich nicht schreien, und Onkel Billy legte mir eine Hand auf die Schulter. Ich schüttelte ihn ab, wandte mich den anderen zu. »Sie hat einfach zugeguckt, wie er sprang?«

»Es ging alles sehr schnell. Die Anruferin war aufgelöst, wie Sie sich vorstellen können.« Zu spät erkannte PC Pickett, wie ungeschickt dieser letzte Halbsatz war.

»*Sie* war aufgelöst, ja? Was dachte sie denn, wie mein Dad sich fühlte?« Ich wirbelte herum, suchte in den Gesichtern der anderen nach Unterstützung, bevor ich mich wieder den Polizisten zuwandte. »Haben Sie sie befragt?«

»Anna«, sagte Laura leise.

»Woher wissen Sie, dass sie ihn nicht gestoßen hat?«

»Anna, das hilft jetzt keinem.«

Ich wollte widersprechen, doch dann sah ich, wie sich meine Mutter leise schluchzend an Laura lehnte. Bei dem Anblick verließ mich jeder Kampfgeist. Ich trauerte, aber Mum trauerte mehr. Also ging ich zu ihr, kniete mich neben sie, nahm ihre Hand und fühlte, wie Tränen meine Wangen nässten, noch ehe mir bewusst wurde, dass ich weinte. Meine Eltern waren sechsundzwanzig Jahre zusammen gewesen. Sie hatten zusammen gelebt – und gearbeitet – und sich trotz aller Höhen und Tiefen geliebt.

PC Pickett räusperte sich. »Die Beschreibung passt auf Mr Johnson. Wir waren innerhalb von Minuten vor Ort. Sein Wagen wurde auf dem Parkplatz vom Beachy Head gefunden, und am Klippenrand fanden wir ...« Er brach ab und zeigte zu einer Beweismitteltüte auf dem Küchentisch. Darin konnte ich das Handy meines Vaters und seine braune Brieftasche sehen. Aus dem Nichts fiel mir ein Witz ein, den Onkel Billy dauernd riss, über die Motten in den Jackentaschen meines Vaters, und für eine Sekunde dachte ich, ich würde gleich losprusten vor Lachen. Stattdessen weinte ich und hörte drei Tage nicht mehr auf.

Mein rechter Arm unter Ella ist eingeschlafen. Ich ziehe ihn hervor und wackle mit den Fingern. Ein Kribbeln setzt ein, als das Blut zurück in die Extremitäten strömt. Plötzlich werde ich unruhig. Mit jener neuen Wendigkeit, wie sie junge Mütter erwerben und die eines Royal Marines würdig wäre, winde ich mich unter der schlafenden Ella hervor und sichere die Kleine mit Kissen auf dem Sofa. Dann stehe ich auf und strecke meine vom zu vielen Sitzen steifen Glieder.

Mein Vater hatte nie unter Depressionen oder Angststörungen gelitten.

»Hätte er es im Fall des Falles denn erzählt?«, fragte Laura. Wir sitzen in der Küche – Laura, meine Mutter und ich. Die Polizei und die Nachbarn waren gegangen, und wir saßen benommen bei einer Flasche Wein, der zu sauer schmeckte. Lauras Frage war nicht unberechtigt, selbst wenn ich sie nicht gelten lassen wollte. Mein Vater entstammte einer langen Linie von Männern, nach deren Überzeugung nur »Schwuchteln« über »Gefühle« redeten.

Was auch der Grund gewesen sein mochte, sein Selbstmord kam aus dem Nichts und stürzte uns alle in tiefe Trauer.

Mark – und sein Nachfolger, nachdem er gefunden war – wollten, dass ich mich durch die Wut arbeitete, die ich in Bezug auf den Tod meines Vaters empfand. Ich biss mich an sechs Worten des Coroners fest.

Nicht im Vollbesitz seiner geistigen Kräfte.

Sie halfen mir, den Mann von der Tat zu trennen, zu begreifen, dass es bei Suizid nicht darum ging, die zu verletzen, die er zurückließ. Vielmehr legte seine letzte Nachricht nahe, dass er wirklich glaubte, wir könnten ohne ihn glücklicher sein. Nichts läge ferner als das.

Noch schwerer, als mit dem Suizid meines Vaters fertigzuwerden, war das, was als Nächstes geschah. Zu ergründen, warum meine Mutter – nachdem sie am eigenen Leib erfahren hatte, was ein Selbstmord an Schmerz auslöst, und mich um meinen Vater weinen sah –, warum sie mich zwang, das noch einmal durchzumachen.

Mein Puls surrt in meinen Ohren wie eine Wespe an einer Glasscheibe. Ich gehe in die Küche und trinke schnell ein Glas Wasser, bevor ich die Hände auf die Granitarbeitsplatte stemme und mich über das Spülbecken beuge. Im Geiste höre ich meine Mutter, wie sie beim Abwaschen singt oder an meinem Vater herumnörgelt, ob er denn nicht *alle Jubeljahre mal selbst seinen Dreck wegräumen* könne. Ich sehe Mehlwolken aufstieben, als ich meine ersten, schrecklich süßen Kuchenteige in der Steingutschüssel meiner Mutter rühre. Ihre Hände an meinen – die Kekse oder kleine Pasteten formten. Und später, als ich wieder nach Hause zog, wie wir uns abwechselten, am Aga-Herd zu lehnen, während die andere Abendessen kochte. Mein Vater in seinem Arbeitszimmer oder vorm Fernseher im Wohnzimmer. Wir Frauen in der Küche – aus eigenem Antrieb, nicht weil sich es so gehörte –, die sich beim Kochen unterhalten.

In diesem Raum fühle ich mich meiner Mutter am nächsten. Und hier tut es am meisten weh.

Ein Jahr ist es heute auf den Tag genau her.

Trauernde Witwe stürzt sich in den Tod, hieß es in der *Gazette*. *Seelsorger fordert Schwärzung von Suizid-Hotspot*, lautete eine unfreiwillig komische *Guardian*-Überschrift.

»Du hast es gewusst«, flüstere ich. Auch wenn ich mir ziemlich sicher bin, dass Selbstgespräche kein Indiz für einen gesunden Geist sind, kann ich mich keine Sekunde länger beherrschen. »Du hast gewusst, wie weh es tut, und es trotzdem gemacht.«

Ich hätte auf Mark hören sollen und mir für heute etwas vornehmen. Eine Ablenkung. Ich hätte Laura anrufen können. Mich zum Essen verabreden. Einkaufen gehen. Irgendwas anderes, nur nicht im Haus hocken, immer wieder über dasselbe nachgrübeln und mich damit quälen, dass sich heute der Todestag meiner

Mutter jährt. Es gibt keinen logischen Grund, warum der heutige Tag schwerer sein sollte als jeder andere. Meine Mutter ist heute nicht toter, als sie gestern war; nicht lebendiger, als sie es morgen sein wird.

Und dennoch ...

Ich hole tief Luft und versuche, mich aus dieser Schleife zu reißen. Einen Tick zu laut stelle ich mein Glas in die Spüle, als würde eine hörbare Zurechtweisung meiner selbst etwas ändern. Ich werde mit Ella in den Park gehen. Wir können eine große Runde drehen, um Zeit totzuschlagen, und auf dem Rückweg kaufen wir fürs Abendessen ein. Dann kommt Mark bald nach Hause, und dieser Tag wird beinahe vorbei sein. Abrupte Entschlossenheit ist ein alter Trick, aber er funktioniert. Der Schmerz in meiner Brust wird weniger, und der Druck hinter meinen Augen schwindet.

Man tut als ob, bis man es kann, sagt Laura immer. *Zieh dich für den Job an, den du willst, nicht für den, den du hast*, ist noch so ein Lieblingsspruch. Sie meint damit zwar die Arbeitswelt (man muss sehr genau hinhören, um zu erkennen, dass ihr Eton-Akzent antrainiert, nicht vor Ort erworben wurde), aber das Prinzip ist dasselbe. Gib vor, dass es dir gut geht, dann hast du bald wirklich das Gefühl, dir ginge es gut. Und über kurz oder lang stimmt es dann auch, dir geht es gut.

Am letzten Teil arbeite ich noch.

Ich höre ein Quieken, das bedeutet, dass Ella wach ist. Als ich halb durch die Diele bin, sehe ich etwas aus dem Briefschlitz vorlugen. Entweder wurde es direkt gebracht, oder es hat sich dort verfangen, als der Postbote seine Runde machte. Jedenfalls habe ich es am Morgen, beim Einsammeln der Post von der Fußmatte, nicht gesehen.

Es ist eine Karte. Heute Morgen waren schon zwei gekommen – beide von Schulfreundinnen, die mit Trauer besser umgehen können, solange sie die auf Armeslänge halten – und ich bin gerührt, wie viele Menschen auf diese Weise an ein bestimmtes Datum denken. Am Jahrestag vom Selbstmord meines Vaters hatte jemand einen Auflauf mit einer sehr kurzen Nachricht vor meine Tür gestellt.

Einfrieren oder aufwärmen. Ich denke an dich.

Bis heute weiß ich nicht, wer dafür verantwortlich war. Viele der Beileidskarten, die nach dem Tod meiner Eltern kamen, spielten auf die Autos an, die sie über die Jahre verkauft hatten. So viele Geschichten. Von Schlüsseln, die allzu selbstbewussten Jugendlichen und überängstlichen Eltern ausgehändigt wurden. Von Sportwagen, die gegen Familienkutschen eingetauscht wurden. Von Autos zur Feier von Beförderungen, runden Geburtstagen, Ruhestandsbeginn. Meine Eltern hatten in zahlreichen Leben eine Rolle gespielt.

Die Adresse ist auf einen Aufkleber getippt, der Poststempel in der oberen rechten Ecke verschmiert. Die Karte ist aus dickem, teurem Papier und nur mühsam aus dem Umschlag zu ziehen.

Ich starre das Bild an.

Grelle Farben tanzen über die Seite: eine Umrandung aus rosa Rosen, deren Stämme und grünen Blätter ineinander verschlungen sind. In der Mitte zwei Sektgläser, die zusammenstoßen. Der Gruß ist geprägt und mit Glitzer verziert.

Glückwunsch zum Jahrestag!

Ich zucke zurück, als sei ich geschlagen worden. Ist das ein kranker Scherz? Ein Irrtum? Irgendeine wohlmeinende, kurzsichtige Bekanntschaft, die sich am Kartenständer vergriffen hat? Ich öffne die Karte.

Die Nachricht drinnen ist ebenfalls getippt. Aus billigem Papier ausgeschnitten und eingeklebt.

Das hier ist kein Versehen.

Meine Hände zittern, so dass die Worte vor meinen Augen verschwimmen. Die Wespe in meinem Ohr surrt lauter. Ich lese die Botschaft noch einmal.

Selbstmord? Von wegen.

3

So hatte ich nicht gehen wollen. Nein, nicht so.

Wenn ich mir meinen Tod vorstellte, dann malte ich mir einen verdunkelten Raum aus. Unser Schlafzimmer. Aufgeklopfte Kissen hinter meinem Rücken, ein Glas Wasser, das meine Lippen berührt, weil meine eigenen Hände schon zu schwach sind, es zu halten. Morphium, um die Schmerzen zu lindern. Besucher, die einer nach dem anderen auf Zehenspitzen hereinkommen, um sich zu verabschieden; du mit geröteten Augen, aber stoisch, als du ihre freundlichen Worte anhörst.

Und ich; schrittweise mehr schlafend als wach, bis ich eines Morgens gar nicht aufwache.

Früher behauptete ich gern, dass ich im nächsten Leben als Hund zur Welt kommen wolle.

Wie sich herausstellt, hat man keine große Wahl.

Man nimmt, was kommt, ob es einem passt oder nicht. Eine Frau genau wie du. Älter, hässlicher. Das oder nichts.

Es fühlt sich seltsam an, ohne dich zu sein.

Sechsundzwanzig Jahre waren wir zusammen. Beinahe genauso lange verheiratet. In guten wie in schlechten Zeiten. Du in einem Anzug, ich in einem Empire-Kleid, das meinen Fünf-Monats-Bauch verbergen sollte. Ein neues gemeinsames Leben.

Und jetzt nur ich. Einsam. Verängstigt. Fremd, im bloßen Schatten eines Lebens, das ich einst in vollen Zügen genossen hatte.

Nichts ist so gekommen, wie ich geglaubt hatte.

Und jetzt dies.

Selbstmord? Von wegen.

Die Worte sind nicht unterzeichnet. Anna wird nicht wissen, von wem sie kommen.

Aber ich weiß es. Ich habe das ganze letzte Jahr nur darauf gewartet, während ich mir einredete, dass Stille Sicherheit bedeutete.

Tut sie nicht.

Ich erkenne Hoffnung in Annas Gesicht; sie erhofft sich Antworten auf die Fragen, die sie nachts wachhalten. Ich kenne unsere Tochter. Sie wollte nie glauben, dass du und ich freiwillig von jener Klippe gesprungen sind.

Sie hat recht.

Ich sehe auch mit schmerzlicher Klarheit, was nun geschehen wird. Anna wird zur Polizei gehen. Eine Ermittlung verlangen. Sie wird um die Wahrheit kämpfen, nicht ahnend, dass die Wahrheit nichts als noch mehr Lügen bereithält. Noch mehr Gefahr.

Von wegen.

Was du nicht weißt, macht dich nicht heiß. Ich muss verhindern, dass Anna zur Polizei geht. Ich muss sie davon abhalten, die Wahrheit herauszufinden, bevor ihr etwas zustößt.

An dem Tag, an dem ich zum Beachy Head fuhr, glaubte ich, nichts mehr von meinem alten Leben wiederzusehen. Anscheinend lag ich falsch.

Ich muss das hier verhindern.

Ich muss wieder nach unten.

4

Anna

Ich rufe Mark zurück, spreche ihm eine Nachricht wegen der Karte auf die Mailbox. Ich merke selbst, wie wenig Sinn meine Worte ergeben, atme tief durch und erkläre es noch mal.

»Ruf mich an, sobald du das hier abhörst«, ende ich.

Selbstmord? Von wegen.

Die Bedeutung ist klar.

Meine Mutter wurde ermordet.

Meine Nackenhaare sträuben sich immer noch, und ich drehe mich langsam um, blicke zu der breiten Treppe hinter mir, den offenen Türen zu beiden Seiten und den bodentiefen Fenstern zum Garten. Dort ist niemand. Natürlich nicht. Doch die Karte hat mir eine solche Angst eingejagt, als wäre jemand ins Haus eingebrochen und hätte sie mir direkt in die Hand gedrückt. Es fühlt sich nicht mehr an, als seien Ella und ich allein im Haus.

Hastig stopfe ich die Karte zurück in den Umschlag. Ich muss hier raus.

»Rita!«

Es ist Rascheln aus der Küche zu hören, gefolgt vom schlitternden Tapsen kleiner Krallen auf den Fliesen. Rita ist teils Zypernpudel, teils diverse andere Rassen. Sie hat rotbraune Brauen, die ihr über die Augen und um die Schnauze herumfallen, und wenn sie im Sommer getrimmt wird, leuchten die weißen Flecken in ihrem Fell wie Schnee. Begeistert schleckt sie mich ab.

»Wir gehen spazieren.«

Das muss man ihr nie zweimal sagen, und auch jetzt flitzt sie zur Haustür, wo sie den Kopf zur Seite neigt und mich ungeduldig betrachtet. Der Kinderwagen steht in der Diele unter der Treppenbiegung, und ich stecke die anonyme Karte in den Einkaufskorb unten, schiebe sie tief unter eine Decke. Als würde sie sich in Luft auflösen, sobald ich sie nicht mehr sehe. Ich nehme Ella hoch, als sie gerade von gurrender Zufriedenheit zu Nörgelei wechselt.

Selbstmord? Von wegen.

Ich wusste es. Ich habe es immer gewusst. Meine Mutter besaß eine Stärke, von der ich mir nur ein Zehntel wünschte – ein Selbstvertrauen, um das ich sie bis heute beneide. Sie gab nicht auf. Und sie hätte ganz sicher nicht ihr Leben aufgegeben.

»Gehen wir mal an die frische Luft, ja?«

Ella sucht wieder nach meiner Brust, doch dafür haben wir keine Zeit. Ich will nicht eine Minute länger im Haus bleiben. Eilig hole ich die Wickeltasche aus der Küche und überprüfe, ob alles drin ist – Windeln, feuchte Reinigungstücher, Spucktücher – und werfe mein Portemonnaie und die Hausschlüssel hinein. Dies ist gewöhnlich der Moment, in dem Ella ihre Windel füllt oder sich so vollspuckt, dass sie komplett umgezogen werden muss. Vorsichtig schnuppere ich an ihrem Po und stelle fest, dass alles sauber ist.

»Gut, gehen wir!«

Vor dem Haus führen drei Stufen hinunter zur Kiesfläche vorn und dem Gehweg. Jede der Stufen ist in der Mitte eingesunken von unzähligen Füßen, die sie über die Jahre abgenutzt haben. Als Kind hüpfte ich zuerst von der untersten Stufe, bis ich mit den Jahren sicherer wurde und – begleitet vom »Sei vorsichtig!« – von der obersten springen und sicher auf der Auffahrt landen konnte, die Arme im Triumph gereckt.

Mit Ella auf dem Arm rolle ich den Kinderwagen die Stufen hinunter, bevor ich sie hineinlege und die Decken rund um meine Tochter feststecke. Ein Ende der Frostperiode zeichnet sich nicht ab, und Reif glitzert auf dem Gehweg. Der Kies knirscht dumpf, als gefrorene Steinklumpen unter meinen Schritten brechen.

»Anna!«

Unser Nachbar, Robert Drake, steht auf der anderen Seite des schwarzen Zauns, der unser Haus von seinem trennt. Die Häuser hier sind identisch: dreigeschossig im georgianischen Stil mit lang gestreckten Gärten nach hinten raus und schmalen Pfaden, die zwischen den Häusern verlaufen. Meine Eltern zogen 1992 nach Eastbourne, als mein unerwartetes Erscheinen ihrem Londoner Leben ein Ende setzte und sie in die Ehe katapultierte. Mein verstorbener Großvater hatte dieses Haus gekauft, zwei Straßen entfernt von dem, in dem mein Vater aufwuchs, und es bar bezahlt (»Ist die einzige Währung, auf die die Leute hören, Annie«). Ich nehme an, dass er erheblich weniger bezahlte als Robert, der fünfzehn Jahre später das Haus nebenan kaufte.

»Ich habe an dich gedacht«, sagt Robert. »Es ist heute, nicht wahr?« Er lächelt mir mitfühlend zu und neigt den Kopf zur Seite. Es erinnert mich an Rita, nur dass Ritas Blick warm und vertrauensvoll ist, während Roberts ...

»Deine Mutter«, ergänzt er für den Fall, dass ich ihm nicht folgen kann. Dabei hat er einen gereizten Unterton, als sollte ich mich dankbarer für sein Mitgefühl zeigen.

Robert ist Chirurg, und obwohl er ausnahmslos freundlich zu uns ist, hat er diesen eindringlichen, fast klinischen Blick, bei dem ich mir immer vorkomme, als läge ich auf seinem OP-Tisch. Er lebt allein und spricht mit jener Distanz von den Nichten und Neffen, die ihn gelegentlich besuchen, wie sie ein Mann wahrt, der nie eigene Kinder hatte und auch nie wollte.

Ich schlinge Ritas Leine um den Kinderwagengriff. »Ja, es ist heute. Nett von dir, dass du daran denkst.«

»Jahrestage sind immer bitter.«

Mehr Plattitüden halte ich nicht aus. »Ich will gerade mit Ella spazieren fahren.«

Robert scheint froh über den Themenwechsel. Er späht durch den Zaun. »Ist die aber gewachsen!« Es sind so viele Decken um Ella gewickelt, dass er es unmöglich erkennen kann, trotzdem stimme ich zu und erzähle ihm, wo sie in der Perzentilenkurve steht, was wahrscheinlich schon mehr ist, als er wissen will.

»Hervorragend! Sehr gut. Tja, dann lasse ich euch mal losziehen.«

Die Einfahrt ist so breit wie das Haus, jedoch nur gerade eben lang genug für Autos. Die Flügel des Eisentors lehnen am Zaun, und solange ich denken kann, war das Tor noch nie geschlossen. Ich verabschiede mich und schiebe den Kinderwagen aus der Einfahrt auf den Gehweg. Auf der anderen Straßenseite ist ein Park, der mit seiner aufwendigen Bepflanzung und den vielen Schildern, was man alles nicht betreten darf, eher für Erwachsene angelegt ist. Meine Eltern haben Rita hier abwechselnd abends spät ausgeführt, und nun zerrt sie an der Leine, aber ich ziehe sie zurück und gehe in Richtung Innenstadt. Am Ende der Reihe freistehender Häuser biege ich nach rechts. Ich schaue mich noch einmal zu Oak View um und sehe, dass Robert nach wie vor in seiner Einfahrt steht. Er wendet den Blick ab und geht zurück in sein Haus.

Wir spazieren die Chestnut Avenue entlang, wo blitzblanke Zäune noch mehr Stadthäuser einrahmen. Lorbeerbäume stehen Wachposten gleich in den Vorgärten, von blinkenden Lichterketten behängt. Eines oder zwei der riesigen Häuser in der Avenue wurden in Wohnungen aufgeteilt, doch die meisten sind nach wie vor Einfamilienhäuser, bei denen die großzügigen Eingänge nicht von Klingelbrettern und Briefkästen verunstaltet werden. Weihnachtsbäume stehen in Erkern, und hier und da sehe ich durch die Fenster Leben in den Zimmern dahinter. In dem ersten lümmelt sich ein Teenager auf einem Sofa; in dem zweiten rennen kleine Kinder durchs Zimmer, aufgedreht von der Feiertagsstimmung. In Nummer sechs sitzt ein altes Ehepaar und liest Zeitung.

Die Tür zu Nummer acht ist weit offen. Eine Frau – Ende vierzig, schätze ich – steht dort, hinter ihr eine in einem schicken Grauton gestrichene Diele. Sie hat eine Hand an der Tür. Ich nicke ihr zu, doch obwohl sie die Hand hebt, richtet sich ihr Lächeln auf ein harmlos kabbelndes Trio, das einen Tannenbaum vom Auto ins Haus schafft.

»Vorsicht, ihr lasst ihn noch fallen!«

»Weiter nach links. Passt auf die Tür auf!«

Das junge Mädchen lacht lauthals, und ihr ungeschickter Bruder grinst schief.

»Ihr müsst ihn über den Zaun heben.«

Der Vater, der alles dirigiert, im Weg steht und sichtlich stolz auf seine Kinder ist.

Für eine Sekunde schmerzt es so sehr, dass ich keine Luft bekomme. Ich kneife die Augen zu. Mir fehlen meine Eltern schrecklich, und das zu unterschiedlichen Zeiten und Gelegenheiten, die ich nie vorausgesehen hätte. Zwei Weihnachten zuvor wären das mein Vater und ich mit dem Baum gewesen und meine Mutter, die uns scherzhaft von der Tür aus zurechtweist. Es hätte Schachteln mit Roses-Schokolade gegeben, zu viel Alkohol und genug Essen für die Speisung der Fünftausend. Laura, die mit einem Berg von Geschenken ankam, falls sie gerade einen neuen Job gefunden hatte; Gutscheine und Entschuldigungen, falls sie gerade einen verloren hatte. Mein Vater und Onkel Billy, die sich wegen Quatsch streiten und eine Münze werfen, um eine Wette zu entscheiden. Meine Mutter, die gefühlsduselig wird und »Driving Home for Christmas« auf dem CD-Player anstellt.

Mark würde sagen, dass ich alles durch eine rosarote Brille sehe, aber ich kann unmöglich die Einzige sein, die sich nur an die schönen Zeiten erinnern will. Und ob weichgezeichnet oder nicht, mein Leben hat sich für immer verändert, als meine Eltern starben.

Selbstmord? Von wegen.

Kein Selbstmord. Mord.

Jemand raubte mir mein altes Leben. Jemand brachte meine Mutter um. Und wenn sie meine Mutter töteten, ist der logische Schluss, dass auch mein Vater sich nicht selbst das Leben nahm. Meine beiden Eltern wurden ermordet.

Ich umfasse den Griff von Ellas Kinderwagen fester, denn mir wird leicht schwindlig bei dem Gedanken, dass ich monatelang wütend auf meine Eltern war – weil sie sich über die erhoben, die sie zurückließen. Vielleicht ist es falsch gewesen, ihnen die Schuld zu geben. Vielleicht war es nicht ihre Entscheidung, mich zu verlassen.

Das Autohaus Johnson's Cars ist an der Ecke Victoria Road und Main Street, ein hell erleuchteter Glasbau an der Stelle, wo Läden und Friseursalons den Wohnanlagen und Häusern am Stadtrand weichen. Die flatternden Wimpelgirlanden, an die ich mich aus der Kindheit erinnere, sind längst verschwunden, und es ist nicht auszudenken, was mein Großvater zu den iPads gesagt hätte, die unter den Armen der Verkäufer klemmen, oder zu dem riesigen Bildschirm, auf dem das Angebot der Woche beworben wird.

Ich überquere den Vorplatz, lenke Ellas Kinderwagen zwischen einem eleganten Mercedes und einem gebrauchten Volvo hindurch. Die Glastüren gleiten lautlos auf, als wir uns ihnen nähern, und warme Luft lockt uns nach drinnen. Weihnachtsmusik dudelt aus teuren Lautsprechern. Hinter dem Tresen, wo früher meine Mutter saß, tippt eine auffallend hübsche Frau mit karamellfarbenem Teint und passenden Strähnen auf ein Keyboard ein. Ihre künstlichen Fingernägel klackern auf den Tasten. Sie lächelt mir zu, und ich sehe einen kleinen Diamanten an einem ihrer Zähne aufblitzen. Ihr Stil könnte nicht weiter von dem meiner Mutter entfernt sein. Vielleicht hatte Onkel Billy sie deshalb eingestellt; es kann nicht leicht sein, tagtäglich zur Arbeit zu kommen, wo alles wie immer scheint, es aber nicht ist. Wie mein Zuhause. Wie mein Leben.

»Annie!«

Immer Annie. Nie Anna.

Onkel Billy ist der Bruder meines Vaters und der Inbegriff des überzeugten Junggesellen. Er hat einige Freundinnen, die sich mit gelegentlichen Wochenend-Dates zufriedengeben, und einen festen Pokerabend jeden ersten Mittwochabend im Monat.

Hin und wieder schlage ich vor, dass Bev, Diane oder Shirley mal auf einen Drink mitkommen könnten, und jedes Mal ist Billys Antwort dieselbe.

»Eher nicht, Annie.«

Mit seinen Freundinnen bahnt sich nie etwas Ernstes an. Ein Essen ist immer ein Essen, ein Drink ist immer ein Drink und mehr nicht. Und obwohl er die besten Hotels bucht, wenn er nach London reist, und seine jeweilige Begleitung mit den tollsten Geschenken überschüttet, vergehen immer Monate, bis er sie wiedersieht.

»Warum lässt du sie alle am ausgestreckten Arm zappeln?«, habe ich ihn mal gefragt, nachdem wir zu viel von dem gekippt hatten, was in unserer Familie »Johnson Gin Tonics« heißt.

Billy zwinkerte mir zu, antwortete aber sehr ernst: »Weil auf die Art niemand verletzt wird.«

Ich umarme ihn und atme die vertraute Mischung aus Aftershave und Tabak ein, zusammen mit etwas Undefinierbarem, das mich mein Gesicht in seiner Schulter vergraben lässt. Er riecht wie mein Großvater früher. Wie mein Vater früher. Wie alle Johnson-Männer. Von denen jetzt nur noch Billy übrig ist.

Ich weiche zurück und beschließe, es einfach auszusprechen. »Mum und Dad haben keinen Selbstmord begangen.«

Onkel Billy wirkt eindeutig resigniert. Wir hatten das alles schon.

»Ach, Annie ...«

Aber diesmal ist es anders.

»Sie wurden ermordet.«

Er sieht mich stumm an – mustert mich besorgt –, bevor er mich in sein Büro mitnimmt, weg von den Kunden. Dort bugsiert er mich in den teuren Ledersessel, der schon ewig hier steht.

Billig kaufen heißt doppelt kaufen, sagte mein Vater immer.

Rita legt sich auf den Boden, und ich blicke zu meinen Füßen. Ich erinnere mich noch, wie sie weit über die Sesselkante baumelten, bevor sie mit den Jahren weiter nach unten und schließlich bis zum Boden reichten.

Einmal habe ich hier ein Praktikum gemacht.

Da war ich fünfzehn und wurde ermuntert, in das Familienunternehmen einzusteigen, bis klar wurde, dass ich schon Mühe hätte, in der Sahara Wasser zu verkaufen. Mein Vater war ein Naturtalent. Wie heißt es noch? Er hätte den Eskimos Eis andrehen können. Früher beobachtete ich ihn, wie er die Kunden – die *Chancen*, wie er sie nannte – einschätzte. Er sah sich den Wagen an, den sie fuhren, ihre Kleidung, und dann entschied er sich unbeirrbar für die richtige Herangehensweise. Er war stets er selbst – immer Tom Johnson –, doch sein Akzent war mal ein wenig stärker, mal ein wenig schwächer ausgeprägt, oder er erklärte sich zum waschechten Fan von Watford FC, The Cure, chocolatfarbenen Labradoren ... Man erkannte den Moment genau, in dem es klickte; die Sekunde, in der ein Kunde beschloss, dass er und mein Vater auf einer Wellenlänge waren. Dass Tom Johnson ein Mann war, dem man vertrauen konnte.

Ich konnte das nicht. Ich versuchte, meinen Vater nachzuahmen, mit meiner Mutter am Tresen zu arbeiten und ihre Art zu kopieren, die Kunden anzulächeln und nach ihren Kindern zu fragen, doch ich klang selbst in meinen eigenen Ohren gekünstelt.

»Ich glaube nicht, dass Annie zur Verkäuferin geboren ist«, sagte Billy – nicht unfreundlich –, als mein Praktikum zu Ende ging. Keiner widersprach.

Das Komische ist, dass ich trotzdem im Verkauf gelandet bin. Denn letztlich läuft es bei Wohltätigkeitsarbeit darauf hinaus. Monatliche Spenden verkaufen, Förderung für Kinder, Nachlässe und Erbschaften. Schuldgefühle an Leute zu verkaufen, die genug Geld haben, um helfen zu können. Seit dem Uni-Abschluss bin ich bei Save the Children, und es hat sich nie gekünstelt angefühlt. Wie sich herausstellte, konnte ich mich bloß nie für das Verkaufen von Autos begeistern.

Billy trägt einen dunkelblauen Nadelstreifenanzug, und seine roten Socken und Hosenträger verleihen ihm ein Wall-Street-Flair, was auch volle Absicht ist. Billy tut nichts zufällig. Bei jedem anderen hätte ich diesen Aufzug protzig gefunden, doch Billy steht er – auch wenn sich die Hosenträger ein bisschen über seinem Bauch spannen. Er trägt ihn mit einem Hauch von Ironie, was ihn eher liebenswert macht, nicht angeberisch. Nur zwei Jahre jünger als mein Dad, trotzdem ist sein Haar noch voll, und das wenige Grau, das sich an seinen Schläfen gebildet haben mag, ist sorgfältig gefärbt. Seine Erscheinung nimmt Billy genauso ernst wie das Autohaus.

»Worum geht es, Annie?«, fragt er sanft. Er war immer schon sanft, schon wenn ich als Kind hinfiel oder mich auf dem Spielplatz mit anderen zankte. »Ein harter Tag? Ich bin heute selbst neben der Spur und werde froh sein, wenn er vorbei ist. Jahrestage, was? Lauter Erinnerungen.« Unter der brüsken Art schwingt Verwundbarkeit mit, und ich nehme mir vor, mehr Zeit mit ihm zu verbringen. Früher war ich dauernd hier, doch seit meine Eltern tot sind, flüchte ich mich in nichtige Ausreden, sogar vor mir selbst. Ich habe zu viel zu tun, Ella ist zu klein, das Wetter ist zu schlecht ... In Wahrheit schmerzt es zu sehr, hier zu sein.

Aber das ist nicht fair. »Kommst du morgen Abend zum Essen?«

Billy zögert.

»Bitte?«

»Klar, das wäre nett.«

Die Glasscheibe zwischen Billys Büro und dem Verkaufsraum ist einseitig getönt, und durch sie sehe ich einen der Verkäufer beim Händedruck mit einem Kunden. Er blickt zum Büro, offensichtlich in der Hoffnung, dass der Chef zuschaut. Billy nickt zustimmend, speichert es gewiss für die nächste Bewertung ab. Ich beobachte ihn, suche nach einem verräterischen Zeichen, um zu erahnen, was er denkt.

Die Geschäfte gehen schleppend. Mein Vater war die treibende Kraft hier, und sein Tod traf Onkel Billy hart. Als auch noch meine Mutter starb, dachte ich für einen Moment, er würde es nicht überstehen.

Ich erinnere mich noch genau an den Tag, an dem mir das klar wurde: Ich wusste erst seit kurzem, dass Ella unterwegs war, und war zum Autohaus gekommen, um Onkel Billy zu besuchen. Ich fand ein unglaubliches Chaos war. Das Büro war leer, und auf den niedrigen Tischen im Wartebereich flogen leere Plastikbecher herum. Die Kunden wanderten allein zwischen den Wagen auf dem Vorplatz umher. Am Empfang hockte Kevin – ein neuerer Verkäufer mit dichtem rotem Haarschopf – auf dem Tresen und flirtete mit der Empfangssekretärin. Sie war von einer Zeitarbeitsvermittlung und hatte die Woche nach Weihnachten angefangen.

»Aber wo ist er?«

Kevin zuckte mit den Schultern. »Er war heute noch nicht hier.«

»Und ihr seid nicht auf die Idee gekommen, ihn anzurufen?«

Auf der Fahrt zu Billy ignorierte ich die aufsteigende Panik in meiner Brust. Er hatte sich den Tag freigenommen, sonst nichts. Er wurde nicht vermisst. Das würde er mir nicht antun.

Ich klingelte bei ihm. Hämmerte an seine Tür. Und als ich bereits in meiner Tasche nach dem Handy wühlte und meine Lippen schon die Worte formten, die mir aus der Anhörung zu meinen Eltern vertraut waren – *es besteht Sorge um das Wohl* –, öffnete Billy die Tür.

Feine rote Linien durchzogen das Weiße in seinen Augen. Sein Hemd stand offen, und an seinem zerknitterten Anzugjackett erkannte ich, dass er darin geschlafen hatte. Eine Alkoholwolke wehte mir entgegen, und ich hoffte, dass sie vom Vorabend war, nicht von heute Morgen.

»Wer führt das Geschäft, Onkel Billy?«

Er starrte an mir vorbei zur Straße, wo ein altes Ehepaar langsam vorbeischlurfte, einen Einkaufswagen hinter sich herziehend.

»Ich kann das nicht. Ich halte es dort nicht aus.«

Mich überkam Wut. Dachte er etwa, ich wollte nicht aufgeben? Glaubte er, er wäre der Einzige, den das hier hart traf?

Im Haus sah es furchtbar aus. Ein Fettfilm bedeckte den Glascouchtisch im Wohnzimmer. Überall in der Küche stand schmutziges Geschirr, und im Kühlschrank stand nur eine halb volle Flasche Weißwein. Nichts Richtiges zu essen im Haus zu finden ist nicht ungewöhnlich, denn Onkel Billy betrachtet aushäusiges Essen als einen der besonderen Vorzüge des Single-Lebens; doch hier war nicht mal Milch oder Brot. Nichts.

Ich verbarg mein Entsetzen, stapelte das Geschirr in die Spüle, wischte die Arbeitsflächen ab und sammelte die Post vom Dielenboden auf.

Er lächelte mich müde an. »Du bist ein gutes Kind, Annie.«

»Bei der Wäsche bist du auf dich gestellt – ich werde nicht deine Unterhosen waschen.« Meine Wut war verflogen. Dies war nicht Billys Schuld. Es war niemandes Schuld.

»Tut mir leid.«

»Weiß ich.« Ich umarmte ihn. »Aber du musst wieder zur Arbeit, Billy. Das sind nur Jugendliche.«

»Wozu denn noch? Gestern hatten wir gerade mal sechs Kunden da, und das waren alles Reifentreter.«

»Reifentreter sind bloß Käufer, die es noch nicht wissen.« Der Lieblingsspruch meines Vaters bescherte mir einen Kloß im Hals. Billy drückte meinen Arm.

»Er war so stolz auf dich.«

»Auf dich war er auch stolz. Und auf das, was ihr beide mit der Firma erreicht habt.« Ich wartete kurz, ehe ich hinzusetzte: »Enttäusch ihn nicht.«

Mittags war Billy bei der Arbeit, blies Kevin den Marsch und versprach dem Ersten, der einen Wagen verkaufte, eine Flasche Champagner. Ich wusste, dass es mehr als Champagner bräuchte, um Johnson's Cars zurück auf Kurs zu bringen, doch wenigstens übernahm Billy wieder das Steuer.

Mein Vater hatte das getönte Glas einbauen lassen, wenige Wochen nachdem mein Großvater sich aus dem Geschäft zurückgezogen hatte, und Billy und mein Vater waren in das Büro gezogen, wo sie jeder einen Schreibtisch hatten.

»Hält die Leute auf Trab.«

»Verhindert wohl eher, dass sie euch beim Nickerchen erwischen.« Meine Mutter durchschaute die Johnson-Männer. Das tat sie immer.

Billy wendet sich wieder mir zu. »Ich hätte gedacht, dieser Bursche von dir hätte heute freigenommen.«

»Er heißt Mark, nicht *dieser Bursche*. Es wäre schön, wenn du ihm eine Chance gibst.«

»Sobald er eine anständige Frau aus dir gemacht hat.«

»Wir sind nicht in den 1950ern, Billy.«

»Aber dich heute allein zu lassen!«

»Er hatte angeboten, zu Hause zu bleiben. Ich habe gesagt, dass es mir gut geht.«

»Klar.«

»Tat es auch. Bevor das hier ankam.« Ich angle die Karte unten aus dem Korb von Ellas Kinderwagen und gebe sie Billy. Dann beobachte ich, wie er die Karte ansieht und die Nachricht drinnen liest. Es folgt eine lange Stille, ehe er die Karte in den Umschlag zurücksteckt. Seine Züge verhärten sich.

»Kranke Schweine.« Bevor ich ihn aufhalten kann, zerreißt er die Karte, erst in zwei, dann in vier Teile.

»Was machst du denn?« Ich springe aus dem Sessel auf und reiße ihm die Kartenteile aus der Hand. »Wir müssen die zur Polizei bringen.«

»Zur Polizei?«

»*Von wegen.* Das ist eine Botschaft. Sie deuten an, dass Mum von der Klippe gestoßen wurde. Und Dad vielleicht auch.«

»Annie, Liebes, das hatten wir doch schon hundertmal. Glaubst du im Ernst, dass deine Eltern ermordet wurden?«

»Ja.« Meine Unterlippe bebt, und ich kneife den Mund zu, um mich zu fangen. »Ja, tue ich. Ich habe immer gedacht, dass etwas nicht stimmt. Die beiden hätten sich doch nie das Leben genommen, am allerwenigsten Mum, denn sie wusste, wie sehr uns Dads Tod getroffen hat. Und jetzt ...«

»Da wühlt jemand Dreck auf, Annie! Irgendein durchgeknallter Mistkerl, der es witzig findet, die Todesanzeigen zu lesen und trauernde Familien zu schikanieren. Wie die Drecksäcke, die Beerdigungslisten durchgehen und bei den Leuten einbrechen. Wahrscheinlich hat der hier gleichzeitig noch ein Dutzend ähnliche Karten verschickt.« Obwohl ich weiß, dass er sich über den Absender der Karte aufregt, fühlt es sich an, als würde sich seine Wut gegen mich richten. Ich stehe wieder auf.

»Noch ein Grund mehr, damit zur Polizei zu gehen. Damit sie rausfinden können, wer die Karte geschickt hat.« Ich klinge trotzig, aber entweder das, oder ich breche in Tränen aus.

»Diese Familie ist nie zur Polizei gelaufen. Wir haben von jeher unsere Probleme allein gelöst.«

»Probleme?« Ich verstehe nicht, warum Billy so begriffsstutzig ist. Sieht er denn nicht, dass dies hier alles ändert? »Das ist kein *Problem*, Billy. Es ist nicht irgendein Streit, den man hinterm Pub regelt. Es könnte *Mord* sein. Und mich interessiert, was mit meiner Mum passiert ist, selbst wenn es dich nicht kümmert.« Zu spät beiße ich mir auf die Zunge. Billy dreht sich weg, aber vorher kann ich noch erkennen, wie gekränkt er ist. Eine Weile lang stehe ich hilflos da, sehe seinen Hinterkopf an und versuche, mich zu entschuldigen, doch die Worte wollen mir nicht über die Lippen kommen.

Ich schiebe Ellas Kinderwagen aus dem Büro und lasse die Tür weit offen. Wenn Billy mir nicht helfen will, gehe ich allein zur Polizei.

Jemand hatte meine Eltern umgebracht, und ich werde herausfinden, wer das war.

5

Murray

Murray Mackenzie schwenkte einen Teebeutel in einem Styroporbecher.

»Milch?« Er öffnete den Kühlschrank und schnupperte hintereinander an drei Milchtüten, bis er eine fand, die er guten Gewissens einer Zivilistin in Not anbieten konnte. Und Anna Johnson war zweifelsfrei in Not. Sie weinte nicht, doch Murray war sich unangenehm sicher, dass sie das jederzeit könnte. Mit Tränen konnte er gar nicht gut umgehen. Er wusste nie, ob er sie ignorieren sollte oder etwas sagen – oder ob es heutzutage politisch inkorrekt war, ein frisch gebügeltes Taschentuch anzubieten.

Murray hörte ein leises Murmeln, das die Ankündigung eines Schluchzens gewesen sein könnte. Politische Korrektheit hin oder her, falls Mrs Johnson kein Taschentuch hatte, würde er ihr zu Hilfe kommen. Er selbst benutzte keine Stofftaschentücher, hatte aber für solche Gelegenheiten stets eines bei sich, genau wie sein Vater früher. Murray klopfte an seine Tasche, doch als er sich umdrehte – mit dem etwas zu vollen Styroporbecher in einer Hand –, wurde ihm klar, dass das leise Quieken von dem Baby gekommen war, nicht von Mrs Johnson.

Seine Erleichterung war indes nur von kurzer Dauer, denn Anna Johnson hob das Baby schwungvoll aus dem Wagen und legte es sich quer über den Schoß, ehe sie ihr Top hochzog und zu stillen begann. Murray spürte, wie er rot wurde, was ihn umso mehr erröten ließ. Nicht dass er etwas dagegen hatte, dass Frauen ihren Säuglingen die Brust gaben; er wusste bloß nie, wohin er schauen sollte, wenn sie es taten. Einmal hatte er einer Mutter in dem Café über Marks & Spencer verständnisvoll zugelächelt – zumindest hielt er es für verständnisvoll, worauf die Frau ihn empört anfunkelte und sich bedeckte, als wäre er irgendein Perverser.

Nun fixierte er einen Punkt irgendwo oberhalb von Mrs Johnsons linker Augenbraue, während er ihr so formvollendet den Tee hinstellte, als reichte er ihn in edlem Porzellan. »Ich konnte leider keine Kekse finden.«

»Tee ist wunderbar, danke.«

Je älter Murray wurde, desto schlechter wurde er darin, das Alter anderer Leute einzuschätzen. Mittlerweile kam ihm jeder unter vierzig jung vor, doch Anna Johnson war eindeutig noch keine dreißig.

Sie war eine attraktive junge Frau mit leicht gewelltem, mittelblondem Haar, das auf ihren Schultern wippte, wenn sie den Kopf bewegte. Allerdings war sie blass und ihr anzusehen, was es bedeutete, eine junge Mutter zu sein. Dieselben Auswirkungen hatte Murray bei seiner Schwester beobachtet, als seine Neffen klein waren.

Sie saßen in dem kleinen Bereich hinter dem Empfangstresen der Polizeiwache Lower Meads, wo man für Murray und dessen Kollegen eine Kitchenette eingebaut hatte, damit sie hier ihre Mittagspause machen und gleichzeitig im Auge behalten konnten, wer durch die Tür kam. Eigentlich sollten keine Zivilisten auf dieser Seite des Tresens sein, aber auf der Wache war es ruhig; ganze Stunden waren vergangen, ohne dass jemand einen entlaufenen Hund gemeldet oder ein Kautionsformular unterschrieben hatte. Murray hatte zu Hause schon genug Zeit allein mit seinen Gedanken; bei der Arbeit brauchte er nicht auch noch Stille im Überfluss.

Es kam selten vor, dass sich so weit von der Zentrale jemand blicken ließ, dessen Rang höher als der eines Sergeants war, weshalb Murray alle Vorsicht in den Wind geschlagen und Mrs Johnson in den nichtöffentlichen Bereich gebeten hatte. Man musste kein Detective sein, um zu begreifen, dass ein knapper Meter Tresen mit Resopalplatte wenig geeignet war, einer Zeugin ein Gefühl von Entspanntheit zu vermitteln. Nicht dass Mrs Johnson aussah, als würde sie sich jemals entspannt fühlen, wenn man den Grund für ihren Besuch bedachte.

»Ich glaube, dass meine Mutter ermordet wurde«, hatte sie bei ihrer Ankunft verkündet. Beinahe trotzig hatte sie Murray angesehen, als rechnete sie damit, dass er ihr widersprach. Dabei war Murrays Adrenalinspiegel sofort erwartungsvoll angestiegen. Ein Mord. Welcher DI hatte heute Dienst? Oh nein ... Detective Inspector Robinson. Es würde kein Spaß, den Jungschnösel mit dem Flaum auf der Oberlippe und circa fünf Minuten Berufserfahrung herbeizurufen. Dann jedoch hatte Anna Johnson erklärt, dass ihre Mutter seit einem Jahr tot war und der Coroner bereits Suizid als Todesursache festgestellt hatte. In dem Moment hatte Murray die Tür seitlich vom Tresen geöffnet und Mrs Johnson hereingebeten. Er vermutete, dass sie eine Weile bräuchten. Ein Hund folgte ihr brav und schien nicht im mindesten verunsichert von der Umgebung.

Nun griff Anna Johnson umständlich hinter sich und nahm einen kleinen Stapel Papier aus dem Kinderwagen. Bei der Verrenkung rutschte ihr T-Shirt nach oben und enthüllte einige Zentimeter weichen Bauch. Murray hüstelte recht deutlich und starrte gebannt auf den Fußboden, während er sich fragte, wie lange es dauerte, ein Kind zu stillen.

»Heute ist der Todestag meiner Mutter.« Sie sprach laut und mit einer Strenge, die vermutlich dem Versuch geschuldet war, nicht die Fassung zu verlieren. Es ließ ihre Stimme befremdlich kühl klingen und passte nicht zu ihrem ängstlichen Blick. »Dies hier kam mit der Post.« Sie warf Murray das Papierbündel zu.

»Ich hole mir ein paar Handschuhe.«

»Fingerabdrücke! Daran hatte ich nicht gedacht ... Habe ich jetzt alle Beweise zerstört?«

»Sehen wir uns erst mal an, was wir hier haben, Mrs Johnson.«

»Genau genommen ist es Miss, aber Anna reicht vollkommen.«

»Anna. Lassen Sie uns sehen, was wir hier haben.« Murray kehrte an seinen Platz zurück und zog sich die Latexhandschuhe mit solcher Routiniertheit über, dass es guttat. Dann legte er eine große Beweismitteltüte zwischen ihnen auf den Tisch und breitete die Papierstücke aus. Es handelte sich um eine Karte, die grob in vier Stücke gerissen worden war.

»So kam sie nicht an. Mein Onkel ...« Anna zögerte. »Ich glaube, er war wütend.«

»Der Bruder Ihrer Mutter?«

»Meines Vaters. Billy Johnson. Johnson's Cars an der Ecke Main Street?«

»Das Autohaus gehört Ihrem Onkel?« Murray hatte seinen Volvo dort gekauft. Er versuchte, sich an den Mann zu erinnern, der ihm den Wagen verkauft hatte, und ihm fiel ein elegant gekleideter Mann ein, der sich das Haar sorgsam über eine kahle Stelle oben gekämmt hatte.

»Es gehörte meinem Großvater. Mein Vater und mein Onkel Billy haben bei ihm ihre Ausbildung gemacht, danach aber in London gearbeitet. Dort haben sich meine Eltern kennengelernt. Als mein Großvater krank wurde, kamen mein Vater und Billy zurück, um ihm zu helfen. Er ging in den Ruhestand, und sie übernahmen das Geschäft.«

»Und jetzt gehört es Ihrem Onkel?«

»Ja. Na ja, und mir, schätze ich. Auch wenn das nicht unbedingt ein Segen ist.«

Murray wartete.

»Das Geschäft läuft momentan nicht so gut.« Sie zuckte mit den Schultern, achtete aber darauf, das Baby in ihren Armen nicht aufzuschrecken. Murray nahm sich vor, später genauer zu überprüfen, wer was von Annas Eltern geerbt hatte. Zunächst wollte er sich die Karte ansehen.

Er trennte die Umschlagteile von der Karte und fügte Letztere zusammen. Dann betrachtete er den festlichen Aufdruck, der in einem grausamen Widerspruch zur anonymen Botschaft im Innern stand.

Selbstmord? Von wegen.

»Haben Sie eine Ahnung, wer Ihnen das geschickt haben könnte?«

Anna schüttelte den Kopf.

»Wie bekannt ist Ihre Adresse?«

»Ich wohne schon mein ganzes Leben im selben Haus. Eastbourne ist eine Kleinstadt, und ich bin nicht schwer zu finden.« Gekonnt verlegte sie das Baby von einer Seite auf die andere. Murray studierte abermals die Karte, bis er glaubte, dass es sicher sei, wieder aufzublicken. »Nachdem mein Vater starb, bekamen wir eine Menge Post. Viele Beileidskarten, viele Briefe von Leuten, die sich an die Autos erinnerten, die er ihnen im Laufe der Jahre verkauft hatte.« Annas Züge verhärteten sich. »Einige waren nicht nett.«

»Inwiefern?«

»Jemand schrieb, mein Vater würde in der Hölle schmoren, weil er sich das Leben genommen hatte. Ein anderer schrieb, ›Ein Glück, dass er weg ist.‹ Alles anonym natürlich.«

»Das muss unglaublich erschütternd für Sie und Ihre Mutter gewesen sein.«

Annas nochmaliges Achselzucken war nicht überzeugend. »Irre. Leute, die sauer waren wegen der Wagen, die sie gekauft hatten.« Sie bemerkte Murrays Blick. »Mein Vater hat nie Schrott verkauft. Manchmal erwischt man eben ein Montagsauto, sonst nichts. Aber die Leute wollen immer jemandem die Schuld geben.«

»Haben Sie diese Briefe aufbewahrt? Wir könnten sie mit dieser Karte vergleichen, überprüfen, ob jemand noch einen Groll hegt.«

»Die haben wir sofort weggeschmissen. Meine Mutter starb sechs Monate später, und ...« Sie sah Murray an, und ihr Gedankengang brach ab, weil ihr etwas Drängenderes einzufallen schien. »Ich bin hergekommen, weil ich wissen möchte, ob Sie noch einmal im Tod meiner Eltern ermitteln können.«

»Gibt es sonst noch einen Grund, weshalb Sie vermuten, dass Ihre Eltern ermordet wurden?«

»Was wollen Sie denn noch?« Sie zeigte zu der zerfetzten Karte zwischen ihnen.

Beweise, dachte Murray. Er trank einen Schluck von seinem Tee, um Zeit zu schinden. Wenn er dies hier jetzt an DI Robinson übergab, würde der Fall noch heute abgewiesen. Das CID steckte bis zum Hals in Ermittlungen; da bräuchte es mehr als eine anonyme Nachricht, damit sie sich einen Fall neu vornahmen, der längst abgeschlossen war.

»Bitte, Mr Mackenzie, ich muss es genau wissen.« Die Selbstbeherrschung, die Anna Johnson bisher an den Tag gelegt hatte, begann zu bröckeln. »Ich habe nie so recht an den Selbstmord meiner Eltern geglaubt. Sie waren so lebensfroh. So ehrgeizig. Sie hatten große Pläne für das Geschäft.« Das Baby hatte zu Ende getrunken. Anna legte es auf ihr Knie, eine gespreizte Hand unterhalb des Kinns, und rieb ihm kreisend den Rücken.

»Hatte Ihre Mutter auch dort gearbeitet?«

»Sie machte die Buchhaltung und den Empfang.«

»Ein echtes Familienunternehmen.« Murray fand es erfreulich, dass es von denen immer noch welche gab.

Anna nickte. »Als meine Mutter mit mir schwanger war, zogen sie und mein Vater nach Eastbourne, um näher bei meinen Großeltern zu sein. Meinem Großvater ging es nicht so gut, und es dauerte nicht lange, bis mein Vater und Billy alles übernahmen. Und meine Mutter.« Das Baby war nun müde und verdrehte die Augen wie die Betrunkenen am Wochenende in den Ausnüchterungszellen. »Und wenn sie nicht arbeitete, trieb sie Spenden für ihre Tierschutzorganisation ein oder engagierte sich anderweitig.«

»Wofür zum Beispiel?«

Anna lachte kurz. Ihre Augen glänzten. »Alles Mögliche. Amnesty International, Frauenrechte. Sogar für den Erhalt von Buslinien, obwohl ich nicht glaube, dass sie jemals mit einem Bus gefahren ist. Aber wenn sie sich hinter irgendwas klemmte, erreichte sie auch etwas.«

»Hört sich nach einer wunderbaren Frau an«, sagte Murray leise.

»Es gab mal eine Geschichte in den Nachrichten. Das ist Jahre her.

Ich war mit meinen Eltern zu Hause, und der Fernseher lief im Hintergrund. Irgendein Jugendlicher hatte sich mit einem Moped von der Klippe in Beachy Head gestürzt. Das Moped hatten sie geborgen, aber nicht die Leiche, und sie zeigten seine Mum im Fernsehen, die weinte, weil sie ihn nicht richtig beerdigen konnte.« Das Baby streckte sich sichtlich unbehaglich, und Anna verlagerte es, klopfte ihm sanft auf den Rücken. »Wir redeten darüber. Ich erinnere mich, dass Mum die Hände vor den Mund hielt, als sie es hörte, und dass Dad wütend auf den Jungen war, weil er seinen Eltern das zumutete.« Sie verstummte und unterbrach das rhythmische Klopfen, um Murray ernst anzusehen. »Sie erkannten, was dieser Junge seiner Mutter antat, und sie hätten mir nie, niemals dasselbe angetan.«

Tränen wallten in Annas Augenwinkeln auf und rannen an ihrer schmalen Nase entlang zu ihrem Kinn. Murray hielt ihr sein Taschentuch hin, und sie nahm es dankbar an. Dann presste sie es sich aufs Gesicht, als könne nur rohe Gewalt die Tränen zurückhalten.

Murray saß ganz still da. Es gab eine Menge, was er über die Auswirkungen von Selbstmordversuchen sagen könnte, doch er vermutete, dass es Anna nicht half. Und er fragte sich, ob sie in den letzten Monaten die richtige Unterstützung bekommen hatte. »Die Officers, die den Tod Ihrer Eltern bearbeiteten, hätten Ihnen eine Broschüre geben sollen. Es gibt Organisationen, die Hinterbliebenen von Suizidopfern helfen. Gruppen, in die man gehen kann, auch direkte Ansprechpartner.«

Manche Menschen empfanden es als großen Halt, wenn sie ihre Erfahrungen mit anderen teilten. Sie blühten in Gruppensitzungen auf, gingen gestärkt aus ihnen hervor, besser gerüstet, mit ihren Gefühlen fertigzuwerden. Geteiltes Leid ...

Doch Suizid-Selbsthilfegruppen halfen nicht jedem.

Murray hatten sie nicht geholfen.

»Ich war bei einem Trauerbegleiter.«

»Hat es was gebracht?«

»Ich habe ein Kind von ihm.« Anna Johnson gab einen Laut von sich, der halb Schluchzen, halb Lachen war. Und Murray ertappte sich dabei, wie er mit ihr lachte.

»Tja, das klingt nicht ganz so hilfreich.«

Die Tränen wurden weniger. Annas Lächeln war matt, aber ungebrochen. »Bitte, Mr Mackenzie, meine Eltern haben keinen Selbstmord begangen. Sie wurden ermordet.« Sie zeigte auf die zerrissene Karte. »Und die beweist es.«

Tat sie nicht. Die Karte bewies gar nichts.

Doch sie warf eine Frage auf. Und Murray war noch nie der Typ gewesen, offene Fragen zu ignorieren. Vielleicht konnte er sich die Sache mal ansehen. Sich die Originalakten ziehen, die Berichte des Coroners lesen. Und wenn – falls – es irgendwas zu ermitteln gab, könnte er alles weiterleiten. Schließlich besaß er die erforderlichen Fähigkeiten. Dreißig Jahre in dem Job, den Großteil beim CID. Wissen gab man nicht zusammen mit dem Dienstausweis ab.

Er sah Anna Johnson an. Müde und aufgewühlt, aber auch entschlossen. Wenn Murray ihr nicht half, wer würde es dann tun? Sie war nicht der Typ, der aufgab.

»Ich fordere die Akten gleich heute Nachmittag an.«

Murray verfügte über das Wissen und die Erfahrung, und er hatte Zeit. Jede Menge Zeit.

6

Man darf nicht zurück. Das würde die Leute aus der Bahn werfen. Gäbe es ein Handbuch, wäre das die erste Regel – niemals zurückgehen –, *dicht gefolgt von der zweiten Regel:* Keiner darf dich sehen.

Man muss weitermachen.

Doch es ist schwierig, weiterzumachen, wenn man eine Unperson ist; wenn man das Leben hinter sich gelassen hat, das man kannte, und bisher kein neues angefangen hat. Wenn man im Niemandsland zwischen diesem Leben und dem nächsten festhängt. Wenn man tot ist.

Ich habe die Regeln befolgt.

Ich war in dieses Halbleben verschwunden, einsam und gelangweilt.

Mir fehlt mein altes Leben. Mir fehlt unser Haus: der Garten, die Küche, die Kaffeemaschine, die du aus einer Laune heraus gekauft hast. Und so nichtssagend es sich auch anhört, fehlen mir die Maniküren und die Strähnen alle sechs Wochen. Mir fehlen meine Sachen; mein wundervoller begehbarer Kleiderschrank voller gebügelter Kostüme und sorgfältig gefaltetem Kaschmir. Ich frage mich, was Anna mit alledem gemacht hat – ob sie die Sachen trägt.

Ich vermisse Anna.

Mir fehlt unsere Tochter.

Ihr letztes Schuljahr verbrachte ich in Furcht vor ihrem ersten Jahr am College. Ich hatte Angst vor der Leere, die ohne sie herrschen würde. Sie hat nie gewusst, welchen Einfluss sie auf uns hatte. Ich fürchtete mich davor, einsam zu sein. Allein zu sein.

Alle sagten immer, sie wäre mir wie aus dem Gesicht geschnitten; dann sahen wir uns bloß an und lachten, weil wir es nicht sehen konnten. Wir waren so verschieden. Ich liebte Partys, Anna hasst sie. Ich liebte Shoppen, meine Tochter ist sparsam, kommt lange mit ihren Sachen aus und flickt sie. Wir hatten das gleiche mittelbraune Haar – ich verstand nie, warum sie sich nicht blondieren wollte – und die gleiche Figur, wobei meine Neigung zum Molligen ausgeprägter war als ihre. Mit meiner neuen Leichtigkeit komme ich gut klar, denke ich, auch wenn ich zugebe, dass mir die Komplimente von Freunden fehlen.

Die Reise nach unten dauert länger, als ich mir vorgestellt hatte, doch meine Müdigkeit verpuffte in dem Augenblick, in dem ich einen Fuß auf vertrautes Terrain setzte. Wie ein Häftling auf Freigang sauge ich meine Umgebung in mich auf, staune, wie viel sich für mich verändert hat, aber doch so gleich geblieben ist. Dieselben Bäume, immer noch ohne Laub; eine Szenerie, so identisch mit der, die ich verließ, dass es mir vorkommt, als wäre ich bloß einen Moment fortgewesen. Dieselben belebten Straßen und übellaunigen Busfahrer. Ich sehe Ron Dyer, Annas alten Schuldirektor, und verstecke mich im Schatten. Es wäre nicht nötig gewesen, denn er starrt direkt durch mich hindurch. Die Leute sehen nur, was sie sehen wollen, nicht wahr?

Langsam schlendere ich durch ruhige Straßen, genieße die verbotene Freiheit, die ich mir herausnahm. Jede Handlung hat Konsequenzen, und ich habe die Regeln nicht unbedacht gebrochen. Sollte ich erwischt werden, riskiere ich, mein nächstes Leben zu verlieren und stattdessen im Fegefeuer zu landen. In meinem selbst gemachten Gefängnis. Aber der Kitzel, wieder zurück zu sein, lässt sich schwerlich ignorieren. Meine Sinne kribbeln nach so langer Abwesenheit, und als ich in die nächste Straße biege, fühle ich ein Rasen in meiner Brust.

Fast zu Hause. Zu Hause. *Ich bremse mich. Erinnere mich daran, dass es jetzt Annas Zuhause ist. Ich vermute, dass sie einiges verändert hat. Sie mochte immer schon das Schlafzimmer hinten, wo das hübsche blaue Rankenmuster auf der Tapete ist, doch vermutlich ist es albern, sie mir jetzt dort vorzustellen. Sie wird unser Schlafzimmer übernommen haben.*

Für einen Moment schwächeln meine Schutzmechanismen, und ich denke an den Tag, an dem wir hinfuhren, um uns Oak View anzusehen.

Die Vorbesitzer, ein altes Ehepaar, hatten alle Stromleitungen erneuert und das Haus an die städtischen Gas- und Abwasserleitungen anschließen lassen, womit der teure Öltank wegkonnte. Die schreckliche Klärgrube ist dagegen bis heute im Garten vergraben. Dein Vater hatte schon ein Angebot gemacht, so dass wir dem Haus nur noch Leben einhauchen mussten: die Originaltüren und -kamine freilegen und die längst zugepinselten Fenster wieder beweglich machen.

Ich werde langsamer. Jetzt, da ich hier bin, werde ich nervös. Ich konzentriere mich auf die beiden Dinge, die ich tun muss: Anna davon abhalten, zur Polizei zu gehen, und mich vergewissern, dass jedweder Beweis auf Suizid schließen lässt, nicht Mord.

Bloß wie?

Vor mir biegt ein Paar Arm in Arm in die Straße ein. Ich verstecke mich in einem Hauseingang, bis sie weg sind, und nutze die Zeit, um mich zu beruhigen. Ich muss Anna begreiflich machen, in welcher Gefahr sie schwebt, wenn sie anfängt, alles infrage zu stellen. Wie kann ich das und gleichzeitig unsichtbar bleiben? Ich stelle mir ein Comic-Heft-Gespenst vor, das mitten in der Nacht mit Ketten rasselt und herumheult. Lächerlich. Unmöglich. Aber wie sonst kann ich ihr eine Botschaft vermitteln?

Ich bin hier. Vor unserem – Annas – Haus. Ich ziehe mich auf die andere Straßenseite zurück, und als sich selbst das zu unbehaglich nah anfühlt, bewege ich mich zum eingezäunten Park in der Platzmitte und beobachte alles durch die Dornenzweige eines Stechpalmenstrauchs. Was, wenn sie nicht zu Hause ist? Ich konnte ja schlecht vorher anrufen, um sicherzugehen. Was ist, wenn ich das Risiko ganz umsonst auf mich genommen habe? Wenn es vergebens war, hier runterzukommen? Ich könnte alles verlieren. Schon wieder.

Ein Geräusch auf der Straße lässt mich weiter hinter den Strauch zurückweichen. Ich linse durch die Dämmerung auf die Straße. Eine Frau, die einen Kinderwagen schiebt. Sie telefoniert, geht langsam. Ist abgelenkt. Ich beobachte weiter das Haus, suche in allen Fenstern nach Anzeichen von Leben.

Die Kinderwagenräder surren rhythmisch auf dem nassen Pflaster.

Ich erinnere mich daran, wie ich Anna auf dem Vorplatz von Johnson's umhergeschoben hatte, zwischen den Autos hindurch, drum herum, damit sie einschlief. Wir waren ja selbst noch halbe Kinder, kamen kaum mit dem aus, was dein Dad als angemessene Bezahlung für uns erachtete. Der Kinderwagen war ein gebrauchtes Ungetüm und so stark gefedert, dass Anna jedes Mal wach wurde, wenn wir über einen Hubbel rollten. Nicht so schick und modern wie der Kinderwagen von dieser Frau.

Sie bleibt vor dem Haus stehen, und ich schnalze mit der Zunge, weil sie weitergehen soll, bevor ich irgendeine Bewegung hinter den offenen Vorhängen verpasse. Aber sie geht nicht vorbei. Und jetzt sehe ich, dass sie nicht allein ist. Sie hat einen Hund bei sich, der im Schatten neben ihr läuft. Mir fährt ein Stich durch die Brust.

Ist das …?

Die Kinderwagenräder knirschen über den Kies, als sie den Wagen durch das Tor und auf die Haustür zu schiebt. Das Buntglas in der Tür wirft ein sanft rotes Licht nach draußen, das von der Dielenlampe rührt.

Ja. Das ist sie.

Die Frau beendet den Anruf und steckt ihr Handy in eine Tasche. Sie nimmt einen Schlüssel hervor und schiebt gleichzeitig ihre Kapuze nach hinten, so dass ich mittelblondes Haar im Licht über der Tür sehe, die sanften Züge über einem Mund, der sonst immer so schnell lächelt, und da setzt ein Hämmern in meinem Kopf ein, weil sie es ist.

Es ist Anna!

Und ein Baby.

Unsere Tochter hat ein Baby.

Sie dreht sich um, um den Kinderwagen die Stufen hinauf in die Diele zu ziehen, und für eine Sekunde sieht sie zum Park. Es fühlt sich an, als würde sie mich direkt ansehen. Tränen glänzen auf ihren Wangen. Sie fröstelt, zieht das Baby in die sichere Diele und schließt die Tür.

Anna hat ein Baby.

Ich habe ein Enkelkind.

Und obwohl ich weiß, dass es mir niemand hätte erzählen können – nichts beendet die Kommunikation so verlässlich wie ein Totenschein –, empfinde ich eine ungeheure Wut, weil der Übergang von Mutter zu Großmutter stattfand, ohne dass ich etwas wusste.

Anna hat ein Kind!

Das verändert alles. Es wird Anna verändern. Mutter zu sein wird sie grundsätzlich alles infrage stellen lassen; es wird sie dazu bringen, über ihr Leben und ihre Beziehungen ganz neu nachzudenken.

Über meinen Tod. Deinen.

Ein Baby zu haben, macht Anna verwundbar. Sie hat jetzt etwas, das sie mehr als alles andere auf der Welt liebt. Und jeder, der das weiß, kann es gnadenlos gegen sie einsetzen.

Such nicht nach Antworten, Anna. Dir wird nicht gefallen, was du findest.

Wenn sie zur Polizei geht, bringt sie sich und ihr Baby in Gefahr.

Sie wird etwas in Bewegung setzen, das sich nicht aufhalten lässt.

7

Anna

Ich bin seit einer halben Stunde zu Hause, als es an der Tür läutet. Laura nimmt mich in die Arme.

»Mark hat angerufen. Er wollte nicht, dass du alleine bist, wenn du so trauerst.« Sie drückt mich an sich, löst sich dann sanft von mir und sieht mich an. Ich bekomme ein schlechtes Gewissen. Nein, ich hätte Mark nicht auf die Mailbox sprechen dürfen – er hätte sowieso nichts tun können, und jetzt wird er sich den ganzen Nachmittag Sorgen machen, bei seinem Kurs genauso abgelenkt sein wie bei der Fahrt nach Hause.

»Mir geht es gut.«

»So siehst du nicht aus. Können wir reingehen? Hier draußen ist es verflucht kalt.« Laura hat keine Schutzschicht. Sie ist winzig und sehr dünn. Und ihr langes blondes Haar und das Babygesicht bedeuten, dass sie immer noch ihren Ausweis vorzeigen muss, um Alkohol zu kaufen, obwohl sie über dreißig ist.

Ich rufe nach Rita, die immer noch in der Einfahrt steht und ohne Grund bellt.

»Was ist denn mit ihr?«

»Unsichtbare Eichhörnchen. So ist sie schon den ganzen Tag. Rita!« Widerwillig kommt die Hündin nach drinnen, und ich kann die Tür schließen. Mir wird bewusst, dass Laura in Jeans ist, nicht in dieser scheußlichen braun-orangenen Kluft, die sie bei der Bank tragen muss, bei der sie vor einem Monat angefangen hat. »Müsstest du nicht bei der Arbeit sein?«

»Hat nicht geklappt«, tut sie meine Sorge achselzuckend ab. »Ist schon gut, ehrlich. Mir hat das sowieso keinen Spaß gemacht. Soll ich mal einen Tee aufsetzen?«

Sobald der Tee fertig ist, ziehen wir damit an die Kücheninsel, und ich zeige Laura die Fotos von der anonymen Karte. Die hatte ich auf der Polizeiwache gemacht, weil ich vorher nicht daran gedacht hatte, und der Blitz wird von der Beweismitteltüte reflektiert. Das macht es schwer, die Worte zu entziffern

»Und mehr stand da nicht?«

»Nur die eine Zeile.«

»Hat die Polizei das ernst genommen?«

»Ich glaube, ja.« Ich sehe ihren Blick. »Meinst du, sie hätten es nicht?«

»Doch, sicher! Sieh sich das einer an. Sieh sich einer dich an – das muss schlimm gewesen sein.« Sie unterbricht sich. »Hattet ihr nicht so was Ähnliches gekriegt, als dein Dad starb?«

»Das war anders. Die Leute damals waren irre.«

Sie zieht eine Augenbraue hoch. »Und das hier hältst du für normal?«

Ich sehe sehr lange aus dem Fenster, denke an Dads Handy-Suche nach dem Tiden-Kalender, nach dem besten Ort, um sich in den Tod zu stürzen. Ich denke an den Seelsorger, der sich anhörte, wie meine Mutter den Selbstmord ihres Mannes beweinte. Ich denke an meine Eltern, die hundertfünfzig Meter tief ins eiskalte Wasser fielen. Und ich frage mich, ob sie jemand gestoßen hat. »Ich will nur Antworten, Laura.«

Sie blickt lange in ihren Tee, bevor sie etwas sagt. »Manchmal sind die nicht so, wie wir uns das wünschen.«

Ich war zehn, als Lauras Mutter starb. Auf Kniestrümpfen rannte ich zum Telefon in der Diele und schlitterte.

»Holst du deine Mum ans Telefon?«

»Laura! Wann kommst du uns besuchen?« Als Mums Patenkind war Laura für mich wie die große Schwester, die ich nie hatte. Sie war sieben Jahre älter und alles, was ich mal sein wollte, als ich noch dachte, solche Dinge wären wichtig: cool, stylish, unabhängig. »Ich habe heute *Star of the Week* geholt, und ...«

»Ich muss mit deiner Mum reden, Anna.«

So hatte ich Laura noch nie gehört. So ernst. Irgendwie sauer, dachte ich, denn mir wurde erst hinterher klar, dass sie bloß versuchte, die Fassung zu wahren. Ich brachte meiner Mutter das Telefon.

Die Weinattacken meiner Mutter mischten sich mit Wutausbrüchen. Ich hörte sie meinen Vater anschreien, als ich im Bett war – angeblich schlief er.

»Diese verfluchte Wohnung. Schimmel in jedem Zimmer. Alicia muss es mindestens hundertmal bei der Gemeindeverwaltung gemeldet haben. In ihrem Bad wuchsen Pilze. Pilze! Ihr Asthma war schon in der Schule schlimm, aber ... Pilze, mein Gott! Kein Wunder, dass es schlimmer wurde.«

Dann die Stimme meines Vaters. Beruhigend. Zu leise, um ihn zu verstehen.

»Ich meine, sie haben schon gesagt, dass sie Laura eine Wohnung in einem Neubau zuteilen. Wenn das kein Schuldgeständnis ist, weiß ich es auch nicht.«

Nur war es das nicht. Die städtische Wohnungsbaugesellschaft stritt jede Verantwortung ab. Der Coroner befand auf natürlichen Tod, bei dem Alicias Asthma lediglich ein tragischer Faktor gewesen war.

»Fehlt sie dir noch?«, frage ich jetzt, wobei es eigentlich keine Frage ist.

»Jeden Tag.« Laura sieht mir in die Augen. »Ich möchte dir gerne sagen, dass es leichter wird, aber das wäre gelogen.«

Ich versuche mir vorzustellen, wie ich mich in sechzehn Jahren fühlen werde. Sicher wird mich dieser stechende Schmerz in der Brust dann nicht mehr ersticken, so lange danach? Der muss weniger werden. Unbedingt. Die Albträume werden verblassen, zusammen mit dem jähen Verlustgefühl, wenn ich ins Wohnzimmer gehe und den leeren Sessel meines Vaters sehe. Es wird einfacher. Oder nicht?

Ich stehe auf und hocke mich neben Ellas Babywippe. Sie schläft, doch ich muss mich von dieser Gefühlsaufwallung ablenken. Das ist der Trick. Ablenkung. Als Alicia starb, hatte Laura niemanden. Ich habe Ella, und ich habe Mark. Mark, der immer weiß, was er sagen muss, damit ich mich besser fühle.

Meine Eltern haben mir Mark geschickt. Ich weiß, wie absurd das klingt. Doch ich bin überzeugt, dass man im genau richtigen Moment seines Lebens dem richtigen Menschen begegnet, und Mark verkörpert alles, von dem ich nie wusste, dass ich es brauchte.

Wenige Tage nach dem Tod meiner Mutter fuhr ich zum Beachy Head. Nach dem Tod meines Vaters hatte ich mich geweigert hinzufahren, obwohl meine Mutter Stunden dort oben verbrachte, auf der Klippe entlangwanderte und an der Stelle stand, an der er angeblich beim Springen gesehen wurde.

Als meine Mutter auch starb, wollte ich sehen, was die beiden gesehen hatten – versuchte zu verstehen, was in ihren Köpfen vorgegangen war. Ich parkte meinen Wagen und wanderte zum Klippenrand, sah zu den Wellen, die unten gegen die Felsen krachten. Mir wurde schwindlig, und ich empfand einen beängstigenden, irrationalen Drang zu springen. Ich glaube nicht an ein Leben nach dem Tod, doch in dem Moment dort fühlte ich mich meinen Eltern beängstigend nahe und wünschte mir, ich könnte mit Sicherheit wissen, dass ich im Himmel wieder mit ihnen vereint sein würde. Wenn ich das wüsste, dachte ich, würde ich nicht zögern.

Der Coroner sagte, er hielte den Suizid meiner Mutter für verständlich – sofern irgendein Freitod verständlich sein konnte. Sie vermisste meinen Vater.

Sein Tod hatte meine Mutter wahnsinnig gemacht. Sie wurde nervös und paranoid, zuckte beim kleinsten Geräusch zusammen und weigerte sich, ans Telefon zu gehen. Eines Nachts ging ich nach unten, um ein Glas Wasser zu holen, und stellte fest, dass das Haus leer war und meine Mutter in den frühen Morgenstunden schon ausgegangen war.

»Ich war bei deinem Vater.« Auf dem Friedhof gab es einen Gedenkstein für ihn, inmitten anderer Andenken an verlorene Leben. Ich weinte bei der Vorstellung, dass sie allein an seinem Grab stand.

»Du hättest mich wecken sollen. Weck mich nächstes Mal.«

Das tat sie nie.

Beachy Head behalten sie immer im Auge. Und ganz besonders galt das wohl für einen Heiligabend, keine Woche nachdem ein weiterer Nachahmungssuizid in der landesweiten Presse gemeldet worden war. Ich starrte noch auf die Felsen, als der Seelsorger auf mich zukam, ruhig und kein bisschen vorwurfsvoll.

»Ich wollte nicht springen«, erklärte ich ihm hinterher. »Ich wollte nur wissen, wie sie sich gefühlt haben.«

Der Seelsorger war nicht derselbe, der dort oben auf der Klippe mit meiner Mutter gesprochen hatte. Dieser Mann war älter und weiser als der junge Mann, der sechs Tage zuvor zur Polizeiwache gekommen war, schlotternd in seinen Slippers, als er den mit Steinen beladenen Rucksack meiner Mutter beschrieb, ihre Handtasche und das Handy ordentlich oben im Gras, genau wie die Brieftasche und das Mobiltelefon meines Vaters sieben Monate zuvor.

Jener Seelsorger war den Tränen nahe gewesen. »Sie ... sie sagte, sie hätte es sich anders überlegt.« Er vermied es sorgfältig, mir in die Augen zu sehen. »Sie ließ sich sogar von mir zu ihrem Wagen begleiten.«

Aber meine Mutter war stur gewesen. Eine Stunde später war sie zur Klippe zurückgekehrt, hatte ihre Tasche und das Handy erneut abgelegt und – wie der Coroner entschied – sich umgebracht.

Der Seelsorger, der letzten Heiligabend mit mir am Beachy Head sprach, ging kein Risiko ein. Er rief die Polizei und wartete, bis sie mich sanft wegführten; bis er seine Schicht in dem Wissen beenden konnte, das niemand während seiner Wache gestorben war. Ich war dankbar, dass er intervenierte. Mir machte es Angst zu begreifen, dass uns alle nur ein Schritt vom Undenkbaren trennt.

Ich wollte nicht springen, hatte ich ihm gesagt. Doch in Wahrheit war ich mir dessen nicht so sicher.

Als ich wieder zu Hause war, hatte jemand eine Broschüre durch den Briefschlitz geschoben: *Psychotherapeutische Angebote. Raucherentwöhnung, Phobien, Selbstvertrauen. Scheidungsmediation.*

Trauerbegleitung. Gewiss waren diese Faltblätter in der ganzen Straße verteilt worden, dennoch kam es mir vor wie ein Zeichen. Ich rief an, ehe ich es mir anders überlegen konnte.

Mark mochte ich auf Anhieb. Ich fühlte mich schon getröstet, bevor er irgendwas gesagt hatte. Er ist groß, ohne mich unangenehm zu überragen, breitschultrig, aber nicht einschüchternd. In den Winkeln seiner dunklen Augen zeichnen sich Krähenfüße wie eine Andeutung von Weisheit ab, und wenn er zuhört, ist er nachdenklich, interessiert; dabei nimmt er seine Brille ab, als würde es ihm helfen, besser zu hören. Beim ersten Mal hätte ich nicht gedacht, dass wir am Ende ein Paar würden. Dass wir gemeinsam ein Kind haben würden. Alles, was ich wusste, war, dass ich mich bei Mark sicher fühlte. Und das tue ich bis heute.

Laura trinkt ihren Tee aus und bringt ihren Becher zum Spülbecken, wo sie ihn abwäscht und kopfüber aufs Abtropfbrett stellt. »Wie geht es Mark damit, Vater zu sein?«

Ich richte mich auf. »Er ist besessen von ihr. Wenn er von der Arbeit kommt, zieht er nicht mal seine Jacke aus, sondern geht als Erstes zu Ella und übernimmt sie. Es ist ein Glück, dass Männer nicht stillen können, sonst käme ich überhaupt nicht mehr zum Zug.« Ich verdrehe die Augen, aber selbstverständlich beklage ich mich nicht. Es ist großartig, dass Mark so engagiert ist. Man weiß ja nie, was für ein Vater jemand wird, nicht wahr? Es heißt, wir würden bei der Partnerwahl auf die Eigenschaften achten, die wir bei unserem Partner brauchen: Ehrlichkeit, Stärke, Liebe. Aber ziehen sie auch um drei Uhr nachts los, um die Schwarze-Johannisbeer-Marmelade zu besorgen, auf die man plötzlich Heißhunger hat, oder übernehmen sie ihren Teil der nächtlichen Fütterungen? Das weiß man erst dann, wenn es zu spät ist für einen Rückzieher. Ich habe Glück, Mark zu haben. Und ich bin dankbar, dass er zu uns hält.

Mein Vater hat in seinem ganzen Leben keine Windel gewechselt, und soweit ich weiß, hat meine Mutter ihn auch nie darum gebeten. So war es damals schlicht. Ich stelle mir vor, wie mein Vater zusieht, während Mark seine Tochter zum Bäuerchen bringt oder fachmännisch einen schmutzigen Strampler durch einen sauberen ersetzt. Und ich bin mir sicher, er hätte irgendeinen Kommentar zu den »neuen Männern« parat. Rasch verdränge ich das Bild. Tatsache ist, dass ich nicht weiß, ob er Mark überhaupt gemocht hätte.

Was keine Rolle spielen sollte. Nein, es spielt keine Rolle. Mark ist ein großartiger Vater für Ella, und nur das zählt.

Bei unserer ersten Verabredung trank ich zu viel. Es nahm mir ein wenig von meiner Nervosität und beruhigte vor allem mein schlechtes Gewissen, weil ich keine sechs Wochen nach dem Tod meiner Mutter ausging und mich amüsierte.

»Normalerweise bin ich nicht so«, sagte ich, als wir wieder in Marks Wohnung in Putney waren und die versprochene Tasse Kaffee zugunsten eines weiteren Glases Wein verworfen worden war. Die Wohnungsführung endete abrupt im Schlafzimmer. Es klang wie ein Abschleppspruch, war aber keiner. Ich hatte noch nie nach der ersten Verabredung mit jemandem geschlafen. Oder nach der zweiten oder dritten. Doch an jenem Abend war ich ungestüm. Das Leben ist zu kurz, um es nicht bei den Hörnern zu packen.

In Wahrheit war ich betrunken, nicht lebensbejahend. Unbedacht, nicht spontan. Mark, der vielleicht ein bisschen weniger angetrunken war und vielleicht noch erkannte, wie fragwürdig unser Verhalten war, bemühte sich, es langsamer anzugehen. Ich aber ließ mich nicht aufhalten.

Die Schuldgefühle stellten sich am nächsten Morgen ein. Glühende Scham machte meiner Selbstachtung den Garaus und trieb mich aus Marks Bett, ehe er aufwachte.

Er hielt mich an der Wohnungstür auf, bevor ich mir meine Stiefel anziehen konnte.

»Du gehst? Ich dachte, wir könnten irgendwo frühstücken gehen.«

Ich zögerte. Er sah nicht aus wie ein Mann, der jedweden Respekt vor mir verloren hatte, trotzdem ließen mich die Erinnerungen an die letzte Nacht innerlich zusammenfahren. Plötzlich fiel mir ein, wie ich meinen Slip in einem sehr schlechten Zeitlupen-Striptease ausgezogen hatte, der damit endete, dass ich das Gleichgewicht verlor und aufs Bett kippte.

»Ich muss gehen.«

»Ich kenne da einen tollen Laden um die Ecke. Es ist noch früh.« Die unausgesprochene Frage – wo musste ich an einem Sonntagmorgen um acht sein? – brachte mich dazu, Ja zu sagen.

Gegen neun hatte sich mein Kater, ebenso wie meine Verlegenheit, ein wenig gemildert. Wenn Mark nichts peinlich war, warum sollte es mir anders gehen? Wir einigten uns jedoch auf eines: Es war ein bisschen schneller passiert, als irgendeiner von uns erwartet hätte.

»Wollen wir noch mal von vorn anfangen?«, schlug Mark vor. »Die letzte Nacht war fantastisch, aber ... vielleicht könnten wir noch ein erstes Date haben. Uns kennenlernen.«

Es vergingen fünf Wochen, bevor wir wieder miteinander schliefen. Zu der Zeit wusste ich es nicht, doch ich war bereits schwanger.

»Soll ich damit zur Presse gehen?«, frage ich Laura nun.

»Das wäre wohl doch zu sehr ein Sprung ins kalte Wasser.« Sofort verzieht sie das Gesicht ob ihrer Wortwahl. »Entschuldige.«

»Sie haben Artikel über Mum gebracht, als sie starb. Eventuell greifen sie die Geschichte noch mal auf, bitten um Informationen.« Ich denke an die Karte.

Selbstmord? Von wegen.

»Es hat sich zwar bis jetzt niemand gemeldet, aber wenn Mum an dem Tag mit jemandem zusammen war – jemandem, der sie von der Klippe stieß –, muss der oder die anderen begegnet sein.«

»Anna, der Seelsorger hat deine Mum gesehen.«

Ich verstumme.

»Er hat sie vom Sprung abgehalten. Und sie sagte, dass sie sich umbringen wollte.«

Ich möchte mir die Finger in die Ohren stecken. *La la la la la.*

»Er war nicht da, als sie tatsächlich sprang, oder? Er hat nicht gesehen, ob sie allein war, als sie zurückkam.«

Es entsteht eine Pause, bevor Laura wieder spricht. »Also, Caroline ist am Beachy Head. Sie ist bereit zu springen. Der Seelsorger redet es ihr aus, und dann, keine Stunde später, bringt jemand sie um?«

Sie muss mir nicht erklären, wie absurd das klingt.

»Sie könnte versucht haben, jemandem zu entkommen. Gedacht haben, dass sie sich lieber selbst umbringt, bevor es jemand anders tut. Aber sie konnte es nicht, und als der Seelsorger glaubte, er hätte sie überzeugt, hatte er sie in Wahrheit ausgeliefert an ...« Ich breche ab, weil mir Lauras mitleidiger Blick zu viel wird.

»An wen?«

Ella ist wach. Sie macht diese winzigen Maunzlaute und schiebt die geballte Faust in ihren Mund.

»Wer hat sie umgebracht, Anna? Wer würde Caroline tot sehen wollen?«

Ich nage an meiner Unterlippe. »Weiß ich nicht – einer von diesen Idioten, die jedem anderen die Schuld geben, wenn ihre Autos liegen bleiben?«

»Wie die, die anonyme Briefe geschickt haben, nachdem dein Dad gestorben war?«

»Genau!« Ich fühle mich von ihr bestätigt, doch dann sehe ich ihr Gesicht, und irgendwie ist es, als hätte vielmehr ich ihre Meinung bestätigt. Das Maunzen wird zu einem richtigen Schreien. Ich nehme Ella aus der Wippe und stille sie.

»Sieh sich das einer an! Du bist inzwischen ja ein echter Profi.« Laura lächelt.

Anfangs konnte ich nur in einem bestimmten Sessel stillen, wenn die Kissen ganz exakt um mich herum verteilt waren und niemand sonst im Zimmer war, der Ella ablenkte. Mittlerweile stille ich einhändig, notfalls auch im Stehen.

Ich lasse Laura nicht das Thema wechseln. Ihre Frage ist wichtig. Wer hätte meine Mutter tot sehen wollen? Einige der Autohändler, mit denen meine Eltern und Billy zu tun gehabt hatten, machten keinen Hehl aus ihren fragwürdigen Geschäftspraktiken. Könnte der Tod meiner Eltern das Ergebnis eines schlechten Deals sein?

»Hilfst du mir, Mums und Dads Papiere durchzusehen?«

»Jetzt?«

»Ist das ein Problem? Musst du los?« Falls Laura nicht helfen kann, mache ich es allein. Ich frage mich, ob das soziale Engagement meiner Mutter der Schlüssel ist. Als ich noch ein Teenager war, protestierte sie gegen Tierversuche an der Universität von Brighton. Damals trug ihr das ganz schön viele Hassbriefe von Mitarbeitern und deren Angehörigen ein. Zwar kann ich mich nicht erinnern, dass sie sich in den letzten Jahren wegen irgendwas Dramatischeres als Bauvorhaben oder Radfahrwegen engagiert hätte, aber vielleicht finde ich im Arbeitszimmer noch etwas anderes.

»Das meine ich nicht. Ich meine nur ... bist du sicher, dass du das jetzt machen willst?«

»Laura, du drängst mich praktisch schon das ganze Jahr, mir die Papiere anzusehen!«

»Nur weil es lächerlich ist, dass du am Küchentisch arbeitest, wenn du das schöne Arbeitszimmer nutzen könntest. Und ich habe nicht gedrängt, obwohl ich glaube, dass es gut für dich wäre, egal was Mark sagt.«

Ich antworte betont ruhig: »Er verdient seinen Lebensunterhalt mit diesen Dingen, wie du weißt.«

»Was ist gesund daran, alles wegzuschließen und zu tun, als sei es nicht da?«

»Er hat nicht gesagt, dass ich tun soll, als sei es nicht da. Nur dass ich mir die Sachen erst dann vornehmen soll, wenn ich mich dazu bereit fühle.«

»Wenn *er* sagt, dass du bereit bist?«

»Nein, wenn *ich* mich bereit fühle.« Jetzt werde ich etwas strenger. Ich weiß, dass es Laura – wie Onkel Billy – ausschließlich um mich geht; es wäre nur schön, würden sie mich etwas weniger offensichtlich beschützen wollen.

Das Problem ist, dass alles zu schnell ging. Mark und ich sind nicht mal seit einem Jahr zusammen und haben schon ein acht Wochen altes Baby. Wir sind immer noch dabei, die Lieblingsgerichte, Lieblingsfilme und Lieblingsbücher des anderen zu entdecken. Marks Mutter habe ich erst zweimal gesehen. Wir sind wie Teenager, die es beim ersten Sex erwischt hat, mit dem Unterschied, dass ich sechsundzwanzig bin und Mark vierzig ist.

Auch das spielt natürlich mit rein.

»Er ist alt genug, um dein Vater zu sein«, sagte Billy, als ich alles in einem Aufwasch bekannt gab. *Ich habe jemanden kennengelernt, er zieht zu mir, und, ach, übrigens kommt unser Baby im Oktober.*

»Wohl kaum. Dad war zehn Jahre älter als Mum.«

»Du siehst ja, wie das ausgegangen ist.«

»Was soll das denn heißen?«

Aber er wollte es nicht erklären, und insgeheim war ich froh darüber. Ich wollte es nicht wissen, ganz bestimmt nicht. Als Kind hält man seine Eltern für vollkommen. Vielleicht schreien sie einen ein bisschen zu oft an oder streichen das Taschengeld, bis man sein Zimmer aufgeräumt hat, aber es sind die Eltern. Sie lieben dich. Du liebst sie.

Ich war an der Uni, als mir klar wurde, dass nicht alle Eltern wie meine waren. Dass sich nicht alle Eltern lauthals zankten; dass nicht alle Eltern täglich zum Glascontainer fuhren. Diese Erkenntnis reichte – mehr wollte ich nicht. Ich wollte nicht wissen, wie gut die Ehe meiner Eltern war. Ob sie überhaupt gut war. Das ging mich nichts an, fand ich immer.

Wie alle Erdgeschosszimmer hat auch das Arbeitszimmer bodentiefe Fenster mit lackierten Läden, die so selten benutzt wurden, dass sie sich nicht mehr schließen lassen. Der Doppelschreibtisch in der Mitte machte es meinen Eltern möglich, hier gleichzeitig zu arbeiten, was sie jedoch nur taten, wenn sie an der Steuererklärung saßen. Das wiederum war so stressig, dass es verlässlich in einen Streit mündete.

»Anna, bitte deinen Vater, mir den Tacker zu geben«, sagte meine Mutter eines Samstags, als ich ins Arbeitszimmer sah, um zu fragen, wie lange sie noch brauchten. Ich gab ihr selbst den Tacker und ging Fahrradfahren, bis es vorbei war.

Meistens blieben meine Eltern abwechselnd länger im Autohaus, solange ich noch zu klein war, um nach der Schule zu ihnen zu kommen oder allein nach Hause zu gehen.

Mit einer Hand am Türknauf hole ich tief Luft. Dieses Zimmer nutze ich nicht. Ich gehe hier nicht rein. Ich tue so, als existiere es nicht.

»Du musst das nicht. Alle wichtigen Papiere sind schon durchgesehen.« Es ist eine rücksichtsvoll verblümte Anspielung auf den langen Tag, den Laura damit zubrachte, geduldig allen Papierkram meiner Eltern zu sortieren, um anschließend einen weiteren Tag mit der Übertragung aller Verbrauchskonten auf meinen Namen und der Kündigung Dutzender Abonnements meiner Eltern dranzugeben. Meine Dankbarkeit war mit einem sehr schlechten Gewissen einhergegangen. Wer hatte das für Laura getan, als Alicia starb? Ich stellte mir die siebzehnjährige Laura in ihrer neuen, modernen Sozialwohnung vor, wie sie die Papiere ihrer Mutter durchging, und es brach mir das Herz.

»Es ist Zeit«, sage ich.

Ich möchte alles über das Leben meiner Eltern wissen. Alles, wofür ich mich blind gestellt hatte; alles, von dem ich hoffte, dass es nicht stimmte. Ich muss all das wissen. Wer waren die Freunde meiner Eltern? Wer waren ihre Feinde?

Wer hat sie ermordet?

8

Murray

Der Archivar Dennis Thompson hatte schon zur Leibesfülle geneigt, als er mit Murray zusammen Streife ging. Inzwischen war Dennis genauso breit wie hoch, hatte eine schimmernde Glatze und gleich zwei Brillen in die Stirn geschoben.

»Mit Gleitsicht komme ich nicht klar.« Er stupste sich die Lesebrille auf die Nase und spähte auf die Deckel der beiden Akten, die er für Murray herausgesucht hatte. »Tom Johnson. Caroline Johnson.«

Die Tatsache, dass die anonyme Karte am Jahrestag von Caroline Johnsons Tod ankam, legte den Verdacht nahe, dass es um sie ging. Doch da ihr Tod so offensichtlich mit dem ihres Mannes in Verbindung stand, hatte Murray vor, ganz vorne anzufangen.

»Das sind sie. Danke.«

Dennis schob ein A4-Buch über den Tresen. Die Seiten waren mit ordentlichen Spalten versehen, in denen jede Akte, die aus dem Archiv geholt wurde, mit Ausgabe- und Rückgabedatum vermerkt war, und Murray nahm den Stift auf und stockte. Er sah seinen alten Kollegen an.

»Es geht wohl nicht ...«

»Auf dem kleinen Dienstweg?«

»Das wäre prima. Ich bringe sie dir auch im Handumdrehen zurück.«

Manchmal, folgerte Murray, als er mit den Akten aus dem Archiv marschierte, hatte es Vorteile, so lange dabei zu sein wie er. Er hatte vorgehabt, die Fallakten auf der Busfahrt nach Hause durchzusehen, aber direkt hinter ihm saßen zwei Streifenpolizisten – die Krawatten und Epauletten unter North-Face-Fleecejacken verborgen. Sie hatten ihn nicht bemerkt (es war seltsam, wie unsichtbar man wurde, sobald man in den Ruhestand ging), doch Murray wollte auch nicht unnötig auf sich aufmerksam machen, indem er mit vorschriftswidrig erhaltenen Akten wedelte. Stattdessen blickte er aus dem Fenster und fragte sich, was Sarah zu dem Johnson-Fall sagen würde.

Im Laufe seiner Dienstjahre hatte Murray sehr oft Arbeit mit nach Hause genommen. Zu Beginn ihrer Ehe hatte Sarah sich mit einer ganzen Reihe schlecht bezahlter Jobs herumgeplagt. Jeder einzelne davon verlangte ihr eine gewisse Pünktlichkeit, Höflichkeit und positive Einstellung ab, was, wie sich herausstellte, Sarah unmöglich länger durchhalten konnte. Und jeder Job hatte bei seinem Ende eine lange Phase depressiver Verstimmung nach sich gezogen. Schließlich hatte Sarah angenommen, was Murray von Anfang an vorgeschlagen hatte: dass sie zu Hause blieb und er die Brötchen verdiente. Für sie beide war es eine Erlösung gewesen.

Murray hatte begonnen, Sarah Bröckchen von seinem Tag zu erzählen, und gleichzeitig aufgepasst, keine vertraulichen Informationen preiszugeben. Ihm war klar, dass Berichte aus der großen weiten Welt für Sarah an Tagen, an denen sie außerstande war, das Haus zu verlassen, genauso wichtig wie interessant waren. Zu seiner Überraschung lernte er im Laufe der Jahre, sich auf diese Gespräche ebenso sehr zu verlassen wie Sarah, profitierte er doch von dem frischen Blickwinkel, frei von jeder Betriebsblindheit. Er freute sich darauf, ihr von Tom und Caroline Johnson zu erzählen.

Der Bus hielt am Ende von Murrays Straße, einer Sackgasse mit Einfamilienhäusern, die in den Sechzigern gebaut und mittlerweile von einer Mischung aus Jungverheirateten, Familien und Pensionären bewohnt wurde. Mehrere der Häuser waren mittlerweile so sehr ausgebaut und aufgestockt worden, dass sie wie kleine Villen anmuteten, mitsamt großer Terrassen nach hinten für sommerliche Grillpartys. Abgesehen von neuen Teppichen und einem frischen Anstrich alle paar Jahre, hatte sich Murrays Haus dagegen seit 1984 nicht verändert. Damals hatten Sarah und er es gekauft; es war das Jahr, in dem er seine Probezeit abschloss und fest bei der Polizei übernommen wurde.

Murray stieg nicht aus. Er blieb noch fünf Stationen, ehe er sich bei dem Fahrer bedankte und den kurzen Weg zurück nach Highfield ging. Das ehedem recht prächtige Anwesen, das als Bauwerk von nationaler Bedeutung galt, war 1811 erbaut worden und wurde seit den frühen Fünfzigern vom NHS genutzt. Seine schöne Gartenanlage wurde mehr und mehr durch die Wohncontainer und billigen Flachdachbauten verschandelt, die nötig waren, um die zunehmende Zahl an Patienten unterzubringen. Patienten wie Sarah.

Murray kannte sich dort ziemlich gut aus. Es gab ein gut besuchtes Tageszentrum, in dem diverse Handarbeitsgruppen angeboten wurden, ein von Patienten betriebenes Café und eine Selbsthilfegruppe für Angehörige. Dann waren da noch die Ambulanz, der Beratungsdienst und Kochkurse für Patienten mit Essstörungen. Es gab Stationen für Patienten mit unterschiedlichsten psychischen Problemen, die mal mehr, mal weniger Unterstützung brauchten, einschließlich einer geschlossenen Abteilung, in der Sarah 2007 zehn Tage verbrachte und an der Murray seither nicht mehr vorbeigehen konnte, ohne sich an den furchtbaren Tag zu erinnern, an dem er die Ärzte angefleht hatte, seine Frau zwangseinzuweisen.

Sarah war ganz offen mit ihrer Diagnose gewesen, als Murray und sie sich kennenlernten. Das war beim Lunch-Büffet nach Murrays Abschlusszeremonie gewesen. Ihr großer Bruder Karl hatte zu Murrays Jahrgang gehört, und obwohl die beiden Männer nie befreundet waren, hatte es Murray zu dem lebhaften jungen Mädchen gezogen, das bei Karls Familie stand. Er hatte sich gefragt, ob sie Karls Freundin sei, und war sehr froh gewesen zu erfahren, dass sie es nicht war.

»Du weißt aber schon, dass ich geisteskrank bin, oder?«, hatte Sarah ihm einer Herausforderung gleich hingeworfen. Sie hatte riesige silberne Ohrringe getragen, die bei ihrem Lachen hin und her schwangen, und einen grellpinken Pullover mit Fledermausärmeln, dessen purer Anblick schmerzte.

Murray hatte nicht gelacht. Teils weil er politische Korrektheit schon verinnerlicht hatte, bevor sie Eingang ins Polizei-Vokabular fand, aber hauptsächlich weil er den Begriff »geisteskrank« partout nicht mit der Frau vor ihm in Einklang bringen konnte. Sie war so voller Energie, dass sie nicht stillhalten konnte, und ihre Augen leuchteten, als sähe sie in allem nur Erfreuliches. An Sarah war nichts »Geisteskrankes«.

»Borderline-Persönlichkeitsstörung.« Wieder hatte sie gestrahlt. »Klingt schlimmer, als es ist, versprochen.«

BPS. Diese drei Buchstaben bestimmten seitdem ihre Beziehung. Murray hatte rasch begriffen, dass das Leuchten nur an Sarahs besseren Tagen durchkam, während sich an denen dazwischen ein Schmerz und eine Angst in diesen schiefergrauen Augen spiegelten, dass es kaum zu ertragen war.

Gegenwärtig war Sarah freiwillige Patientin auf einer Station, auf der Murray jeden mit Namen kannte. Dort gab es feste Besuchszeiten, aber das Personal hatte Verständnis für Murrays Schichtdienst, und so trug er sich im Buch ein und wartete im Familienzimmer, während jemand Sarah holte.

Familienzimmer sahen in jedem Krankenhaus und jeder Klinik anders aus. Manchmal fühlte man sich wie im Besuchsraum eines Gefängnisses, wo die Wände nackt waren und Uniformierte über einen wachten. Dann wieder ging es entspannter zu, es gab Sofas und einen Fernseher, und das Personal war so lässig gekleidet, dass man nach einem Namensschild schauen musste, um sicherzugehen, keinen Patienten vor sich zu haben.

Das Familienzimmer in Highfield war eher ein Zwischending. Es war in zwei Bereiche eingeteilt. Im ersten stand ein großer Zeichentisch voller buntem Papier und Töpfen mit Filzstiften. Es gab auch kleine Blöcke mit winzigen Klebemotiven für Kinder und ihre Eltern, mit denen sie ihre selbst gemachten Karten verzieren konnten, ohne zu riskieren, dass jemand Klebefilmrollen stahl. Die Scheren waren plastikummantelt und vorn abgerundet. Im anderen Teil des Raums, wo Murray sich hinsetzte, waren

Sofas und niedrige Couchtische, auf denen mehrere Monate alte Zeitschriften auslagen.

Sarah umarmte ihn und drückte ihn fest. »Wie fühlst du dich?«

Sarah rümpfte die Nase. »Da ist diese neue junge Frau im Zimmer neben meinem, die ihren Kopf gegen die Wand schlägt, wenn sie gestresst ist.« Sie stockte kurz. »Sie ist meist gestresst.«

»Also kannst du nicht schlafen?«

Sarah nickte.

»Zu Hause wäre es ruhiger …« Murray sah, wie ein angstvoller Ausdruck über ihr Gesicht huschte. Er drängte nicht. Drei Wochen war es her, seit Sarah sich so schlimm geschnitten hatte, dass beide Handgelenke genäht werden mussten. Ein Hilfeschrei, hatte die Krankenschwester in der Notaufnahme gesagt, als klar wurde, dass Sarah selbst bereits einen Krankenwagen gerufen hatte. Und im Flur hatte die Tasche mit den Sachen gestanden, die sie in Highfield brauchen würde.

»Ich habe gemerkt, dass es wieder passieren würde«, hatte sie zu Murray gesagt, als er auf dem Weg zur Klinik sämtliche Tempolimits brach.

Es. Eine undefinierbare, überwältigende Präsenz in ihrem Leben. *Es* hielt Sarah davon ab, das Haus zu verlassen. *Es* bedeutete, dass es ihr schwerfiel, Freunde zu finden, und noch schwerer, sie zu behalten. *Es* schwelte immerfort unter der Oberfläche von Murrays und Sarahs Leben. Immer da, immer bereit zuzuschlagen.

»Warum hast du nicht Mr Chaudhury angerufen?«, hatte Murray gefragt.

»Er wollte mich nicht aufnehmen.«

Murray hatte sie in den Armen gehalten, hatte versucht, Mitgefühl aufzubringen, konnte aber unmöglich die Logik nachvollziehen, nach der Selbstverletzung der einzige Weg zu einem sicheren Ort zu sein schien.

»Ich hatte einen interessanten Tag«, sagte er nun.

Sarahs Augen leuchteten auf. Sie saß im Schneidersitz auf dem Sofa, den Rücken an der Armlehne. Murray hatte seine Frau noch nie »richtig« auf einem Sofa sitzen gesehen. Sie lag auf dem Fußboden oder legte sich so auf die Couch, dass ihr Kopf vorn über die Sitzfläche ragte, die Beine nach oben gestreckt, so dass ihre Füße die Wand dahinter berührten. Heute trug Sarah ein langes graues Leinenkleid, zu dem sie eine grellorange Kapuzenjacke kombiniert hatte, deren Ärmel sie so lange über ihre Hände zurrte, bis der Stoff ganz ausgeleiert war.

»Eine Frau kam, um zu melden, dass die Selbstmorde ihrer Eltern tatsächlich Morde waren.«

»Glaubst du ihr?« Wie üblich kam Sarah direkt auf den Punkt.

Murray zögerte. Glaubte er ihr? »Ich weiß es ehrlich nicht.« Er erzählte Sarah von Tom und Caroline Johnson: von ihren mit Steinen beschwerten Rucksäcken, den Zeugenberichten, der Intervention des Seelsorgers. Und schließlich von der anonymen Karte und Anna Johnsons Beharren, dass man im Fall ihrer Eltern neu ermitteln müsse.

»War einer von den Eltern suizidgefährdet?«

»Laut Anna Johnson nicht. Caroline Johnson hatte vor dem Tod ihres Mannes nie an Depressionen gelitten, und *sein* Suizid kam aus dem Nichts.«

»Interessant.« Da war ein Strahlen in Sarahs Augen, und Murray spürte, wie sich Wärme in ihm ausbreitete. Wenn es Sarah schlecht ging, schrumpfte ihre Welt zusammen. Sie verlor jegliches Interesse an allem außerhalb ihres eigenen Lebens, legte eine Egozentrik an den Tag, die keinerlei Bezug zu der Frau hatte, die sie wirklich war. Ihr Interesse am Johnson-Fall war ein gutes Zeichen – ein großartiges –, und Murray war erst recht froh um seinen Entschluss, sich den Fall mal anzusehen.

Er hatte keine Bedenken gehabt, dass ein möglicher Doppelselbstmord für eine Frau, die sich seit langem selbst verletzte, ein unglückliches Gesprächsthema sein könne. Nie hatte er einen Eiertanz um Sarah vollführt, wie es so viele ihrer Freunde taten.

Einmal hatten sie zusammen mit einem Kollegen von Murray Kaffee getrunken, als auf Radio 4 eine Sendung über die Suizidrate unter jungen Leuten begann. Alan war quer durch seine Küche gehechtet, um das Radio auszuschalten, und Murray und Sarah hatten nur einen amüsierten Blick gewechselt.

»Ich bin krank«, hatte Sarah ruhig gesagt, als Alan sich wieder hinsetzte und es in der Küche ruhig war. »Das bedeutet nicht, dass wir nicht über psychische Probleme oder Selbstmord reden dürfen.« Alan hatte fragend zu Murray gesehen, doch der verweigerte ihm stur jeden Augenkontakt. Nichts konnte das Seil, auf dem Sarah balancierte, schneller zum Vibrieren bringen als die Andeutung, dass sie beurteilt, über sie geredet wurde.

»Wenn überhaupt, macht es mich für den durchschnittlichen Laien nur interessanter«, war Sarah fortgefahren. »Und ganz ehrlich«, hier hatte sie Alan mit einem zynischen Grinsen bedacht, »wenn hier jemand Fachmann für Suizid ist, bin ich das.«

Menschen mochten Schubladen, hatte Murray gefolgert. Man war krank oder gesund. Irre oder bei Sinnen. Sarahs Problem war, dass sie sich von einer Schublade zur anderen bewegte, und damit konnten die Leute nicht umgehen.

»Hast du die Akten dabei?« Sarah blickte sich nach seiner Aktentasche um.

»Ja, aber ich habe selbst noch nicht reingesehen.«

»Kannst du sie morgen mitbringen?«

»Sicher.« Er sah auf seine Uhr. »Ich gehe lieber. Hoffentlich bekommst du heute Nacht ein bisschen mehr Schlaf.«

Sie begleitete ihn zur Tür, umarmte ihn zum Abschied, und Murray hielt sein Lächeln, bis er außer Sichtweite war. Manchmal fiel es ihm leichter, Sarah in Highfield zu lassen, wenn sie einen schlechten Tag hatte. Leichter, nach Hause zu gehen in dem Wissen, dass sie zusammengerollt auf ihrem Bett lag, weil sie an dem bestmöglichen Ort war. Weil sie sicher war, auf sie aufgepasst wurde. War Sarah indes ruhig – sogar glücklich –, fühlte sich jeder Schritt wie einer in die falsche Richtung an. Wie konnte Highfield mit seinem Klinikgeruch und den Zimmern wie Gefängniszellen besser sein als ihr gemütlicher Bungalow? Wie konnte Sarah sich in der Klinik sicherer fühlen als daheim?

Später, als er seinen Teller weggeräumt und die Pfanne abgespült hatte, in der er sich sein Omelett bereitet hatte, setzte Murray sich an den Tisch und schlug die Johnson-Akten auf. Er las die Anrufjournale, die Zeugenaussagen und die Polizeiberichte. Er sah sich die Fotos der Beweismittel vor Ort an – Tom Johnsons abgelegte Brieftasche und die Handtasche seiner Frau – und die Textnachrichten, die Tom unmittelbar vor seinem Tod geschrieben hatte. Aufmerksam studierte er die Ergebnisse beider Ermittlungen sowie die Begründung des Suizid-Befundes durch den Coroner.

Murray legte alles auf dem Küchentisch aus, zusammen mit der Beweismitteltüte, in der sich die anonyme Karte an Anna Johnson befand. Die platzierte er in der Mitte, zwischen den Akten der Eltern. Dann las er die Berichte des Coroners ein zweites Mal, legte sie zurück auf den Tisch und klappte ein funkelnagelneues Notizbuch auf – gleichermaßen symbolisch wie praktisch. Falls Annas Mutter ermordet wurde, musste Murray an diese Ermittlung herangehen, als wäre sie neu, und das bedeutete, ganz vorn anzufangen, mit Tom Johnsons Selbstmord.

Murray war 1989 Detective geworden, als noch viele Akten und Formulare mit Schreibmaschine oder sogar per Hand ausgefüllt wurden und Verbrechensaufklärung eine Menge Lauferei bedeutete, kein Stöbern im World Wide Web. Bis Murray 2012 in den Ruhestand ging, hatte sich der Job bis zur Unkenntlichkeit verändert, und zu Murrays Bedauern, als er seinen Dienstausweis abgab, hatte sich ein Hauch von Erleichterung gesellt. Ihm war es zunehmend schwergefallen, mit der neuen Technik klarzukommen, und bis heute zog er es vor, seine Berichte mit dem gravierten Füller zu schreiben, den Sarah ihm damals zur Beförderung geschenkt hatte.

Für einen Moment geriet Murrays Selbstvertrauen ins Wanken. Was dachte er eigentlich, wer er war, dass er in diesen Akten etwas fand, das bisher keiner entdeckt hatte? Er war sechzig, Polizist im Ruhestand, der jetzt als Zivilangestellter arbeitete. Die letzten fünf Jahre hatte er damit verbracht, Führerscheine zu überprüfen und Meldungen über verlorene Gegenstände aufzunehmen.

Er spielte mit dem Füllfederhalter, strich mit dem Finger über die Gravur, *DC Mackenzie*, zog sich den Ärmel über die Hand und polierte das Silber, bis es glänzte. Wäre Sarah doch hier.

Erinnerst du dich an den Überfall auf das Postamt?, würde sie fragen. *Da gab es keine Anhaltspunkte. Keine Spuren. Keiner hatte eine Ahnung. Keiner außer dir.*

Sie waren drauf und dran gewesen, den Fall zu den Akten zu legen, doch Murray hatte nicht aufgegeben. Er war losgezogen, von Tür zu Tür, hatte das Viertel wachgerüttelt, sein Netzwerk von Informanten angezapft. Und nach und nach hatte sich ein Name immer wieder ergeben: Der Kerl war für vierzehn Jahre eingefahren.

Das ist lange her, flüsterte eine Stimme in seinem Kopf. Murray verdrängte sie und packte den Stift fester. Der Job mochte sich verändert haben, die Kriminellen waren hingegen gleich geblieben. Er war ein guter Detective gewesen. Einer der besten. Auch das hatte sich nicht geändert.

9

Anna und Laura wühlen sich durch das Leben, das wir zurückließen. Mir gefällt das nicht. Ich möchte dazwischengehen – sie davon abhalten, Schubladen zu öffnen und Notizbücher, Bücher und Fotokartons auszugraben. Die Nachwirkungen des Todes sind ein unerwünschtes Geschenk an unsere Lieben. Es sind unsere Kinder, unsere Ehepartner, unsere Freunde, die Offenes regeln und die Überreste eines plötzlichen Dahinscheidens aufräumen müssen. Ich tat es für meine Eltern in deren Haus in Essex; du hast dasselbe für deine getan, hier in Eastbourne. Jetzt tut Anna es für mich. Für uns beide.

Ich beobachte, wie Laura einen Keramiktopf aufnimmt, in dem früher eine Sukkulente stand – drinnen klebt noch eingetrocknete Erde –, und zur Seite stellt. Zu beiden Seiten des Schreibtisches bilden sich Haufen, und ich frage mich, wer diese schnelle, gründliche Arbeit antreibt. Anna? Oder Laura? Hat sie Anna gezwungen, unsere Sachen ausgerechnet heute durchzusehen? Bringt Laura sie etwa in Gefahr?

Unsere Enkelin liegt auf einer gepolsterten Decke unter einem Bogengestell mit schrillbunten Plastiktieren. Sie strampelt mit den Beinen, und Anna lächelt ihr zu. Für einen Moment stockt mein Atem, als ich mir ausmale, eine Mutter zu sein, die durch die Tür kommen kann, als wäre sie nie fort gewesen. Eine Mutter, die kein ganzes Jahr Leben verpasst hat; keine Geburt eines vollkommen neuen Lebens.

Nichts ist weihnachtlich geschmückt. Keine Lichterketten am Treppengeländer, kein Kranz an der Tür. Es sind nur noch vier Tage bis Weihnachten, und ich frage mich, ob sie bis zum Heiligabend warten wollen – eine neue Familientradition einführen – oder ob bewusst nichts festlich hergerichtet wurde. Ob Anna den Anblick von Lametta und Tannenbaumkugeln nicht erträgt.

Laura blättert in meinem Kalender. Ich sehe, wie Anna zu ihr schaut; sie nagt an ihrer Unterlippe, als müsse sie sich bremsen, etwas zu sagen. Und ich weiß, was sie denkt.

Wir wohnten seit einem Jahr in Oak View, als eingebrochen wurde. Viel nahmen sie nicht mit – es gab ja nicht viel zu stehlen –, aber sie hatten das ganze Haus durchwühlt und verwüstet. Eine chaotische Suche, so nannte es die Polizei. Es dauerte Wochen, bis das Haus wieder normal aussah, und Monate, bis ich mich hier wieder wohlfühlte. In unserem Leben gab es keine Geheimnisse – damals nicht –, dennoch war ich wütend, dass jemand so viel über mich wusste, ich aber nichts über sie.

Dasselbe Gefühl stellt sich wieder ein, als ich zuschaue, wie Laura in meinem Kalender liest. Da steht nichts Verfängliches, doch dieses Übergriffige ist unerträglich. Lass das, möchte ich schreien. Hör auf, in meinen Sachen zu wühlen! Verschwinde aus meinem Haus!

Nur ist es nicht mehr mein Haus. Es gehört Anna. Und Anna lacht über etwas, das Laura sagt, und lächelt traurig, als Laura ihr irgendwas zeigt, das ich nicht sehen darf. Ich bin ausgeschlossen. Allerdings ist Annas Lachen kurz. Höflich. Und das Lächeln erreicht ihre Augen nicht. Sie will dies hier nicht tun.

Laura sieht wie ihre Mutter aus. Ich bin mit Alicia zur Schule gegangen; die Einzige, der sie eine Woche vor ihrem sechzehnten Geburtstag verriet, dass sie schwanger war. Spargeldürr, wie sie war, sah man es ihr schon vor der achten Woche an, und kurz danach flog sie zu Hause raus, denn die weiten Pullover, auf die sie sich verlegt hatte, konnten ihre Mutter nicht täuschen.

Als ich zwei Jahre später von der Schule ging, deckte mein erster Job als Sekretärin gerade mal die Kosten für eine Einzimmerwohnung in einem Haus mit Fahrstuhl und Waschküche und ab und zu Pommes und Wein am Wochenende. Alicia lebte da von Sozialhilfe in einem Hochhaus in Battersea.

Ich lud die beiden zu einer kurzen Reise ein: drei Nächte in einem Bed & Breakfast in Derbyshire, in dem wir uns ein Doppelbett teilten, Laura zwischen uns.

»Wir sollten zusammenziehen«, sagte Alicia am letzten Tag. »Das wäre solch ein Spaß.«

Wie konnte ich ihr sagen, dass ich mir etwas anderes vom Leben wünschte? Dass ich aufgepasst hatte, nicht schwanger zu werden; dass ich mein Single-Leben, meine Freunde und meinen Job liebte? Wie sollte ich ihr sagen, dass ich nicht in einer feuchten Wohnung leben wollte und dass – so gerne ich auch Zeit mit ihr und Laura verbrachte – ich nicht mit dem Baby von jemand anderem zusammenleben wollte?

»Sicher«, stimmte ich zu und wechselte das Thema.

Ich hätte mehr helfen müssen.

Anna kniet auf dem Teppich und zieht die unterste Schreibtischschublade auf. Sie schießt unerwartet schwungvoll heraus, und Anna kippt nach hinten. Die Schublade landet auf ihrem Schoß. Ich sehe, wie Laura aufblickt, ob alles okay ist; beobachte, wie Anna über ihr Ungeschick lacht. Laura wendet sich wieder meinem Kalenderstapel zu, und Anna hebt die Schublade zurück in den Schreibtisch, doch etwas lässt sie innehalten. Sie hat etwas entdeckt.

Anna stellt die Schublade beiseite und greift mit einer Hand unten ins Schreibtischgehäuse. Ich sehe, wie sie sich vergewissert, dass Laura nichts mitbekommt, und als sich Annas Augen weiten, weiß ich, als könnte ich es klar und deutlich sehen, dass ihre Hand das glatte Glas einer Wodkaflasche umfängt.

Enttäuschung spiegelt sich in ihrem Gesicht.

Das Gefühl kenne ich auch.

Sie zieht die Hand wieder hervor, leer, schiebt die Schublade zurück in den Schreibtisch und lässt die Flasche in ihrem Versteck. Laura sagt sie nichts, und dank dieser kleinen Solidaritätsgeste, derer Anna sich nicht einmal bewusst ist, fühle ich mich nicht mehr ausgeschlossen. Manche Geheimnisse müssen in der Familie bleiben.

Andere sollten nicht einmal dort geteilt werden.

10

Anna

Ich bemerke, wie Laura auf ihre Uhr sieht. Sie hat sich durch einen Stapel Papiere gearbeitet und die Hälfte auf einen Haufen für den Shredder sortiert. Das macht mich unruhig. Alles, was mit dem Geschäft zu tun hat, müsste im Autohaus sein, doch was ist, wenn sie versehentlich etwas Wichtiges vernichtet? Ich gehöre zur Geschäftsleitung – wenn auch eher passiv. Aber ich darf keine Papiere wegwerfen, ohne sie mir vorher angesehen zu haben.

Laura scheint meinen Blick zu fühlen, denn sie schaut auf. »Alles in Ordnung?«

»Du solltest Schluss machen. Mark kommt bald nach Hause.«

»Ich habe ihm versprochen, dass ich bleibe, bis er hier ist.« Sie legt noch einen Schwung Papiere auf den Shredder-Stapel.

»Sag einfach, ich wär schuld. Ich kann nicht mehr.« Ich richte mich auf und halte Laura eine Hand hin, um ihr aufzuhelfen.

»Wir sind hier noch nicht fertig.«

»Aber wir haben eine Menge geschafft. Wir sind fast durch.« Das ist eine maßlose Übertreibung. Lauras Stapel mit »Aufbewahren« und »Wegwerfen« sind teils ineinandergerutscht, und ich bin nicht mehr sicher, ob ich ein riesiges Knäuel Gummibänder aus rein sentimentalen Gründen behalten will, weil sie praktisch sind oder weil sie von einem Haufen auf den anderen gekullert sind.

»Es ist ein Chaos!«

»Das lässt sich leicht lösen.« Ich nehme Ella hoch, scheuche Laura aus dem Zimmer und schließe die Tür hinter uns. »Tadah!«

»Anna! Ich dachte, wir wären uns einig, dass man so nichts löst.«

Du warst es, denke ich und komme mir sofort gemein vor. Es war meine Idee gewesen, die Papiere meiner Eltern durchzusehen.

Ich war es, die Laura um Hilfe gebeten hatte. »Ich höre jetzt aber nicht deswegen auf, weil es deprimierend ist, sondern weil ich keine Lust mehr habe. Das ist etwas ganz anderes.«

Laura sieht mich skeptisch an, mein Tonfall überzeugt sie nicht. »Was willst du wegen der Karte machen?«

»Du hast wahrscheinlich recht. Das war irgendein kranker Witzbold, der noch ein Hühnchen mit uns zu rupfen hat.«

»Genau.« Sie ist immer noch nicht sicher, ob sie mich allein lassen soll.

»Mir geht es gut, versprochen. Ich rufe dich morgen an.« Ich hole ihren Mantel und warte geduldig, während sie nach ihren Schlüsseln sucht.

»Wenn du wirklich meinst ...«

»Ja, meine ich.« Wir umarmen uns, und ich bleibe an der Tür stehen, als sie zu ihrem Wagen geht. Sicherheitshalber halte ich Rita an ihrem Halsband fest, damit sie keinen Phantom-Eichhörnchen nachjagt.

Lauras Wagen röchelt und verstummt. Sie verzieht das Gesicht. Dann versucht sie es wieder, lässt den Motor laut aufheulen, bevor er wieder ausgeht, und setzt rückwärts aus der Einfahrt. Sie winkt aus dem offenen Seitenfenster.

Als ich ihren Wagen nicht mehr hören kann, kehre ich ins Arbeitszimmer zurück. Ich betrachte die Papierstapel, die Geburtstagskarten, die Stifte, die Büroklammern und die Haftnotizen. Hier finden sich keine Antworten; nur Erinnerungen.

Erinnerungen, die ich behalten möchte.

Ich hebe den Deckel von einem Karton mit Fotos und krame darin. Oben sind sechs oder sieben Fotos von Mum und Alicia, Lauras Mum. Auf einem sind sie in einem sonnigen Pub-Garten, auf einem anderen in einem Café beim Cream Tea. Eine dritte Aufnahme ist schief geraten, als hätte die Kamera irgendwo gelehnt und wäre zur Seite gerutscht. Mum und Alicia bäuchlings auf einem Bett, Laura zwischen ihnen. Sie ist vielleicht zwei Jahre alt, folglich waren Mum und Alicia erst achtzehn. Selbst noch Kinder.

Es sind Dutzende weitere Fotos in dem Karton, aber alle – soweit ich es sehen kann – von meinem Vater, dem Autohaus und mir als Baby.

Ich habe haufenweise Fotos von meinem Vater, doch kaum welche von meiner Mutter. Sie war immer hinter der Kamera, nie davor – wie so viele Frauen mit Familie. So erpicht, das Leben der Kinder zu dokumentieren, bevor sie zu groß sind, dass ihnen gar nicht der Gedanke kommt, ihr eigenes festzuhalten. Oder dass ihre Kinder später mal Fotos aus einer Zeit sehen möchten, an die sie sich nicht erinnern, weil sie zu klein waren.

In der kurzen Zeit zwischen dem Verschwinden meiner Mutter und der Feststellung, dass sie Selbstmord begangen hatte, gab ich der Polizei das einzig gute Foto, das ich von ihr hatte. Es stand in einem silbernen Rahmen auf dem Kaminsims im Wohnzimmer. Sie verteilten es umgehend an alle Dienststellen, und als die Nachricht von ihrem Tod bekannt wurde, benutzte die Presse dasselbe Foto für ihre Artikel. Die Polizei händigte mir das gerahmte Bild wieder aus, doch jedes Mal, wenn ich es ansah, erscheinen vor meinem inneren Auge die Schlagzeilen. Schließlich musste ich es wegpacken.

Mit Ausnahme ihres Hochzeitsfotos stehen keine Bilder von meiner Mutter im Haus. Und selbst auf dem ist sie kaum zu erkennen, weil sie einen dieser großen Schlapphüte trägt, die damals supermodern waren. Ich lege also eins von ihr und Alicia zur Seite und nehme mir vor, zwei Abzüge rahmen zu lassen.

Dann schlage ich den Kalender von 2016 auf. Es ist ein dickes A4-Buch mit zwei Seiten für jeden Tag: Termine auf der linken Seite, Platz für Notizen auf der rechten. Der Kalender ist nichts Besonderes – ein Firmengeschenk von einem Autohersteller –, doch ich fahre mit den Fingern über das goldgeprägte Logo und fühle das Gewicht der Seiten, als sie in meinen Händen auffallen. Der Kalender ist gefüllt mit der Handschrift meiner Mutter, und die Worte sind fast nicht zu entziffern, bis ich fest blinzle und sie aufhören zu verschwimmen. Jeder Tag ist voll. Treffen mit Lieferanten, Besuche von Technikern, um den Kopierer, die Kaffeemaschine oder den Wasserkühler zu reparieren. Auf der rechten Seite die To-do-Liste des jeweiligen Tages, auf der jeder erledigte Eintrag säuberlich durchgestrichen wurde. *Müde macht uns die Arbeit, die wir liegenlassen, nicht die, die wir tun*, heißt es nicht so? Meine Mutter hätte gar nicht besser in ihr Leben passen können, und ich habe nie gehört, dass sie sich über zu viel Arbeit beschwerte. Als ihre eigene Mutter – eine mürrische Frau, die ihre Zuneigung rationierte wie Zucker in Kriegszeiten – ins Hospiz kam, fuhr meine Mutter täglich von Eastbourne nach Essex und blieb bei ihr, bis meine Großmutter schlief. Erst hinterher erfuhren mein Vater und ich von dem Knoten, den meine Mutter in ihrer eigenen Brust gefunden hatte, und von ihrer Angst, während sie auf die Entwarnung wartete.

»Ihr solltet euch keine Sorgen machen« war alles, was sie sagte. Die Mischung aus Arbeit und Privatem in dem Kalender überraschte mich. *Adele-Tickets für A.s Geburtstag?* steht eingeklemmt zwischen einer Erinnerung, Katie Clemens wegen einer Probefahrt zurückzurufen, und der Telefonnummer des hiesigen Radiosenders. Ich drücke die Handballen auf meine Augen. Hätte ich die Sachen doch nur früher durchgesehen! Ich wünschte, ich hätte an meinem Geburtstag gewusst, was sie als Geschenk für mich geplant hatte.

Unweigerlich blättere ich zum 21. Dezember, dem Tag, an dem sie starb. Dort sind zwei Termine vermerkt und eine Liste von Aufgaben, die nie erledigt wurden. Hinten in dem Kalender stecken eine Handvoll Visitenkarten, Faltblätter und gekritzelte Notizen. Der Kalender ist ein Querschnitt ihres Lebens, so erhellend wie eine Autobiografie und so persönlich wie ein Tagebuch. Ich schiebe die Fotos hinein und drücke das Buch für einen Moment an meine Brust, ehe ich anfange, alles an seinen Platz zurückzuräumen.

Dann stelle ich den Stifteköcher und den Briefbeschwerer wieder hin, den ich in der Grundschule getöpfert und angemalt hatte. Früher war er auf dem Küchenbüffet, wo er all die vielen Benachrichtigungen aus der Schule unten hielt.

Versonnen fahre ich mit einem Finger über den geklebten Riss, wo er entzweigebrochen war, und plötzlich erinnere ich mich an den Knall, mit dem er an die Wand flog.

Es gab Entschuldigungen.

Tränen. Von mir. Von meiner Mutter.

»So gut wie neu«, sagte mein Vater, als der Kleber getrocknet war. Doch das stimmte natürlich nicht, und ebenso wenig galt das für die Wand, an der er die Delle ausgebessert und mit einer Farbe übermalt hatte, die nicht ganz zu der alten passte. Tagelang hatte ich nicht mit ihm gesprochen.

Ich ziehe die unterste Schreibtischschublade wieder heraus und hole die Wodkaflasche hervor. Sie ist leer. Das sind die meisten. Sie sind überall: hinten im Kleiderschrank, im Toilettenspülkasten, in ein Handtuch gewickelt ganz unten im Wäscheschrank. Ich finde sie, schütte den Inhalt weg und stecke die leeren Flaschen ganz unten in die Recyclingtonne.

Falls es schon Flaschen gegeben hatte, bevor ich an die Uni ging, waren sie besser versteckt gewesen. Oder ich sah sie schlicht nicht. Nach dem Studium kehrte ich in ein Leben zurück, das sich während meiner Abwesenheit verändert hatte. Tranken meine Eltern mehr, oder hatte mir eine Welt jenseits des engen Radius meiner Kindheit die Augen geöffnet? Nachdem ich die erste Flasche gefunden hatte, schienen Hunderte da zu sein – wie wenn man ein Wort neu lernt und es auf einmal überall sieht.

Ein kalter Schauer läuft mir über den Rücken. *Jemand geht über dein Grab*, sagte meine Mutter früher immer. Draußen ist es dunkel, doch ich nehme eine flüchtige Bewegung im Garten wahr. Mein Herz pocht, aber als ich richtig hinsehe, starrt mir nur mein eigenes blasses Gesicht entgegen, verzerrt von dem alten Glas.

Ein Geräusch draußen lässt mich zusammenzucken. *Reiß dich zusammen, Anna.*

Es liegt an diesem Zimmer. Hier wimmelt es von Erinnerungen, und es sind nicht nur gute. Das macht mich schreckhaft. Ich bilde mir Sachen ein. Eine Geistergestalt am Fenster, Schritte draußen.

Aber halt: Ich *höre* Schritte ...

Langsam und vorsichtig, als wollte derjenige nicht gehört werden. Ein leises Knirschen von Kies.

Es ist jemand vor dem Haus.

Oben brennt kein Licht, und hier unten ist nur die Schreibtischlampe an, so dass das Haus von draußen fast dunkel wirkt.

Könnte es ein Einbrecher sein? In dieser Straße sind lauter teure Häuser, vollgestopft mit Antiquitäten und Gemälden, die gleichermaßen als Geldanlage wie zum Angeben dienen. Als das Geschäft Fahrt aufnahm, gaben meine Eltern ihr Geld für schöne Dinge aus, von denen viele leicht durch die Fenster unten zu sehen sind. Vielleicht war vorhin jemand hier, als Ella und ich bei der Polizei waren, und hat beschlossen, im Schutz der Dunkelheit wiederzukommen. Vielleicht – vor Angst habe ich einen festen Kloß im Hals – haben sie das Haus schon seit einer Weile im Visier. Den ganzen Tag war ich das Gefühl nicht losgeworden, beobachtet zu werden, und jetzt frage ich mich, ob mein Instinkt recht behält.

Als Kind konnte ich den Code für die Alarmanlage noch vor unserer Telefonnummer auswendig, aber seit Marks Einzug benutzen wir sie nicht mehr. Er war es nicht gewohnt, in einem Haus mit Alarmanlage zu leben, und löste jedes Mal den Alarm aus, wenn er heimkam, um dann fluchend nach dem Schaltbrett zu suchen.

»Rita reicht doch sicher als Abschreckung, meinst du nicht?«, hat er gefragt, nachdem er dem Sicherheitsdienst ein weiteres Mal erklärt hatte, dass es *wieder* falscher Alarm gewesen war. Ich habe es mir irgendwann abgewöhnt, sie scharf zu stellen, und jetzt, da ich den ganzen Tag mit Ella zu Hause bin, kommt sie gar nicht mehr zum Einsatz.

Ich überlege, sie jetzt einzuschalten, nur weiß ich, dass ich sie im Dunkeln nicht aktivieren könnte, und der Gedanke, dort an der Haustür zu stehen, während jemand einzubrechen versucht, macht mir eine Gänsehaut.

Ich sollte Ella nach oben bringen. Dort könnte ich die Kommode in ihrem Zimmer vor die Tür schieben. Hier unten dürfen sie stehlen, was sie wollen. Das spielt keine Rolle. Im Geiste versuche ich, das Wohnzimmer mit objektivem Blick einzuschätzen, und frage mich, worauf sie aus sein könnten. Der Fernseher, vermute ich, und die offensichtlichen Dinge wie die silberne Bowlenschale, die meiner Urgroßmutter gehörte und in der jetzt Usambaraveilchen stehen. Auf dem Kaminsims sind zwei Porzellanvögel, die ich meinen Eltern zu ihrem Hochzeitstag geschenkt habe. Sie sind nicht wertvoll, sehen jedoch aus, als könnten sie es sein. Soll ich die mit nach oben nehmen? Und falls ja, was sonst noch? In diesem Haus gibt es so viele Andenken; so vieles, um das ich trauern würde. Unmöglich kann ich das alles nach oben schleppen.

Es ist schwer auszumachen, woher genau die Schritte kommen. Das leise Knirschen auf dem Kies wird lauter, als sei derjenige zunächst auf eine Seite des Hauses gegangen und ginge jetzt zur anderen. Ich greife nach meinem Handy, das neben dem Babyfon liegt. Soll ich die Polizei anrufen? Einen Nachbarn?

Ich scrolle durch die Nummern, bis ich die von Robert Drake gefunden habe. Zunächst zögere ich, möchte ihn nicht anrufen, obwohl mir klar ist, dass es sinnvoll wäre. Er ist Chirurg, wird also in Krisensituationen gut sein, und wenn er zu Hause ist, kann er kurz hinübersehen oder einfach seine Außenbeleuchtung einschalten und so jeden verschrecken, der da draußen sein mag ...

Sein Telefon ist ausgeschaltet.

Das Kiesknirschen wird lauter, konkurriert mit dem Pulsrauschen in meinen Ohren. Ich höre ein Schleifen. Eine Leiter?

Seitlich vom Haus, zwischen der Kieseinfahrt und dem Garten hinten, ist ein schmaler Streifen mit einem Schuppen und einem Kaminholz-Unterstand. Ich höre einen dumpfen Knall, der von der Schuppentür kommen könnte. Mein Herz beginnt zu rasen. Ich denke an die anonyme Karte, an meine Eile, sie zur Polizei zu bringen. War das falsch? War die Karte als Warnung gedacht – dass das, was meiner Mutter passiert war, auch mir geschehen könnte?

Vielleicht ist da draußen kein Einbrecher.

Vielleicht will derjenige, der meine Mutter tot sehen wollte, auch mich töten.

11

Murray

Tom Johnson war seit fünfzehn Stunden verschwunden, als seine Frau, Caroline Johnson – 48 Jahre alt, zehn Jahre jünger als Tom –, die Polizei verständigte. Sie hatte Tom nicht mehr gesehen, nachdem sie den Abend zuvor, wie sie es bezeichnete, »einen albernen Streit« gehabt hatten und er aus dem Haus gegangen war.

»Er sagte, dass er in den Pub will«, stand in ihrer Aussage. »Als er nicht nach Hause kam, dachte ich, dass er zu seinem Bruder gegangen ist, um seinen Rausch auszuschlafen.« Ihre Tochter Anna, die bei ihnen lebte, war in London zur Tagung einer Kinderhilfsorganisation, für die sie seit ihrem Universitätsabschluss arbeitete.

Tom Johnson war am nächsten Tag nicht zur Arbeit erschienen.

Murray fand die Aussage von Billy Johnson, Toms Bruder und Geschäftspartner, der sich keine Sorgen ob Toms Fehlen gemacht hatte.

»Ich nahm an, dass er verkatert war. Er ist mein Kompagnon. Was hätte ich denn tun sollen? Ihn abmahnen?« Sogar auf dem nüchternen Aussageprotokoll wirkten Billy Johnsons Worte defensiv. Bei vielen Leuten war das eine natürliche Reaktion: So wehrten sie die nagenden Schuldgefühle ab, weil sie sich nicht hinreichend gekümmert hatten, als es darauf ankam.

Die Vermisstenmeldung wurde von Uniformierten aufgenommen und als risikoarm eingestuft. Murray sah nach dem Namen des Officers, kannte ihn aber nicht. Zu dem Zeitpunkt hatte nichts darauf hingedeutet, dass Tom Johnson suizidgefährdet wäre, was jedoch nicht heißen sollte, dass die Einschätzung des Officers nicht hinterfragt wurde, nachdem der Suizid gemeldet worden war. Hätte es irgendwas geändert, wäre Tom als Hochrisiko eingestuft worden? Das konnte man unmöglich wissen. Nichts an Tom Johnsons Verschwinden hatte Grund zur Sorge gegeben. Er war ein erfolgreicher Geschäftsmann und bekannt im Ort. Ein Familienmensch, der noch nie wegen Depressionen behandelt worden war.

Die erste Textnachricht war um neun Uhr dreißig eingegangen.

Es tut mir leid.

Ironischerweise war Caroline Johnson erleichtert gewesen.

»Ich dachte, dass er sich für unseren Streit entschuldigt«, gab sie in ihrer Aussage an. »Er hatte mich angeschrien – und einige Sachen gesagt, die mich gekränkt hatten. Er war aufbrausend, aber hinterher hat er sich immer entschuldigt. Als die Nachricht kam, dachte ich, dass wenigstens alles in Ordnung ist.«

Er war aufbrausend.

Murray machte sich eine Notiz und unterstrich die Worte. Wie aufbrausend war Tom Johnson gewesen? Könnte er an dem Abend im Pub mit jemandem gestritten haben? In eine Prügelei geraten sein? Nachfragen bei Toms üblichem Pub hatten nichts ergeben. Wo er auch an jenem Abend vor seinem Tod hingegangen sein mochte, um seinen Kummer zu ertränken, es war nicht seine Stammkneipe gewesen.

Eine Anfrage des zuständigen Officers, Toms Handy zu orten, war abgewiesen worden, weil es keinerlei Hinweise auf eine lebensbedrohliche Situation gab. Murray krümmte sich innerlich stellvertretend für den Kollegen, der *diese* Entscheidung getroffen hatte. Sie wurde rasch widerrufen, als Caroline eine zweite Textnachricht von ihrem Mann erhielt.

Ich schaffe das nicht mehr. Die Welt wird ohne mich ein besserer Ort sein.

Was schaffte er nicht mehr?

Es war eine klassische Aussage im Eifer des Gefechts, wie sie jeder von sich geben könnte. Eventuell bedeutete sie nichts; oder sie bedeutete alles.

Ich schaffe das nicht mehr.

Verheiratet bleiben? Eine Affäre haben? Lügen?

Was hatte Tom Johnson getan, das ihn eine solche Schuld empfinden ließ?

Mehr Nachrichten gab es nicht, Tom Johnsons Handy war ausgeschaltet. Eine Überprüfung ergab, dass es sich zuletzt nahe Beachy Head ins Funknetz eingeloggt haben musste. Die automatische Kennzeichenerkennung spuckte aus, dass der Wagen, den er aus dem Autohaus mitgenommen hatte, in genau diese Richtung gefahren war, und Einsatzkräfte wurden hingeschickt. Obwohl Murray wusste, wie es ausgegangen war, bekam er Herzklopfen, als er die Seiten durchlas, und er stellte sich vor, wie es sich für die Officers angefühlt haben musste, dieses Wettrennen, um ein Leben zu retten.

Der Anruf einer Zivilistin – Diane Brent-Taylor –, die berichtete, einen Mann gesehen zu haben, der Steine in einen Rucksack lud. Ihr kam es seltsam vor, zumal der Mann einen Anzug trug, und sie blieb stehen. Sie beobachtete, wie er an den Klippenrand trat. Entsetzt sah sie, wie er seine Brieftasche und sein Handy aus der Tasche nahm, ehe er einen Schritt nach vorn machte und verschwand. Murray las die Mitschrift des Anrufs.

»Es ist Flut. Da ist nichts. Ich kann ihn nicht sehen.«

Der Seenotrettungsdienst war innerhalb von Minuten dort, doch es war bereits zu spät. Von Tom Johnson war keine Spur mehr zu entdecken.

Murray holte tief Luft. Er fragte sich, wie Ralph Metcalfe, der Coroner, damit fertigwurde, tagein, tagaus Geschichten von Toten zu hören. Gewöhnte er sich daran, oder ging er jeden Abend nach Hause und betäubte sich die Sinne mit Alkohol?

Die Officers hatten den Bereich abgesucht, den Mrs Brent-Taylor als die Stelle beschrieb, an der sie Tom über den Klippenrand treten gesehen hatte. Sie hatten seine Brieftasche und sein Handy gefunden. Das Display zeigte noch die panischen Nachrichten seiner Frau.

Wo bist du?

Tu das nicht!

Wir brauchen dich …

Die Polizei hatte Caroline Johnson die Nachricht zu Hause in ihrer Küche überbracht, wo sie mit ihrer Familie saß. Eine Kopie aus dem Notizbuch von PC Woodward listete die Namen und Berufe der Freunde und Angehörigen auf, die dort gewesen waren, um Caroline beizustehen.

William (Billy) Johnson, Geschäftsführer von Johnson's Cars. Schwager.

Robert Drake, Facharzt für Chirurgie am Royal Sussex. Nachbar.

Laura Barnes, Empfangssekretärin bei Hard as Nails. Patenkind.

Anna Johnsons Daten – *Bezirkskoordinatorin bei Save the Children. Tochter* – waren auf einem neuen Blatt vermerkt, was nahelegte, dass sie erst zu Hause eingetroffen war, nachdem PC Woodward die Namen der anderen aufgenommen hatte.

In den Tagen nach Tom Johnsons Tod hatten CID-Officers zahlreiche Befragungen durchgeführt und eine Akte für den Coroner zusammengestellt. Der Inhalt von Toms Smartphone war aufgeführt, einschließlich Onlinesuchen in den frühen Morgenstunden des 18. Mai nach *Beachy Head Selbstmord* und *Tidenkalender Beachy Head*. Murray fiel auf, dass die Flut ihren Höchststand um 10:04 erreicht hatte und Diane Brent-Taylors Anruf nur eine Minute später eingegangen war. Um die Zeit musste das Wasser ungefähr sechs Meter tief gewesen sein. Allemal tief genug, um einen mit Steinen beschwerten Mann zu verschlucken, ehe ihn der Brandungssog nach draußen zog. Sollte seine Leiche jemals gefunden werden, was wäre nach neunzehn Monaten noch von ihm übrig? Gab es irgendeinen Hinweis, ob Tom Johnson an jenem Morgen allein auf den Klippen gewesen war?

Die Zeugin, Diane Brent-Taylor, hatte niemanden bei Tom gesehen. Sie hatte sich geweigert, eine offizielle Aussage zu machen oder zur Anhörung zu erscheinen. Nach mehreren Minuten Gespräch, bei denen Diane so ausweichend war, dass es an Behinderung der Justiz grenzte, hatte die Notrufannahme schließlich herausgefunden, dass Diane mit einem verheirateten Mann am Beachy Head gewesen war, mit dem sie eine Affäre hatte. Das heimliche Paar war ebenso entschlossen gewesen, sein Rendezvous geheim zu halten, wie es die Polizei war, eine Aussage zu bekommen. Doch nichts konnte Diane bewegen, offiziell in Erscheinung zu treten.

Die Zeitachse in Murrays Notizbuch war nun vollständig. Die Ermittlungen zum Todesfall Tom Johnson waren binnen vierzehn Tagen abgeschlossen, die Akte wurde weitergegeben, und die CID-Officers wurden mit neuen Fällen betraut. Es folgte eine Verzögerung von mehreren Monaten, während die Erlaubnis eingeholt wurde, eine Anhörung ohne Leiche abzuhalten, doch soweit es die Ermittlungen betraf, war die Sache erledigt. Suizid. Tragisch, aber nicht verdächtig. Das war es.

Aber war es wirklich so einfach?

In der Akte gab es mehrere CDs mit Aufnahmen von Überwachungskameras, die man gesichert hatte, sowie Tom Johnson als unmittelbar gefährdet galt. Anscheinend hatte sie niemand durchgesehen, und Murray schätzte, dass der Fall bereits seinen traurigen Abschluss gefunden hatte, bevor die Officers Gelegenheit gehabt hatten, sich für eventuelle Hinweise stundenlang durch Aufzeichnungen zu kämpfen.

Der neue Audi, den Tom von Johnson's Cars am Tag seines Verschwindens mitnahm, war zwar untersucht worden, aber da alles auf Selbstmord hindeutete, nicht Mord, bekam die Forensik kein Budget für weitere Tests. Allerdings waren die Beweise beim Wagen genauso gesichert worden wie die Kameraaufzeichnungen, und Murray fragte sich, ob es sinnvoll wäre, Proben und Haare aus dem Wagen untersuchen zu lassen.

Aber was würde das beweisen? Es gab keinen Verdächtigen, mit dem man die Beweise abgleichen könnte, und bei dem Fahrzeug hatte es sich um einen Vorführwagen gehandelt. Wer also wusste, wie viele Probefahrten damit bereits gemacht worden waren?

Und wer würde Murray Laboruntersuchungen genehmigen, wenn er nicht einmal mit diesem Fall zu tun haben sollte? Bisher hatte er nichts gefunden, was den Befund des Coroners infrage stellen könnte.

Vielleicht ergab Caroline Johnsons Akte irgendetwas von Interesse.

Auf Anna Johnsons Notruf war schnell und umfassend reagiert worden. Die Adresse der Familie war bereits mit einem Warnhinweis versehen, und diesmal wurde die Vermisstenanzeige sofort als »Hochrisiko« eingestuft.

»Der Tod meines Vaters hat sie sehr getroffen«, stand in Anna Johnsons Aussageprotokoll. »Ich fing an, von zu Hause aus zu arbeiten, um ein Auge auf sie zu haben – weil ich mir ernste Sorgen machte. Sie aß nicht, schrak jedes Mal zusammen, wenn das Telefon klingelte, und an manchen Tagen stand sie überhaupt nicht auf.«

So weit normal, dachte Murray. Trauer traf jeden anders, und ein Verlust durch Suizid stellte eine besondere Belastung dar. Schuld – so unangebracht sie auch sein mochte – lastete schwer auf der Seele.

Am 21. Dezember hatte Caroline Johnson ihrer Tochter gesagt, sie bräuchte frische Luft.

»Sie war den ganzen Tag mit ihren Gedanken woanders gewesen«, hatte Anna ausgesagt. »Immer wieder ertappte ich sie dabei, wie sie mich ansah, und zweimal sagte sie mir, dass sie mich liebt. Sie benahm sich eigenartig, aber ich schob es auf die Tatsache, dass uns beiden vor dem ersten Weihnachten ohne Dad graute.«

Mittags wollte Caroline Milch kaufen.

»Sie nahm den Wagen. Ich hätte gleich erkennen müssen, dass etwas nicht stimmte, denn wir kaufen unsere Milch immer in dem kleinen Eckladen am Ende der Straße. Das ist nur ein kurzer Weg. Als ich richtig drüber nachdachte, dass der Wagen weg war, wusste ich, dass etwas Furchtbares passieren würde.«

Die Polizei wurde um drei Uhr nachmittags gerufen. Ein Officer, der die Familiengeschichte kannte und schon zu viele Beachy-Head-Fälle gehabt hatte, um zuversichtlich zu sein, hatte das Büro des Seelsorgers verständigt. Dort bot man seit Jahren Krisenintervention an, proaktive Streifen und Suchteams, alles, um die jährliche Todesrate am Beachy Head zu reduzieren. Ein eifriger Seelsorger bestätigte, ja, er hätte tatsächlich eine Frau gesehen, zu der die Beschreibung passte, aber der Officer dürfe beruhigt sein, denn sie war nicht gesprungen.

Murray legte Anna Johnsons Aussage ab und fand den Ausdruck zum Anrufprotokoll aus der Notrufzentrale, verfasst von PC 956 Gray:

Seelsorger macht Angaben über ein langes Gespräch mit einer Frau in den Fünfzigern, dem Anschein nach nordeuropäisch. Fragliche Person war sichtlich verzweifelt und trug einen mit Steinen befüllten Rucksack bei sich. Fragliche Person gab ihren Namen mit Caroline an und sagte aus, kürzlich ihren Mann durch Suizid verloren zu haben.

Der Seelsorger hatte Caroline den Sprung von der Klippe ausreden können.

»Ich wartete, während sie die Steine aus ihrem Rucksack nahm«, stand in seiner Aussage. »Wir sind zurück zum Parkplatz gegangen. Ich sagte ihr, dass Gott immer bereit sei, zuzuhören. Dass nichts so schlimm sei, als dass Gott uns nicht helfen könne, es durchzustehen.«

Murray bewunderte Leute, deren Glauben ihnen eine solche innere Sicherheit bescherte; er würde auch gern so einen tiefen Glauben empfinden, wenn er in eine Kirche ging. Doch es gab zu viel Schreckliches auf der Welt, als dass er alles als Gottes großen Plan hinnehmen könnte.

War sogar der Glaube des Seelsorgers von dem erschüttert worden, was als Nächstes geschah? Hatte er ein Gebet gesprochen und Hilfe erfleht, um damit fertigzuwerden?

Carolines Foto war an sämtliche Reviere weitergegeben worden, und zusätzliche Streifen wurden zum Beachy Head geschickt. Die Küstenwache arbeitete, wie so oft, mit der Polizei und der Seelsorge zusammen. Freiwillige Patrouillen Seite an Seite mit Officers. Unterschiedliche Herkunft, unterschiedliche Ausbildungen, aber dasselbe Ziel: Caroline Johnson lebend zu finden.

Carolines Handy wurde am oder nahe Beachy Head geortet,

und um kurz nach fünf Uhr nachmittags fand ein Hundehalter ihre Handtasche und das Mobiltelefon am Klippenrand. An dem Tag hatte die Flut um vier Uhr dreiunddreißig ihren Höchststand erreicht.

Ein BMW auf dem Parkplatz von Beachy Head, bei dem die Schlüssel steckten, wurde rasch zu Johnson's Cars zurückverfolgt. Dort bestätigte Billy Johnson, dass die Beschreibung des Seelsorgers auf seine Schwägerin Caroline Johnson passte, Mitgeschäftsführerin von Johnson's Cars und seit kurzem die Witwe von Billys Bruder, Tom Johnson.

Mit Ausnahme der Abschiedsnachrichten – Caroline hatte keine geschickt – war es eine exakte Kopie von Tom Johnsons Suizid sieben Monate zuvor. Wie musste Anna sich gefühlt haben, als sie wieder einem Polizisten die Tür öffnete, der seine Mütze in den Händen hielt? Als sie wieder in der Küche saß, umgeben von denselben Freunden und Angehörigen? Als noch eine Ermittlung, noch eine Trauerfeier, noch eine Anhörung anstanden?

Murray legte die Akte hin und seufzte tief. Wie oft hatte Sarah versucht, sich das Leben zu nehmen?

Zu oft, als dass er noch nachzählen könnte.

Das erste Mal war zu Beginn ihrer Beziehung, als Murray zum Squash-Spielen mit einem Kollegen gegangen war, anstatt Sarah zu treffen. Bei seiner Heimkehr hatte er sieben Nachrichten auf seinem Anrufbeantworter vorgefunden, und mit jeder hatte Sarah verzweifelter geklungen.

Damals war Murray in Panik geraten. Und das nächste Mal auch. Manchmal lagen Monate zwischen den Versuchen; dann wieder kam es vor, dass Sarah mehrmals täglich versuchte, sich umzubringen. In solchen Phasen wurde ein Aufenthalt in Highfield nötig.

Nach und nach hatte Murray gelernt, dass er für Sarah vor allem ruhig bleiben musste. Da sein. Nicht bewerten, nicht panisch werden. Also kam er nach Hause und hielt sie in den Armen; und wenn sie nicht ins Krankenhaus musste – was meistens der Fall war –, badete Murray sie in seinen Armen, verband behutsam ihre Handgelenke und versicherte ihr, dass er nirgends hinging. Erst wenn sie hinterher im Bett lag, wenn sich ihre Stirnfalten im Schlaf geglättet hatten, vergrub Murray das Gesicht in den Händen und weinte.

Er rieb sich das Gesicht. *Konzentration!* Diese Sache sollte einige Zeit füllen, ihn davon ablenken, über Sarah nachzudenken, abhalten, sich an Dinge zu erinnern, die er sonst immer verdrängte.

Er sah zu seinem Notizbuch, das nun von seiner sauberen Handschrift gefüllt war. Nichts schien außergewöhnlich. Also warum würde jemand Carolines Tod infrage stellen? Unruhe stiften? Anna erschüttern?

Selbstmord? Von wegen.

Irgendetwas war an jenem Tag geschehen, das nicht in der Polizeiakte stand. Etwas, dass die ermittelnden Officers nicht gesehen hatten. Das kam vor. Nicht oft, aber dennoch. Schlampige oder schlicht überlastete Detectives. Andere Fälle, die Vorrang hatten, weshalb Fälle zu den Akten gelegt wurden, obwohl vielleicht – ganz vielleicht – noch mehr Fragen zu stellen wären. Mehr Fragen auftauchten.

Murray nahm den letzten Packen Papiere auf: unterschiedliche, unsortierte Dokumente wie ein Foto von Caroline Johnson, die Kopie der Anrufliste von ihrem Handy, die Kopie von Tom Johnsons Lebensversicherungspolice.

Murray sah sich Letztere an. Und sah noch mal hin.

Tom Johnson war tot eine beachtliche Summe wert gewesen.

Annas Haus hatte Murray nie gesehen, aber er kannte die Straße. Es war eine ruhige Allee mit eigenem Park – Zugang nur für Anwohner. Solche Immobilien waren nicht billig und sehr begehrt. Murray vermutete, dass das Haus beiden Johnsons gehört hatte und folglich an die Tochter gegangen war, zusammen mit der gewaltigen Lebensversicherung. Und nicht zu vergessen das Familienunternehmen, von dem Anna Johnson nun die Hälfte gehören dürfte.

Wie man es auch drehte und wendete, Anna Johnson war eine extrem vermögende Frau.

12

Anna

Ich wische auf meinem Handy herum, finde *Anrufliste* und tippe Marks Nummer an, während ich mit Ella im Arm in den Flur und zur Treppe schleiche. Stumm flehe ich sie an, keinen Laut von sich zu geben.

Und dann geschehen drei Dinge.

Das Knirschen im Kies wird zu Schritten auf den Stufen.

Das blecherne Klingeln von Marks Handy an meinem Ohr wird von einer lauteren Version vor dem Haus gespiegelt.

Und die Haustür geht auf.

Als Mark hereinkommt, sein bimmelndes Mobiltelefon noch in der Hand, findet er mich mit weit aufgerissenen Augen und high von dem Adrenalinschub in der Diele vor.

»Sie haben geläutet, M'lady?« Grinsend tippt er auf sein Handy, um den Anruf wegzudrücken.

Langsam nehme ich das Telefon vom Ohr, doch mein Herz schlägt immer noch rasend schnell. Ich lache verlegen, und die Erleichterung macht mich nicht minder schwindlig als die Furcht noch vor wenigen Momenten.

»Ich habe jemanden gehört, der draußen herumging. Ich dachte, sie wollten hier rein.«

»Stimmt. Das war ich.« Mark tritt vor und küsst mich, Ella zwischen uns eingepfercht. Dann küsst er unsere Tochter auf die Stirn und nimmt sie mir aus dem Arm.

»Du bist herumgeschlichen. Warum bist du nicht direkt reingekommen?« Mein wütender Tonfall ist unfair, eine Nebenwirkung der Panik, die erst langsam in mir abebbt.

Mark neigt den Kopf zur Seite und betrachtet mich mit einer Geduld, die meine Reaktion nicht verdient. »Weil ich die Tonnen rausgestellt habe. Morgen kommt die Müllabfuhr.« Dann wendet er sich in einem Singsang Ella zu. »Ist es nicht so? Ja, so ist es!«

Ganz kurz kneife ich die Augen zu. Das Schleifgeräusch war keine Leiter. Der dumpfe Knall rührte von der Mülltonnenverkleidung. Vertraute Geräusche, die ich sofort hätte identifizieren müssen. Ich folge Mark ins Wohnzimmer, wo er das Licht einschaltet und Ella in ihren Sitzsack legt.

»Wo ist Laura?«

»Ich habe sie nach Hause geschickt.«

»Sie sollte doch bleiben! Ich wäre früher nach Hause gekommen ...«

»Ich brauche keinen Babysitter. Mir geht es gut.«

»Wirklich?« Er ergreift meine Hände und spreizt meine Arme weit. Ich winde mich unter seinem prüfenden Blick.

»Ja. Nein. Nicht so richtig.«

»Und wo ist diese Karte?«

»Bei der Polizei.« Ich zeige ihm dasselbe Foto wie vorhin schon Laura und beobachte, wie er die Schrift heranzoomt. Er liest laut.

»Selbstmord? Von wegen.«

»Siehst du? Meine Mutter wurde ermordet.«

»Das steht hier aber nicht.«

»Aber das soll es doch heißen, oder nicht?«

Mark sieht mich an. »Oder dass es ein Unfall war.«

»Ein Unfall?« Ich klinge genauso ungläubig, wie ich mich fühle. »Warum sagen sie das dann nicht einfach? Warum diese kryptische Nachricht? Die geschmacklose Karte?«

Mark setzt sich mit einem abgrundtiefen Seufzer, von dem ich denke – hoffe –, er bezieht sich weniger auf mich als auf den Tag in einem stickigen Seminarraum. »Vielleicht will jemand auf etwas aufmerksam machen. Nachlässigkeit, nicht böse Absicht. Wer ist für die Sicherung der Klippen zuständig. So was eben.«

Ich sage nichts, und als er fortfährt, ist seine Stimme sanfter.

»Du verstehst, was ich meine, nicht? Es kann mehrere Bedeutungen haben.«

»Ja, kann sein. Nur dass Mum ihre Handtasche und das Handy

am Klippenrand gelassen hat, was seltsam wäre, wenn man versehentlich stürzt …«

»Es sei denn, sie hatte die vorher abgelegt. Damit sie ihr nicht versehentlich herunterfallen. Sie blickt über den Klippenrand oder versucht vielleicht, einen Vogel zu retten, die Kante bröckelt und …«

Ich sacke neben Mark aufs Sofa. »Glaubst du ernsthaft, dass es ein Unfall war?«

Er dreht sich so, dass wir uns gegenübersitzen. Seine Stimme bleibt sanft, als er mir in die Augen sieht. »Nein, Schatz. Ich glaube, deine Mutter war nach dem Tod deines Vaters irrsinnig unglücklich. Ich glaube, es ging ihr schlechter, als irgendeiner einschätzen konnte. Und«, hier macht er eine Pause, um sich zu vergewissern, dass ich zuhöre, »dass sie sich das Leben genommen hat.«

Mir ist nichts von dem neu, was er sagt, trotzdem schlägt mir das Herz wild in der Brust, und mir wird klar, wie sehr ich mir wünsche, seine Theorie vom Unfall wäre wirklich ernst gemeint gewesen. Wie bereit ich bin, nach jedem Rettungsanker zu greifen … selbst wenn der noch nicht mal geworfen wurde.

»Ich meine nur, dass sich da alles reininterpretieren lässt. Diese Karte eingeschlossen.« Er legt mein Handy mit dem Display nach unten auf den Couchtisch, so dass die Fotos nicht zu sehen sind. »Wer dir das auch geschickt hat, will dich verwirren. Das sind kranke Leute. Sie wollen eine Reaktion provozieren. Tu ihnen nicht den Gefallen.«

»Der Mann bei der Polizei hat die Karte in eine Beweismitteltüte gelegt. Er sagte, dass sie nach Fingerabdrücken suchen würden.« *Sie* nehmen das ernst, möchte ich ergänzen.

»Warst du bei einem Detective?«

»Nein, nur einem Mann, der da am Empfang arbeitet. Er war lange Detective, und als er in den Ruhestand ging, hat er sich wieder als Zivilkraft einstellen lassen.«

»Das ist wahre Hingabe.«

»Ja, nicht? Stell dir vor, dass man seinen Job so sehr liebt, dass man nicht aufhören will, nicht mal nach der Pensionierung.«

»Oder man ist so auf eine Institution geprägt, dass man sich nichts anderes vorstellen kann?« Mark gähnt, und seine Hand ist zu spät, um es abzufangen. Vorn sind seine Zähne perfekt weiß, doch aus diesem Winkel sehe ich die Amalgamfüllungen in seinen oberen Backenzähnen.

»Oh, so hatte ich das noch gar nicht betrachtet.« Ich denke an den freundlich besorgten Murray Mackenzie mit seinen verständnisvollen Bemerkungen und bin auf beinahe absurde Weise froh, dass er noch bei der Polizei arbeitet. »Jedenfalls war er sehr nett.«

»Schön. Und fürs Erste ist es das Beste, wenn du nicht weiter darüber nachdenkst.« Er rückt in die Sofaecke, streckt seine Beine aus und hebt einladend einen Arm. Ich schmiege mich in die vertraute Position, unter seinen linken Arm gekuschelt, sein Kinn ruht sanft auf meinen Kopf. Mark riecht nach kalter Luft und etwas, das ich nicht recht einordnen kann ...

»Hast du geraucht?« Ich bin nur neugierig, sonst nichts, auch wenn ich höre, dass da eine gewisse Note in meinen Worten mitschwingt.

»Ein paar Züge, nachdem wir fertig waren. Entschuldige. Stinke ich?«

»Nein, ich ... ich wusste nur nicht, dass du rauchst.« Man stelle sich vor, nicht zu wissen, dass der eigene Partner raucht ... Aber ich hatte ihn nie mit einer Zigarette gesehen. Nie auch nur gehört, dass er Rauchen erwähnt hätte.

»Ich habe vor Jahren aufgehört. Mit Hypnotherapie. Das hat mich übrigens zur Psychotherapie geführt. Habe ich dir die Geschichte nie erzählt? Jedenfalls zünde ich mir alle paar Monate mal eine an, nehme ein paar Züge und drücke sie wieder aus. Es erinnert mich daran, dass ich die Kontrolle habe.« Ich höre das Grinsen in seiner Stimme. »Das hat eine eigene Logik, versprochen. Und keine Sorge, ich würde es nie vor Ella machen.«

Ich lehne mich enger an ihn und sage mir, dass es spannend ist, Sachen über uns zu entdecken – was wir gemeinsam haben, was uns unterscheidet –, doch jetzt gerade sind Rätsel das Letzte, was ich in meinem Leben brauche. Am liebsten wäre mir, Mark und ich würden uns in- und auswendig kennen. Dass wir schon Sandkastenfreunde gewesen wären. Dass ich ihn gekannt hätte, bevor meine Eltern starben. Da war ich noch ein anderer Mensch. Neugierig. Schnell amüsiert. Amüsant. Mark kennt jene Anna nicht. Er kennt die trauernde Anna; die schwangere Anna; Anna, die Mutter. Manchmal, wenn Laura oder Billy da sind, verliere ich mich in der Zeit vor dem Tod meiner Eltern und fühle mich wieder wie mein altes Ich. Das geschieht viel zu selten.

Ich wechsle das Thema. »Wie war dein Kurs?«

»Eine Menge Rollenspiel.« Ich höre ihm an, dass er eine Grimasse zieht. Er hasst das.

»Du bist später dran, als ich dachte.«

»Ich bin bei der Wohnung vorbeigefahren. Mir gefällt nicht, dass sie leer steht.«

Als Mark und ich uns kennenlernten, wohnte er in Putney. Dort empfing er seine Patienten in seiner Wohnung im siebten Stock und arbeitete einen Tag die Woche in einer Praxis in Brighton – dieselbe Praxis, die ihre Faltblätter in Eastbourne verteilte, als ich es am nötigsten hatte.

Ich erzählte Laura von dem Schwangerschaftstest, bevor ich Mark die Neuigkeit beibrachte.

»Was mache ich denn jetzt?«

»Ein Baby kriegen, schätze ich.« Laura grinste. »Oder ist das nicht der übliche Ablauf?«

Wir saßen in einem Café in Brighton, gegenüber dem Nagelstudio, in dem Laura früher gearbeitet hatte. Sie hatte einen neuen Job gefunden, bei dem sie Anrufe für einen Onlineversand annahm, doch ich sah, wie sie zu den lachenden jungen Frauen im Nagelstudio rüberblickte, und fragte mich, ob es ihr fehlte.

»Ich kann kein Kind kriegen.« Es fühlte sich unwirklich an. Ich fühlte mich nicht schwanger. Wären da nicht die sechs Tests, die ich gemacht hatte, und die ausbleibende Periode, ich hätte geschworen, dass es ein böser Traum war.

»Es gibt andere Optionen«, sagte Laura leise, obwohl niemand in Hörweite war.

Ich schüttelte den Kopf. Zwei verlorene Leben waren schon zu viel.

»Na gut.« Sie prostete mir mit ihrem Kaffeebecher zu. »Gratuliere, Mama!«

Mark sagte ich es an dem Abend beim Essen. Ich wartete, bis die Tische um uns herum besetzt waren, so dass wir quasi von der Gesellschaft von Fremden geschützt waren.

»Es tut mir leid«, sagte ich, als ich die Bombe platzen ließ. Da war ein Aufflackern von Verwirrung zu erkennen.

»Wie bitte? Das ist fantastisch! Ich meine ... oder nicht?« Er sah mich prüfend an. »Findest du nicht?« Obwohl er sich merklich bemühte, ernst zu sein, trat ein Lächeln auf seine Züge, und er blickte sich in dem Restaurant um, als erwartete er eine Runde Applaus von den anderen Gästen.

»Ich ... ich weiß nicht genau.« Doch ich legte meine Hand auf meinen noch flachen Bauch und dachte an all das Furchtbare im letzten Jahr. Hier war etwas Gutes. Etwas Wunderbares.

»Okay, es kommt vielleicht ein bisschen schneller, als wir es uns gewünscht hätten ...«

»Nur ein bisschen.« Ich konnte die Wochen, die wir zusammen waren, an meinen Fingern abzählen.

»... aber es *ist* trotzdem das, was wir wollten.« Er sah mich fragend an, und ich nickte energisch. War es. Wir hatten sogar darüber gesprochen, uns selbst mit unserer Offenheit erstaunt. Mark war neununddreißig, als wir uns kennenlernten, enttäuscht von einer mehrjährigen Beziehung, die er für dauerhaft gehalten hatte. Danach hatte er die Hoffnung fast aufgegeben, jemals eine Familie zu haben. Ich war zwar erst fünfundzwanzig, doch ich wusste leider nur allzu genau, wie kurz das Leben war. Der Tod meiner Eltern hatte uns zusammengeführt; dieses Baby würde uns jetzt zusammenschweißen.

Nach und nach löste Mark seine Praxis in London auf und baute die in Brighton aus, zog bei mir ein und vermietete seine

Wohnung in Putney. Es schien die ideale Lösung. Die Miete deckte seine Hypothek und bescherte ihm noch ein wenig zusätzliches Einkommen, und die Mieter schienen gern alle Reparaturen selbst zu machen, falls etwas anstand. Jedenfalls dachten wir das, bis das Gesundheitsamt anrief, weil sich der Nachbar von oben über einen seltsamen Gestank beschwert hätte. Bis wir dort ankamen, waren die Mieter schon mit den letzten Monatsmieten auf und davon und hatten alles in einem solch miserablen Zustand hinterlassen, dass Mark die Wohnung unmöglich gleich wieder neu vermieten konnte. Er musste erst alles instand setzen.

»Wie sieht es aus?«

»Ich habe Handwerker gefunden, die alles renovieren, doch die können erst Mitte Januar, also kann ich vor Februar nicht mit neuen Mietern rechnen.«

»Das spielt keine Rolle.«

»Doch, tut es.«

Wir schweigen, denn keiner von uns möchte einen Streit riskieren. Auf die Mieteinnahmen sind wir nicht angewiesen. Nicht mehr. Wir sind nicht knapp bei Kasse, wie Großvater Johnson gesagt hätte.

Ich würde jeden Penny zurückgeben, wenn ich dafür noch einen Tag mit meinen Eltern bekäme, doch Tatsache ist, dass ich durch ihren Tod sehr solvent bin. Dank meinem Großvater war das Haus nie belastet, und mit den Ersparnissen meines Vaters und den Lebensversicherungen meiner Eltern habe ich gegenwärtig etwas über eine Million Pfund auf dem Konto.

»Ich werde die Wohnung verkaufen.«

»Warum? Das war Pech, sonst nichts. Such dir einen anderen Makler, der die Referenzen besser überprüft.«

»Vielleicht sollten wir beide verkaufen.«

Für einen Moment begreife ich nicht, was er sagt. Oak View verkaufen?

»Oak View ist ein großes Haus, und der Garten macht eine Menge Arbeit, von der wir beide keine Ahnung haben.«

»Wir stellen einen Gärtner ein.«

»Das Sycamore steht für achthundertfünfzig zum Verkauf, und das hat nur vier Schlafzimmer.«

Er meint es ernst. »Ich möchte nicht umziehen, Mark.«

»Wir könnten uns zusammen etwas kaufen. Ein Haus, das uns beiden gehört.«

»Oak View gehört uns beiden.«

Mark antwortet nicht, aber ich weiß, dass er anderer Meinung ist. Ende Juni ist er eingezogen, als ich im vierten Monat war, und davor hatte er seit Wochen keine Nacht mehr allein in seiner Wohnung verbracht.

»Richte dich häuslich ein«, sagte ich munter, doch allein die Tatsache, dass ich es sagen musste, unterstrich, dass es mein Haus war. Es vergingen Tage, bis er nicht mehr jedes Mal fragte, ob er einen Tee machen dürfe; Wochen, bis er nicht mehr wie ein Besucher kerzengerade auf dem Sofa saß.

Ich wünschte, er könnte das Haus so lieben wie ich. Abgesehen von meinen drei Jahren an der Uni, habe ich immer nur hier gelebt. Mein ganzes Leben steckt in diesen vier Wänden.

»Denk einfach mal drüber nach.«

Mir ist klar, dass er glaubt, hier seien zu viele Gespenster. Dass es hart für mich ist, im alten Schlafzimmer meiner Eltern zu schlafen. Vielleicht ist es für ihn auch hart. »Mal sehen.«

Doch ich meine Nein. Ich will nicht umziehen. Oak View ist alles, was ich noch von meinen Eltern habe.

Ella wacht um Punkt sechs auf. Früher kam mir sechs Uhr früh vor, doch wenn man wochenlang jede Nacht mehrmals geweckt wurde und sich damit abgefunden hat, seinen Tag um fünf zu beginnen, fühlt sich sechs Uhr wie Ausschlafen an. Mark macht Tee und holt Ella zu uns ins Bett, so dass wir noch eine Stunde als Familie haben, ehe Mark duscht und Ella und ich zum Frühstück nach unten gehen.

Eine halbe Stunde später ist Mark immer noch im Bad. Ich höre das Scheppern und rhythmische Klopfen in den Rohren, das zum Soundtrack unserer Dusche gehört. Ella ist angezogen, aber ich bin noch im Pyjama und tanze durch die Küche, um sie zum Lachen zu bringen.

Ein Knirschen auf dem Kies draußen bewirkt, dass ich an gestern Abend denke. Während sich das erste Morgenlicht durchs Küchenfenster kämpft, ist mir peinlich, daran zu denken, in was für eine Panik ich mich reingesteigert hatte. Zum Glück war Roberts Handy ausgeschaltet, so dass Mark als Einziger meine Paranoia miterlebte. Wenn ich das nächste Mal abends alleine zu Hause bin, werde ich laute Musik anmachen, alle Lichter einschalten und im Haus mit den Türen knallen. Ich werde nicht in einem Zimmer kauern und ein Drama erfinden, wo keines ist.

Ich höre das metallische Klappern des Briefschlitzes, das weiche Klatschen von Post auf der Matte darunter, dann ein sehr leises Trommeln von Fingern, mit dem mir der Postbote bedeutet, dass er mir etwas vor die Tür gestellt hat.

Als Ella fünf Wochen alt war und von Koliken geplagt wurde, brachte der Postbote ein Lehrbuch, das Mark bestellt hatte. Ich hatte eine volle Stunde gebraucht, um das Baby zu beruhigen, da hämmerte der Postbote den Klopfer so fest gegen die Tür, dass die Lampen wackelten. Übermüdet und von postnatalem Zorn erfüllt, hatte ich die Tür geöffnet und den armen Mann wüst beschimpft. Hinterher, als sich meine Wut gelegt hatte und meine Schreie nicht mehr mit Ellas konkurrierten, schlug der Postbote vor, dass er weitere Pakete einfach vor der Tür lassen würde, um uns nicht zu stören. Anscheinend ist dies nicht das einzige Haus auf seiner Runde, bei dem er es lieber so hält.

Ich warte, bis sich seine Schritte entfernt haben, weil ich ihn nicht im Pyjama begrüßen will und mir mein Ausbruch nach wie vor unangenehm ist, tapse in die Diele und sammle die Post ein. Wurfsendungen, mehr Rechnungen und ein offiziell aussehendes Schreiben in einem gelbbraunen Umschlag für Mark. Dann nehme ich den Schlüssel von seinem Haken unterm Fensterbrett und schließe die Tür auf. Sie klemmt ein wenig, so dass ich fest ziehen muss, um sie aufzubekommen.

Doch es ist nicht die Wucht, mit der die Tür aufschwingt, die mich einen Schritt zurückweichen lässt; auch nicht die eisige Luft, die in die warme Diele bläst. Ebenso wenig ist es das Paket, das auf einem Stapel Kaminholz auf der Veranda liegt.

Es ist das verschmierte Blut auf der Schwelle und der Haufen Gedärm auf der obersten Stufe.

13

Es heißt, dass Geld die Wurzel allen Übels ist.

Die Ursache aller Verbrechen.

Es gibt noch andere wie mich – andere, die in dieser Halbexistenz umherwandern –, und sie alle sind wegen Geld hier.

Sie hatten keines. Oder zu viel.

Sie wollten das von jemand anderem, oder jemand wollte ihres.

Und das Ergebnis?

Ein geraubtes Leben.

Doch damit ist es nicht vorbei.

14

Anna

Das Kaninchen liegt auf der obersten Stufe, sein Bauch mit einem langen, sauberen Schnitt aufgeschlitzt. Gelatineartige Fleischmasse und Eingeweide quellen heraus. Die gläsernen Augen über dem klaffenden Maul mit den scharfen weißen Zähnen blicken zur Straße.

Ich öffne den Mund, um zu schreien, doch es ist keine Luft in meiner Lunge; stattdessen trete ich einen Schritt zurück und halte mich an dem Garderobenständer neben der Tür fest. Es ziept in meiner Brust. Der Drang, mein Baby zu nähren, ist eine instinktive Gefahrenreaktion.

Endlich kann ich atmen.

»Mark!« Das Wort explodiert förmlich aus meiner Kehle. »Mark! Mark!«, schreie ich immer weiter, unfähig, meinen Blick von dem blutigen Ding an meiner Haustür abzuwenden. Raureif bedeckt das Kaninchenfell und verleiht dem Blut einen silbrigen Glanz, was das Ganze nur noch makabrer macht, wie eine gruselige Weihnachtsdekoration. »Mark!«

Halb gehend, halb laufend kommt er die Treppe hinunter, stößt sich den Zeh an der untersten Stufe an und flucht laut. »Was zum ... mein Gott ...« Er hat nur ein Handtuch umgewickelt und fröstelt unweigerlich an der offenen Haustür, als er auf die Stufe sieht. Wassertropfen hängen in seinem spärlichen Brusthaar.

»Wer macht denn so etwas Schreckliches?« Ich weine jetzt, wie man es nach einem Schock tut, sobald man erkennt, dass man sicher ist.

Mark sieht mich verwirrt an. »Wer? Was meinst du wohl? Ein Fuchs, nehme ich an. Wie gut, dass es so kalt ist, sonst würde es eklig stinken.«

»Du glaubst, das war ein Tier?«

»Gegenüber ist ein ganzer Park, und der sucht sich unseren Hauseingang aus. Ich ziehe mich an, dann schaffe ich das weg.«

Etwas stört mich. Ich versuche herauszubekommen, was es ist, aber irgendwie entgleitet es mir. »Warum hat der Fuchs es nicht gefressen? Sieh dir all das Fleisch an, und«, ich muss schlucken, weil mir schlecht wird, »die Gedärme. Warum sollte er es töten und nicht fressen?«

»Das tun sie doch, oder nicht? Stadtfüchse fressen unseren Abfall. Sie töten zum Spaß. Wenn sie in einen Hühnerstall kommen, bringen sie sämtliche Hühner um, fressen aber kein einziges von ihnen.«

Ich weiß, dass er recht hat. Vor Jahren beschloss mein Vater, Gänse zu halten, in einem Pferch hinten im Garten. Ich dürfte nicht älter als fünf oder sechs gewesen sein, doch ich erinnere mich, wie ich meine Gummistiefel anzog, um die Eier zu holen und Körner im matschigen Gras auszustreuen. Obwohl das Schicksal der Tiere an Weihnachten besiegelt wäre, hatte meine Mutter allen Namen gegeben und rief sie einzeln herbei, um sie abends zusammenzutreiben. Ihr Liebling – und folglich auch meiner – war ein sehr lebhafter Vogel mit grauen Federspitzen, den sie Piper taufte. Während die anderen fauchten und mit den Flügeln schlugen, kam man ihnen zu nahe, ließ Piper sich von meiner Mutter aus der Hand füttern. Dass die Gans so zahm war, wurde ihr zum Verhängnis. Der Fuchs – der so dreist war, dass er nicht einmal wartete, bis es dunkel wurde – ließ sich von Pipers übellaunigen Geschwistern verscheuchen, biss jedoch der armen Piper den Hals durch. Den kopflosen Körper ließ er liegen, so dass meine Mutter und ich ihn an dem Abend fanden.

»Verfluchte Viecher«, sagt Mark. »Da wird einem klar, warum die Leute für Fuchsjagd sind, nicht?«

Nein, mir nicht. Ich habe noch nie einen Fuchs auf dem Land gesehen, aber reichlich in der Stadt, wo sie rotzfrech mitten auf der Straße entlangschnüren. Sie sind so wunderschön, dass ich mir nicht vorstellen kann, ihren Jagdinstinkt mit blankem Terror zu bestrafen.

Als ich das verstümmelte Kaninchen ansehe, geht mir plötzlich auf, was mich stört. Ich spreche langsam, weil sich der Gedanke erst jetzt richtig formt.

»Da ist zu viel Blut.«

Unter dem leblosen Tier ist eine große Pfütze und noch mehr Blut auf den drei Stufen hinunter zur Einfahrt. Mark wirkt verhalten amüsiert.

»Ich erinnere mich, dass wir im Bio-Unterricht Frösche seziert haben, aber Kaninchen hatten wir nie. Wie viel Blut *dürfte* da denn sein?«

Sein Sarkasmus ärgert mich. Warum will er nicht sehen, was ich sehe?

Ich versuche, ruhig zu bleiben. »Nehmen wir an, dass das ein Fuchs war. Und nehmen wir an, dass in einem winzigen Wildkaninchen genug Blut ist, um solch eine Schweinerei anzurichten. Hat der Fuchs sich die Pfoten auf den anderen Stufen abgewischt?«

Mark lacht, doch ich meine es ernst.

»Hat er seinen Schwanz benutzt, um das Blut zu verschmieren?«

Denn so sieht es aus; als hätte jemand einen Pinsel genommen, ihn in das Kaninchen getunkt und unsere Stufen mit unregelmäßigen Blutstreifen bemalt. Auf einmal wird mir klar, dass es wie ein Tatort aussieht.

Mark wird ernst. Er legt einen starken Arm um mich und macht mit der freien Hand die Tür zu. Dann wendet er sich mir zu. »Sag schon. Sag mir, wer das war.«

»Ich weiß nicht, wer es war. Aber sie haben es getan, weil ich bei der Polizei war. Sie haben es gemacht, weil sie etwas über Mums Tod wissen und mich davon abhalten wollen, es herauszufinden.« Meine Theorie laut auszusprechen macht sie nicht weniger abstrus.

Mark sieht mich ruhig an, wobei ich eine Spur von Sorge bemerke. »Schatz, das ergibt überhaupt keinen Sinn.«

»Hältst du dies hier für normal? Gestern eine anonyme Karte, heute das?«

»Okay, überlegen wir mal. Angenommen, die Karte war nicht von jemandem, der sauer auf deine Eltern war …«

»War sie nicht.«

»Was wollen die damit erreichen, dass sie den Selbstmord deiner Mutter hinterfragen?« Er wartet meine Antwort nicht ab. »Und was wollen sie damit erreichen, dass sie dir mit toten Tieren vor der Tür Angst machen?«

Ich verstehe, was er meint. Es scheint unlogisch. Warum mich zur Polizei treiben, um mich hinterher genau deshalb zu warnen?

Mein Schweigen nimmt Mark als Nachgeben.

»Es war ein Fuchs, Schatz.« Er tritt einen Schritt vor und küsst mich auf die Stirn. »Ehrlich. Wie wäre es, wenn ich Ella ein bisschen nehme und du dir ein schönes Bad gönnst? Vor elf habe ich keine Klienten.«

Ich lasse mich von Mark nach oben führen, wo er das Wasser aufdreht und etwas von dem lachhaft teuren Badesalz hineingibt, das er mir zu Ellas Geburt gekauft hat und ich noch nie Zeit hatte auszuprobieren. Ich lege mich in den Schaum und denke an Füchse, Kaninchen und Blut. Bin ich paranoid?

Im Geiste sehe ich die anonyme Karte, stelle mir die Hand des Absenders vor, die sie in den Umschlag steckt und anschließend in den Briefkasten. Hat dieselbe Person mit chirurgischer Präzision ein Kaninchen aufgeschlitzt? Das Blut auf meinen Stufen verschmiert?

Mein Puls will nicht langsamer werden. Er trommelt einen Stakkato-Rhythmus in meinen Schläfen, und ich sinke tiefer ins Badewasser, bis stattdessen das Gluckern und Summen meine Ohren füllt. Jemand will mir Angst machen.

Ich frage mich, ob die beiden Vorfälle wirklich in keinem Zusammenhang stehen. Die anonyme Karte hatte ich als Aufforderung verstanden, aktiv zu werden, eine Anweisung, den Tod meiner Mutter genauer zu untersuchen. Doch was, wenn es keine Anweisung war, sondern eine Warnung?

Von wegen.

Eine Warnung, dass Mums Tod nicht so glasklar war, wie er schien;

dass jemand da draußen meiner Familie etwas antun wollte. Immer noch will.

Ich schließe meine Augen und sehe Blut. So viel Blut. Meine Erinnerung täuscht mich bereits. Wie groß war das Kaninchen? War dort wirklich so viel Blut?

Fotos.

Der Gedanke kommt aus dem Nichts, und ich setze mich so schnell auf, dass Wasser aus der Wanne schwappt. Ich werde Fotos machen. Die kann ich Murray Mackenzie auf die Polizeiwache bringen und sehen, ob er denkt, dass es ein Fuchs gewesen sein könnte.

Eine winzige Stimme fragt, wen ich überzeugen will, Mark oder die Polizei. Ich verdränge sie, ziehe den Stöpsel und steige aus der Wanne. Beim Abtrocknen bin ich so fahrig, dass meine Sachen hinterher an meiner klammen Haut kleben.

Ich suche mein Handy und laufe nach unten. Doch Mark hat das tote Kaninchen schon weggeräumt und die Stufen mit Bleiche abgewaschen. Als ich die Haustür öffne, ist dort nichts mehr. Als wäre es nie geschehen.

15

Murray

Wintersonne fiel durch die Schlafzimmervorhänge herein, als Murray sich anzog. Er zurrte die Bettdecke unter die Kissen und strich die Falten glatt, bevor er die Kissen so arrangierte, wie Sarah es mochte. Als er die Vorhänge aufzog, bemerkte er dichte graue Wolken, die sich im Norden zusammenbrauten. Er zog einen Pullover mit V-Ausschnitt über sein Hemd.

Später, als der Geschirrspüler lief, Murray einmal durchgesaugt und die erste Wäscheladung aufgehängt hatte, saß er bei einer Tasse Tee und einem Schokoladenkeks am Küchentisch. Es war halb zehn. Die Stunden dehnten sich vor ihm aus. Er erinnerte sich an eine Zeit, in der jeder Morgen voller Hoffnung und Erwartungen gewesen war.

Nun trommelte er mit den Fingern auf dem Tisch. Er würde Sarah besuchen gehen, den Vormittag mit ihr verbringen. Eventuell konnte er sie überreden, ins Café zu gehen oder einen Spaziergang durch die Gartenanlage zu machen – und von dort würde er zur Arbeit fahren.

Jo Dawkins, Sarahs Betreuerin, die seit zehn Jahren in Highfield arbeitete, drückte den Summer, um Murray hineinzulassen.

»Tut mir leid, aber sie hat einen schlechten Tag.«

Ein schlechter Tag bedeutete, dass Sarah ihn nicht sehen wollte. Normalerweise würde er direkt wieder nach Hause gehen und hinnehmen, dass jeder Phasen hatte, in denen er allein sein wollte. Heute nicht. Er vermisste Sarah. Und er wollte über den Johnson-Fall reden.

»Würden Sie es noch mal versuchen? Sagen Sie ihr, ich bleibe nicht lange.«

»Ich sehe mal, was ich tun kann.« Jo ließ ihn am Empfang stehen. Dies war früher die Eingangshalle des Herrenhauses gewesen. Beim Umbau, lange bevor man sich für Denkmalschutz interessierte, hatte man sich nicht sehr geschickt angestellt. Dicke Brandschutztüren mit Tastenblöcken an den Seiten gingen zu den Stationen und Büros ab, und hässliche Raufasertapete klebte an der Decke und den Wänden.

Als Jo zurückkam, sah Murray ihr an, dass sich nichts geändert hatte.

»Hat sie einen Grund genannt?«

BPS. Das war der Grund.

Jo zögerte. »Ähm, eigentlich nicht.«

»Hat sie doch, oder? Kommen Sie, Jo, Sie wissen, dass ich es verkrafte.«

Die Schwester betrachtete ihn prüfend. »Okay, Sie findet, dass Sie«, hier hob sie beide Hände und malte Anführungszeichen in die Luft, um sich von den folgenden Worten zu distanzieren, »andere vögeln und Ihr Leben nicht mit einer Irren verplempern sollten.«

Murray wurde rot. Dass seine Frau ihm befahl, ihn zu verlassen (und dann bei der Aussicht einen Selbstmordversuch unternahm), war ein gängiges Thema in ihrer Ehe. Nur machte es das überhaupt um nichts leichter, diese Worte von einer dritten Person zu hören.

»Würden Sie ihr bitte sagen«, nun hob er die Hände, um Jos Luftmalerei zu imitieren, »dass ›eine Irre zu lieben‹ genau das ist, was mir am besten gefällt?«

Murray saß auf dem Parkplatz von Highfield und lehnte sich im Autositz zurück. Er hätte nicht so dumm sein sollen, Sarah überraschen zu wollen. Sie war schon in den besten Momenten unberechenbar; man konnte sich lediglich darauf verlassen, dass es ihr immer am Vormittag besonders schlecht ging. Er würde es nach der Arbeit noch einmal probieren.

Und was jetzt?

Ihm blieben noch zwei Stunden bis Schichtbeginn, und er hatte keine Lust, in ein leeres Haus zurückzukehren und zuzuschauen, wie die Minuten dahinkrochen. Der Kühlschrank war gefüllt, der Garten ordentlich, das Haus sauber. Murray überlegte.

»Ja«, sagte er laut, was eine Angewohnheit von ihm war. »Warum nicht?« Seine Zeit gehörte ihm; er durfte damit tun, was er wollte.

Er fuhr aus der Stadt über die Downs und drückte den Fuß fest aufs Gaspedal, um einen Geschwindigkeitsrausch zu erleben, wie ihn eine Busfahrt nie bot. Der Parkplatz an der Wache war zu klein, weshalb es oft praktischer war, mit den öffentlichen Verkehrsmitteln zu kommen. Aber Murray fuhr gern Auto. Er schaltete das Radio ein und summte irgendein Lied mit. Der Regen, der sich morgens angekündigt hatte, war bislang ausgeblieben, auch wenn die Wolken tief über den Hügeln hingen, und als das Meer in Sicht kam, war es von zornigen weißen Gischtflecken gesprenkelt.

Der Parkplatz war bis auf ein halbes Dutzend Wagen beinahe leer, und Murray suchte achtzig Pence für den Parkautomaten aus dem ansonsten überflüssigen Aschenbecher, wo er immer etwas Kleingeld aufbewahrte. Auf einem großen Schild neben dem Automaten stand die Nummer der Telefonseelsorge, und als Murray in Richtung Küstenpfad ging, kam er an einer Reihe weiterer Schilder vorbei.

Reden hilft.

Du bist nicht allein.

Konnte ein Schild irgendwas ausrichten? Würde jemand, der wild entschlossen war, sich das Leben zu nehmen, stehenbleiben, um diese Botschaft zu lesen?

Du bist nicht allein.

Auf jeden, der von Beachy Head in den Tod stürzte, kamen ein Dutzend weitere, die es nicht taten. Leute, die die Nerven verloren, die sich umbesannen, die einem der Freiwilligen begegneten, die entlang der Klippen patrouillierten, und zögerlich zustimmten, mit ihm eine Tasse Tee zu trinken, anstatt ihren Plan umzusetzen.

Aber damit war es nicht vorbei, oder? Eine Intervention war ein Komma, kein Punkt. Aller Tee, alle Gespräche, alle Unterstützung der Welt konnten womöglich nicht verhindern, was am nächsten Tag geschah. Oder am übernächsten.

Murray dachte an den armen Seelsorger, der Caroline Johnson mit ihrem von Steinen beschwerten Rucksack oben am Klippenrand entdeckt hatte. Wie musste er sich gefühlt haben bei der Nachricht, dass die Frau, der er den Suizid ausgeredet hatte, direkt zurückgefahren und doch gesprungen war?

War sie an dem Tag mit jemandem zusammen gewesen? Hatte der Seelsorger sich so sehr auf Carolines Rettung konzentriert, dass er eine Gestalt übersah, die sich im Schatten hielt?

Wurde Annas Mutter gestoßen? Vielleicht nicht physisch, aber könnte jemand Caroline dazu gezwungen haben, sich das Leben zu nehmen?

Die Landzunge erhob sich über Murray, und jeder Schritt brachte ihn höher über den Meeresspiegel. Der hiesigen Legende nach trafen sich am Beachy Head böse Ley-Linien, die jene, die für derlei empfänglich waren, in den Tod lockten. Murray hielt nichts von Magie und Mystik, doch ließ sich schwer ignorieren, welche Kraft von diesem Ort ausging. Die weite Grasfläche ging abrupt in weißen Fels über, wenngleich der Kontrast durch den Dunst gemildert wurde, der um den Leuchtturm unten waberte. Als sich die Wolken verschoben, sah Murray graue See in den wenigen Sonnenstrahlen aufblitzen, die sich durch den Dunst kämpften, und ihm wurde schwindlig, so dass er zurücktrat, obwohl er rund vier Meter vom bröckelnden Klippenrand entfernt war.

Caroline war hergekommen, um zu sterben. So viel ging klar aus der Aussage des Seelsorgers hervor. Aber die Andeutung in der anonymen Karte zum Jahrestag war nicht weniger klar: Ihr Suizid war nicht, was er schien.

Murray stellte sich Caroline Johnson vor, wie sie an derselben Stelle gestanden hatte, an der er nun stand. *Wollte* sie sterben? Oder war sie *bereit* gewesen zu sterben? Das war ein feiner, aber wichtiger Unterschied. Bereit zu sterben, damit jemand anders verschont wurde? Ihre Tochter? Vielleicht war Anna der Schlüssel zu allem. Könnte Caroline Johnson sich das Leben genommen haben, weil jemand drohte, andernfalls ihrer Tochter etwas anzutun?

Beachy Head verschaffte ihm nicht ansatzweise einen klaren Kopf. Vielmehr bewirkte dieser Ort, dass sich Murrays Gedanken im Kreis drehten.

Mitten auf dem ausgetretenen Rasenstück befand sich ein Steinsockel mit einer Schieferplatte obendrauf. Murray las die Inschrift, wobei er stumm die Lippen bewegte.

Mächtiger als das Tosen großer Wasser,
mächtiger als die Wellen des Meeres,
ist der HERR in der Höhe.

Unter dem Psalm stand eine letzte Erinnerung: *Gott ist immer größer als all unsere Sorgen.*

Murray spürte, wie etwas in ihm aufwallte. Abrupt wandte er sich von der Schiefertafel ab, blickte ein letztes Mal zu der Stelle, wo die Klippen ins Nichts mündeten, drehte sich um und marschierte zurück zum Parkplatz. Er war wütend, dass er sich diesen Spruch nahegehen ließ. Er war hergekommen, um zu recherchieren, ermahnte er sich nicht um rührselig zu werden. Er hatte sich ansehen wollen, wo Anna Johnsons Eltern gestorben waren. Um sich den Schauplatz einzuprägen, weil er dachte, dass sich etwas seit seinem letzten Besuch hier verändert haben könnte.

Hatte es nicht.

Es war eine der Freiwilligen gewesen, die Sarah fand. Sie hatte am Klippenrand gesessen, die Beine über den Abgrund baumeln lassen. Nein, sie hatte sich nicht umbringen wollen, erzählte sie der Seelsorgerin; sie wollte bloß nicht mehr auf der Welt sein. Das war etwas anderes, erklärte sie beharrlich. Murray hatte es verstanden. Er würde seine Frau um nichts in der Welt ändern wollen, dennoch wünschte er sich sehnlichst, er könnte die Welt für seine Frau verändern.

Murray hatte den Anruf entgegengenommen und war von der Arbeit aus zum Pub am Beachy Head gefahren, wo Sarah mit einer Frau zusammensaß, deren Kollar fast vollständig von der Regenjacke verdeckt war. Der Wirt war ein ruhiger, nachdenklicher Mann, der aus Erfahrung unterscheiden konnte, ob jemand einen anständigen Drink brauchte oder sich Mut antrinken wollte. Und er zögerte nicht, die Polizei zu rufen, wenn es nach Letzterem aussah und kein gutes Ende versprach. Er hatte sich diskret ans andere Ende des Pubs zurückgezogen, während Sarah an Murrays Schulter weinte.

Beachy Head hatte sich nicht verändert. Würde es nie. Es war ein schöner, beängstigender und schmerzlicher Ort und würde es immer sein. Gleichzeitig erhebend und niederschmetternd.

Murray parkte den Wagen in der Straße hinter der Wache, sah auf die Uhr und nahm seine Schlüsselkarte hervor. Zwei Streifenbeamte kamen ihm auf dem Korridor entgegengelaufen und nickten ihm dankbar zu, als er ihnen die Tür weit aufhielt, bevor sie in einen der Streifenwagen hinten auf dem Parkplatz sprangen. Innerhalb von Sekunden waren sie durch das Tor und mit quietschenden Reifen um die Ecke gebogen. Murray blieb stehen, bis die Sirene verklungen war, ein kaum merkliches Lächeln auf dem Gesicht. Es ging nichts über einen Notfall, um den Kreislauf in Schwung zu bringen.

Das Criminal Investigation Department – oder CID – befand sich am Ende eines langen Korridors. Zu Murrays Zeiten hatte es fünf oder sechs kleine Büros auf jeder Seite gegeben, doch bis er in den Ruhestand ging, waren die meisten Zwischenwände eingerissen worden, um ein Großraumbüro zu schaffen. Heute wurde von den Officers erwartet, dass sie mobil blieben und sich nicht fest an einem Schreibtisch einrichteten. Murray war froh, dass es dieses Konzept noch nicht gab, als er in der Abteilung war.

Wie wollte man ein Puzzle lösen, wenn man jeden Tag die Einzelteile wegpacken musste?

Detective Sergeant James Kennedy blickte auf, als Murray hineinkam, und echte Wärme spiegelte sich in seinen Zügen. Er schüttelte Murray herzlich die Hand. »Wie geht es dir so? Immer noch am Empfang? Lower Meads, stimmt's?«

»Genau da.«

»Ich beneide dich nicht drum.« James erschauderte. »Sobald ich meine Pension bekomme, bin ich hier weg. Mich kriegt keiner zurück in die Tretmühle. An Weihnachten arbeiten, statt die Kinder zu sehen, wie sie ihre Geschenke auspacken? Das ist doch schwachsinnig, oder?«

James Kennedy war in den frühen Dreißigern. Er hatte zwei Monate vor Murrays Abschied beim CID angefangen, und jetzt war er hier: leitete ein Team und war zweifellos einer der erfahrensten Detectives im Büro. Er mochte glauben, dass sein Ruhestand – in ferner Zukunft – ihn ein für alle Mal von der Uniform befreien würde, aber sollte er nur abwarten, bis es so weit war, dachte Murray. Dreißig Jahre hinterließen eine Leere, die schwer zu füllen war.

James musterte Murray, der noch in Zivil war. »Zu früh dran? Du bist aber eifrig.«

»Ich komme nur zufällig vorbei und dachte, ich sehe mal, wie es so läuft.«

Es entstand eine betretene Pause, denn beiden wurde bewusst, wie leer Murrays Leben war. James fing sich rasch wieder.

»Na, ich bin froh, dass du vorbeikommst. Es ist schön, dich zu sehen. Ich stelle mal den Wasserkocher an.«

Während James in der Büroecke herumfuhrwerkte, wo ein Wasserkocher und ein Teetablett auf einem Kühlschrank eine Behelfsküche bildeten, blickte Murray zu den laufenden Fällen am Whiteboard.

»Wie ich sehe, ist Owen Healey immer noch draußen unterwegs?«

James stellte zwei Becher auf den Schreibtisch, in denen die

Teebeutel wippten. Murray fischte seinen heraus und ließ ihn in den Papierkorb neben seinen Beinen fallen.

»Früher trieb er sich mit den Matthews herum, als sie noch Jugendliche waren – wohnte in der Sozialsiedlung hinter Wood Green. Die sind immer noch ganz dicke, wie es so schön heißt.«

Wieder trat unangenehmes Schweigen ein. »Ah. Ha! Stimmt. Dann überprüfen wir das lieber. Wie gut, dass du vorbeigekommen bist!« James klopfte Murray ein bisschen zu jovial auf die Schulter, und Murray wünschte, er hätte nichts gesagt. Er mochte pensioniert sein, aber er arbeitete immer noch für die Polizei. Er hörte immer noch Dinge; wusste immer noch Dinge. Niemand musste ihn bei Laune halten. Trotzdem versuchten es dauernd alle. Und das nicht bloß, weil er alt war, sondern weil ...

»Wie geht es Sarah?«

Da war es. Der zur Seite geneigte Kopf. Der »Gott sei Dank, dass du es bist und nicht ich«-Blick. James' Frau war zu Hause, kümmerte sich um die beiden gemeinsamen Kinder. Sie war nicht zum hundertsten Mal in der Psychiatrie. James würde nicht von der Arbeit nach Hause rasen, weil seine Frau in der Küche kniete, den Kopf im Gasherd. Murray rief sich zur Räson. Keiner wusste, was hinter geschlossenen Türen vor sich ging.

»Ihr geht es gut. Sie müsste bald nach Hause kommen.«

Er hatte keine Ahnung, ob das stimmte, denn er hatte längst aufgehört zu fragen. Stattdessen sah er Sarahs häufige Aufenthalte in Highfield – ob freiwillig oder unfreiwillig – als Chance für sich, Kräfte zu sammeln, ehe sie wieder zu Hause war. Eine Atempause.

»Eigentlich wollte ich mit dir über einen Fall sprechen, wo ich schon mal hier bin.«

James wirkte erleichtert, wieder auf vertrautem Terrain zu sein. »Ich bin ganz Ohr.«

»Dein Team hat bei ein Paar Selbstmorden im Mai und Dezember letzten Jahres ermittelt. Tom und Caroline Johnson. Ein Ehepaar. Sie brachte sich an derselben Stelle um wie er.«

James starrte auf seinen Schreibtisch und trommelte mit den

Fingern, als er versuchte, sich zu erinnern. »Johnson's Cars, richtig?«

»Genau. Du erinnerst dich?«

»Die Vorgehensweisen waren identisch. Nachahmungstat. Tatsächlich waren wir ein bisschen in Sorge, dass noch ein Haufen andere folgen würden – die Zeitungen hatten das ja groß aufgemacht. Aber – toi, toi, toi – bisher herrscht Ruhe im Karton. Der letzte Springer war vor ein paar Wochen. Der Typ wurde im Sturz gegen die Klippen geschmettert.« James verzog das Gesicht.

»Kam dir irgendwas seltsam vor?« Murray wollte beim Thema bleiben.

»Bei den Johnsons? Inwiefern? Dass sich Leute am Beachy Head umbringen, ist ja wohl kaum etwas Neues. Wenn ich mich recht erinnere, waren die Berichte des Coroners ziemlich solide und eindeutig.«

»Ja. Ich dachte nur ... Kennst du das nicht auch, wenn man bei einem Fall so ein Gefühl hat? Dass irgendwas nicht stimmt. Als würde sich die Wahrheit vor aller Augen verstecken, aber man bekommt sie einfach nicht zu packen.«

»Klar.« James nickte höflich, doch da war kein Funken von Verständnis. Seine Generation von Detectives gab nichts auf Gefühle. Sie arbeiteten mit Fakten. Mit Forensik. Es war nicht ihre Schuld; die Gerichte hielten genauso wenig von Intuition. Murray hingegen schon. Seiner Erfahrung nach war etwas, das wie Fisch roch und wie Fisch schmeckte, beinahe sicher Fisch. Selbst wenn es nicht wie einer aussah.

»Aber bei diesen Fällen hattest du das nicht?«

»Mann, das war doch eine ziemliche Standardnummer. Die Fälle kamen rein und waren binnen ein paar Wochen wieder draußen.« Er beugte sich vor und senkte die Stimme, obwohl niemand sonst im Büro war. »Eigentlich kein Auftrag fürs CID, habe ich recht?«

Murray lächelte höflich. Er vermutete, dass ein Selbstmordfall, bei dem man eine Akte anlegte und gleich wieder schloss, keine lohnende Herausforderung für ein Team von Detectives darstellte, die eine ganze Reihe von Vergewaltigungen und bewaffneten Überfällen auf dem Tisch hatten. Bei Murray war es immer anders gewesen. Ihn interessierten die Motive der Leute, weniger die Taten. Opfer, Zeugen, sogar Täter – sie alle hatten ihn fasziniert. Die Rätsel in ihrem Leben zu ergründen, das war es, was ihn reizte, damals wie heute. Am liebsten hätte er an James' Schreibtisch gesessen, als die Johnson-Selbstmorde reingekommen waren.

Murray riss sich zusammen. »Ich gehe dann mal lieber.«

»Ja, du hast sicher noch was anderes vor, nicht?« James klopfte ihm wieder auf die Schulter. »Woher das Interesse an den Johnsons?«

Dies war der richtige Zeitpunkt, um ihm Anna Johnsons anonyme Karte zu zeigen. Der Punkt, an dem Murray den Fall offiziell ans CID übergeben und zu seinem Job zurückkehren müsste.

Murray blickte abermals zur Fallliste am Whiteboard, zu den Aktenstapeln auf den Schreibtischen. Würde James die Johnson-Sache nach ganz vorn rücken? Einen Fall ohne klare Antworten, der von einem pensionierten Polizisten aufgebracht worden war?

»Das hat keinen besonderen Grund«, antwortete Murray, noch ehe er es richtig durchdacht hatte. »Reine Neugier. Ich sah den Namen auf einem alten Einsatzformular. Ich hatte da vor einigen Jahren einen Wagen gekauft.«

»Ah, super.« James' Blick huschte zu seinem Monitor.

»Dann lasse ich dich mal weiterarbeiten. Schöne Weihnachtstage.«

Anna Johnson war verwundbar. In etwas über einem Jahr hatte sie beide Eltern verloren und ein Baby bekommen. Sie fühlte sich bedroht, war verwirrt, und wenn dieser Fall untersucht werden sollte, musste es richtig gemacht werden, nicht flüchtig draufgeblickt, bevor er ein weiteres Mal zu den Akten gelegt wurde.

»War klasse, dich zu sehen. Nur weiter so!« James stand halb auf, als Murray das Büro verließ. Er saß schon wieder auf seinem Stuhl, bevor sein alter Kollege die Tür erreichte, und der Johnson-Fall vergessen.

Murray würde still und leise zu Caroline Johnsons Tod ermitteln und, sobald er konkrete Beweise hatte, dass es nicht mit rechten Dingen zugegangen war, wieder zu DS Kennedy gehen.

Bis dahin war er auf sich gestellt.

16

Anna

»Es kommt mir nur übertrieben vor, meine ich.«

»Mir nicht.« Wir stehen in der offenen Haustür, Ella in ihrem Autositz zwischen uns. Mark sieht auf seine Uhr, obwohl er eben erst nach der Uhrzeit geschaut hatte. »Du musst nicht mitkommen. Setz mich einfach bei der Polizeiwache ab und fahr zur Arbeit, wenn dir das lieber ist.«

»Sei nicht albern. Natürlich komme ich mit.«

»Albern? Ich würde ein totes Kaninchen …«

»Ich meinte nicht das Kaninchen! Mein Gott, Anna! Ich meinte: Sei nicht albern, denn ich werde dich bestimmt nicht allein zur Polizei gehen lassen.« Mark atmet schnaubend aus und stellt sich mir gegenüber hin. »Ich bin auf deiner Seite, das weißt du doch!«

»Ja, ich weiß. Tut mir leid.«

Von nebenan kommt ein Ruf. »Guten Morgen!«

Robert Drake steht vor seinem Haus, beide Hände auf dem Zaun zwischen unseren Auffahrten.

»Ein bisschen früh, oder?« Mark schaltet mühelos in Netter-Nachbar-Modus um, geht die Stufen hinunter und begrüßt Robert durch die Gitterstäbe.

»Der erste freie Tag seit sechs Jahren – den will ich nutzen.«

»Kann ich dir nicht verdenken. Sechs Jahre!«

Ich beobachte, wie sie sich die Hände schütteln.

»Bleibt es bei dem Weihnachtsumtrunk bei mir?«

»Unbedingt«, antwortet Mark mit weit mehr Begeisterung, als ich aufbrächte. Robert gibt jedes Jahr eine Party. Letztes Jahr hatte er sie aus Respekt vor meinen Eltern abgesagt, aber in diesem Jahr war die Einladung vor ein paar Wochen durch unseren

Briefschlitz gesegelt. Offenbar hält er meine Trauerphase für beendet. »Was dürfen wir mitbringen?«

»Nur euch selbst. Es sei denn, ihr wollt alkoholfreie Getränke. Von denen wird es nicht viele geben. Haha!«

Mein Vater und Billy hatten hin und wieder mit Robert Golf gespielt, doch meine Mutter war nie dabei. Sie sagte immer, Robert sei zu *selbstgefällig*. Jetzt sehe ich ihn an – sein teures Hemd, seine selbstbewusste Haltung – und denke, dass sie recht hatte. Robert Drake strahlt die unerschütterliche Arroganz von jemandem aus, der berufliche Überlegenheit auch für sein Privatleben als gegeben hinnahm.

Verpiss dich, Robert.

Die Stimme in meinem Kopf ist so klar, dass ich für einen Moment denke, ich hätte es laut ausgesprochen. Ich stelle mir Marks und Roberts Gesicht vor und muss mir ein Prusten verkneifen, das aus dem Nichts kommt. Vielleicht werde ich verrückt, so wie ich glaube, dass meine Mutter es nach dem Tod meines Vaters wurde. Über Sachen lache, die nicht witzig sind, über Dinge weine, die nicht traurig sind. Meine Welt scheint auf den Kopf gestellt zu sein, und dieser Mann nebenan mit seinem fröhlichen Weihnachtsgruß und seinen Scherzen über alkoholfreie Getränke kommt mir nach den Geschehnissen der letzten vierundzwanzig Stunden nicht bloß unwichtig, sondern unangemessen vor.

Meine Mutter wurde ermordet, möchte ich ihn anschreien. *Und jetzt bedroht mich jemand.*

Das tue ich natürlich nicht. Doch mir fällt ein, dass Robert mit seiner Neigung, nach draußen zu gehen, um mit Nachbarn zu plaudern, vielleicht etwas Brauchbares wissen könnte. Also gehe ich zu Mark an den Zaun.

»Hast du heute Morgen jemanden vor unserem Haus gesehen?«

Robert stockt, und seine ausgelassene Stimmung scheint sich unter meinem Blick in nichts aufzulösen. »Nicht dass ich mich erinnern würde.« Er ist ein großer Mann, aber nicht so breitschultrig wie Mark. Seine leicht gebeugte Haltung bringt mich dazu, ihn mir mit einem Skalpell in der Hand an einem OP-Tisch vorzustellen. Ich erschaudere. Male mir aus, wie dieselbe Hand ein Kaninchen aufschneidet ...

»Warst du gestern Abend spät noch vor der Tür?«

Auf meine unvermittelte Frage tritt zunächst verlegenes Schweigen ein.

Robert sieht zu Mark, obwohl die Frage von mir kam. »Wieso sollte ich?«

»Jemand hat uns ein Kaninchen auf die Fußmatte gelegt«, erklärt Mark. »Da war Blut auf den Stufen. Wir hatten uns gefragt, ob du etwas gesehen hast.«

»Gütiger Himmel. Ein Kaninchen? Wie eigenartig ... Aber warum?«

Ich mustere sein Gesicht, suche nach einem Hinweis, dass er schauspielert. »Du hast keinen gesehen?« Dabei bin ich unsicher, welche Antwort ich erwarte. *Ja, ich habe jemanden gesehen, der ein verstümmeltes Kaninchen vor eure Tür gelegt hat, kam aber nicht drauf, mal zu fragen, was das denn soll.* Oder: *Ja, das habe ich aus Spaß dahin gelegt. Haha. Ein verfrühtes Weihnachtsgeschenk.*

»Ich war gestern erst sehr spät zu Hause ... Eure Wagen standen beide in der Auffahrt, aber es brannte kein Licht bei euch. Und heute Morgen habe ich leider länger geschlafen. Frei bis Neujahr. Ich weiß, habe ich ein Glück, was?«

Das ist schwachsinnig. Robert Drake ist der Typ Nachbar, der Überwachungsinitiativen ins Leben ruft und sofort meldet, wenn irgendwo Besuch vor verschlossener Tür steht. Sollte er jemanden gesehen haben, der uns ein Kaninchen vor die Tür legt, hätte er es uns erzählt. Und was ihn selbst als möglichen Täter betrifft ... der Mann ist Arzt, kein Psychopath.

Ich wende mich zu Mark. »Wir sollten los.«

»Ja, sicher.« Er nimmt Ellas Autositz auf und trägt ihn zum Wagen, wo er ihn sehr gelassen festschnallt, während ich mich hinten neben sie setze.

Ich glaube nicht, dass Mark dies hier ernst nimmt. Meine Eltern wurden ermordet. Wie viele Beweise braucht er denn noch?

Die anonyme Karte. Ein totes Kaninchen. Das sind keine normalen Vorfälle.

Er steht eine Weile vor der geschlossenen Wagentür, dann geht er weg. Ich höre die Kiesel unter seinen Schritten knirschen. Mit einem Finger streichle ich Ellas Wange und warte, dass Mark die Haustür abschließt. Plötzlich fällt mir ein, wie ich im Wagen auf meine Eltern wartete, hinten, wie jetzt, während mein Vater auf das Lenkrad tippte und meine Mutter zurück ins Haus lief, um etwas zu holen, das sie vergessen hatte.

»Es wäre so schön gewesen, hättest du sie kennenlernen können«, sage ich zu Ella.

Als ich von der Uni kam, wollte ich dringend eine eigene Wohnung. Ich hatte Unabhängigkeit kennengelernt – eine Welt außerhalb von Eastbourne gesehen –, und sie gefiel mir. Aber der Wohltätigkeitssektor ist ideal, wenn es um Jobzufriedenheit geht, nicht um Gehaltsvorstellungen, und die Immobilienpreise kamen nie auch nur in Reichweite für mich. Also zog ich wieder zu meinen Eltern und blieb.

Mein Vater erinnerte mich sehr gerne daran, dass ich gar nicht wüsste, wie gut es mir ging.

»Ich wurde mit sechzehn rausgeschmissen, damit ich von der Pike auf lerne, jawohl. Meinen alten Herrn hätte man nicht erwischt, wie er für Billy und mich die Wäsche machte, nachdem wir die zwanzig überschritten hatten.«

Ich war ziemlich sicher, dass Großvater Johnson ohnehin nie in der Nähe einer Waschmaschine gesehen wurde. Seine Frau war nämlich von der Sorte, die in ihrem Haushalt aufging und jeden Eindringling aus ihrer Küche scheuchte.

»Jahrelang habe ich zwölf Stunden am Tag gearbeitet, und in deinem Alter hatte ich eine Wohnung in Soho und eine Brieftasche voller Fünfziger.«

Meine Mutter und ich grinsten uns verschwörerisch an. Keine von uns erwähnte die Tatsache, dass es Großvater gewesen war, der ihm die Lehre in der Werkstatt eines Freundes vermittelt hatte, oder dass Großmutter ihm regelmäßig Fresspakete schickte.

Oder dass es 1983 immer noch möglich war, für fünfzigtausend Pfund eine Wohnung in London zu kaufen. Ich wechselte das Thema, ehe er noch behauptete, er wäre als Schulkind in Schornsteine gejagt worden.

Ich war nie besonders gut in der Schule, aber ich hatte die Arbeitshaltung meiner Eltern geerbt. Mir imponierte, wie viele Stunden sie opferten, um das Familienunternehmen zum Erfolg zu führen, und ich tat mein Bestes, ihnen nachzueifern.

»Such dir einen Job, den du liebst«, sagte mein Vater gern, »und du wirst keinen Tag im Leben arbeiten.«

Das Problem war, dass ich nicht wusste, was ich machen wollte. Ich ergatterte einen Studienplatz in Soziologie an der Warwick-Universität, schaffte mit Ach und Krach einen mittelmäßigen Abschluss und hatte immer noch keine klare Vorstellung. Der erste Schritt in meiner Laufbahn erfolgte rein zufällig. Ich nahm einen Job bei Save the Children an, holte mir eine rote Weste und ein Klemmbrett ab und arbeitete mich durch die Straßen, klopfte an Türen. Einige Leute waren freundlich, andere weniger, aber ich erkannte schnell, dass ich doch ein wenig von dem Charme meiner Eltern geerbt hatte. Ich rekrutierte mehr monatliche Spender in meinem ersten Monat als der Rest des Teams zusammen. Eine zeitweilige Beförderung zur regionalen Bereichsleiterin endete damit, dass ein Posten für die landesweite Leitung frei wurde und ich mich an einem schicken Schreibtisch wiederfand. Mein rasanter Aufstieg strafte all die Leute Lügen, die meine Legasthenie als Dummheit verkannt und immer behauptet hatten, ich würde es nie zu irgendwas bringen. »Ganz der Vater«, hatte Dad stolz gesagt.

Ich arbeitete eng mit dem Team der Spendeneinwerber zusammen, dachte mir neue Methoden aus, um Aufmerksamkeit zu gewinnen, und betreute eine dreihundertköpfige Mannschaft von Leuten, die im ganzen Land von Tür zu Tür gingen. Energisch verteidigte ich sie gegen Mittelschichtsbeschwerden übers »Kampfbetteln« und lobte jeden Einzelnen meiner Mitarbeiter für seinen Beitrag zugunsten der Kinder dieser Welt. Ich liebte den Job, auch wenn er nicht gut bezahlt war. Deshalb war zu Hause zu wohnen die einzige Option.

Außerdem, so uncool es klingen mag, wohnte ich gerne bei meinen Eltern. Nicht wegen der sauberen Wäsche, des Essens oder des sagenhaften Weinkellers meines Vaters, sondern weil es wirklich nett war, meine Eltern um mich zu haben. Sie brachten mich zum Lachen. Sie waren interessiert und interessant. Wir redeten bis spätabends über Pläne, Politik, Leute. Wir diskutierten über unsere Probleme. Es gab keine Geheimnisse. Oder zumindest taten sie so, als gäbe es keine.

Ich denke an die Wodkaflasche unten im Schreibtisch meiner Eltern; an die anderen, die im Haus versteckt waren. An den Küchentisch voller leerer Weinflaschen, der doch immer makellos sauber war, wenn ich morgens aufstand.

Es war gegen Ende meines ersten Jahrs in Warwick, als ich mit Sam, einer Freundin aus dem Wohnheim, ein Wochenende bei ihren Eltern verbrachte. Dass es zum Abendessen keinen Wein gab, fühlte sich seltsam an, als hätten sie das Besteck weggelassen. Einige Wochen später fragte ich Sam, ob es ihre Eltern nicht störte, dass sie Alkohol trank.

»Wieso sollte es?«

»Sind sie nicht Abstinenzler?«

Sam lachte. »Abstinenzler? Du müsstest Mum mal zu Weihnachten mit ihren Sherrys erleben!«

Ich war rot geworden. »Ich dachte … Sie haben nichts getrunken, als ich bei euch war.«

Sie zuckte mit den Schultern. »Ist mir gar nicht aufgefallen. Mal trinken sie, mal nicht. Wie die meisten Leute, vermute ich.«

»Ja, wird wohl so sein.«

Die meisten Leute tranken nicht jeden Abend? Die meisten Leute machten sich keinen Gin Tonic, wenn sie von der Arbeit kamen, und sagten dabei »Irgendwo ist es schon sechs«?

Die meisten Leute.

»Alles bereit?« Mark steigt in den Wagen und legt seinen Gurt an. Im Rückspiegel sieht er zu mir, dann dreht er sich herum, um mich richtig anzusehen. Er räuspert sich, was eine unbewusste Angewohnheit ist, wie ich schon bei unseren ersten Treffen feststellen konnte. Eine Art Satzzeichen. Wie ein Punkt zwischen dem, was er gesagt hat, und dem, was er gleich sagen will. Eine Art, zu signalisieren: »Jetzt hör zu. Das ist wichtig.«

»Nachdem wir bei der Polizei waren ...« Er zögert.

»Ja?«

»Könnten wir für dich einen Termin zu einer Beratung machen.«

Ich ziehe eine Augenbraue hoch. *Eine Beratung*. Die höfliche Umschreibung für *Such dir einen Seelenklempner, du bist plemplem*. »Ich brauche nicht noch eine Therapie.«

»Jahrestage können komische Dinge auslösen.«

»Zum Brüllen komisch«, scherze ich, doch Mark lächelt nicht. Er wendet sich wieder nach vorn und lässt den Motor an.

»Denk wenigstens darüber nach.«

Da gibt es nichts nachzudenken. Ich brauche die Polizei, keinen Psychiater.

Doch als wir aus der Einfahrt biegen, stockt mir der Atem, und ich beuge mich über Ella, um eine Hand an die Scheibe zu legen. Vielleicht brauche ich doch eine Therapie. Für einen Moment sehe ich diese Frau dort ... Natürlich ist es nicht meine Mutter, aber mich schockt, wie extrem enttäuscht ich bin, wie sehr ein Teil von mir hofft, sie könnte es sein. Gestern, an ihrem Todestag, fühlte ich ihre Präsenz so sehr, dass ich heute schon Geister sehe, wo keine sind.

Und dennoch habe ich das seltsame Gefühl ...

Wer sagt, dass es keine Geister gibt?

Ärzte? Psychiater?

Mark?

Vielleicht ist es möglich, die Toten heraufzubeschwören. Vielleicht – ganz vielleicht – hat meine Mutter eine Botschaft für mich.

Nichts davon sage ich Mark. Ich starre aus dem Fenster, als wir zur Polizeiwache fahren, will dringend Geister, irgendein Zeichen sehen.

Falls meine Mum mir zu sagen versucht, was wirklich an ihrem Todestag passiert ist, höre ich zu.

17

Ich bin zu lange hier. Je länger ich bleibe, desto größer ist die Gefahr, dass mich jemand sieht.

Aber ich muss es jetzt tun – es könnte meine einzige Chance sein.

Mark schnallt das Baby in dem Körbchen hinten im Wagen fest, und Anna setzt sich auf den Platz daneben. Mark schließt die Autotür. Eine Sekunde lang steht er da, beide Hände flach auf dem Wagendach. Anna kann sein Gesicht nicht sehen, ich aber sehr wohl, und er wirkt beunruhigt. Sorgt er sich wegen Anna? Dem Baby? Etwas anderem?

Er geht zurück zu der Grundstücksseite, wo Robert noch vorgibt, einige Pflanztöpfe zurechtzurücken. Ich merke, wie sich Panik in mir regt, obwohl er mich nicht berühren, mich nicht einmal sehen kann. Die beiden Männer unterhalten sich leise über das Geländer hinweg, und ich frage mich, ob Anna dieselben Gesprächsfetzen aufschnappt wie ich.

»… immer noch in Trauer … sehr schwierig … eine Spur postnatale Depression …«

Ich warte.

Mark fährt weg. Robert lässt seine Töpfe in Ruhe und geht wieder nach drinnen.

Und dann ist es Zeit.

Einen Atemzug später bin ich durch die geschlossene Tür und stehe in der Diele. Prompt überkommen mich unzählige Gefühle, rauschen Erinnerungen auf mich ein, von denen ich nie gedacht hätte, dass sie sich halten würden.

Wie ich die Scheuerleisten anmalte, wobei ich wegen meines wachsenden Babybauchs linkisch kniete. Wie ich Überdecken auf den Stufen auslegte, damit die winzige Anna hinunterrutschen konnte; du feuertest sie an, doch ich hielt mir die Augen zu.

Wir spielten glückliche Familie. Verbargen, wie wir wirklich empfanden.

Wie schnell sich das Leben ändert. Wie leicht Glück zerbricht.

Das Trinken. Das Schreien. Die Kämpfe.

All das hielt ich fern von Anna. Es war das Mindeste, was ich für sie tun konnte.

Ich rufe mich zur Ordnung. Die Zeit für Gefühlsduselei ist längst vorbei; jetzt ist es zu spät, über die Vergangenheit nachzugrübeln.

Schnell und lautlos bewege ich mich durch das Haus, berühre alles federleicht. Ich hinterlasse keine Unordnung, keine Fingerabdrücke, keine Spur. Mich interessieren die Papiere, die Anna zur Seite gelegt hatte. Mein Kalender. Die Fotos, die nur dann eine Geschichte erzählen, sofern man weiß, wie sie endet. Ich suche nach dem Schlüssel, der jedem verrät, warum ich sterben musste.

Und finde nichts.

Ich arbeite mich systematisch durch die Schreibtischschubladen. Dabei ignoriere ich den Anflug von Wehmut, der mit jedem Kleinod, mit jedem Notizbuch, das ich aufnehme, schärfer wird. Am Ende kann man nichts mitnehmen, heißt es immer. Mir fällt ein altes Schulprojekt von Anna über »Grabbeigaben« im alten Ägypten ein, die den Toten die Überfahrt ins Leben nach dem Tode erleichtern sollten. Anna verbrachte Wochen damit, einen Sarkophag zu malen, umgeben von sorgfältig gefertigten Bildern ihrer eigenen kostbarsten Besitztümer. Ihr Walkman mitsamt Kassetten; Salt-and-Vinegar-Chips – sechs Tüten; Porträts, die sie von dir und mir gemalt hatte; ein Lieblingsschal, falls ihr kalt würde. Bei der Erinnerung lächle ich und überlege, was ich mitgenommen hätte, wäre es möglich gewesen. Was hätte mein Leben nach dem Tod verschönert?

Es gibt keinen Schlüssel. Weder in den Taschen, die unten verteilt sind, noch in der Kommodenschublade in der Diele, in der sich alles ansammelt, was kein Zuhause hat.

Was hat Anna mit ihm gemacht?

18

Murray

»Ich habe den Kalender meiner Mutter vom letzten Jahr gefunden.« Anna reichte ihm das dicke A4-Buch. »Ich dachte, der hilft vielleicht, ihre Bewegungen nachzuvollziehen.« Sie saßen wieder in derselben Kitchenette-Ecke hinterm Empfangstresen der Lower-Meads-Wache wie bei ihrer ersten Unterredung. Annas Lebensgefährte Mark war bei ihr, und gemeinsam berichteten sie von einem der seltsamsten Vorkommnisse, von dem Murray während seiner Laufbahn jemals gehört hatte.

Mark Hemmings hatte dichtes dunkles Haar und eine Brille, die er gegenwärtig hoch in seine Stirn geschoben hatte. Er saß zurückgelehnt auf seinem Stuhl, den Knöchel eines Beins auf dem Knie des anderen. Sein rechter Arm lag auf der Rückenlehne von Annas Stuhl.

Anna Johnson nahm nicht mal halb so viel Raum ein wie ihr Partner. Sie hockte vorn auf der Stuhlkante, vorgeneigt, die Beine überkreuzt und die Hände gefaltet, als wäre sie in der Kirche.

Mehrere Broschüren und Visitenkarten lagen lose in dem Kalender, und als Murray ihn aufschlug, fiel eine Fotografie heraus.

Anna griff danach. »Verzeihung, das hatte ich da hineingelegt, damit es nicht zerknickt. Ich wollte es rahmen lassen.«

»Ihre Mutter?«

»Ja, in dem gelben Kleid. Und das ist ihre Freundin Alicia. Sie starb mit dreiunddreißig an einem Asthma-Anfall. Ihre Tochter Laura ist das Patenkind meiner Mutter.«

Murray erinnerte sich an den Notizbucheintrag des Officers. *Laura Barnes. Patenkind.* Die Frauen – eher noch junge Mädchen – auf dem Foto standen lachend vor einem Pub, die Arme so eng verschränkt, dass sie wie zusammengewachsen wirkten. Im Hintergrund war ein Tisch voller junger Männer zu erkennen, von denen einer bewundernd hinüber zu Alicia und Caroline blickte. Auf dem Hängeschild am Gebäude hinter ihnen konnte Murray einen Pferdewagen ausmachen.

»Komischer Ort für einen Urlaub – so weit weg vom Meer, wie man nur sein kann –, aber meine Mutter sagte, sie hätten eine wunderbare Zeit gehabt.«

»Ein hübsches Foto. Haben Sie Annas Eltern nie kennengelernt, Mr Hemmings?«

»Leider nicht. Sie waren beide schon tot, bevor wir uns begegnet sind. Genau genommen sind wir uns deshalb überhaupt erst begegnet.« Instinktiv sahen sowohl Mark als auch Anna zu ihrer Tochter, die es, wie Murray vermutete, ohne die Familientragödie nicht geben würde.

»Ich werde mit einem Kriminaltechniker über das Kaninchen reden, aber ohne es untersuchen zu können ...«

»Tut mir leid. Wir hatten nicht nachgedacht.« Anna warf ihrem Lebensgefährten einen Blick zu.

»Nächstes Mal lasse ich es einfach da, ja?«, fragte Mark. Er sprach sanft, dennoch schwang ein Unterton mit, der Murray sagte, dass sie diese Unterhaltung nicht zum ersten Mal führten. »Damit sich die Fliegen richtig schön daran austoben können?«

»Es ist nicht mehr zu ändern. Ich habe die Karte an die Forensik weitergeleitet. Sie werden sie auf Fingerabdrücke und DNS überprüfen und versuchen, den Poststempel zu entziffern, damit wir erfahren, woher sie kam. Und ich sehe mir diesen Kalender an. Danke.« Murray gab Anna das Foto zurück, doch sie steckte es nicht ein. Stattdessen hielt sie es mit beiden Händen und starrte es an, als könne sie es so zum Leben erwecken.

»Ich sehe sie dauernd.« Sie blickte auf. Mark verlagerte seinen Arm von der Stuhllehne zu ihren Schultern. Er presste die Lippen fest zusammen, während Anna es zu erklären versuchte. »Zumindest ... ich *sehe* sie nicht direkt. Aber ich *fühle* sie. Ich denke ... ich denke, sie könnte versuchen, mir etwas mitzuteilen. Klingt das verrückt?«

Mark sprach leise, die Worte ebenso an Murray wie an Anna gerichtet. »Es kommt sehr oft vor, dass Trauernde sich vorstellen, ihre Lieben zu sehen. Eine emotional bedingte Manifestation; man möchte sie so dringend sehen, dass man glaubt ...«

»Was ist, wenn ich es mir *nicht* einbilde?«

Es entstand eine betretene Pause. Murray kam sich wie ein Störenfried vor und fragte sich, ob er sich einen Grund ausdenken sollte, das Paar allein zu lassen. Doch ehe er sich rühren konnte, wandte Anna sich zu ihm.

»Was denken Sie? Glauben Sie an Geister? An ein Leben nach dem Tod?«

Polizisten waren von Natur aus ein zynischer Menschenschlag. Während seiner gesamten Dienstzeit hatte Murray seine Ansichten über Geister für sich behalten, um den Spott zu meiden, den sie unweigerlich provoziert hätten. Nicht einmal jetzt äußerte er sich offen. Ob man an Übernatürliches glaubte oder nicht, war Privatsache – wie Religion oder Politik – und nichts, worüber man im Nebenraum einer Polizeiwache diskutierte.

»Ich bin offen dafür.« Es gab mehr Dinge im Himmel und auf Erden, hatte Shakespeare geschrieben, als wir uns das vorstellen können. Was Murrays Job kein bisschen einfacher machte. Er konnte nicht mit einem Bericht zum CID gehen, dass Anna Johnson von einer ermordeten Verwandten verfolgt wurde. Er beugte sich vor. »Haben Sie eine Ahnung, was sie versuchen könnte, Ihnen zu sagen?« Murray achtete nicht auf die beinahe greifbare Ablehnung, die von Mark Hemmings ausging.

»Nein, leider nicht. Es ist bloß ein ... Gefühl.«

Es bräuchte mehr als ein Gefühl, um das CID zu überzeugen, dass Tom und Caroline Johnson ermordet worden waren.

Nisha Kaur war schon Tatortermittlerin gewesen, als sie noch Spurensicherer hießen.

»Derselbe Mist, ein anderer Titel«, hatte sie munter gesagt. »Warten wir noch mal zehn Jahre, dann wird sich irgendein Genie oben ausdenken, uns alle wieder Spurensicherer zu nennen.«

Nicht, dass Nisha dann noch da wäre. Sie hatte ihre Stelle angetreten, als Murray ein junger Detective war, kam mit einem

Hochschulabschluss in Fotografie, einem starken Magen und der beneidenswerten Fähigkeit zur Polizei, sich mit jedem zu verstehen. Dreißig Jahre später leitete sie die Kriminaltechnik, war für das ganze Forensik-Team verantwortlich und zählte die Tage bis zu ihrer Pensionierung.

»Haustier-Porträtfotografie«, sagte sie, als Murray sie nach ihren Plänen für die Zukunft fragte. Sie lachte über seine verblüffte Miene. »Die Arbeitskleidung ist besser, es gibt weniger Blut, und hast du schon mal versucht, in Anwesenheit eines Katzenbabys deprimiert zu sein? Ich kann mir meine Aufträge aussuchen – keine muffige Kundschaft mehr – und meine Arbeitszeiten selbst bestimmen. Alles im sehr kleinen Rahmen, also eher wie ein Hobby als ein Job.« Sie saßen in der geschlossenen Kantine, in der ein Triptychon von Snackautomaten den Beamten durchs Wochenende helfen sollte.

»Klingt nach einem guten Plan.« Insgeheim bezweifelte Murray, dass Nisha irgendetwas im kleinen Rahmen tun konnte. Er vermutete, dass es keine anderthalb Jahre dauern würde, bis sie wieder 50-Stunden-Wochen schob. »Was machst du über Weihnachten?«

»Bereitschaft. Und du?«

»Nichts Besonders. Alles ganz ruhig, du weißt schon.«

»Ist Sarah ...?« Nisha legte nicht wie alle anderen fragend den Kopf zur Seite.

»In Highfield. Freiwillig diesmal. Ihr geht es gut.« Sogar in Murrays Ohren hörte sich das wenig glaubwürdig an. Man sollte meinen, dass Sarahs Einweisungen mit der Zeit leichter würden, aber die letzten Male hatten ihn schlimmer ausgelaugt denn je. Er wurde älter, vermutete er, und konnte schlechter mit Stress umgehen.

»Weshalb wolltest du mich sehen?« Nisha, aufmerksam wie eh und je, wechselte das Thema.

»Wie viel Blut ist normalerweise in einem Kaninchen?«

Nishas Job war so vielseitig und sie so erfahren, dass die Frage keinerlei Verwunderung oder gar Stutzen auslöste.

»Ein paar hundert Milliliter, wenn überhaupt. Ein kleines Glas voll«, ergänzte sie, als sie Murrays verständnislosen Ausdruck bemerkte.

»Genug, um es über drei Treppenstufen zu verteilen?«

Nisha kratzte sich am Kinn. »Da müsstest du schon ein bisschen weiter ausholen.«

Murray erwähnte die Selbstmorde zunächst nicht. Er erzählte, was Anna und Mark ihm berichtet hatten und dass Anna überzeugt war, das Kaninchen wäre nicht von einem Tier dort abgelegt worden.

»Hört sich an, als könnte sie recht haben.«

Interessiert lehnte Murray sich vor, und Nisha hielt warnend einen Finger in die Höhe. »Das ist jetzt total inoffiziell und rein hypothetisch, verstanden? Ohne Fotos und ohne den Fundort gesehen zu haben, kann ich unmöglich ein professionelles Urteil abgeben.«

»Aber?«

Nisha lachte. »Blut – die Menge, über die wir reden – strömt nicht aus einem liegenden Kaninchen heraus. Es sickert, und es gerinnt. Also, auch wenn hundertfünfzig Milliliter auf dem Boden eine Riesenschweinerei machen – hast du mal ein Weinglas fallen gelassen? –, würde dieselbe Menge, die aus einem Kaninchen sickert, schon gerinnen, bevor sie auf die Stufe darunter tropfen kann. Das meiste würde sich im Fell verfangen.«

»Gut. Also hat jemand bewusst das Blut auf den anderen Stufen aufgetragen, um einen eindrucksvolleren Tatort zu schaffen?«

»Gut möglich. Die Frage ist allerdings, warum?« Nisha sah Murray fragend an, und nun neigte sie den Kopf leicht zur Seite. »Da steckt noch mehr dahinter, oder?«

Es klang wie eine Feststellung.

»Im letzten Jahr gab es zwei Selbstmorde, am Beachy Head. Tom und Caroline Johnson – ihnen gehörte das Autohaus an der Ecke Main Street.«

Nisha schnippte mit den Fingern. »Ein neuer schwarzer Audi war auf dem Parkplatz abgestellt, richtig? Und der Rucksack mit Steinen beschwert.«

»Du bist gut. Das war Tom Johnson. Seine Frau Caroline starb sieben Monate später – vor genau einem Jahr. Derselbe Ort, dieselbe Vorgehensweise. Anna Johnson ist ihre Tochter.« Er schob Nisha eine durchsichtige Beweismitteltüte hin, in der sich die anonyme Glückwunschkarte befand, zusammen mit einem Foto der zusammengefügten Kartenschnipsel.

»Selbstmord?«, las Nisha laut. »Von wegen.« Sie blickte auf. »Sehr dramatisch. Soll das heißen, dass sie ermordet wurde?«

»Auf jeden Fall interpretiert Anna Johnson es so. Heute Morgen öffnete sie die Haustür und fand das Kaninchen mit dem verschmierten Blut draußen.«

»Das sticht Hundescheiße im Briefschlitz allemal aus.«

»Was meinst du?«

»Außer dass sich da jemand um eine leckere Kaninchenpastete gebracht hat? Ich denke, da ist etwas faul. Was sagt das CID?«

»Nicht viel.«

Nisha kannte Murray schon sehr lange. »Oh, Murray …«

»Ich mache nur Hintergrundarbeit, sonst nichts. Du weißt doch, wie es im CID heutzutage zugeht. Die sind komplett überlastet. Ich werde alles schön sortiert weiterreichen, sobald ich etwas Konkretes habe. Fingerabdrücke zum Beispiel.« Er schenkte Nisha ein gewinnendes Lächeln und schob die Beweismitteltüte näher zu ihr.

Nisha schob sie zurück. »Geht leider nicht ohne Budget-Code.«

»Könntest du das nicht unter dem ursprünglichen Fall verbuchen?«

»Du weißt, dass ich das nicht darf.«

»Sie hat beide Eltern verloren, Nisha. Sie ist gerade selbst Mutter geworden, bemüht sich verzweifelt, alles ohne die moralische Unterstützung ihrer Mum hinzubekommen.«

»Das Alter macht dich weich.«

»Während du natürlich immer noch eisenhart bist. Was hattest du noch gleich über kleine Kätzchen gesagt?« Wieder schob er die Tüte über den Tisch.

Diesmal nahm Nisha sie.

19

Der Schaukelstuhl war ein Hochzeitsgeschenk von meinen Eltern. Er hatte eine hohe Rückenlehne und weich gerundete Armlehnen, die genau die richtige Höhe hatten für nächtliches Stillen. Er kam damals mit einer roten Schleife nebst zwei weichen Kissen und einer Karte an, auf der stand: »Für das Kinderzimmer.«

Ich verbrachte Stunden in diesem Stuhl. Du warst nie aufgestanden – Männer taten es in jener Zeit sowieso nicht –, und ich hatte Angst, Licht zu machen, falls es Anna weckte. Also schaukelte ich im Dunkeln und betete, die Kleine würde einschlafen.

Als Anna nicht mehr gestillt wurde, brachte ich den Schaukelstuhl nach unten, wo er mal in der Küche, mal im Wohnzimmer stand. Jetzt war er zurück im Kinderzimmer, als Annas Stillstuhl.

Im Kinderzimmer unseres Enkelkinds.

Das Zimmer ist groß. Eher verschwenderisch für ein Baby, zumal es derzeit bei den Eltern schläft, wie ich aus dem Stubenwagen neben Annas Bett schließe. Über der weißen Wiege baumeln rosa und weiße Wimpel, auf denen der Name »Ella« in Blassgrün steht.

Neben der Wiege ist eine Kommode, und an der Wand gegenüber steht ein passender Kleiderschrank samt Wickeltisch mit karierten Körbchen voller Windeln und Puder.

Ich will nur kurz hineinsehen – es ist unwahrscheinlich, dass der Schlüssel im Kinderzimmer versteckt ist –, doch meine Füße finden wie von selbst den Weg über den hellgrauen Teppich zum Schaukelstuhl. Meinem Schaukelstuhl.

Vor und zurück. Vor und zurück. Das Licht gedimmt. Der Blick über die Dächer ist derselbe wie vor sechsundzwanzig Jahren. Mit Anna in meinen Armen.

Damals nannten sie es den Babyblues. Es fühlte sich nach mehr an. Ich war überfordert. Verängstigt. Ich wollte Alicia anrufen – die einzige Freundin, die es vielleicht verstanden hätte –, konnte mich aber nicht dazu entschließen, den Telefonhörer aufzunehmen. Ich hatte doch alles, was sie nicht hatte: einen Mann, ein großes Haus, Geld. Woher nahm ich das Recht zu flennen?

Ich bin zu lange hiergeblieben, muss weiter, hier raus.

Unten sehe ich in die Küche und richte automatisch das Geschirrtuch am Aga. Auf dem Tisch liegt ein Stapel Zeitschriften, und diverse Briefe stapeln sich in der leeren Obstschale auf der Kochinsel. Ich finde den Schlüssel nicht, nach dem ich suche.

Da ist ein Pfotenscharren aus dem Wirtschaftsraum.

Rita.

Mir stockt der Atem, und obwohl ich kein Geräusch mache, höre ich sie winseln. Sie spürt, dass ich hier bin.

Ich stocke, die Finger auf den Türknauf gelehnt. Sicher ist von einem Hund gesehen zu werden nicht dasselbe, wie von einem Menschen entdeckt zu werden, oder? Rita winselt wieder. Sie weiß, dass ich hier bin – wegzugehen wäre grausam.

Eine kurze Begrüßung, dann verschwinde ich. Was kann das schon schaden? Sie kann ja keinem erzählen, dass sie einen Geist gesehen hat.

Die Tür ist kaum einen Spalt geöffnet, als ein geballtes Fellknäuel hindurchgeprescht kommt, so schnell, dass Rita sich zweimal auf dem Fliesenboden überschlägt, bevor sie wieder steht.

Rita!

Sie macht einen Satz rückwärts, stellt die Nackenhaare auf, während sie mit dem Schwanz wedelt, als wüsste sie nicht, was sie empfinden soll. Sie kläfft einmal. Zweimal. Springt vor und wieder zurück. Ich erinnere mich, dass sie bei unseren abendlichen Spaziergängen Schatten unter Hecken anbellte, und jetzt frage ich mich, was sie gesehen haben mag, das ich als nichts abtat.

Ich sinke auf die Knie und halte ihr meine Hand hin. Sie erkennt meinen Geruch, aber meine Erscheinung verwirrt sie.

»Brave Rita.«

Das Schluchzen in meiner Stimme erwischt mich eiskalt. Ritas Ohren. Sie wedelt so schnell, dass die Konturen ihres Schwanzes verschwimmen. Dann kommt noch ein Winseln.

»Ja, ich bin es, Rita. So ist es brav. Komm her.«

Sie braucht keine weitere Aufforderung. Jetzt ist sie überzeugt, dass ihre Halterin tatsächlich in der Küche ist, stürzt sich auf mich, leckt mir begeistert das Gesicht ab und lehnt sich so fest an mich, dass ich eine Hand nach hinten strecken muss, um mich zu halten.

So sitze ich mit ihr da, vergesse meine Suche, als ich mein Gesicht in ihrem Fell vergrabe. Ich merke, dass mir die Tränen kommen, und schlucke angestrengt, um sie zu unterdrücken. Ich will nicht weinen. Wir bekamen Rita mit acht Monaten aus einem Tierheim auf Zypern. Sie war freundlich und sanftmütig, hatte aber solche ausgeprägte Trennungsangst, dass schon ein Zimmer zu verlassen zu einer echten Aufgabe wurde. Als wir zum ersten Mal ausgingen, hörten wir sie noch bis zum Ende der Straße heulen. Ich musste umkehren und dich allein ziehen lassen.

Nach und nach begriff Rita, dass sie für immer bei uns wäre. Dass, wenn wir weggingen, bedeutete, dass wir mit lauter Leckerli zurückkamen, um sie zu belohnen, weil sie so brav gewesen war. Immer noch begrüßte sie uns bei der Rückkehr mit einer Begeisterung, die an Erleichterung grenzte, aber das Heulen ließ nach, und sie wurde zu einer ruhigen, zufriedenen Hündin.

Ich bekomme ein schlechtes Gewissen, weil ich mir vorstelle, wie es ihr an dem Tag ergangen sein musste, als ich nicht zurückkam. Hatte sie an der Haustür gewartet? War sie in der Diele auf und ab gelaufen, hatte nach mir gewinselt? Hatte Anna sie gestreichelt? Ihr versichert, dass ich bald wieder zurück sei? Und sich dabei selbst gefragt, was passiert ist? Sich genauso gesorgt wie Rita? Mehr?

Plötzlich setzt Rita sich auf, reckt die Nase in die Luft und stellt die Ohren auf. Ich erstarre. Sie hat etwas gehört. Und eine Sekunde später höre ich es auch. Das Knirschen von Kies. Stimmen.

Ein Schlüssel im Schloss.

20

Anna

Mark besteht darauf, mit uns ins Haus zu kommen, anstatt uns draußen abzusetzen.

»Also *machst* du dir Sorgen?«, frage ich ihn, als er Ellas Autositz nach drinnen trägt. »Weil du jetzt weißt, dass es kein Fuchs war, der das Kaninchen vor die Tür gelegt hat.« Es ist kühl in der Diele, und ich drehe den Thermostat höher, bis ich höre, wie die Heizung anspringt.

»Genau genommen hat er gesagt, dass sie nicht sicher sind.«

»Ohne Fotos, meinst du?«

»Ohne *Forensik.*« Er sieht mich an, und ich verkneife mir eine Erwiderung. Zanken bringt nichts. »Aber ja, ich mache mir Sorgen«, sagt er ernst. Ich empfinde einen kindischen Triumph, doch Mark ist noch nicht fertig. »Ich sorge mich um *dich.*« Er schließt die Haustür. »Was du bei der Polizei gesagt hast … dass du die Gegenwart deiner Mutter fühlst …« Er beendet den Satz nicht, und ich tue es nicht für ihn. »Es ist ein vollkommen normaler Teil des Trauerprozesses, könnte aber auch ein Anzeichen sein, dass du nicht damit fertig wirst. Und dann ist da noch Ella und all die Hormone, die beim Mutterwerden im Spiel sind …«

Ich warte wenige Sekunden. »Du denkst, dass ich verrückt werde.«

»Nein, das denke ich nicht.«

»Was ist, wenn ich *gerne* das Gefühl habe, dass meine Mum noch hier ist?«

Mark nickt nachdenklich und reibt sich mit dem Zeigefinger über die Lippen, den Daumen unter seinem Kinn. Sein Zuhörgesicht. Nun komme ich mir wie eine Patientin vor, keine Partnerin. Eine Fallstudie, nicht die Mutter seines Kindes.

»Was ist, wenn ich Geister sehen *möchte?* Entschuldige, ich meine natürlich, was ist, wenn ich *verlustinduzierte halluzinatorische Erlebnisse* haben möchte?« Die Korrektur ist sarkastisch gemeint, und ich erkenne an Marks Blick, wie gekränkt er ist, kann mich aber nicht mehr beruhigen.

»Bis später.« Er küsst mich nicht zum Abschied, und ich verüble es ihm nicht. Nachdem er die Tür hinter sich zugezogen hat, schließt er zweimal ab. Flüchtig frage ich mich, ob er glaubt, die Gefahr auszusperren oder sie einzuschließen.

»Deine Mutter ist bescheuert, Ella«, sage ich zu ihr. Sie blinzelt mich an. Warum muss ich so pampig sein? Mark macht sich Sorgen, sonst nichts. Persönlich und professionell. War es nicht gerade sein Mitgefühl, das ich so anziehend fand? Jetzt scheine ich denselben Charakterzug als Fehler zu sehen.

Fröstelnd bücke ich mich zur Heizung. Sie wird wärmer, aber hier drinnen ist es noch so kalt. Ich lache laut – jetzt kommen sämtliche Geisterklischees zutage –, was jedoch nicht einmal mich selbst überzeugt. Denn es liegt nicht allein an der Temperatur, weshalb es sich anfühlt, als sei jemand anders im Raum.

Es ist das Parfüm meiner Mutter.

Addict von Dior. Vanille und Jasmin. So schwach, dass ich glaube, es mir nur einzubilden. Ich *bilde* es mir ein: Als ich unten an der Treppe die Augen schließe, stelle ich fest, dass ich es überhaupt nicht riechen kann.

»Na komm.« Ich befreie Ella aus ihrem Autositz. Laut mit ihr zu reden dämpft das komische Gefühl in meinem Bauch, als wären dort tausende Schmetterlinge in einem Netz gefangen.

Trotz des Aga-Herds ist es auch in der Küche eisig. Es riecht nach frischer kalter Luft. Die Jasminnote ignoriere ich. Rita winselt im Wirtschaftsraum. Ich öffne die Tür und will sie begrüßen, doch sie flitzt an mir vorbei in die Küche, wo sie hektisch schnüffelnd im Kreis läuft. Immer wieder. Unwillkürlich muss ich grinsen.

»Alberne Hündin!«, sage ich zu Ella. »Ist sie nicht eine alberne Hündin?«

Ich hole ein Stück Markknochen, und widerwillig gibt Rita ihre Jagd nach dem imaginären Kaninchen auf, um den Knochen mit zu ihrem Körbchen beim Herd zu nehmen und zufrieden zu nagen.

Verlustinduzierte halluzinatorische Erlebnisse. Was für eine sterile Beschreibung für etwas so Magisches. So Unerklärliches.

»Manche Leute behaupten, ganze Unterhaltungen mit Verstorbenen zu führen«, sagte Mark auf der Polizeiwache. »Es gehört oft zu einem gestörten Trauerprozess, bekannt als pathologische Trauer, kann aber manchmal auch ein Symptom für etwas Ernsteres sein.«

Symptome. Prozesse. Leiden.

Namen für Dinge, die wir nicht verstehen, weil wir Angst davor haben, was sie bedeuten könnten. Was sie mit uns machen könnten.

Ganze Unterhaltungen ...

Ich würde alles geben, um die Stimmen meiner Eltern zu hören. Ich habe einige Videoaufnahmen: Geburtstagsansprachen; Szenen aus Sommerurlauben; einen Film von meinem Uni-Abschluss, bestehend aus lauter kleinen Szenen, die hinterher zusammengeschnitten wurden. Meine Eltern sind auf der falschen Seite der Kamera – die richteten sie stolz auf mich –, aber das Mikrofon hat jedes geflüsterte Wort aufgezeichnet, als sie vorn in der Butterworth Hall vom Warwick Arts Centre saßen.

»Unser kleines Mädchen ...«

»Ich kann es gar nicht glauben.«

»Sieh dir den in der Jeans an – man sollte meinen, er würde sich eine anständige Hose anziehen.«

»Wie dumm von mir – ich dachte, heute ginge es um Anna! Hätte ich geahnt, dass es eine Modeparade für Eltern wird ...«

Sie luden mich zum Mittagessen bei Tailors ein, wo Dad mit jedem Gang stolzer – und lauter – wurde und Mum sich die Tränen abtupfte, als sie wieder mal einem Fremden von meiner mittelmäßigen Abschlussnote erzählte. Am liebsten wäre ich schon vor dem Dessert gegangen, doch ich durfte ihnen diesen Moment nicht nehmen. Ich war ihr einziges Kind. Die erste Johnson, die studiert hatte. Sie verdienten eine Feier.

Ich habe den Film so oft abgespielt, dass ich alle Worte auswendig kenne, doch es ist nicht dasselbe. Es könnte nie dasselbe sein.

Ich schließe meine Augen. Neige den Kopf nach hinten. Aus einem Impuls heraus strecke ich meine Arme aus, die Handflächen nach oben, und denke, wenn jetzt gerade jemand ins Fenster sieht, werde ich das nie wieder los. Doch wenn ich Mum *fühlen* kann, wenn ich ihr Parfüm riechen kann ...

»Mum? Dad?« Meine Stimme klingt schwach und blechern in der leeren Küche. »Wenn ihr mich hören könnt ...«

Draußen pfeift der Wind, raschelt in den Bäumen im Garten. Rita winselt. Der leise, helle Laut verhallt zu nichts.

Als ich elf war, zeigte Laura mir, wie man ein Ouija-Brett macht, und behauptete, dass wir mit nur einigen richtig platzierten Kerzen und einem Brett, auf das wir die Buchstaben des Alphabets aufmalten, die Toten herbeirufen könnten. Ich musste ihr schwören, nichts zu erzählen, und wir warteten, bis Laura das nächste Mal bei mir babysittete, ehe wir alles aufbauten.

Laura dämpfte das Licht, holte eine CD aus ihrer Tasche und legte ein Stück auf, das ich nicht kannte; es war von einer altmodischen Sängerin, von der ich noch nie gehört hatte.

»Bereit?«

Wir legten unsere Zeigefinger in die Mitte des Bretts und warteten. Und warteten. Ich musste mich beherrschen, um nicht zu kichern. Laura hatte die Augen geschlossen und das Gesicht verkniffen vor Konzentration. Mir wurde es nach einer Weile zu langweilig. Ich hatte mich auf einen lustigen Abend mit Laura gefreut, an dem wir uns gegenseitig mit Gespenstergeschichten erschreckten, so wie ich es mit Freundinnen machte, wenn wir gemeinsam übernachteten.

Ich verschob den Zeiger.

Laura riss die Augen auf, und ich imitierte ihren geschockten Blick.

»Hast du das gemerkt?«

Ich nickte eifrig. Sie sah mich misstrauisch an.

»Hast du ihn bewegt? Schwör, dass du ihn nicht bewegt hast.«

»Ich schwöre.«

Laura schloss die Augen wieder. »Ist da jemand?«

Vorsichtig schob ich den Zeiger über das Brett. *Ja.*

Gleich danach bereute ich es, denn Lauras Gesicht verzerrte sich, bis es an zerknülltes Papier erinnerte; Tränen drangen aus ihren geschlossenen Lidern und blieben in ihren Wimpern hängen.

»Mum?«

Nun wollte ich auch weinen. Ich konnte Laura nicht verraten, dass ich rumgealbert hatte, aber ich konnte auch nicht mit einem Spiel weitermachen, das sie für keines hielt. Ihre Finger zitterten, doch der Zeiger rührte sich nicht. Es verging eine halbe Ewigkeit, bevor sie ihre Hände wegzog.

»Wollen wir was anderes spielen?«

»Ist alles okay?«, fragte ich unsicher, aber Laura hatte ihre Tränen schon fortgeblinzelt. Sie blies die Kerzen aus und nötigte mich zu einer Runde Monopoly.

Jahre später gestand ich es ihr. Wir saßen bei einer Flasche Wein zusammen, und plötzlich fiel mir unser selbst gemachtes Ouija-Brett ein. Da musste ich mein Gewissen erleichtern.

»Ich weiß«, sagte sie, als ich es mir von der Seele geredet hatte.

»Du weißt es?«

»Na ja, ich hab es mir gedacht. Du warst eine sauschlechte Lügnerin, als du elf warst.« Sie grinste und boxte mich leicht gegen die Schulter, aber dann sah sie mich an. »Erzähl mir nicht, dass dich das die ganzen Jahre beschäftigt hat.«

Hatte es nicht, aber ich war froh zu erfahren, dass es ihr ähnlich ergangen war.

Meine Haut kribbelt, und meine Nackenhaare sträuben sich, eines nach dem anderen. Ich fange einen leichten Jasminduft ein.

Und dann ...

Nichts.

Ich öffne die Augen und nehme meine Arme herunter, weil dies hier absurd ist. Lächerlich. Meine Eltern sind tot, und ich kann sie ebenso wenig in meiner Küche beschwören, wie ich Flügel ausbreiten und fliegen kann.

Es gibt keine Botschaften. Keine Geister. Kein Leben nach dem Tod.

Mark hat recht. Das ist alles nur in meinem Kopf.

21

Murray

»Ich nehme an, der Ehemann glaubt nicht an Geister«, sagte Sarah. Sie saßen auf dem schwarzen Ledersofa im Familienzimmer von Highfield, wo Murray Sarah für die fünfundvierzig Minuten seiner abendlichen Pause besuchte.

»Der Lebensgefährte. Nein, er sagt, dass es verlustinduzierte halluzinatorische Erlebnisse sind.«

»Darüber wird Casper aber kreuzunglücklich sein.«

Die Tür zum Familienzimmer ging auf, und eine junge Frau kam herein. Sie war so dünn, dass ihr Kopf überproportional groß wirkte, und ein feiner Narbenzickzack bedeckte ihre Arme von den Handgelenken bis zu den Schultern. Sie beachtete weder Murray noch Sarah, nahm sich eine Zeitschrift vom Couchtisch und verließ den Raum wieder.

»Laut Mark Hemmings berichten bis zu sechzig Prozent aller Trauernden, einen nahen Menschen nach dem Tod gesehen oder gehört oder dessen Anwesenheit auf andere Weise gespürt zu haben.«

»Und wo ist da der Unterschied zu einem Geist?« Sarah blätterte durch die Seiten von Caroline Johnsons Kalender. In Highfield wurde früh zu Abend gegessen, wie Kinder, denen man ihr Essen um fünf gab. Und so hockte Sarah nun im Schneidersitz auf dem Sofa und sah sich die Fallunterlagen an, während Murray seine Sandwiches aß.

»Keine Ahnung.«

»Ich werde bestimmt bei dir spuken, wenn ich tot bin.«

»Tu das nicht.«

»Warum nicht? Ich hätte gedacht, dass du froh wärst, mich zu sehen.«

»Das habe ich nicht gemeint. Ich meinte ... Ach, egal.« Rede nicht übers Sterben, hatte er gemeint. Er blickte aus dem Fenster. Der Himmel war klar und von Sternen übersät, und auf einmal fiel Murray ein, wie Sarah und er im Park gelegen hatten, es war zu Anfang ihrer Beziehung gewesen, und sie hatten sich alle Konstellationen gezeigt, die sie kannten, und sich Namen für die ausgedacht, die sie nicht kannten.

»Das ist der Pflug.«

»Und da ist das Stachelschwein.«

»Idiot.«

»Selber Idiot.«

Sie hatten sich in dem feuchten Gras geliebt und waren erst aufgestanden, als ihre leeren Bäuche sie daran erinnerten, dass sie seit mittags nichts mehr gegessen hatten.

»Hast du Lust, spazieren zu gehen?«, fragte Murray nun. »Einmal um den Block?«

Sofort wich das Leuchten in Sarahs Augen einem ängstlichen Ausdruck. Sie zog die Knie dicht an ihre Brust und umklammerte Carolines Terminkalender, als wären ihre Finger damit verklebt.

Diese Furcht vor dem Rausgehen war neu. Keine Agoraphobie – wie ihr Psychiater sagte –, sondern nur ein weiteres kleines Steinchen in dem Angstmosaik, das Murrays wunderschöne, witzige und sehr komplizierte Frau beherrschte.

»Kein Problem«, winkte er ab und gab zugleich jede Hoffnung auf, dass Sarah schon bereit sei, nach Hause zu kommen. Kleine Schritte, dachte er. Es war Freitag. Weihnachten war nicht vor Montag, also hatten sie noch reichlich Zeit, sie nach Hause zu bekommen. »Springt dich irgendwas an?« Er zeigte auf den Kalender. Langsam begann Sarah – jetzt, da er nicht mehr vorschlug, die Einrichtung zu verlassen – sich zu entspannen. Sie schlug das Buch auf und suchte nach einem bestimmten Datum.

»Hat die Tochter etwas von einem Planungswiderspruch gesagt?«

»Soweit ich mich erinnere, nicht.«

Sarah zeigte ihm die Seite, einen Monat vor Carolines Tod,

und dort war ein Aktenzeichen unter dem Eintrag *Planungswiderspruch* notiert. »Leute können sich über Baugenehmigungen sehr aufregen.«

»Genug, um jemanden umzubringen?«

»Kommt vor.«

Murray zückte sein Handy und rief das Bürgerportal der Baubehörde von Eastbourne auf. Er sah zu dem Aktenzeichen im Terminkalender und tippte es mit dem Zeigefinger ein. »Das ist ein Antrag für einen Anbau.« Er fand den Namen des Antragstellers. »Mr Robert Drake.« Murray erinnerte sich an die Liste von Freunden und Verwandten, die Caroline Johnson an dem Tag getröstet hatten, an dem ihr Mann starb. »Er wohnt neben Anna Johnson.« Murray überflog die Zusammenfassung. »Der Antrag wurde abgelehnt. Allerdings sieht es so aus, als würde er es jetzt noch mal versuchen – hier ist ein neuer Antrag verlinkt.«

»Siehst du. Da hast du dein Motiv, Poirot.«

»Es gab vierunddreißig Einwände. Ich überprüfe lieber mal, ob die alle abgemurkst wurden.«

Sarah zog eine Augenbraue hoch. »Nur zu, mach dich über meine Theorie lustig ... Worauf wettest du, Detective?«

Murray hielt nichts vom Wetten. Das Leben bot schon so hinreichend Unsicherheitsfaktoren, dass man nicht nach weiteren suchen sollte, und das Bild rund um die Johnson-Ermittlung war alles andere als klar.

Selbstmord? Von wegen.

»Caroline Johnsons Suizid war eine exakte Kopie von dem ihres Mannes«, sagte er, ebenso sehr zu sich selbst wie zu Sarah. »Die Ähnlichkeiten gaben dem Urteil des Coroners zusätzliches Gewicht, und das nicht zuletzt, weil in der Presse nie Einzelheiten zu Tom Johnsons Tod veröffentlicht wurden.«

Die *Gazette* hatte einen Nachruf zu Tom veröffentlicht. Die Familie war am Ort bekannt, betrieb das Autohaus schon in der dritten Generation. Im Artikel wurden die persönlichen Gegenstände oben auf der Klippe erwähnt, auch der verlassene Wagen auf dem Parkplatz, aber nicht der Rucksack, den Tom mit Steinen befüllt hatte. Die einzigen Leute, die diese Informationen hatten, waren die Angehörigen und die Frau, die Toms Selbstmord bezeugt hatte: Diane Brent-Taylor.

Murray dachte an die anonyme Karte, die Anna erhalten hatte, an das Kaninchen vor ihrer Haustür. Er dachte daran, wie praktisch ein Suizid bei Fluthöchststand war, so dass keine Leiche blieb, die ihre Geheimnisse auf dem Autopsietisch preisgeben könnte. Sowohl Tom als auch Caroline hatten die Tidenzeiten recherchiert, doch warum kümmerte es sie, ob ihre Leichen gefunden würden? Das schien alles zu passend. Zu ... inszeniert.

Sarah betrachtete die nachdenkliche Miene ihres Mannes. »Was ist?«

»Ich habe keine Beweise ...«

»Erst der Instinkt, dann die Beweise. Hast du das nicht früher immer gesagt?«

Murray lachte. Nach diesem Motto hatte er meistens gearbeitet, und diese Methode hatte ihn bisher nie enttäuscht. Er war weit davon entfernt, genau zu wissen, wie Tom und Caroline Johnson gestorben waren, doch sein Gefühl wies klar in eine Richtung.

»Du denkst, dass sie ermordet wurde, stimmt's?«

Murray nickte bedächtig. »Ich denke, das wurden sie beide.«

Sarah überlegte. Sie konzentrierte sich wieder auf Carolines Terminkalender, blätterte das Bündel loser Faltblätter und Visitenkarten hinten durch. Dann nahm sie eine Karte auf und hielt sie vor sich.

»Hattest du nicht gesagt, dass Mark Hemmings den Johnsons nie begegnet war?«

»Ist er nicht; sie starben, bevor er und Anna sich kennenlernten.«

»Hiernach nicht.«

Murray griff nach der Visitenkarte, die Sarah hochhielt. *Mark Hemmings, Dip.ST, DipSTTS, MA (Psych), UKCP (Accredited), MBACP*. Er drehte die Karte um. Die Handschrift erkannte er von den vielen Listen in Caroline Johnsons Terminkalender wieder. *14:30, Mittwoch, 16. November.*

Sarah schlug die entsprechende Seite in Carolines Kalender auf, wo derselbe Termin eingetragen war. Sie sah Murray an. »Er lügt.«

22

Anna

Um sechs Uhr klingelt es an der Tür. Ich öffne und finde mich Onkel Billy gegenüber, der eine Flasche Wein in der Hand hält. Ich starre ihn verwundert an.

»Du hast es doch nicht vergessen, oder?«

»Selbstverständlich nicht! Ich war nur gerade meilenweit weg. Schön, dich zu sehen.« Ich umarme ihn, um meine Lüge zu überspielen. »Entschuldige, dass ich gestern einfach so rausgestürmt bin.«

Er tut es mit einem Achselzucken ab. »Ach, das passiert schon mal im Eifer des Gefechts. Mach dir deshalb keine Gedanken. Also, wo ist meine bezaubernde Großnichte?«

Wir gehen in die Küche, und ich übergebe Ella an Billy, der sie hält, als würde er bei einer Landwirtschaftsmesse das Gewicht eines Kürbisses schätzen. Sie greift immer wieder nach seiner Nase, was ihn zum Lachen bringt, und die beiden sehen so süß aus, dass ich einen Schnappschuss mit meinem Handy machen will. Da sehe ich eine Textnachricht von Mark.

Verspäte mich. Tut mir leid. Kuss!

Rasch tippe ich eine Antwort.

Kein Problem. Billy ist zum Essen hier. Kuss!

Super.

Ich lege das Handy wieder hin und lächle Onkel Billy strahlend an. »Mark kommt bald nach Hause. Er freut sich, dass du da bist!«

Billys Lächeln erreicht seine Augen nicht ganz. »Prima.«

Ich schenke mir ein großes Glas Wein an. Schwangerschaft und Stillen haben den von meinen Eltern eingeführten Trinkgewohnheiten den Garaus gemacht, doch heute Abend brauche ich einfach Wein.

Mein Vater erzählte früher gerne, wie mich die Erwachsenen veralbert hatten, wenn sie auf einen Drink zu uns kamen. Da muss ich sechs gewesen sein, denn ich hatte gerade gelernt, die Uhr zu lesen.

»Wie spät ist es, Anna?«

»Weinzeit!«, hatte ich angeblich immer geantwortet. Ich selbst erinnere mich nicht an diese Geschichte, bin nicht mal sicher, ob mein Vater sich das nicht bloß ausgedacht hatte. Es klingt jedenfalls glaubwürdig.

Es ist nach sieben, als Mark nach Hause kommt, sich überschwänglich entschuldigt und einen riesigen Strauß teurer orientalischer Lilien dabeihat.

»Verzeih mir«, sagt er, als er mir die Blumen überreicht, und ich weiß, dass er nicht über seine Verspätung redet.

»Gleichfalls«, antworte ich leise.

»Schön, dich zu sehen.« Mark schüttelt Billy die Hand. Ich stehe neben den beiden, und meine Wangen schmerzen vom angestrengten Lächeln.

»Ganz meinerseits. Ich hoffe, du passt gut auf sie auf.«

»Ich kann ziemlich gut auf mich selbst aufpassen, Billy.«

Mark zwinkert mir zu. *Lass es gut sein.* »Ich gebe mein Bestes, Bill. Wie läuft das Geschäft?«

»War nie besser.«

Als Billy voraus ins Wohnzimmer geht, wirft Mark mir einen verwirrten Blick zu. Ich schüttle den Kopf.

Seit dem Tod meines Vaters brechen die Gewinne ein, und Billy kämpft. Dads Hälfte des Geschäftes ging erst an meine Mutter über, dann an mich, doch ich habe nicht mal angefangen, mich damit auseinanderzusetzen. Ich dachte, dass der Erziehungsurlaub ideal wäre, um mich hinzusetzen und alles durchzugehen – mir anzusehen, wie das Geschäft funktioniert –, doch ich habe unterschätzt, wie sehr mich ein winziges Baby fordern könnte. Mit viel Glück schaffe ich es mal, die Rückseite einer Cornflakes-Schachtel zu lesen. Bisher kenne ich nur grob die Zahlen, und die sehen nicht gut aus.

Aber dies ist kein geeigneter Moment, um Billy zur Rede zu stellen. Ich überlasse es Mark, ihnen Drinks zu servieren, und ziehe mich in die Küche zurück. Als ich wiederkomme, sitzen die beiden Männer schweigend da. Ich zermartere mir das Hirn, was Mark und Billy gemeinsam haben könnten – abgesehen von mir.

»Oh, erzähl Billy von Ellas Tanz«, ermuntere ich Mark, der perplex aussieht. »Wenn du Guns and Roses auflegst?«, ergänze ich, doch er begreift immer noch nicht. »Als wir uns umdrehten und sie mit den Beinen strampelte, im Takt mit der Musik, dass es aussah, als würde sie tanzen?«

»Stimmt! Ja, na ja, das war es eigentlich auch schon. Als würde sie tanzen.«

Billy lacht höflich. Es ist schweißtreibend. Umso froher bin ich, als es an der Tür läutet. Mark springt auf, doch ich bin schneller. »Hier ist es heute Abend wie auf dem Piccadilly Circus!«, rufe ich munter.

Noch nie war ich so erleichtert, jemanden zu sehen, als ich erkenne, dass es Laura ist.

»Ich komme nur vorbei, um zu sehen, wie es dir geht … nach gestern.« Sie mustert mich. »Alles in Ordnung? Du wirkst ein bisschen überdreht.« Ich zerre sie in die Küche und schließe die Tür.

»Du musst zum Essen bleiben.«

»Kann ich nicht. Ich habe schon etwas vor.«

»Laura, bitte! Du musst mich retten. Ich liebe Billy ehrlich, und ich liebe Mark – offensichtlich –, aber es wird immer klarer, dass sie nie zusammen am selben Ort sein sollten.«

»Streiten sie wieder?«

»Nein, aber das ist bloß eine Frage der Zeit.«

Laura lacht. »Das wird dich einiges kosten.«

Ich halte die Weinflasche mit einer Hand in die Höhe und ein leeres Glas mit der anderen.

»Abgemacht.«

Und tatsächlich sind die beiden Männer schon in Fahrt, als wir ins Wohnzimmer gehen.

»Zu meiner Zeit gab es so was wie psychische Krankheiten noch nicht. Therapeuten, Psychiater, den ganzen Hokuspokus. Da riss man sich eben zusammen.«

»Was wahrscheinlich der Grund ist, weshalb wir heute so viele gewaltige Probleme sehen.«

»Denkst du vielleicht, die Piloten im Zweiten Weltkrieg haben sich wegen Stress krankgemeldet? Wegen Depressionen?«

»Ich denke, wir fangen gerade erst an zu verstehen ...«

»Verdammte Weicheier.«

Ich gehe dazwischen. »Seht mal, wen ich gefunden habe!«, präsentiere ich Laura, als wäre sie eben aus einer Torte gesprungen. »Jetzt ist es eine richtige Dinnerparty.«

»Laura!« Billy steht auf und umarmt sie. »Bist du Weihnachten bei uns, Liebes?«

»Dieses Jahr nicht. Ich habe mich für mittags zum Trinken mit ein paar Freundinnen verabredet, zu so viel Prosecco, wie wir schaffen.« Sie zieht eine Grimasse, aber ich weiß, dass sie sich darauf freut. Sie setzt sich zu Billy aufs Sofa. »Lass uns mal über Autos reden. Mein Wagen pfeift aus dem letzten Loch, und ich weiß nicht, was für einen ich mir zulegen soll.«

»Ich habe einen drei Jahre alten Skoda, für den ich dir einen guten Preis machen kann.«

Laura rümpft die Nase. »Das ist nicht ganz, was ich mir vorstelle.«

»Da gibt es noch einen MX-5, der vielleicht eher etwas für dich sein könnte, obwohl es von deinem Budget abhängig ist. Weißt du was, probier einfach mal ein paar Wagen aus. Hol dir den Skoda für ein oder zwei Tage, und auch jeden anderen, der dir gefällt, und warte ab, wie sie sich fahren.«

Nachdem die Unterhaltung nun weit weg von Marks Beruf und dessen Wert oder nicht ist, gehe ich wieder in die Küche.

Der Wein nimmt den spitzen Bemerkungen von Billy und Mark ihre Schärfe, und zum Ende des Essens entspanne ich endlich.

»Wie ich sehe, beantragt dein Nachbar wieder eine Baugenehmigung.« Billy ist milder gestimmt und nicht mehr erpicht, Mark auszustechen. Ich bin ihnen beiden dankbar.

»Nach der Ablehnung hat er ein paar Sachen geändert. Jetzt soll es weniger *protzig* werden.«

»Caroline machte sich Sorgen, dass ihre Küche dann zu dunkel wird.« Laura zeigt zur Glastür, hinter der die Außenbeleuchtung die Terrasse und den Zaun zwischen unserem und Roberts Garten anstrahlt. »Der Anbau würde auch deinen Garten komplett überschatten. Du solltest Einspruch dagegen erheben.«

»Ich möchte mich nicht mit Robert überwerfen.« Er kann wirklich nerven, aber er war sehr nett gewesen, als meine Eltern starben, und ich will nicht für miese Stimmung sorgen.

»Das System gibt es nicht grundlos«, sagt Laura. »Es muss nicht persönlich werden. Füll einfach ein Formular aus und sagt, dass du gegen die Pläne bist.«

Mark runzelt die Stirn. »Vielleicht sollten wir das wirklich machen, Anna. Es ist ein großer Anbau, also wird es hier drinnen sehr dunkel. Das könnte den Marktwert erheblich drücken.«

»Aber wir verkaufen nicht«, erwidere ich.

Mir ist der Anbau nebenan egal. Meine Mutter hatte sich deshalb mit Robert gestritten, als er den ersten Antrag stellte. Mein Vater war erst einen Monat tot, und die Reaktionen meiner Mutter auf Alltägliches fielen – verständlicherweise – ein bisschen übertrieben aus. Als im Eckladen das Brot aus war, hatte sie das arme Mädchen an der Kasse so angeschrien, dass es am ganzen Leib zitterte. Ich brachte meine Mutter nach Hause und steckte sie ins Bett. Das Mädchen im Laden war sehr mitfühlend, als ich wieder hinging, um mich zu entschuldigen. Alle waren das. Auch Robert. Meine Mutter war wie besessen gewesen von seinem Bauantrag. Sie schoss sich darauf ein, las sich alles über Bebauungspläne und Denkmalschutz an und warb um die Unterstützung von anderen in der Straße. Ich wusste nicht einmal, wie sehr sie gegen den Anbau gewesen war. Es war nur ein weiteres Projekt, in das sie sich verbiss, so wie der Spendenaufruf für die zyprischen Hundeschützer oder die Brexit-Kampagnen, bei denen sie mitmachte. Wenn meine Mutter ein Projekt gefunden hatte, blieb sie eisern. Meinetwegen könnte Robert sich ein Fußballstadion in den Garten bauen. Wir gingen eben unterschiedlich mit unserer Trauer um.

»Wir verkaufen jetzt nicht, aber irgendwann …«

»Niemals!« Ich schiebe meinen Stuhl übertrieben schwungvoll zurück.

Das nun folgende Schweigen wäre betreten gewesen, hätte Ella, die in ihrer Babywippe schlief, nicht in diesem Augenblick das Gesicht verkniffen und einen lauten, außergewöhnlich geruchsintensiven Pups von sich gegeben. Alle lachen, und die Anspannung ist vorbei.

»Wir sollten sie wohl ins Bett bringen«, sagt Mark und steht bereits auf.

»Nein, lass sie. Ich glaube nicht, dass es eine Rolle spielt, wo man schläft, wenn man zwei Monate alt ist.«

»Schon zwei Monate!«, sagt Billy.

»Ich weiß. Die Zeit vergeht so schnell.«

»Wird Zeit, dass du eine anständige Frau aus Anna machst, nicht wahr, Mark?«

Ich beginne abzuräumen.

»Es ist ja nicht so, als würde ich es nicht versuchen.«

»Das hat keine Eile, Onkel Billy. Wir haben ein Baby, was sicher mehr zusammenschweißt als ein Ehering.«

»Ich sage euch was«, hebt Billy an. »Meiner Meinung nach ist eine große Hochzeit genau das, was diese Familie braucht. Also, nach allem, was passiert ist.« Seine Lippen sind lila gefleckt vom Rotwein. »Ich bezahle sie auch.«

»Wir brauchen dein Geld nicht, Bill.«

Laura sieht mein Gesicht und springt ein. »Am besten meldest du dich mal bei Tinder an, Billy, wenn du so dringend eine Hochzeit willst. Wir werden auch deine Brautjungfern, nicht wahr, Anna?«

Ich werfe ihr einen dankbaren Blick zu.

»Nette Idee. Aber ich glaube kaum, dass es einen Markt für

übergewichtige Autoverkäufer gibt, bei denen der Lack schon ab ist.«

»Ach, hör auf, Onkel Billy. Du entsprichst durchaus dem Bild des begehrten Junggesellen. Nettes Haus, gute Firma, deine eigenen Zähne ... Das sind doch deine eigenen Zähne, oder?«

Ich lasse sie lachend zurück und fange an, den Geschirrspüler einzuräumen.

Das erste Mal hat Mark mir an dem Abend einen Antrag gemacht, an dem ich ihm erzählte, dass ich schwanger war. Ich sagte Nein. Er müsste das nicht tun.

»Es geht nicht darum, was ich muss – ich möchte es. Ich möchte mit dir zusammen sein. Willst du denn nicht mit mir zusammen sein?«

Ich wich der Frage aus. Wollte ich – natürlich –, aber ich wollte, dass er mich um meinetwillen bat, nicht wegen unseres Babys.

Er fragte noch zweimal während der Schwangerschaft und ein weiteres Mal direkt nach Ellas Geburt. Bei der Gelegenheit sagte ich beinahe Ja, weil ich mit Drogen vollgepumpt im postnatalen Rausch dalag und völlig euphorisiert von dem winzigen Wesen war, das schlafend in meinen Armen lag.

»Bald«, versprach ich.

Wie die meisten Frauen hatte auch ich mir meine Hochzeit ausgemalt. Über die Jahre hatte der Bräutigam seine Identität gewechselt – vom sechsjährigen Joey Matthews in der Grundschulzeit über eine Reihe von unpassenden Freunden und ein paar beinahe passender – aber die Hochzeitsgesellschaft blieb stets dieselbe. Freunde. Billy. Laura.

Mum und Dad.

Wenn ich daran denke, Mark zu heiraten, geht mir ausschließlich durch den Sinn, wer nicht dabei sein wird.

Es ist spät, als Billy und Laura gehen. Ich begleite sie nach draußen und winke ihnen nach, froh über die kalte Luft, die meinen weinbenebelten Kopf klärt. Ich schlinge die Arme um meinen Oberkörper, als ich auf dem Gehweg stehe und zum Haus zurücksehe. Dabei denke ich an Marks Vorschlag, zu verkaufen und neu anzufangen, und obwohl ich weiß, dass er recht hat, schmerzt schon der bloße Gedanke, Oak View zu verlassen.

Ich blicke nach nebenan. Unten brennt Licht, und auch die Lampe auf dem Treppenabsatz ist an, zumindest sieht es so aus. Die pinke Planungsanzeige, die Billy erwähnt hatte, ist mit Kabelbindern an der Pforte befestigt, und die winzige Druckschrift darauf erklärt, nach welchem Prozedere man Einspruch erheben kann. Ich vermute, dass dort eine Beschwerdefrist angegeben ist, wie auch eine Adresse, an die Leute schreiben können, wenn sie Einwände gegen die Pläne haben.

Mir erscheint es völlig unnötig, sich nur deswegen mit Robert Drake anzulegen, weil sein Anbau den Lichteinfall in unserer Küche beeinträchtigen könnte. Im Gegensatz zu meinen Eltern, die Konflikte bisweilen als regelrecht belebend zu empfinden schienen, macht mir der bloße Gedanke Angst, mich mit einem Nachbarn zu streiten. Vielleicht liegt es daran, dass ich ein Einzelkind bin und nie im Kampf mit Geschwistern abgehärtet wurde. Jedenfalls treibt mich die Andeutung eines Konflikts eher zum Weinen, anstatt mich zum Gegenschlag zu befeuern.

Ich gehe gerade zum Haus zurück, als ich ein lautes Knallen, gefolgt von einem Klirren höre. Dunkelheit und Stille machen mich orientierungslos, so dass ich nicht einschätzen kann, woher das Geräusch kam. Als ich die Haustür öffne, sehe ich Mark nach oben rennen. Sekunden später ruft er. Ich laufe die Treppe hinauf.

»Was ist? Was ist passiert?«

Ein Schwall kalter Luft kommt aus Ellas Kinderzimmer, und die offenen Vorhänge blähen sich in den Raum. Das Glas dahinter ist zerschmettert. Ich stoße einen Schrei aus.

Mark zeigt auf Ellas Wiege. Sie ist von Glasscherben bedeckt, die im Lampenschein glitzern, und in der Mitte der Matratze liegt ein Ziegelstein. Ein Stück Papier ist mit einem Gummiband daran fixiert.

Vorsichtig nimmt Mark den Stein auf.

»Fingerabdrücke!«, fällt mir ein.

Er hält das Papierstück in einer Ecke fest und beugt den Kopf, um die getippte Nachricht zu lesen.

Keine Polizei. Hör auf, bevor du verletzt wirst.

23

Murray

Anna Johnson sah müde aus. Sie hatte dunkle Augenringe, und obwohl sie höflich lächelte, als sie die Tür öffnete, zeigte sie keine Spur von jener Entschlossenheit, die Murray gestern bei ihr gesehen hatte. Sie führte ihn in die Küche, wo Mark Hemmings den Frühstückstisch abräumte.

Murray fand diese Paardynamik interessant. Trotz Annas offensichtlicher Stärke schien sie Mark übernehmen zu lassen, sowie die beiden zusammen waren. Murray fragte sich, ob das freiwillig oder mit Absicht geschah. War es Mark, der in dieser Beziehung das Sagen hatte? War es wirklich eine Lüge, dass er Caroline Johnson nicht gekannt hatte?

»Verzeihung, störe ich?«

»Ganz und gar nicht. Wir sind heute nur ein bisschen spät dran, nach gestern Abend.«

»Gestern Abend?« Es standen mehrere Weingläser kopfüber zum Abtropfen neben dem Spülbecken. Murray lächelte, um die Spannung zu lockern, die er nicht ganz verstand. »Ah, war es ein lustiger Abend?« Er sah erst Anna, dann Mark an, und sein Lächeln erstarb. Anna starrte ihn wütend mit halb offenem Mund an.

»Ein lustiger Abend? Was zum ...«

Mark kam herbei und legte einen Arm um Anna. »Ist ja gut.« Dann wandte er sich an Murray: »Jemand hat einen Ziegelstein durch das Fenster unserer Tochter geworfen, zusammen mit einer Nachricht. Das hätte sie umbringen können!«

Murray zückte seinen Notizblock. »Um welche Zeit war das?«

»Gegen Mitternacht«, antwortete Anna. »Wir waren ...«

Mark unterbrach: »Müssen wir das alles noch mal durchkauen? Wir waren bis zwei Uhr morgens auf, um Aussagen zu machen.«

In diesem Moment bemerkte Murray die Papiere auf dem Küchentisch. Eine Karte mit Kontaktdaten der Notrufzentrale; die Opferhilfe-Broschüre, bei der die Telefonnummer mit Kugelschreiber eingekreist war. Er steckte seinen Notizblock wieder ein.

»Nein, selbstverständlich nicht. Ich kläre das mit den Einsatzbeamten und vergewissere mich, ob sie alle Informationen haben, die sie brauchen.«

Mark verengte die Augen. »Sie haben gefragt, ob wir eine Fallnummer haben.«

Ein vertrautes Gefühl regte sich tief in Murrays Bauch.

»Von der anderen Sache – der Karte zum Jahrestag.«

Als Murray noch in der Probezeit gewesen war, hatte er sich einen üblen Patzer geleistet, der sich prompt rächte. Der Sergeant – ein sehr scharfer Polizist aus Glasgow – hatte Murray in sein Büro zitiert und gefragt, warum in dem »glasklaren Fall, Junge!« nichts unternommen worden war. Und er hatte Murray umgehend zur Verkehrspolizei geschickt. Folglich hatte Murray im Regen gestanden, wo ihm Wasser vom Helm tropfte, und ihm war kotzübel gewesen. Drei Wochen, und schon war er abgemahnt worden. War es das? Würde ihn dieser Vorgesetzte als miesen Anwärter abschreiben?

War es nicht, und der Vorgesetzte gab ihm eine zweite Chance. Was wiederum daran gelegen haben könnte, dass Murray sich von jenem Moment an schwor, jedes Opfer mit dem Feingefühl zu behandeln, das es verdiente, und sich strikt an die Regeln zu halten.

Bei diesem Fall hatte er es nicht getan.

»Kein Grund zur Sorge«, sagte er so munter wie möglich. »Ich regle das auf dem Revier.«

»Warum haben wir keine Fallnummer?«, fragte Anna. Sie nahm das Baby aus seiner Wippe und kam zu Murray zurück. »Sie ermitteln doch ernsthaft, oder nicht?«

Murray legte metaphorisch die Hand aufs Herz und nickte. »Ich versichere Ihnen, das tue ich.« Sogar ernsthafter als für den Fall, dass ich die Sache direkt dem CID übergeben hätte, ergänzte er im Geiste. Trotzdem blieb diese dumpfe Nervosität wie ein Knoten in seinem Bauch, und er fragte sich, ob sich nicht in diesem Moment jemand auf der Wache darüber wunderte, warum Murray Mackenzie, ein pensionierter Polizist, der nun am Empfang der Lower-Meads-Wache arbeitete, in einem möglichen Doppelmord ermittelte.

»Ich wollte eigentlich etwas überprüfen«, sagte Murray. Er holte die Visitenkarte aus seiner Innentasche, die Sarah in Caroline Johnsons Terminkalender gefunden hatte, behielt sie jedoch zunächst verdeckt in der Hand. »Mr Hemmings, Sie sind Annas Eltern nie begegnet?«

»Stimmt, das sagte ich Ihnen gestern schon. Anna kam überhaupt erst zu mir, weil die beiden gestorben waren.«

»Richtig. Also, als Sie Anna kennenlernten, haben Sie erstmals ...«, Murray suchte nach dem richtigen Wort, wobei er Anna mitfühlend zulächelte, »...erstmals von ihrer Situation erfahren?«

»Ja.« In Marks Antwort schwang ein Anflug von Ungeduld mit.

»Ist dies hier von Ihnen, Mr Hemmings?«

»Ja. Ich bin nicht sicher, ob ich Ihnen folgen ...«

Murray reichte ihm die Karte, wobei er sie umdrehte. Neugierig trat Anna näher und sah die Schrift auf der Rückseite. Sie rang nach Luft, gefolgt von einem verwirrten Ausdruck.

»Das ist Mums Handschrift.«

»Ich habe die Karte im Terminkalender Ihrer Mutter gefunden«, sagte Murray sanft.

Marks Mund arbeitete, doch es kam kein Ton heraus. Dann riss er Murray die Karte aus der Hand. »Und ... was? Ich weiß nicht, warum sie meine Karte hatte.«

»Anscheinend hatte sie einen Termin bei Ihnen, Mr Hemmings.«

»Einen Termin? Mark, was soll das heißen? War meine Mutter ... eine Patientin von dir?« Anna machte einen Schritt rückwärts, distanzierte sich unbewusst von der Visitenkarte und dem Vater ihres Kindes.

»Nein! Mein Gott, Anna! Ich sage doch, ich habe keine Ahnung, warum meine Karte bei ihren Sachen war.«

»Gut. Nun, ich wollte nur sichergehen.« Murray hielt Mark auffordernd die Hand hin. Der jüngere Mann zögerte, bevor er die Karte so offensichtlich nachlässig in Murrays Richtung warf, dass der sie fangen musste, ehe sie zu Boden segelte. Murray lächelte höflich. »Dann lasse ich Sie mal allein.«

Man entzünde die Lunte und trete zurück, dachte Murray, als er das Haus verließ. Mark Hemmings hatte einiges zu erklären.

24

Anna

»Es wäre doch nur logisch, wenn er von gestern Abend weiß, meinst du nicht?« Mark macht mit dem Abräumen weiter und trägt unsere Cornflakes-Schalen vom Tisch zum Geschirrspüler. »Da weiß die eine Hand nicht, was die andere tut – das ist lächerlich.« Er bückt sich, um die schmutzigen Teller umzusortieren, die noch von gestern Abend in der Spülmaschine sind. Mir kommt der Gedanke, dass er sich bewusst Zeit lässt, absichtlich vermeidet, mich anzusehen.

»Hast du meine Mum gekannt?«

»Was?« Er lässt unsere Löffel in den Besteckkorb fallen. Eins, zwei.

»Mark, sieh mich an!«

Langsam richtet er sich auf, nimmt ein Geschirrtuch, in dem er sich die Hände abwischt, und faltet es wieder zusammen, bevor er es auf die Arbeitsplatte legt. Dann sieht er mich an. »Ich bin deiner Mutter nie begegnet, Anna.«

Wären Mark und ich schon seit zehn Jahren zusammen – hätte ich ihn als Teenager kennengelernt, wäre er meine Jugendliebe gewesen –, wüsste ich, ob er lügt. Hätten wir durchgemacht, was andere Paare durchstehen – das Auf und Ab, die Trennungen und Versöhnungen –, wüsste ich, ob er lügt.

Würde ich ihn besser kennen …

Sein Gesicht ist unlesbar, und er sieht mich vollkommen ruhig an.

»Sie hatte einen Termin bei dir gemacht.«

»Eine Menge Leute machen Termine bei mir, Anna. *Du* hattest einen Termin bei mir. Wir verteilen die Flyer mit meiner Karte in ganz Eastbourne, um Himmels willen.« Er bricht den Blickkontakt ab und dreht sich zurück zum Geschirrspüler, obwohl es nichts mehr einzuräumen gibt.

»Aber du erinnerst dich nicht, mit ihr gesprochen zu haben?«

»Nein. Hör mal, einige Leute buchen direkt bei mir, andere über Janice. Wahrscheinlich hatte ich nie Kontakt mit ihr.«

Janice sitzt am Empfang des Bürogebäudes in Brighton, in dem Marks Praxis ist, zusammen mit einem Dutzend anderer kleiner Firmen, die kein ganzes Gebäude brauchen – oder bezahlen können – und keine eigene Empfangsdame. Janice verwaltet die Termine dieser Firmen, begrüßt deren Kunden und bedient das Telefon, wobei sie je nach Leitung variiert, womit sie sich meldet.

Serenity Beauty, was kann ich für Sie tun?

Brighton Interior, was kann ich für Sie tun?

»Der Punkt ist, dass sie ihren Termin nie wahrgenommen hat.«

»Woher weißt du das?« Die Worte klingen nicht nach mir. Sie sind scharf und vorwurfsvoll. Mark gibt einen Laut von sich, der sich anhört, als würde Luft aus einem Reifen entweichen: erschöpft, gereizt. Es ist unser erster Streit. Der erste richtige Streit, bei dem wir uns gegenseitig anfahren, uns abwenden und die Augen vor einem unsichtbaren Publikum verdrehen, als suchten wir nach Unterstützung.

»Daran würde ich mich erinnern.«

»Du hast dich nicht erinnert, dass sie einen Termin gemacht hatte.«

Es vergeht ein Moment, ehe er antwortet.

»Es wird im System stehen. Janice trägt alle Termine dort ein.«

»Also kann sie nachsehen?«

»Ja, kann sie.«

Ich gebe ihm sein Handy.

Er stößt ein kurzes, ungläubiges Lachen aus. »Du willst, dass ich jetzt nachfrage?«

Ob es sich so anfühlt, wenn man denkt, der Mann würde einen betrügen? Wird man dann so? Ich bin zu dem Typ Frau geworden, den ich immer verachtet habe: Mit verschränkten Armen und geschürzten Lippen stehe ich da und verlange Antworten von einem Mann, der mir nie Anlass gegeben hat, ihm zu misstrauen. Eine richtige Schreckschraube.

Aber seine Karte war im Kalender meiner Mutter.

Er scrollt durch seine Kontakte und tippt den Eintrag der Praxis an. Ich höre Janice' Singsang-Stimme am anderen Ende und weiß, was sie sagt, obwohl ich die Worte nicht verstehe.

Holistic Health, was kann ich für Sie tun?

»Ich bin's, Janice. Kannst du bitte mal etwas für mich im System nachsehen? Ein Termin vom letzten Jahr? Mittwoch, sechzehnter November, halb drei. Caroline Johnson.«

Mein trotziger Mut von eben verwandelt sich in Unsicherheit. Wenn Mark gelogen hat, würde er es nicht jetzt, vor meinen Augen überprüfen. Er würde sagen, er müsse bei der Arbeit nachsehen oder die Aufzeichnungen seien nicht so detailliert. Er lügt nicht, das weiß ich.

»Und sie hat keinen neuen Termin gemacht?«

Ich lenke mich ab, indem ich Ritas Spielsachen einsammle und in den Korb werfe.

»Danke, Janice. Wie sieht es die nächsten Tage aus? Irgendwelche Absagen?« Er hört zu und lacht. »Tja, dann wird es wohl nichts mit einem freien Heiligabend.«

Er verabschiedet sich und beendet das Gespräch.

Jetzt bin ich es, die seinen Blick meidet. Ich hebe ein Stofftier auf, aus dem Rita die Füllung herausgerupft hat. »Tut mir leid.«

»Bei ihrem Eintrag steht, dass sie nicht zum Termin erschienen ist. Und sie hat keinen neuen Termin gemacht.« Er kommt auf mich zu, legt mir sanft einen Finger unters Kinn, damit ich ihn ansehe. »Ich bin ihr nie begegnet, Anna. Ich wünschte, ich wäre es.«

Und ich glaube ihm. Denn warum sollte er lügen?

25

Murray

»Können wir jetzt reingehen?«

Murray drückte Sarahs Hand. »Lass uns noch eine Runde machen.« Sie spazierten durch den Garten von Highfield, nahe genug am Haus, dass Sarah mit einer Hand an der Mauer entlanggleiten konnte, Halt an dem Gebäude finden.

»Okay.«

Murray hörte, wie ihre Atmung beschleunigte. Sie versuchte, schneller zu gehen – es hinter sich zu bringen –, doch er behielt den gemessenen Gang der ersten beiden Runden bei und gab sich alle Mühe, Sarah abzulenken.

»Tom Johnson hatte das Haus seiner Frau vermacht, zusammen mit seinem Firmenanteil und seinem gesamten Vermögen, abgesehen von hunderttausend Pfund, die er Anna vererbte. Seine Lebensversicherung wurde an Caroline ausgezahlt.«

»Obwohl es Selbstmord war?«

»Ja.« Murray wusste inzwischen mehr über Lebensversicherungen und Suizid, als er jemals hatte wissen müssen. Die meisten Versicherer hatten eine »Suizid-Klausel« in ihren Policen, die eine Auszahlung ausschloss, wenn der Versicherte in den ersten zwölf Monaten nach Abschluss der Versicherung Selbstmord beging. Sie sollte verhindern, dass Menschen Selbstmord begingen, um ihren Schulden zu entkommen, hatte ihm die hilfsbereite Frau bei der Aviva erklärt, als Murray dort anrief. Tom Johnsons Lebensversicherung war schon Jahre alt gewesen und an seine Frau ausbezahlt worden, sobald der Totenschein vorlag.

»Was ist mit Carolines Testament?«

Sarahs Hand glitt nach wie vor an der Hausmauer entlang, allerdings sah Murray nun Luft zwischen ihren Fingern und dem

Mauerwerk. Er redete weiter. »Eine kleine Summe ging an das Patenkind, zehntausend Pfund an eine Tierschutzorganisation auf Zypern, den Rest bekam Anna.«

»Also gehört Anna jetzt alles. Bist du sicher, dass sie die beiden nicht umgebracht hat?« Ihre Hand sank nach unten.

»Und sich selbst eine anonyme Karte geschickt?«

Sarah überlegte. »Vielleicht ist die Karte von jemandem, der weiß, dass sie ihre Eltern ermordet hat. Anna bekommt Panik und bringt die Karte zur Polizei, weil das ein normaler Mensch tun würde, der ein reines Gewissen hat. Ein doppelter Bluff.«

Murray grinste. Sarah war weit kreativer als irgendeiner der Detectives, mit denen er gearbeitet hatte.

»Fingerabdrücke?«

»Diverse. Nisha arbeitet sich gerade durch.« Tom Johnsons Wagen war nach seinem Tod auf Abdrücke überprüft worden, und man hatte die von Anna Johnson und den Mitarbeitern bei Johnson's Cars genommen, um sie auszuschließen. Auf der Karte fanden sich deutlich Abdrücke von Anna Johnson und ihrem Onkel Billy, der sie zerrissen hatte, ehe Anna ihn bremsen konnte, sowie mehrere Teilabdrücke, die von irgendwo sein könnten – unter anderem aus dem Laden, in dem die Karte gekauft wurde. Keiner der Abdrücke hatte einen Treffer in der Datenbank der Polizei ergeben.

Bei der Erwähnung ihrer Freundin lebte Sarah ein wenig auf. Ihre Hand in Murrays entspannte sich leicht. »Wie geht es Nisha?«

»Gut. Sie hat nach dir gefragt und vorgeschlagen, dass wir mal wieder zusammen essen, wenn du so weit bist.«

»Vielleicht.«

Vielleicht war gut. Besser als Nein. Morgen war Heiligabend, und Sarahs Therapeut, Mr Chaudhury, hatte entschieden, dass Sarah entlassen werden sollte. Sarah war anderer Ansicht.

»Ich bin nicht gesund«, hatte sie gesagt und an ihren fransigen Ärmeln gezupft.

Leute, die sich für besonders verständnisvoll in Sachen Geisteskrankheiten hielten, verglichen sie gern mit körperlichen Gebrechen.

»Hätte Sarah sich ein Bein gebrochen, würden wir alle verstehen, dass es heilen muss«, hatte Murrays direkter Vorgesetzter gern gesagt, wenn Murray sich entschuldigte, weil er frei nahm, um seine Frau zu unterstützen. Der politischen Korrektheit war damit voll und ganz Genüge getan worden.

Nur dass es kein verdammter Beinbruch war. Ein gebrochenes Bein *ließ* sich heilen. Röntgenaufnahmen, ein Gips, eventuell eine Metallschiene. Einige Wochen an Krücken. Ausruhen, Physio. Und dann – was? Hier und da ein komisches Ziehen vielleicht, aber geheilt. Besser. Sicher könnte es das nächste Mal leichter brechen, wenn man vom Rad stürzte oder auf einer Treppe stolperte, aber es würde nicht spontan ohne Grund brechen. Es würde nicht in Angststarre verfallen, wenn es an der Tür läutete, oder zusammenbrechen, wenn jemand außer Hörweite flüsterte.

Eine Borderline-Persönlichkeitsstörung hatte nichts mit einem Beinbruch gemein.

Nein, Sarah war nicht gesund. Und das würde sie auch nie sein.

»Sarah, eine Borderline-Persönlichkeitsstörung können wir nicht heilen.« In Chaudhurys Oxbridge-Akzent mischte sich nun ein leichtes Näseln, so typisch für Leute aus Birmingham. »Das wissen Sie. Sie wissen mehr über Ihre Verfassung als irgendwer sonst. Aber Sie gehen gut damit um, ob hier oder zu Hause.«

»Ich möchte hierbleiben.« Sarah hatte zu weinen angefangen. Sie sah eher wie ein heimwehgeplagtes Kind aus, nicht wie eine achtundfünfzigjährige Frau. »Zu Hause gefällt es mir nicht. Hier bin ich sicher.«

Murray hatte sich ein Lächeln abgerungen, obwohl es ihm vorkam, als hätte ihm jemand einen Fausthieb in den Bauch verpasst. Mr Chaudhury hatte sich nicht erweichen lassen.

»Sie sind auch zu Hause sicher. Denn die letzten Tage waren es nicht wir, die für Ihre Sicherheit gesorgt haben.« Er hatte eine Pause eingelegt und mit den zusammengelegten Händen auf Sarah gedeutet. »Das waren Sie. Sie absolvieren zunächst weiterhin tägliche Sitzungen, dann gehen wir auf wöchentliche über. In kleinen Schritten. Oberstes Ziel ist, dass Sie wieder nach Hause zu Ihrem Mann kommen.«

Murray wartete auf den nächsten Hieb. Doch Sarah hatte scheu genickt und widerwillig zugestimmt, morgen nach Hause zu gehen. Und dann überraschte sie Murray, indem sie sich zu einem Spaziergang bereit erklärte.

Murray blieb stehen. »So, das waren drei Runden.«

Sarah wirkte überrascht, wieder am Haupteingang zu sein und drei Runden um das Gebäude geschafft zu haben.

»Ich hole dich morgen früh ab, einverstanden?«

Sie runzelte die Stirn. »Da ist Gruppe.«

»Dann mittags.«

»Ist gut.«

Murray küsste sie und begann, den Weg hinunter zum Parkplatz zu gehen. Auf der Hälfte drehte er sich um, um Sarah zu winken, doch sie war schon nach drinnen gehuscht.

Die nächsten Stunden verbrachte Murray damit, das bereits makellose Haus zu putzen und für Sarahs Heimkehr vorzubereiten. Er bezog ihre Betten neu und richtete auch das Gästezimmer her, stellte Blumen in beide Räume, für den Fall, dass Sarah allein sein wollte. Als alles tipptopp war, stieg er in seinen Wagen und fuhr zur Arbeit.

Murray ließ keine Ruhe, dass Diane Brent-Taylor – die Zeugin, die Toms Suizid gemeldet hatte – nicht bei der Anhörung gewesen war. Brent-Taylor hatte behauptet, sie wäre an jenem Abend mit einem Liebhaber am Beachy Head gewesen und wolle nicht riskieren, dass ihr Mann erfuhr, was sie getan hatte. Das CID hatte mehrfach versucht, sie umzustimmen, aber vergebens. Sie hatten keine Adresse von ihr – nur eine Handynummer –, und als die abgeschaltet wurde, hatten sie es aufgegeben. Immerhin ging es um eine Suizid-Ermittlung, keinen Mord. Damals nicht.

Murray würde nicht aufgeben.

Es gab reichlich Taylors und reichlich Brents in der Polizei-Datenbank und dem Wählerverzeichnis, aber keine Diane Brent-Taylors. Auch in den offenen Systemen – Facebook, Twitter, LinkedIn – hatte Murray kein Glück, obwohl er freimütig zugeben würde, dass er hier kein Fachmann war. Er verstand sich aufs Querdenken. Er trommelte mit den Fingern auf dem Schreibtisch und suchte erneut, diesmal mit einem frischen Blatt Papier neben seiner Tastatur. Es gab garantiert irgendeine Technik, die diese Aufgabe in einem Bruchteil der Zeit für ihn erledigen könnte, aber bisher hatten Stift und Papier ihn noch nie enttäuscht. Außerdem würde es Fragen aufwerfen, auf die er noch keine Antwort hatte, sollte er sich an die Polizei-IT wenden.

Links auf dem Blatt notierte Murray die Adressen von allen Brents in einem Umkreis von fünfundzwanzig Meilen um Eastbourne. Falls er die Suche ausweiten müsste, würde er es tun, doch vorerst ging er davon aus, dass die Zeugin von hier war. Als Nächstes legte er eine Adressliste mit allen Taylors an.

Es verging eine halbe Stunde, bis er einen Treffer hatte.

Bingo.

24 Burlington Close, Newhaven. Dort waren ein Mr Gareth Taylor und eine Mrs Diane Brent gemeldet.

Murray blickte strahlend lächelnd auf. Der Einzige, der es sah, war John, sein griesgrämiger Kollege. Als Murray eine Stunde zuvor zur Arbeit erschienen war, hatte ihn das ziemlich verwirrt.

»Ich dachte, du hast bis Neujahr Urlaub?«

»Ja, aber ich muss noch ein paar Lücken in meiner Laufbahnbeschreibung beseitigen.«

Das Strahlen verblüffte John nun erst recht. Niemand arbeitete freiwillig an seinem Laufbahnbericht, es sei denn, derjenige wollte sich für einen neuen Job oder eine Beförderung bewerben. Aber es dann noch in der Freizeit zu tun … »Ich habe noch nie gesehen, dass jemand so glücklich ist, wenn er an seinem PLB arbeitet.«

»Ich bin nur stolz auf meine Arbeit, John.« Murray pfiff fröhlich, als er die Wache verließ.

Burlington Close war eine ruhige Sackgasse, die von der Southwich Avenue in Newhaven abging, auf halber Strecke zwischen Eastbourne und Brighton. Murray wartete einen Moment, ehe er bei Nummer vierundzwanzig klingelte, und betrachtete die gepflegten Blumentöpfe vor der Tür und das »Keine Vertreter«-Schild in dem Milchglasfenster. Ein Schatten bewegte sich auf ihn zu, als er nach der weißen Kunststoffklingel griff, und ihm wurde klar, dass Mrs Brent-Taylor gesehen haben musste, wie er vorgefahren war, und in der Diele gewartet hatte. Sie öffnete die Tür, bevor der letzte Klingelton verstummt war. Irgendwo im Haus bellte ein Hund.

Murray stellte sich vor. »Ich ermittle in einem Fall, mit dem Sie eventuell am Rande zu tun hatten. Darf ich reinkommen?«

Mrs Brent-Taylor verengte die Augen. »Ich muss packen. Meine Tochter ist dieses Jahr dran mit der Weihnachtsfeier.«

»Es dauert nicht lange.«

Sie trat von der offenen Tür zurück. »Ich kann Ihnen nur eine halbe Stunde geben.«

Murray hatte schon schlimmere Begrüßungen erlebt. Er lächelte und streckte seine Hand auf eine Weise aus, die es Mrs Brent-Taylor unmöglich machte, sie nicht zu schütteln. Dabei blickte sie sich um, als könnten die Nachbarn schon anfangen zu tratschen.

»Kommen Sie lieber rein.«

Die Diele war schmal und dunkel. Es standen ein Schirmständer und zwei Paar Schuhe dort, und an der Wand hing eine Pinnwand voller Faltblätter und Merkzettel. Etwas an der Wand fiel Murray auf, doch er wurde weiter ins Haus geführt, bevor er sich darüber klar werden konnte, was genau es war.

Er war kurz verwirrt, als ihm bedeutet wurde, eine Treppe hinaufzugehen, bis er sich oben in einem großen Wohnzimmer mit durchgehenden Fenstern und einem sagenhaften Meerblick wiederfand.

»Wow.«

Diane Brent-Taylor tauchte eine volle Minute nach Murray

oben auf. Sein Kompliment schien sie zu versöhnen, denn ihre Mundwinkel bogen sich beinahe zu einem Lächeln. »Ich habe großes Glück.«

»Wohnen Sie schon lange hier?«

»Im März werden es zwanzig Jahre. Müsste ich jetzt umziehen, würde ich einen Bungalow wählen.« Sie zeigte zu einem senffarbenen Sofa und wählte für sich den Sessel daneben. Hörbar erschöpft sank sie in die weichen Polster.

Murray zögerte. Während der Fahrt hatte er an seinen Fragen gefeilt, angefangen mit der Identität von Mrs Brent-Taylors Liebhaber. Schließlich war es durchaus möglich, dass Brent-Taylor die Aussage nicht bloß verweigerte, um ihre außerehelichen Aktivitäten geheim zu halten, sondern weil sie – oder ihr Liebhaber – mit Tom Johnsons Tod zu tun hatten. Könnte Diane Brent-Taylor jemanden schützen?

Jetzt jedoch hatte er das Gefühl, dass sein Ansatz komplett falsch war.

Mrs Brent-Taylor war Ende siebzig. Womöglich sogar Anfang achtzig. Sie trug eine Hose, die Murrays Mutter als »Freizeithose« bezeichnet hätte, kombiniert mit einer wild gemusterten Bluse, deren Farben erheblich heiterer wirkten als ihre Trägerin. Ihr blaugetöntes Haar lag in kleinen Locken dicht am Kopf an, und ihre Fingernägel waren in einem blassen Korallenrot lackiert.

Natürlich könnte Mrs Brent-Taylor trotzdem einen Liebhaber haben. Doch wenn Murray daran dachte, wie lange sie gebraucht hatte, um die Treppe hinaufzusteigen, und dass hinter ihrem Sessel ein Gehstock stand, hielt er es für unwahrscheinlich, dass sie sich mit einem Mann am Beachy Head vergnügte.

»Ähm, ist Ihr Mann zu Hause?«

»Ich bin verwitwet.«

»Oh, das tut mir leid. Seit kurzem erst?«

»Letzten September waren es fünf Jahre. Darf ich fragen, worum es geht?«

Es wurde zunehmend klarer, dass Murray entweder im falschen Haus war, oder … Das ließ sich nur auf eine Weise herausfinden.

»Mrs Brent-Taylor, sagen Ihnen die Namen Tom und Caroline Johnson etwas?«

Sie runzelte die Stirn. »Sollten sie?«

»Tom Johnson starb am achtzehnten Mai letzten Jahres am Beachy Head. Seine Frau Caroline starb am einundzwanzigsten Dezember an derselben Stelle.«

»Selbstmord?« Sie nahm Murrays Schweigen als Ja. »Wie furchtbar.«

»Tom Johnsons Tod wurde der Polizei von einer Zeugin gemeldet, die Ihren Namen angab.«

»*Meinen* Namen?«

»Diane Brent-Taylor.«

»Tja, also ich war das nicht. Ich meine, sicher war ich schon am Beachy Head – ich habe mein ganzes Leben in dieser Gegend gewohnt –, aber ich habe dort nie jemanden springen gesehen. Gott sei Dank.« Den letzten Satz murmelte sie vor sich hin.

Wie wahrscheinlich war es, dass es in und um Eastbourne zwei Mrs Brent-Taylors gab?

»Es ist ein ungewöhnlicher Name.«

»Ist aber kein offizieller Doppelname, müssen Sie wissen«, sagte Mrs Brent-Taylor defensiv, als würde es sie entlasten. »Mein Mann mochte nur den Klang der kombinierten Namen. Er fand, dass es sich auf dem Golfplatz gut machte.«

»Ah ja.« Murray wappnete sich. Es stand bereits fest, dass dieser Ausflug ein Reinfall war, doch er würde seinen Job nicht richtig machen, wenn er nicht peinlich genau war. »Also, nur zur Klärung, Sie haben ganz sicher nicht am achtzehnten Mai 2016 den Notruf gewählt und gemeldet, dass Sie einen Mann von der Klippe am Beachy Head springen sahen?«

Mrs Brent-Taylor beäugte ihn argwöhnisch. »Ich mag ein bisschen älter sein, junger Mann, aber ich bin noch klar im Kopf.« Murray konnte sich gerade noch bremsen, sich nicht für das deplatzierte Kompliment zu bedanken.

»Eines noch – und verzeihen Sie, falls es Ihnen etwas unverschämt vorkommt –, besteht die Möglichkeit, dass Sie am achtzehnten Mai letzten Jahres mit dem Ehemann einer anderen Frau am Beachy Head waren?«

Innerhalb von Sekunden fand Murray sich vor dem Haus Nummer vierundzwanzig wieder, wo ihm die Tür schwungvoll vor der Nase zugeschlagen wurde. Wenn sie wollte, konnte sich Diane Brent-Taylor recht schnell bewegen.

26

Anna

Laufschritte machen ein hübsches Geräusch auf nassem Asphalt. Nach gut einem Jahr im Schrank unter der Treppe fühlen sich meine Turnschuhe fremd an, und meine Leggings schnüren in das weiche Gewebe an meiner Taille, aber es tut gut, mich zu bewegen. Aus mangelnder Gewohnheit habe ich meine Kopfhörer vergessen, doch mein rhythmisches Atmen wirkt hypnotisierend. Beruhigend.

Marks Mutter, Joan, ist über Weihnachten gekommen, und gleich bei ihrer Ankunft heute Morgen hatten sie und Mark mich quasi genötigt, sie mit Ella ausfahren zu lassen.

»So hat sie Gelegenheit, mich kennenzulernen.«

»Eine kleine Pause wird dir guttun, Schatz.«

»Und mach ja keine Hausarbeit! Leg mal die Füße hoch, und lies eine Zeitschrift.«

»Oder geh zurück ins Bett, wenn du willst.«

Widerwillig hatte ich Ellas Tasche mit Windeln und abgepumpter Milch bestückt, Joan eine ganze Reihe von Anweisungen gegeben, von denen ich wusste, dass sie die allesamt ignorieren würde, und war durch mein Haus gewandert. Auf der Suche nach Geistern.

Im Haus war es zu still, und die Geister waren einzig in meinem Kopf. Ich machte mich selbst wahnsinnig, indem ich nach Jasmin schnupperte und die Augen zukniff, um die nicht vorhandenen Stimmen besser zu hören. An Schlaf war gar nicht zu denken, genauso wenig daran, mich mit einer Zeitschrift hinzusetzen. Also ging ich nach oben und zog meine Laufsachen an. Im Flur oben war es dunkler als sonst, weil die Holzplatte vor dem Kinderzimmerfenster das Licht aussperrte.

Ich laufe an einer Ladenzeile vorbei. Bunte Lichterketten sind wie Girlanden über die Straße gespannt.

Morgen ist Weihnachten. Könnte ich doch heute Abend ins Bett gehen und erst am Tag danach wieder aufwachen. Letztes Jahr um diese Zeit ist meine Mutter seit vier Tagen tot gewesen. Da gab es kein Weihnachtsfest; keiner tat auch bloß so, als würde er es versuchen. In diesem Jahr lasten die Erwartungen schwer auf meiner Seele. Ellas erster Strumpf am Kamin; ihr erstes Mal auf dem Knie des Weihnachtsmanns. Unser erstes Weihnachten als Familie. Wir schaffen Erinnerungen, aber jede von ihnen ist bittersüß.

»Musst du heute arbeiten?«, hatte ich Mark morgens gefragt.

»Ja, leider. Weihnachten ist für viele Menschen eine schwierige Zeit.«

Ja, wollte ich sagen. Für mich.

Meine Lunge brennt, und ich bin erst eine Meile gelaufen. Im vorigen Jahr war ich beim Great South Run dabei; heute kann ich mir nicht mal vorstellen, es bis zum Strand zu schaffen, ohne zu kollabieren.

In der High Street drängen sich gehetzte Leute, die in letzter Minute noch Geschenke kaufen. Ich laufe auf die Straße, um der Schlange vor dem Schlachter auszuweichen, wo Kunden nach Truthähnen und Chipolatas anstehen.

Ich habe nicht darauf geachtet, wohin ich laufe, doch als ich um die Ecke biege, sehe ich Johnson's Cars am Ende der Straße. Ich werde langsamer und stemme eine Hand in meine Seite, in der es unangenehm sticht.

Am Heiligabend schlossen meine Eltern das Geschäft immer zur Mittagszeit. Sie machten die Türen zu, riefen die Mitarbeiter zusammen, und ich füllte Gläser mit klebrigem Glühwein, während Billy und mein Vater die Bonusschecks verteilten und *I Wish It Could Be Christmas Every Day* aus den Lautsprechern dudelte.

Ich könnte umkehren, in die Seitenstraße links abbiegen und zurück nach Hause laufen. Meine Eltern, die Polizeiermittlung und das kaputte Kinderzimmerfenster für wenige Stunden verdrängen.

Könnte ich.

Tue ich aber nicht.

»Lauf, Annie, lauf!«

Billy kommt auf den Vorplatz des Autohauses und bewegt die Arme, als würde er sprinten. Ich lache, weil er so albern aussieht und er das auch genau weiß. Er bleibt einige Schritte vor mir stehen und vollführt ein paar Hampelmannsprünge, bevor er abrupt innehält.

»Ich hoffe, die Jungs posten das nicht bei YouTube.« Er wischt sich mit dem Handrücken über die Stirn. »Mann, das habe ich seit den Achtzigern nicht mehr gemacht.«

»Solltest du vielleicht häufiger. YouTube?« Ich dehne mich und fühle, wie meine Oberschenkelmuskeln brennen, als ich mich über mein ausgestrecktes Bein beuge.

»Überwachungskameras.« Billy zeigt vage nach oben und um uns herum. »Früher waren das Attrappen, aber die Versicherung besteht jetzt auf richtigen. Und Peilsendern an den Wagen, seit ...« Er verstummt und wird rot. Seit zwei Geschäftsführer mit fabrikneuen Wagen verschwanden, die sie auf einem öffentlichen Parkplatz am Beachy Head stehen ließen, wo sie die Polizei beschlagnahmte.

»Letzte Nacht hat jemand einen Ziegelstein durch das Kinderzimmerfenster geworfen, kurz nachdem du gegangen warst, Billy.«

»Einen Ziegelstein?« Ein Paar, das über den Platz schlendert, blickt auf, und Billy senkt die Stimme. »Allmächtiger! Ist mit Ella alles in Ordnung?«

»Sie war unten bei uns. Im Moment schläft sie sowieso noch in unserem Zimmer, aber wir hätten sie gerade wickeln können oder kurz hinlegen oder ... Darüber will man gar nicht nachdenken. Die Polizei war sofort da.«

»Glauben sie, dass sie den Kerl finden?«

»Du weißt doch, wie sie sind. ›Wir tun unser Bestes, Miss Johnson.‹«

Billy schnaubte verächtlich.

»Ich habe Angst, Billy. Ich denke, dass Mum und Dad getötet wurden – und ich glaube, ihr Mörder will uns davon abhalten, mehr herauszufinden. Ich weiß nicht, was ich tun soll.« Meine Stimme bricht, und Billy nimmt mich in die Arme.

»Annie, Schätzchen, mach dich nicht verrückt.«

Ich weiche zurück. »Gibst du mir die Schuld?«

»Die Polizei hat nach dem Tod deiner Eltern ermittelt. Und sie sagten damals, dass es Selbstmord war.«

»Sie haben sich geirrt.«

Wie sehen einander eine Sekunde lang stumm an. Billy nickt bedächtig.

»Na, dann hoffe ich, dass sie diesmal wissen, was sie tun.«

Ich zeige zu einem schwarzen Porsche Boxster, der an prominenter Stelle auf dem Vorplatz steht. »Nicht schlecht.«

»Den habe ich gestern bekommen. Ist natürlich die falsche Jahreszeit für ihn – wahrscheinlich bewegt der sich nicht vor dem Frühling –, aber ich hoffe, dass er Kunden anlockt.« Er sieht besorgt aus.

»Wie schlimm ist es, Onkel Billy?«

Lange Zeit sagt er gar nichts, und als er schließlich antwortet, sieht er starr zu dem Porsche. »Schlimm.«

»Das Geld, das Dad dir hinterlassen hat …«

»Weg.« Billy lacht verbittert. »Es hat das Konto ausgeglichen, aber für den Kredit reichte es nicht mehr.«

»Welcher Kredit?«

Wieder Stille.

»Billy, welcher Kredit?«

Nun sieht er mich an. »Dein Dad hatte einen Firmenkredit aufgenommen. Die Geschäfte liefen schon eine Weile schleppend, aber wir kamen klar. In diesem Spiel muss man es eben nehmen, wie es kommt. Tom wollte unbedingt den Laden ein bisschen aufpeppen. Die Jungs sollten iPads anstelle von Klemmbrettern bekommen, und den Platz wollte er auch aufmotzen lassen. Wir haben uns deshalb gestritten. Doch ehe ich mich's versah, war das Geld auf dem Konto. Er hat es einfach gemacht.«

»Oh, Billy …«

»Wir kamen mit den Raten in Verzug, und dann …« Er verstummt, doch ich höre den Rest der Geschichte im Kopf. *Dann brachte dein Dad sich um und ließ mich mit den Schulden allein.*

Zum ersten Mal in achtzehn Monaten beginnt der Suizid meines Vaters einen Sinn zu ergeben. »Warum hast du mir das nicht früher erzählt?«

Billy antwortet nicht.

»Wie hoch ist der Kredit? Ich zahle ihn ab.«

»Ich nehme dein Geld nicht, Annie.«

»Es ist Dads Geld! Es ist nur richtig, wenn du es bekommst.«

Billy dreht sich halb, so dass er direkt vor mir steht. Er legt die Hände an meine Schultern und hält mich fest. »Die erste Regel im Geschäft, Annie: Trenne immer das Firmengeld von deinem eigenen.«

»Aber ich gehöre zur Geschäftsführung! Wenn ich dem Geschäft helfen will …«

»So läuft das nicht. Eine Firma muss auf eigenen Beinen stehen. Und wenn sie es nicht kann … tja, dann sollte sie nicht im Geschäft sein.« Er kommt mir zuvor, als ich widersprechen will. »Also, wie wäre es mit einer Probefahrt?« Er zeigt zu dem Boxster. Unsere Unterhaltung ist vorbei.

Fahren lernte ich mit einem Ford Escort (»Fang mit etwas Vernünftigem an, Anna«), doch nachdem ich meinen Führerschein hatte, gab es kein Halten mehr. Als Belohnung für die Autopflege an den Wochenenden lieh ich mir Wagen vom Hof. Ich wusste, dass sowohl meine Eltern als auch Billy auf mich losgehen würden, wenn ich die Autos nicht in einwandfreiem Zustand zurückbrachte. Zwar entwickelte ich nie den Hang zum Rasen wie meine Mutter, doch ich lernte, mit schnellen Autos umzugehen.

»Abgemacht.«

Auf den nassen Straßen schert der Boxster in den Kurven hinten ein wenig aus, und ich fahre aus der Stadt, um aufdrehen zu können. Ich grinse Billy zu, genieße die Freiheit, in einem Wagen zu sitzen, in dem kein Baby auf der Rückbank ist. In dem es gar keine Rückbank gibt. Mir fällt auf, dass Billy besorgt aussieht.

»Ich fahre nur zweiundsechzig.«

Dann begreife ich, dass es nicht die Geschwindigkeit ist, wegen der Billy sich sorgt, sondern das Schild nach Beachy Head. Bis eben habe ich gar nicht überlegt, wohin wir fahren, war ganz auf den Motor und das Lenkrad konzentriert gewesen, das in meinen Händen zuckt, als wäre es lebendig.

»Entschuldige. Es war keine Absicht.«

Seit dem Tod meiner Eltern war Billy nicht mehr am Beachy Head. Bei Probefahrten dirigiert er die Leute in die andere Richtung, nach Bexhill und Hastings. Ich blicke zur Seite und bemerke, dass Billys Gesicht blass und verzerrt vom Außenspiegel reflektiert wird. Nun nehme ich den Fuß vom Gas, drehe aber nicht um.

»Wie wäre es, wenn wir einen Spaziergang machen? Ihnen die letzte Ehre erweisen?«

»Ach Annie, Schätzchen, ich weiß nicht ...«

»Bitte, Onkel Billy. Ich möchte nicht allein hingehen.«

Es folgt betretene Stille, dann stimmt er zu.

Ich fahre zu dem Parkplatz, auf dem meine Eltern ihre Wagen stehen ließen. Hier muss ich nicht nach Geistern suchen; sie sind überall um uns herum. Die Wege, die sie entlanggegangen sind, die Schilder, an denen sie vorbeikamen.

Zuletzt war ich am Geburtstag meiner Mutter hier, weil ich mich ihr hier oben näher fühle als in der Friedhofsecke mit den zwei kleinen Gedenktafeln. Die Klippen sehen wie immer aus, doch die Fragen in meinem Kopf sind jetzt ganz andere. Sie lauten nicht mehr »Warum«, sondern »Wer«. Wer war an jenem Tag bei meiner Mutter? Was tat mein Vater hier oben?

Selbstmord? Von wegen.

»Alles in Ordnung?«

Billy nickt angespannt.

Ich verriegle den Wagen und hake mich bei Billy ein. Er entspannt sich ein wenig, und wir gehen auf die Landzunge zu. Denk an die guten Zeiten, befehle ich mir.

»Erinnerst du dich, wie du und Dad euch bei einer Sommerparty als die Krankies verkleidet habt?«

Billy lacht. »Wir hatten gestritten, wer Wee Jimmy sein durfte. Und ich gewann, weil ich der Kleine war, und dann …«

»Dann wart ihr beide betrunken und habt euch deswegen gestritten.« Wir beide lachen bei der Erinnerung an Wee Jimmy und Dad, die sich auf dem Boden des Autohauses wälzten. Mein Vater und Onkel Billy zankten sich, wie es nur Brüder tun: schnell, erbittert und genauso rasch vorbei, wie es angefangen hatte.

Wir verfallen in einträchtiges Schweigen, als wir weitergehen, hier und da unterbrochen von Billys kurzem Lachen, als er sich wieder an den Abend der Krankies erinnert. Er drückt meinen Arm.

»Danke, dass du mich überredet hast herzukommen. Es wurde Zeit, dass ich mich dem stelle.«

Wir stehen jetzt oben auf der Klippe, in sicherer Entfernung zur Kante. Keiner von uns trägt wetterfeste Sachen, und der Regen kommt von allen Seiten, durchnässt meine Laufjacke. Draußen auf dem Meer pflügt ein kleines Boot mit roten Segeln durch die grauen Wellen. Ich denke an meine Mutter, als sie genau an der Stelle stand, wo wir jetzt stehen. Hatte sie Angst? Oder war sie mit jemandem hier, dem sie vertraute? Jemandem, den sie für einen Freund hielt. Einem Liebhaber womöglich – obwohl mir bei dem Gedanken übel wird. Kann es sein, dass meine Mutter eine Affäre hatte?

»Glaubst du, sie wusste es?«

Billy sagt nichts.

»Als sie hier raufkam, denkst du, da wusste sie, dass sie sterben würde?«

»Anna, nicht.« Billy geht wieder in Richtung Parkplatz.

Ich laufe, um ihn einzuholen. »Willst du nicht wissen, was wirklich passiert ist?«

»Nein. Gib mir die Schlüssel. Ich fahre zurück.« Der Regen hatte Billy das Haar an den Kopf geklebt. Er streckt seine Hände aus, doch ich stehe still da, trotzig, die Schlüssel zwischen uns.

»Verstehst du denn nicht? Wenn Mum und Dad ermordet wurden, ändert das alles. Es bedeutet, dass sie uns nicht verlassen haben, ihr Leben nicht aufgaben. Die Polizei wird ihren Mörder suchen. Sie werden Antworten für uns finden, Billy!«

Wir starren einander an, und ich erkenne entsetzt, dass Billy weint. Sein Mund bewegt sich, ohne dass ein Ton herauskommt, wie bei einem stummgeschalteten Fernseher. Und dann dreht er die Lautstärke auf, und ich wünsche mir von ganzem Herzen, ich wäre nach Hastings gefahren.

»Ich will keine Antworten, Annie. Ich will nicht darüber nachdenken, wie sie gestorben sind. Ich möchte daran denken, wie sie gelebt haben. Ich möchte mich an die guten, die witzigen Zeiten erinnern und an die Abende im Pub.« Seine Stimme wird beständig lauter, bis er mich anschreit. Der Wind schleudert mir seine Worte entgegen. Es fließen keine Tränen mehr, doch so habe ich Billy noch nie erlebt. Nie so fassungslos. Seine Fäuste sind geballt, und er tritt von einem Fuß auf den anderen, als würde er sich auf einen Kampf vorbereiten.

»Mum wurde ermordet! Du willst sicher auch wissen, wer es war.«

»Es wird nichts ändern. Es bringt sie nicht zurück.«

»Aber wir hätten Gerechtigkeit. Jemand wird dafür bezahlen.«

Billy dreht sich um und geht weg. Wieder laufe ich ihm nach und ziehe ihn an der Schulter zurück. »Ich will nur Antworten, Onkel Billy. Ich habe sie so sehr geliebt.«

Er bleibt stehen, sieht mich jedoch nicht an, und seine Miene ist eine Mischung aus Trauer, Wut und etwas anderem, etwas Verwirrendem. Einen Sekundenbruchteil bevor er spricht, begreife ich. Und nun redet er so leise, dass der Wind beinahe alles wegbläst, ohne dass ich es höre. Beinahe, aber nicht ganz.

»Das habe ich auch.«

Wir sitzen auf dem Parkplatz und beobachten den Regen durch

die Windschutzscheibe. Hin und wieder rüttelt eine Windböe an dem Wagen, und ich bin froh, dass wir nicht mehr auf der Klippe stehen.

»Ich weiß noch, wie ich sie zum ersten Mal sah«, sagt Billy. Es müsste sich eigenartig anfühlen, was es aber nicht tut, weil er gar nicht richtig hier ist. Er sitzt nicht mit seiner Nichte in einem Porsche Boxster am Beachy Head, sondern ist weit weg. Erinnert sich. »Tom und ich lebten in London. Tom hatte irgendeinen großen Abschluss bei der Arbeit gemacht, und wir waren zum Feiern im Amnesia. Mit VIP-Ausweisen und allem Drum und Dran. Tom trank den ganzen Abend Champagner, saß mit einer Schar von Mädchen auf dem Sofa. Ich glaube, er hielt sich für Peter Stringfellow.« Billy wirft mir einen Seitenblick zu. Er wird rot, und ich fürchte, dass er dichtmacht, aber er spricht weiter.

»Es war 1989. Deine Mutter war mit einer Freundin da. Die beiden sahen überhaupt nicht zum VIP-Bereich, waren den ganzen Abend auf der Tanzfläche. Sie war umwerfend, deine Mutter. Ab und zu kam irgendein Typ zu ihnen und sprach sie an, doch sie waren nicht interessiert. Mädelsabend, sagte Caroline später.«

»Hast du mit ihr geredet?«

»Da nicht, aber ich gab ihr meine Nummer. Den Abend über hatte ich versucht, meinen Mut zusammenzuraffen, und plötzlich wurden die letzten Bestellungen ausgerufen, alle gingen, und ich dachte, ich hätte meine Chance verpasst.«

Ich habe fast vergessen, dass er von meiner Mutter spricht, so gebannt bin ich von Billys Gesichtsausdruck. So habe ich ihn nie zuvor gesehen.

»Und dann war sie da. In der Schlange vor der Garderobe. Und ich dachte: Wenn ich es jetzt nicht tue ... Also machte ich es. Ich fragte sie, ob ich ihr meine Telefonnummer geben dürfe. Ob sie mich anrufen würde. Nur hatte ich keinen Stift bei mir, und sie lachte und fragte, ob ich der Typ sei, der auch seine Brieftasche vergisst. Ihre Freundin gab mir einen Eyeliner, und damit schrieb ich meine Nummer auf Carolines Arm.«

Ich sehe es deutlich vor mir. Meine Mutter in ihrem Achtzigerjahre-Look – toupiertes Haar und neonfarbene Leggings – und den linkischen, vor Nervosität schwitzenden Onkel Billy. Sie musste einundzwanzig gewesen sein, was bedeutete, dass Billy achtundzwanzig war und mein Vater zwei Jahre älter.

»Hat sie dich angerufen?«

Billy nickt. »Wir gingen etwas trinken. Einige Tage später waren wir zum Essen aus. Ich lud sie zum Simply-Red-Konzert in der Albert Hall ein, und dann ...« Er bricht ab.

»Was ist passiert?«

»Ich stellte sie Tom vor.«

Für eine Weile schweigen wir. Ich denke über den armen Onkel Billy nach und frage mich, wie ich es finde, dass meine Eltern ihm das Herz brachen.

»Ich habe es sofort gewusst. Sie hatte auch mit mir ihren Spaß, aber ... Ich ging etwas zu trinken holen, und als ich wiederkam, hat mir ein Blick gereicht.«

»Oh nein, Billy, sie haben doch nicht ...«

»Nein, nicht so. Lange Zeit nicht. Nicht ehe sie beide mit mir geredet hatten, sich entschuldigt und beteuert, dass sie mich nicht verletzen wollten. Aber sie hätten diese *besondere* Verbindung ... Ich wusste da längst, dass ich sie verloren hatte.«

»Und dann habt ihr alle zusammengearbeitet. Wie hast du das ausgehalten?«

Billy lacht verbittert. »Was sollte ich denn machen? Tom auch verlieren? Als dein Großvater krank wurde und Tom und ich das Geschäft übernahmen, warst du schon unterwegs und alles Schnee von gestern.« Er schüttelt sich und dreht sich mit seinem typisch heiteren Gesicht zu mir. Allerdings weiß ich jetzt, dass es aufgesetzt ist, und frage mich, wie oft ich mich habe davon täuschen lassen.

Ließen meine Eltern sich ebenfalls täuschen?

»Ich liebe dich, Onkel Billy.«

»Und ich dich auch, Schätzchen. Jetzt bringen wir dich mal zu deinem Baby zurück, ja?«

Wir fahren ruhig zurück, und Billy lenkt den Boxster, als säße er in einem Toyota Yaris. Er lässt mich vor Oak View raus.

»Nur noch einmal schlafen!«, sagt er wie früher, als ich ein Kind war. »Wir sehen uns morgen früh.«

»Wir werden ein tolles Weihnachtsfest haben.« Das meine ich ernst. Billy hatte nicht zugelassen, dass seine Vergangenheit seine Zukunft bestimmte, und ich darf es auch nicht. Meine Eltern sind nicht mehr hier, und was auch immer die Umstände ihres Todes gewesen sein mochten, sie ändern nichts daran.

Joan wird erst in einer Stunde mit Ella zurück sein. Obwohl meine Laufsachen noch klamm sind, binde ich mir eine Schürze um und backe zwei Fuhren Mince Pies. Dann befülle ich den Schongarer mit Rotwein, Orangenscheiben, Gewürzen und einem kräftigen Schluck Brandy, bevor ich alles auf kleiner Flamme aufsetze. Es klingelt, und ich wasche mir die Hände. Ich suche noch nach einem Geschirrtuch, als es erneut läutet.

»Schon gut, ich komme ja!«

Rita bellt nur einmal, und ich halte ihr Halsband mit einer Hand, halb um sie zu bändigen, halb um mich sicherer zu fühlen. Sie knurrt einige Male leise, was sich wie ein brummender Motor anhört, bellt aber nicht wieder. Und ihr Schwanzwedeln sagt mir, dass alles in Ordnung ist.

Unsere Haustür ist weiß gestrichen und hat oben einen Buntglaseinsatz, so dass die Nachmittagssonne Farbflecken auf die Fliesen wirft. Wenn Besuch kommt, sieht man die Silhouetten dunkel inmitten des Regenbogens auf dem Boden. Als Kind schlich ich immer auf Zehenspitzen an der Wand entlang zur Tür. Durch jemandes Schatten zu gehen erschien mir ähnlich unheimlich, wie auf ein Grab zu treten.

Die Wintersonne steht niedrig, und die Umrisse des Besuchs draußen sind lang gezogen wie von einem Zerrspiegel; der Kopf reicht beinahe bis zum Treppengeländer. Ich werde wieder zum Kind und weiche dem Schattenwurf aus. Rita sind derlei Anwandlungen fremd. Sie jagt über den Schatten und bleibt schlitternd vor der Haustür stehen.

Ich schließe auf. Öffne die Tür.

Und dann verstummt die Welt, bis auf das Dröhnen des Blutes

in meinem Kopf. Ich sehe einen Wagen vorbeifahren, höre jedoch nichts, nur das Pulsieren in meinen Ohren wird schneller und lauter. Benommen strecke ich eine Hand aus, um mich abzustützen, aber das genügt nicht, denn meine Knie geben nach. Es kann nicht sein – es ist völlig unmöglich.

Vor mir. Auf den Stufen. Irgendwie anders. Zugleich wie immer.

Dort vor der Tür und ohne Frage am Leben steht meine Mutter.

Teil 2

27

Anna

Ich kann nicht sprechen. Klar denken erst recht nicht. Tausend Fragen wirbeln mir durch den Kopf, und ich bin nicht sicher, ob ich wahnsinnig geworden bin. Ob ich mir einbilde, dass meine Mutter – meine tote Mutter – vor meiner Haustür steht.

Ihr Haar – lang und aschblond gefärbt, solange ich denken kann – ist nun schwarz und zu einem kurzen Bob geschnitten, der nicht mal bis zu ihrem Kinn reicht. Sie trägt eine wenig schmeichelhafte Brille mit Metallgestell und ein unförmig weites Kleid, das überhaupt nicht zu ihrem früheren Stil passt.

»Mum?«, flüstere ich, denn ich habe Angst. Angst, den Zauber zu brechen und dass meine Mutter – diese seltsame neue Ausgabe meiner Mutter – so schnell verschwindet, wie sie aufgetaucht ist.

Sie öffnet den Mund, aber ich scheine nicht als Einzige sprachlos zu sein. Ich sehe, wie Tränen an ihren Unterlidern aufquellen, und als sie überlaufen, fühle ich die Nässe auf meinen Wangen.

»Mum?« Diesmal sage ich es etwas lauter, immer noch zögerlich. Ich habe keine Ahnung, was vor sich geht, will es aber auch nicht infrage stellen. Meine Mutter ist zurückgekehrt. Ich bekomme eine zweite Chance. Druck baut sich in meiner Brust auf, und es scheint, als könne mein Brustkorb das Wummern meines Herzens nicht mehr halten. Ich lasse Rita los, weil ich keine Luft bekomme und meine Arme brauche, um die Hände an mein Gesicht zu legen, zu fühlen, dass ich real bin, weil dies hier nicht geschehen kann.

Es kann nicht sein.

Rita springt vor und an meiner Mutter hoch, leckt ihr die Hände ab, saust ihr um die Beine, wobei sie aufgeregt winselt und mit dem Schwanz wedelt. Meine Mutter, die bisher so erstarrt war wie ich, bückt sich zu der Hündin und streichelt sie. Diese vertraute Geste bewirkt, dass ich unweigerlich nach Luft ringe, als würde ich aus dem Wasser auftauchen.

»Du bist …« Ich kämpfe jedes Wort heraus wie zum ersten Mal. »Wirklich hier?«

Sie richtet sich auf, atmet tief ein. Es fließen keine Tränen mehr, doch sie wirkt so ängstlich, als wäre sie diejenige, die um mich trauert. Das Leben bewegt sich wie Sand unter meinen Füßen, und ich weiß nicht mehr, was real ist und was nicht. Mich packt blanke Panik. War das letzte Jahr nur ein Albtraum? Oder bin ich vielleicht gestorben? So fühlt es sich an. Mir wird so schwindlig, dass ich zu schwanken beginne, und meine Mutter tritt vor, streckt besorgt eine Hand nach mir aus.

Ich weiche zurück, denn meine Verwirrung macht mich vorsichtig, und sie zieht ihre Hand sichtlich gekränkt zurück. Inzwischen weine ich geräuschvoll, und sie blickt sich zur Straße um. Jede ihrer Bewegungen ist schmerzlich vertraut. Mit jeder wird es schwieriger, dies hier zu verstehen, weil sie bedeutet, dass ich mir diese Szene nicht einbilde. Ich habe keine Vision von meiner Mutter heraufbeschworen; ich bin nicht verrückt geworden. Sie ist kein Geist. Sie ist tatsächlich hier. Lebendig. Atmend.

»Was ist passiert? Ich verstehe das nicht.«

»Darf ich reinkommen?« Ihre ruhige, leise Stimme ist die meiner Kindheit. Die Stimme der Gutenachtgeschichten und beruhigenden Worte nach bösen Träumen. Sie ruft die Hündin, die es leid geworden ist, um sie herumzulaufen, und nun im Kies unten an der Treppe schnüffelt. Rita gehorcht sofort und trottet nach drinnen. Meine Mutter blickt sich abermals vorsichtig um und zögert; sie wartet, dass ich sie hereinbitte.

Das letzte Jahr habe ich mir diesen Moment immer wieder ausgemalt.

Ich habe von ihm geträumt. Von ihm fantasiert. Nach Hause zu kommen und meine Eltern bei ihren üblichen Beschäftigungen vorzufinden, als wäre nichts geschehen. Als wäre alles ein schrecklicher Traum gewesen.

Ich habe mir vorgestellt, wie ich einen Anruf von der Polizei bekomme, dass mein Vater aufs Meer hinausgetrieben wurde. Dass ihn ein Fischerboot rettete, er sein Gedächtnis verloren hätte. Dass meine Mutter ihren Sturz überlebt hätte. Dass sie zu mir zurückkehren würden.

In meinen Träumen falle ich meinen Eltern in die Arme. Wir halten einander fest, umarmen, berühren uns. Vergewissern uns. Und dann reden wir, fallen uns gegenseitig ins Wort, weinen, entschuldigen uns, geben uns feierliche Versprechen. In meinen Träumen herrscht Lärm, Glück und pure Freude.

Meine Mutter und ich stehen schweigend an der Tür.

Die Standuhr in der Diele surrt vor dem Läuten zur vollen Stunde. Rita, die das Geräusch noch nie mochte, verschwindet in der Küche. Anscheinend hat sie sich hinreichend überzeugt, dass ihre Herrin zurück ist. Und real.

Die Uhrglocke ertönt. Mein Vater brachte die Uhr von einer Auktion mit, in dem Jahr, in dem ich auf die weiterführende Schule wechselte. Beim ersten Läuten sahen wir drei uns an.

»Das wird uns die ganze Nacht wach halten!«, sagte meine Mutter, halb lachend, halb entsetzt. Sogar das Ticken war laut und hallte durch die Diele. Trotzdem konnten wir schlafen, und bald schon bemerkte ich die Uhr nur noch, wenn der Mechanismus aussetzte, weil sich das Haus ohne das *Tick-Tack, Tick-Tack* leer anfühlte.

Nun sehen meine Mutter und ich uns an, während zwischen uns das Bimmeln hallt. Erst als der letzte Schlag verklungen ist, spricht meine Mutter wieder.

»Ich weiß, dass es ein Schock ist.«

Gibt es eine groteskere Untertreibung?

»Wir müssen eine Menge besprechen.«

Ich finde meine Stimme wieder. »Du bist nicht gestorben.« Es gibt so viele Fragen, aber diese – die entscheidende Tatsache – ist es, womit ich am meisten zu kämpfen habe. Sie ist nicht gestorben. Sie ist kein Geist.

Meine Mutter schüttelt den Kopf. »Wir sind nicht gestorben.«

Wir. Ich halte den Atem an. »Dad?«

Eine kurze Pause. »Schatz, du musst eine Menge erfahren.«

Langsam verarbeitet mein Gehirn, was ich höre. Mein Vater lebt. Meine Eltern sind nicht am Beachy Head gestorben.

»Dann war es ein Unfall?«

Ich wusste es. War mir sicher, dass meine Eltern nie versuchen würden, sich das Leben zu nehmen.

Aber ... ein Unfall. Kein Mord – ein Unfall.

Zwei Unfälle?

Lauter kleine Fetzen rieseln mir durch den Kopf, als ich diese neue Version der Geschichte den Dingen anpasse, die ich nie verstanden habe. Zwei Unfälle. Widersprüchliche, unsinnige Zeugenaussagen. Stürze, keine Sprünge.

Identische Stürze?

Der Konfettiregen hört auf.

Meine Mutter seufzt. Es klingt resigniert, müde. Sie streicht sich nervös eine schwarze Haarsträhne hinters Ohr, vergeblich, denn ihr Haar ist viel zu kurz, um dort zu halten. Sie nickt in Richtung Küche.

»Darf ich reinkommen?«

Doch der Konfettiregen setzt wieder ein, wird dichter und verklumpt zu kleinen Bällen, weil das, was ich mir vorstelle, keinen Sinn ergibt. Es passt nicht zusammen.

»Dad hatte dir eine SMS geschickt.«

Eine sehr lange Pause entsteht.

»Ja.« Sie hält meinen Blick. »Bitte, können wir uns nicht drinnen setzen? Es ist kompliziert.«

Doch auf einmal scheint es ganz simpel. Der Treibsand unter meinen Füßen erstarrt, während die Erde sich wieder zu drehen beginnt. Es gibt nur eine Erklärung.

»Ihr habt euren Tod vorgetäuscht.«

Ich beobachte meine Ruhe, als wäre ich eine Zuschauerin; gratuliere mir zu meiner Geistesgegenwart. Aber noch während ich es sage – während ich ohne jeden Zweifel weiß, dass ich recht habe –, bete ich, dass ich mich irre. Denn ich kann es nicht glauben.

Es ist strafbar. Unmoralisch. Vor allem aber ist es grausam. Ihr Verschwinden brach mir das Herz, und das mit jedem Tag ein bisschen mehr. Zu wissen, dass meine Eltern es absichtlich taten, wird mich vollkommen zerstören.

Meine Mutter verzieht das Gesicht, und Tränen tropfen auf die Steinstufe.

Ein einzelnes Wort fällt.

»Ja.«

Die Hand, die ich bewege, scheint jemand anderes zu gehören. Ich berühre die Türkante nur leicht mit zwei Fingern.

Und knalle meiner Mutter die Tür vor der Nase zu.

28

Murray

Der erste Stock der Polizeiwache war verlassen. Die meisten Mitarbeiter der Verwaltung hatten die Wochenenden frei, und diejenigen, die arbeiteten, waren bereits gegangen. Einzig das Büro des Superintendent war besetzt. Er selbst war am Telefon, während seine Sekretärin einen Bericht tippte, ohne ein einziges Mal auf ihre Finger zu sehen.

Sie hatte Lametta im Haar und trug Ohrringe mit Weihnachtskugel dran, die wild blinkten. »Der Super muss noch Fallunterlagen getippt haben«, hatte sie erklärt, als Murray sich wunderte, was sie an einem Sonntagmorgen bei der Arbeit machte, überdies am Heiligabend. »Er will vor der Weihnachtspause alles auf dem Laufenden haben.«

»Haben Sie morgen etwas Schönes vor?«, fragte sie nun.

»Nur einen ruhigen Tag zu Hause.« Für einen Moment schwiegen sie beide. »Und Sie?«, ergänzte er, als ihm klar wurde, dass sie auf diese Frage wartete.

»Ich fahre zu meinen Eltern.« Sie hörte auf zu tippen und verschränkte die Arme auf dem Schreibtisch. »Wir haben alle noch unsere Strümpfe am Kamin, obwohl mein Bruder schon vierundzwanzig ist. Die packen wir als Erstes aus, und danach gibt es Räucherlachs mit Rührei und Sekt mit O-Saft.« Murray lächelte und nickte, als sie ihm die Weihnachtsbräuche ihrer Familie schilderte. Währenddessen fragte er sich, wie lange sein Anschiss dauern würde.

Die Bürotür ging auf.

»Murray! Tut mir leid, dass Sie warten mussten.«

»Kein Problem.« Das »Sir« ließ Murray weg, allerdings nicht bloß, weil er jetzt ziviler Mitarbeiter war und nicht mehr an seinen Dienstgrad gebunden, sondern weil Leo Griffiths bereits in seiner Ausbildung unter Murray als anleitendem Constable ein Arschloch erster Güte gewesen war.

In Leos Büro standen zwei Sessel, doch der Superintendent setzte sich an seinen Schreibtisch, daher nahm Murray auf dem Holzstuhl ihm gegenüber Platz. Zwischen ihnen befand sich eine breite polierte Holzplatte, auf der Leo Büroklammern umherschob, was angeblich sein Gehalt mehr als rechtfertigte.

Leo faltete die Hände und lehnte sich zurück. »Ich bin ein bisschen verwirrt.« Natürlich entsprach das nicht der Wahrheit, aber der Superintendent führte gern aus, wie er zu seinen Schlussfolgerungen gelangte, auch wenn er so alles ein wenig in die Länge zog. »Die Nachtschicht wurde kurz vor Mitternacht gestern wegen eines Zwischenfalls rausgerufen. Sie unterhielt sich mit einem Mr Mark Hemmings und dessen Lebensgefährtin, Miss Anna Johnson.«

Ah, also ging es tatsächlich um den Johnson-Fall.

»Jemand hat ihnen einen Ziegelstein durchs Fenster geworfen, an dem eine Warnung befestigt war.«

»Davon habe ich gehört. Einige der Häuser in der Straße haben Sicherheitskameras. Es lohnt sich vielleicht …«

»Alles schon veranlasst, danke«, fiel Leo ihm ins Wort. »Mich sorgt eher, dass Miss Johnson berichtete, es würde sich um einen Vorfall in einer ganzen Serie von Zwischenfällen handeln.« Um der dramatischen Wirkung willen legte er eine Pause ein. »Eine Serie, in der Sie ermitteln.«

Murray sagte nichts. Man verstrickte sich allzu leicht, wenn man bloß irgendwas sagte, um Lücken zu füllen. Stell eine Frage, Leo, dann werde ich antworten.

Die Pause zog sich ewig hin.

»Und was mich nun verwirrt, Murray, ist, dass ich den Eindruck hatte, Sie würden auf der Wache arbeiten. Als *ziviler* Mitarbeiter. Weil Sie schon seit mehreren Jahren nicht mehr beim CID sind – oder überhaupt im aktiven Polizeidienst.«

Kein Kommentar.

Ein Hauch von Verärgerung schlich sich in Leos Stimme. Er musste viel härter arbeiten, als er es gewohnt war. »Murray, ermitteln Sie in einer Verbrechensserie, die im Zusammenhang mit zwei erwiesenen Suiziden steht?«

»Nein, tue ich nicht.« Es waren Morde, keine Selbstmorde.

»Und was genau *tun* Sie dann?«

»Anna Johnson war am Donnerstag auf der Wache, weil sie einige Bedenken besprechen wollte, die sie wegen der plötzlichen Tode ihrer Eltern hatte, beide im letzten Jahr. Ich habe einige Zeit damit verbracht, ihre Fragen zu beantworten.« Murray lächelte Leo freundlich an. »Eine der Vorgaben in meiner Stellenbeschreibung ist, guten Kundendienst zu bieten. Sir.«

Leo kniff die Augen zusammen. »Die Nachtschicht sagte, sie hätte eine boshafte Nachricht bekommen.«

»Eine anonyme Karte, die am Todestag ihrer Mutter ankam.«

»Davon findet sich nichts im System. Warum haben Sie keinen Bericht geschrieben?«

»Welche Straftat wäre es?«, fragte Murray höflich. »Es stand keine Drohung in der Karte. Keine Beschimpfung. Natürlich war sie erschütternd, aber nicht illegal.« Wieder trat eine lange Pause ein, in der Leo diese Information verarbeitete.

»Ein Ziegelstein durch ein Fenster …«

»Das ist ein Vergehen«, unterbrach Murray ihn, »und gewiss werden die zuständigen Officers in der Angelegenheit hervorragend ermitteln.«

»Miss Johnson scheint zu denken, dass der Suizid ihrer Mutter in Wahrheit Mord war.«

»Ja, das hörte ich.« Wieder lächelte Murray höflich. »Natürlich war es das hiesige CID-Team, das letztes Jahr in dem Fall ermittelte.«

Leo sah Murray prüfend an, vermutlich um einzuschätzen, ob es eine absichtliche Andeutung war. Wenn er Murray zurechtwies, weil der den Fall nicht zum CID gebracht hatte, würde er die ursprüngliche Ermittlung implizit kritisieren.

Murray wartete.

»Schreiben Sie, was Sie bisher haben, und übergeben Sie alles ans CID, damit die sich die Sache richtig ansehen. Verstanden?«

»Klar und deutlich.« Murray stand auf, ohne die Erlaubnis abzuwarten. »Fröhliche Weihnachten.«

»Sicher. Und, Murray?«

»Ja?«

»Bleiben Sie bei Ihrem Job.«

Murray hatte den Superintendent bisher nicht belogen und würde jetzt nicht damit anfangen. »Keine Sorge, Leo.« Er lächelte dem Boss munter zu. »Ich werde nichts tun, wofür ich nicht qualifiziert bin.«

Unten suchte Murray nach einem freien Raum, um seinen Bericht zu verfassen, und schloss die Tür, ehe er sich in den Computer einloggte. Er hatte seinen Polizei-Laptop abgegeben, als er in den Ruhestand ging, und es gab noch einige Dinge, die er abklären wollte, ehe er über Weihnachten nach Hause ging. Sollte Leo Griffiths so helle sein, sich Murrays Intranet-Aktivitäten anzusehen, könnte er leicht erklären, dass er die Informationen für seinen Bericht ans CID brauchte.

Er recherchierte »Oak View« im System, in dem alle Polizeieinsätze gespeichert waren. Das mussten die ursprünglichen Ermittler auch geprüft haben, obwohl nichts in der Akte erwähnt wurde, und Murray wollte gründlich sein. Er suchte nach Einbrüchen, Belästigungen, verdächtigen Vorkommnissen im Zusammenhang mit Oak View oder den Johnsons. Irgendwas, aus dem zu schließen wäre, dass jemand Tom und Caroline vor ihrem Tod im Visier hatte.

Seit Beginn der Computeraufzeichnungen erschien Oak View mehrmals. Zweimal war ein stummer Notruf von der Adresse eingegangen. Jedes Mal hatte die Zentrale zurückgerufen und dieselbe Erklärung erhalten.

HAUSBEWOHNER BITTET UM ENTSCHULDIGUNG. KLEINKIND HAT MIT TELEFON GESPIELT.

Murray sah nach dem Datum des Eintrags. 10. Februar 2001. Kleinkind? Anna Johnson musste da zehn Jahre alt gewesen ein.

Zu alt, um versehentlich irgendwo anzurufen. Hatte es noch ein Kleinkind in dem Haushalt gegeben, oder waren die stummen Notrufe ein gezielter Hilferuf gewesen?

2008 erhielt die Zentrale einen Anruf vom Nachbarn, Robert Drake, der meldete, dass er von nebenan Lärm hörte. Murray überflog den Eintrag.

ANRUFER MELDET, DASS ER SCHREIE UND BRECHENDES GLAS HÖRT. EVENTUELL HÄUSLICHE GEWALT. EINHEIT HINGESCHICKT.

Es wurde keine Straftat gemeldet.

BEI ANKUNFT ALLES STILL. PERSONENDATEN AUFGENOMMEN. BEIDE BEWOHNER STREITEN HÄUSLICHEN GEWALTVORFALL AB.

Caroline Johnson hatte »emotional« gewirkt, sah Murray, doch es standen kaum Einzelheiten dort, und ohne die Officers direkt anzusprechen – und zu hoffen, dass sie sich an einen Zwischenfall vor über zehn Jahren erinnerten –, war das alles, was er hatte.

Es genügte. Murray begann, sich ein Bild von den Johnsons zu machen, und es unterschied sich deutlich von der Schilderung ihrer Tochter. Vielleicht könnte Toms Bruder, Billy Johnson, etwas Licht in die Sache bringen. Murray blickte auf seine Uhr. Der verfluchte Leo Griffiths und sein Hang zur Selbstdarstellung! Wenn Murray jetzt nicht aufbrach, käme er zu spät, um Sarah abzuholen. Sie dürfte heute schon angespannt genug sein; die winzigste Abweichung vom Plan könnte sie aus dem Gleichgewicht bringen.

»Ich komme mit dir.«

Murray hatte es gerade rechtzeitig geschafft, und sofort hatte Sarah nach dem Johnson-Fall gefragt. Nun bestand sie darauf, ihn zu Billy zu begleiten.

»Das hat auch bis nach Weihnachten Zeit.« Murray legte den Gang ein und fuhr langsam vom Highfield-Gelände. Es fühlte sich gut an, Sarah im Auto zu haben. Zu wissen, dass er nicht in ein leeres Haus heimkehren würde.

»Ist schon gut, ehrlich. Es liegt sowieso fast auf unserem Weg.«

Murray blickte verstohlen zu seiner Frau. Nicht mal im Auto saß sie richtig. Sie hatte einen Fuß unter das Knie des anderen Beins gezogen. Den Gurt hielt sie mit einer Hand von ihrem Hals weg, den Ellbogen ans Seitenfenster gelehnt.

»Wenn du sicher bist?«

»Bin ich.«

Johnson's Cars war aufgemöbelt worden, seit Murray hier seinen Volvo gekauft hatte. Hinten war immer noch das bunte Durcheinander alter Klapperkisten, die hauptsächlich als Ersatzteillieferanten herhielten, doch vorne war alles voller blitzblanker Jaguars, Audis und BMWs, von denen die teuersten auf Rampen standen, so dass sie aussahen, als würden sie gleich losrasen.

»Zehn Minuten«, sagte Murray.

»Keine Eile.« Sarah löste ihren Gurt und schlug ihr Buch auf. Murray steckte die Schlüssel ein und blickte sich automatisch im Wagen um, ob hier irgendwas Riskantes war. Sie ist entlassen worden, ermahnte er sich, als er wegging. Entspann dich.

Er schaute sich um, als er den Vorplatz überquerte, doch Sarah war in ihr Buch vertieft. Glattrasierte Verkäufer drehten haigleich ihre Runden, und zwei näherten sich Murray aus entgegengesetzten Richtungen, beide heiß auf eine Provision. Ein schlaksiger Bursche mit rotem Haar war als Erster bei ihm, und sein Kollege schwenkte um zu einem eleganten Paar, das Hand in Hand an einer Reihe von Cabrios entlangschlenderte. Allemal vielversprechender, dachte Murray.

»Billy Johnson?«

»Im Büro.« Der Rotschopf nickte zum Gebäude. »Aber vielleicht kann ich Ihnen helfen.« Sein Lächeln war so blendend wie unecht. Er neigte den Kopf zur Seite und musterte Murray nachdenklich. »Volvofahrer, habe ich recht?«

Bedachte man, dass Murray soeben aus einem Volvo gestiegen war, wirkte diese Erkenntnis wenig eindrucksvoll. Murray ging weiter.

»Hier durch?«

Der Mann zuckte mit den Schultern, und sein strahlendes Lächeln verschwand mitsamt seinen Chancen auf einen Verkauf. »Ja. Shaneen am Empfang holt ihn für Sie.«

Shaneens Gesicht war zwei Nuancen dunkler als ihr Hals, und ihre Lippen glänzten so sehr, dass Murray sich in ihnen spiegelte. Sie stand hinter einem großen, geschwungenen Empfangsschreibtisch, der an einer Seite mit Lametta beklebt war, und stellte ein Tablett mit Gläsern für einen Heiligabendumtrunk hin. Als Murray näher kam, lächelte sie.

»Willkommen bei Johnson's Cars, was kann ich für Sie tun?«, ratterte sie so schnell herunter, dass Murray kurz stutzte, ehe er begriff, was sie gesagt hatte.

»Ich würde gern Billy Johnson sprechen. Ich bin von der Polizei Sussex.«

»Ich sehe mal, ob er frei ist.« Auf spitzen hohen Schuhen, die unmöglich ihrer Fußform entsprechen konnten, stakste sie klackernd über den blanken Fußboden zum Büro ihres Chefs. Das getönte Glas bedeutete, dass Murray nicht hineinsehen konnte, deshalb blickte er stattdessen durch die breiten Fenster nach vorn und wünschte, er hätte seinen Volvo etwas näher geparkt. Aus diesem Winkel konnte er Sarah nicht sehen. Er blickte auf seine Uhr. Fünf von den zehn Minuten, die er ihr zugesagt hatte, waren schon vorbei.

»Kommen Sie durch, Mr …« Shaneen erschien in der Tür und verstummte, als ihr bewusst wurde, dass sie vergessen hatte, nach Murrays Namen zu fragen.

»Mackenzie. Murray Mackenzie.« Er lächelte der Empfangsdame zu, als er an ihr vorbei in das eindrucksvolle Büro mit den zwei großen Schreibtischen ging. Billy Johnson stand auf. Seine Stirn glänzte, und als er Murray die Hand schüttelte, fühlte sich seine warm und schwitzig an. Er lächelte nicht und bot Murray auch keinen Stuhl an.

»CID, was?«

Murray korrigierte ihn nicht.

»Wie komme ich zu dem Vergnügen? Unser letzter Einbruch war vor sechs Monaten, also ist das selbst für Ihre Verhältnisse eine erbärmliche Reaktionszeit.« Sein Grinsen nahm den Worten nur halb den Stachel.

Billy Johnson hatte einen recht beachtlichen Bauch, sah jedoch eher stattlich aus als fett und nicht unattraktiv, vermutete Murray. Aber was wusste er schon? Er trug einen gut geschnittenen Anzug, blank polierte Schuhe und eine leuchtend gelbe Krawatte, die zu den Streifen auf seinem Hemd mit modisch weitem Kragen passte. Seine defensive Haltung war zweifellos Stress geschuldet, nicht Aggressivität, dennoch blieb Murray nahe der Tür.

»Falls es um die Steuer geht …«

»Tut es nicht.«

Billy entspannte sich ein wenig.

»Ich stelle einige Nachforschungen zum Tod Ihres Bruders und Ihrer Schwägerin an.«

»Sind Sie der Officer, mit dem unsere Annie zu tun hatte?«

»Sie sind ihr Onkel, nehme ich an?«

Trotz Billys Unbehagen war seine Zuneigung zu Anna offensichtlich. Sein Blick wurde weicher, und er nickte mehrmals, als wolle er so die Tatsache unterstreichen. »Was für ein liebenswertes Mädchen. Das alles ist sehr hart für sie.«

»Für Sie alle«, sagte Murray.

»Ja, ja, natürlich. Aber für Annie …« Er zog ein großes weißes Taschentuch hervor und tupfte sich die Stirn ab. »Verzeihung – es war ein recht emotionaler Vormittag. Bitte, setzen Sie sich.« Er sank in einen ledernen Drehsessel. »Sie redet sich ein, dass Tom und Caroline ermordet wurden.«

Murray stockte kurz. »Ich glaube, dass sie recht hat.«

»Mein Gott!«

Durch das Fenster hinter Billy erblickte Murray eine vertraute Gestalt zwischen den Wagen. Sarah. Zwanzig Meter hinter ihr näherte sich der Rothaarige so schnell wie möglich, ohne direkt zu laufen.

»Standen Sie Tom nahe, Mr Johnson?« Murray sprach hastig und behielt nebenher den Vorplatz im Auge.

Billy runzelte die Stirn. »Wir waren Brüder.«

»Haben Sie sich gut verstanden?«

Die Frage schien ihn zu verärgern. »Wir waren Brüder. Wir haben uns gegenseitig unterstützt, uns aber auch auf die Palme gebracht. Verstehen Sie, was ich meine?«

»Und Sie waren gleichzeitig Geschäftspartner, nicht wahr?«

Billy nickte. »Unser Vater hatte Demenz und konnte das Geschäft nicht mehr führen, also übernahmen Tom und ich 1991. Familie«, ergänzte er, als würde dieses eine Wort alles erklären. Vor Billy lag ein aufgeschlagenes Scheckheft neben einem Stapel Umschläge und einer ausgedruckten Liste. Er schob die Umschläge unnötigerweise dichter zusammen und nickte zum Scheckheft. »Weihnachtsboni. Weniger als sonst, aber so spielt das Leben.«

»Wie haben Sie sich mit Caroline verstanden?«

Röte kroch an seinem Hals nach oben. »Sie war am Empfang. Tom hat sich um die Sachen gekümmert. Ich habe das Verkaufsteam geleitet.«

Murray bemerkte, dass Billy seiner Frage ausgewichen war. Er hakte nicht nach. Eigentlich dürfte er gar nicht hier sein; und das Letzte, was Murray brauchte, war eine weitere Beschwerde bei Leo Griffiths. Er versuchte es mit einem anderen Ansatz.

»Hatten die beiden eine gute Beziehung?«

Billy schaute aus dem Fenster, als müsste er überlegen, ob er wirklich aussprechen sollte, was ihm durch den Kopf ging. Der Rotschopf dirigierte Sarah zu einem Defender, an dessen Rückspiegel ein Schild mit der Aufschrift »Preis auf Anfrage« baumelte. Murray hoffte, dass mit ihr alles in Ordnung war. Dass der Rothaarige nichts sagte, was sie aufbrachte.

Billy wandte sich wieder zu Murray. »Er hat sie nicht richtig behandelt. Er war mein Bruder, und ich habe ihn geliebt, aber er war nicht gut genug für sie.«

Murray wartete. Offensichtlich gab es hier mehr zu erfahren.

»Er trank gerne. Na ja, tun wir alle, aber …« Billy schüttelte den Kopf. »Das ist falsch. Schlecht von den Toten zu reden. Es ist nicht richtig.«

»Wollen Sie andeuten, dass Tom ein Alkoholproblem hatte, Mr Johnson?«

Eine ganze Weile schwieg Billy und sah erneut aus dem Fenster. »Caroline hat versucht, ihn zu decken, aber ich bin nicht blöd. Auch wenn Tom das dachte.« Der letzte Satz klang verbittert. Billy murmelte ihn eher vor sich hin, anstatt ihn an Murray zu richten.

Hinter ihm sah Murray den Rothaarigen die Fahrertür des Defenders öffnen. Sarah setzte sich hinters Lenkrad und verstellte den Sitz. Der Verkäufer würde sie zu einer Probefahrt mitnehmen, wenn Murray nicht bald einschritt. Er stand auf.

»Sie haben mir sehr geholfen, Mr Johnson. Vielen Dank.«

Murray war nicht wohl dabei, den Mann zusammengesunken an seinem Schreibtisch zurückzulassen. Er war sichtlich mitgenommen von den Erinnerungen, mit denen er sich Murrays wegen auseinandersetzen musste. Doch für ihn hatte Sarah oberste Priorität.

Sie kam auf ihn zu, als er aus dem Autohaus trat. Der Rotschopf stand neben dem Defender, die Hände unglücklich in die Taschen geschoben.

»Alles okay?«, fragte er, als Sarah bei ihm war. Sie schien vollkommen zufrieden. Murray seufzte erleichtert, weil der Rotschopf sie nicht aufgeregt hatte.

»Bestens.« Sie grinste schelmisch, und wieder blickte Murray zu dem Rothaarigen, der aussah, als hätte ihm eben jemand eröffnet, dass Weihnachten dieses Jahr ausfiel.

»Was ist mit ihm passiert?«

»Ich habe ihm gesagt, dass ich mich für das neueste Modell interessiere.«

»Aha …«

»Dass ich einen sehr hochwertigen Wagen suche, mit jeder Menge Extras, und dass ich heute noch einen kaufen wollte.«

»Okay …«

Wieder grinste Sarah. »Und dann habe ich gesagt, dass ich vielleicht doch bei meinem Fahrrad bleibe.«

29

Anna

Meine Mutter klingelt sofort und immer wieder, ohne die Hand hinunterzunehmen. Rita kommt in die Diele geflitzt, schlittert auf den Fliesen und springt gegen die Tür. Sie sieht mich an, dann zur Silhouette meiner Mutter, die sich durch das Buntglas abzeichnet, und winselt verwirrt.

Mein Brustkorb fühlt sich eng an, mein Gesicht wie taub. Ich kann das nicht. Meine Hände zittern unkontrollierbar, und mit jedem Läuten wächst meine Panik.

»Anna!«

Ich drehe mich weg, zwinge meine Beine, sich zu bewegen, und gehe langsam zum unteren Ende der Treppe.

»Wir müssen reden. Du musst es verstehen. Anna!«

Ihre Stimme ist leise und eindeutig flehend, verzweifelt. Ich stehe da, eine Hand am Geländer, einen Fuß auf der untersten Stufe. Meine Eltern leben. Ist das nicht alles, was ich mir das letzte Jahr gewünscht habe? Großeltern für Ella, Schwiegereltern für Mark. Meine Eltern. Meine Familie.

»Anna, ich werde nicht gehen, ehe du es nicht verstehst. Ich hatte keine Wahl!«

Und auf einmal steht mein Entschluss fest. Ich nehme zwei Stufen auf einmal, fliehe aus der Diele, vor dem Betteln. Weg von den Entschuldigungen, die meine Mutter mir für das Unverzeihliche anbieten will.

Keine Wahl?

Ich hatte keine Wahl. Keine andere Wahl, als um meine Eltern zu trauern. Keine andere Wahl, als zuzusehen, wie die Polizei unser Leben zerpflückte; als im Untersuchungsgericht zu sitzen, während ihre Todesfälle seziert wurden; als eine Trauerfeier zu planen, ihre

Freunde anzurufen und mir immer wieder dieselben Plattitüden anzuhören. Mir blieb keine andere Wahl, als die Schwangerschaft, die Geburt und die ersten Wochen als junge Mutter ohne den Beistand meiner Mutter durchzustehen.

Ich hatte keine Wahl.

Sie hatten eine.

Meine Eltern entschieden sich, mich zu täuschen, und das nicht nur an dem Tag, an dem sie verschwanden, sondern an jedem einzelnen Tag seither.

Es klingelt wieder und wieder und wieder. Meine Mutter hält den Finger auf die Klingel gepresst, die schrill und beharrlich durchs Haus dringt.

Ich halte mir die Ohren zu und liege zusammengerollt auf meinem Bett, doch es gibt kein Entrinnen. Ich setze mich hin, stehe auf und laufe im Schlafzimmer auf und ab.

Schließlich gehe ich ins Bad, drehe die Dusche auf und hocke mich auf den Wannenrand, während sich der Raum mit Wasserdampf füllt und der Spiegel beschlägt. Dann ziehe ich meine Laufsachen aus, steige in die Dusche und schließe die Tür. Ich drehe das Warmwasser auf, bis es so heiß ist, dass es wehtut. Unter der Dusche kann ich die Klingel nicht hören. Ich lehne meinen Kopf nach hinten, und das Wasser füllt meine Ohren, meine Nase und meinen Mund, so dass es sich anfühlt, als würde ich ertrinken. Endlich lasse ich den Tränen freien Lauf – jene Tränen, die mir in die Augen stiegen, als ich meine Mutter sah, und die in dem Augenblick versiegten, in dem mir klar wurde, dass sie absichtlich fortgeblieben war. Ich weine mit einer Intensität, wie ich es nie zuvor erlebt habe, krümme mich unter dem heftigen Schluchzen, das tief aus meinem Bauch kommt.

Vor lauter Weinen fehlt mir die Kraft, aufrecht zu stehen, und ich hocke mich in die Duschwanne, schlinge die Arme um meine Knie. Wasser läuft mir über den Kopf auf meinen Schoß, wo es eine kleine Lache bildet. Ich weine, bis ich vollkommen erschöpft bin. Bis das Wasser eisig wird und ich eine Gänsehaut bekomme.

Als ich die Dusche abdrehe, kalt und steif, horche ich.

Stille.

Sie ist weg.

Die beißend scharfe Trauer überkommt mich unerwartet. Ich ermahne mich, keine Schwäche zu zeigen. Über ein Jahr habe ich ohne meine Eltern gelebt. Ich habe überlebt und werde es weiterhin. Es gibt nichts, was sie sagen könnten, damit ich ihnen verzeihe. Dafür ist es zu spät.

Ich ziehe mir eine alte Jogginghose und ein ausgeblichenes Sweatshirt an, das ich mir aus Marks Schrankhälfte stibitze. Dazu dicke Kaschmirsocken. Grob rubble ich mein Haar mit einem Handtuch trocken und wickle es zu einem losen Knoten.

Als ich gerade anfange, mich besser zu fühlen, gefasster, läutet es an der Tür.

Eine volle Minute lang bin ich wie erstarrt.

Es läutet wieder.

Die Hartnäckigkeit, die ich früher an meiner Mutter bewunderte, um die ich sie fast beneidet habe, setzt mir nun zu. Sie wird nicht aufgeben. Ich könnte den ganzen Tag hier stehen, und sie würde warten, klingeln und rufen. Glühender Zorn bricht durch jene äußere Ruhe, von der ich mir einredete, sie wäre echt. Ich stürme aus meinem Schlafzimmer und die Treppe hinunter. Wie kann sie es wagen?

Ein ganzes Jahr.

Es wirbelt mir durch den Kopf wie die Kugel in einem Flipperautomaten, feuert willkürlich Schüsse auf mich ab. Ein volles Jahr hat sie mich, hat sie jeden belogen.

Ich lande so schnell unten in der Diele, dass ich auf den Socken ausrutsche und auf den Hintern knalle. Für einen Moment bleibt mir die Luft weg, und als ich mich aufrapple, habe ich das Gefühl, die ganze Treppe hinuntergestürzt zu sein.

Es läutet wieder. Rita ist nirgends zu sehen. Sogar die Hündin hat die Hoffnung aufgegeben, dass ich jemals die Tür öffne, aber wenn meine Mutter sich etwas in den Kopf gesetzt hat, gibt sie keine Ruhe.

Ein ganzes Jahr.

Hätte mir jemand vor sechs Monaten – ja, heute Morgen – gesagt, dass ich meiner Mutter eines Tages sagen würde, sie solle mich in Ruhe lassen, hätte ich denjenigen für verrückt erklärt. Aber genau das werde ich jetzt tun. Die Vergangenheit lässt sich nicht rückgängig machen; man kann jemanden nicht belügen, sich dann zurück in dessen Leben drängen und erwarten, dass einem verziehen wird. Manche Lügen sind zu verheerend.

Ein ganzes Jahr Lügen.

Ich reiße die Tür auf.

»Da bist du! Ich dachte schon, dass du oben bist. Kannst du den Kinderwagen reinholen? Ich ziehe ihn ungern mit dem Baby drin über die Stufen, falls er kippt.« Joan schaut mich verwundert an. »Ist alles in Ordnung, Liebes? Du wirkst, als hättest du einen Geist gesehen.«

30

Murray

Sarah wischte den Küchenboden. Es war keine Kritik an Murrays gestrigen Putzbemühungen, sondern ein Zeichen, dass Sarah zunehmend ängstlicher wurde. Der Wechsel war so schnell gewesen, als würde die Sonne plötzlich hinter einer Wolke verschwinden. Murray hatte sich bemüht, an dem Gefühl von Zufriedenheit festzuhalten, dass er auf der Rückfahrt von Johnson's Cars empfunden hatte, während sie über das missglückte Geschäft des Rotschopfes lachten. Doch es gelang ihm ebenso wenig, wie man sich mitten im Winter an dreißig Grad Hitze im Sommer erinnern konnte.

Murray war nicht einmal sicher, was der Auslöser gewesen war. Manchmal gab es keinen.

»Setz dich, und trink einen Tee.«

»Ich will erst die Fenster putzen.«

»Es ist Heiligabend.«

»Na und?«

Murray blätterte in der *Radio Times*, ob es irgendetwas im Fernsehen gab, das sie beide ablenkte. *Ist das Leben nicht schön?* war vermutlich nicht ideal. »Gleich kommt *Der Schneemann*.«

»Ist ja ein Ding.« Sie tunkte den Wischmopp in den Eimer. »Ich wette, sogar Aled Jones kann das nicht mehr sehen.«

Murray wäre eingestiegen, doch zwischen Sarahs Augenbrauen grub sich ein tiefes »V«, als sie unter der Spüle nach Glasreiniger und einem Lappen suchte, deshalb sagte er nichts zu dem Scherz. Murray war gut darin, die Zeichen zu lesen, sich an den Steilvorlagen anderer zu orientieren und deren Reaktionen zu spiegeln. Bei Kriminellen hatte er das jahrelang getan, lange bevor nonverbale Kommunikation an den Polizeischulen gelehrt wurde. Und zu Hause machte er es seit Jahren.

Bloß war es anstrengend, und nicht zum ersten Mal wünschte Murray sich, Sarah und er hätten Kinder, deren Anwesenheit Sarahs Verfassung erträglicher gemacht hätte. Murray hatte welche gewollt – sehr –, doch Sarah war zu ängstlich gewesen.

»Was ist, wenn sie nach mir kommen?«

Er hatte es absichtlich missverstanden. »Dann werden sie die glücklichsten Kinder aller Zeiten.«

»Und wenn sie meinen Kopf erben? Meinen verkorksten, fiesen Mistkopf?« Sie hatte zu weinen begonnen, und Murray hatte sie in die Arme genommen, damit sie seine Tränen nicht sah.

»Oder meine Nase?«, hatte er sanft erwidert. Da hatte sie glucksend in seinen Pullover gelacht und war zurückgewichen.

»Was ist, wenn ich ihnen wehtue?«

»Würdest du nicht. Du verletzt dich immer nur selbst.«

Aber Murrays Beteuerungen stießen auf taube Ohren. Sarah bekam schreckliche Angst, schwanger zu werden – weigerte sich, mit Murray intim zu sein. Sie stürzte in eine paranoide Episode, während der sie wochenlang unsinnige Schwangerschaftstests machte, für den absurden Fall, dass Eastbourne zum nächsten Schauplatz einer unbefleckten Empfängnis auserkoren worden wäre. Schließlich hatte ihr Hausarzt zugestimmt, aus psychischen Gründen eine Sterilisation für Sarah zu beantragen.

Was bedeutete, dass es nur Murray und Sarah gab. Sie hätten Weihnachten bei Sarahs Bruder und seiner Familie feiern können, doch nach Sarahs letzter Einlieferung hatten sie keine Pläne geschmiedet. Murray bedauerte, dass er den Baum noch nicht vom Dachboden geholt hatte oder in weiser Voraussicht einen fertig geschmückten besorgt. Das hätte ihnen wenigstens etwas zu tun gegeben.

Etwas anderes als putzen.

Sarah kniete auf der Spülablage, um sich dem Küchenfenster zu widmen, und Murray suchte nach einem zweiten Lappen – er konnte sich ebenso gut nützlich machen –, als er Singen von draußen hörte.

»We three Kings of Orient are / One in an taxi, one in a car /

One on scooter, blowing his hooter …« Der Gesang brach ab und wurde zu grölendem Gelächter.

»Was ist denn …«

Sarah war neugierig genug, um den Glasreiniger abzustellen und mit Murray an die Tür zu kommen.

»Fröhliche Weihnachten!« Nishas Partner Gill streckte Murray eine Weinflasche entgegen.

»Und willkommen zu Hause!« Nisha überreichte Sarah eine Geschenktüte mitsamt großer Schleife und Anhänger. »Du kriegst nichts«, sagte sie zu Murray, »weil du ein elender alter Kauz bist.« Sie grinste. »Werden wir nicht reingebeten? Echte Weihnachtssinger bekommen Mince Pies und Glühwein.«

»Ich denke, Mince Pies können wir anbieten«, sagte Murray und machte die Tür weit auf. Sarah hielt die Geschenktüte mit beiden Händen, die Augen weit aufgerissen.

»Ich wollte gerade …« Sie blickte zur Küche, als plante sie ihre Flucht.

Murray spürte, wie seine Zuversicht schwand. Er hielt Sarahs Blick und fragte sich, wie er ihr verständlich machen sollte, dass er dies hier brauchte. Freunde, die am Heiligabend zu Besuch kamen. Mince Pies. Weihnachtslieder. Normalität.

Sarah zögerte, ehe sie verhalten lächelte. »Ich wollte gerade alles für Weihnachten bereitmachen. Kommt rein!«

Murray holte die Mince Pies, die er für den ersten Feiertag besorgt hatte, und Gläser für den Wein, den Nisha und Gill mitgebracht hatten. Er fand die CD mit den Weihnachtsliedern vom King's College, und dann entdeckte Nisha noch eine mit den Top-Ten-Weihnachtshits. Sarah packte ihr Geschenk aus und umarmte jeden zum Dank für die spontane Party, und Murray dachte, dass Nisha und Gill nie erahnen könnten, was für ein perfektes Geschenk sie ihm gemacht hatten.

»Ein kleines Vögelchen hat mir gezwitschert, dass du heute Morgen in der Höhle des Löwen warst …«, sagte Nisha.

Das hatte ja nicht lange gedauert.

»Des Löwen?« Gill schenkte allen nach. Sarah hielt ihr Glas hin, und Murray versuchte, sich nicht ansehen zu lassen, was in ihm vorging. Ein wenig Alkohol machte Sarah munter. Glücklich. Etwas mehr hatte den gegenteiligen Effekt.

»Superintendent Leo Griffiths«, erklärte Nisha. »Er brüllt gerne.«

»War das kleine Vögelchen zufällig eine junge Frau mit blinkenden Ohrgehängen und Lametta im Haar?«

»Keine Ahnung, sie hat mir eine SMS geschickt. Ich nehme an, dein Plan, Eastbournes ungeklärten Morden im Alleingang auf den Grund zu gehen, wurde im Keim erstickt?«

Murray trank einen Schluck von seinem Wein. »Wenn überhaupt, bin ich noch entschlossener herauszufinden, was mit den Johnsons passierte, vor allem da die Dinge jetzt eskalieren.«

Nisha nickte. »Der Ziegelstein wird noch untersucht. Keine Fingerabdrücke, leider – die Oberfläche ist die Pest, und derjenige, der das Papier um den Stein gewickelt hat, war versiert genug, Handschuhe zu tragen. Aber ich *kann* dir verraten, dass die Nachricht am Stein auf anderem Papier gedruckt wurde als die in der Karte. *Und* auf einem anderen Drucker.«

Sarah stellte ihr Glas hin. »Die sind von unterschiedlichen Leuten?«

»Nicht unbedingt, aber möglich wäre es.«

»Das leuchtet ein.« Sarah sah Murray an. »Findest du nicht? Eine Person fordert Anna auf, in der Vergangenheit zu wühlen; die andere will sie davon abhalten.«

»Kann sein.« Wie Nisha wollte auch Murray sich nicht festlegen, obwohl er zu demselben Schluss gelangte. Sie hatten es nicht mit einer Person zu tun, sondern mit zweien. Die Karte zum Jahrestag kam von jemandem, der wusste, was tatsächlich mit Caroline Johnson geschehen war, und wollte, dass Anna Fragen stellte. Die Nachricht letzte Nacht war etwas anderes. Eine Anweisung. Eine Drohung.

Keine Polizei. Hör auf, bevor du verletzt wirst.

»Wer schickt eine Warnung, wenn er nicht der Mörder ist?« Murray konnte Sarahs Logik nachvollziehen.

Derjenige, der den Stein durch das Fenster geworfen hatte, war für Toms und Carolines Tod verantwortlich, und es sah aus, als wäre er noch nicht fertig mit den Johnsons. Murray musste diesen Fall aufklären, bevor Anna – oder ihrem Baby – etwas zustieß.

31

Anna

Mark und Joan reden, doch ich fühle mich wie unter Wasser. Hin und wieder wirft mir einer von ihnen einen besorgten Blick zu, bietet mir Tee oder Wein an oder schlägt vor *Leg dich doch ein bisschen hin.*

Ich brauche keinen Schlaf. Ich muss verstehen, was zur Hölle los ist.

Wo waren meine Eltern das letzte Jahr? Wie konnten sie ihre Selbstmorde so überzeugend vortäuschen, dass niemand Verdacht schöpfte? Und – was das Wichtigste ist – warum haben sie es getan?

Es ergibt keinen Sinn. Ich habe keine Hinweise auf Schulden gefunden, keine Andeutungen, dass größere Geldsummen von ihren Konten verschoben wurden, bevor sie verschwanden. Als die Testamente verlesen wurden, ging alles – mehr oder minder – an mich. Mein Vater hatte Geld für die Firma geliehen, aber das Geschäft verschlechterte sich erst nach seinem Tod – und Billys Zusammenbruch. Meine Eltern waren nicht pleite. Sie können das nicht aus finanziellen Gründen getan haben.

Mir schwirrt der Kopf.

»Wir müssen reden«, sage ich, als Joan kurz das Zimmer verlässt.

»Ja, müssen wir.« Mark sieht mich ernst an. »Nach Weihnachten, wenn meine Mum abgereist ist, holen wir uns einen Babysitter und gehen mal zum Essen aus. Reden richtig über alles. Ich habe überlegt, dass der Therapeut niemand sein muss, den ich kenne, falls dir das Sorgen macht. Ich kann mir jemanden empfehlen lassen.«

»Nein, aber …«

Joan kommt wieder herein. Sie hat ein Scrabble-Spiel dabei. »Ich war nicht sicher, ob ihr das habt, also habe ich meines mitgebracht. Wollen wir eine Runde spielen?« Sie blickt fragend zu mir. »Wie geht es dir, Liebes? Ich weiß, wie schwierig das für dich ist.«

»Ist schon okay.« Lügen durch Unterlassung. Ich gebe meine seltsame Stimmung als Trauersymptom aus. Noch ein Weihnachten ohne meine Eltern. *Arme Anna. Sie vermisst sie so sehr.*

Ich schiebe Scrabble-Buchstaben auf der kleinen Bank vor mir hin und her, kann die simpelsten Wörter nicht erkennen. Was tue ich jetzt? Soll ich die Polizei rufen? Ich denke an den netten, liebenswerten Murray Mackenzie und empfinde neue Scham. Er hat mir geglaubt. Der Einzige, der zugab, dass etwas nicht stimmte. Der Einzige, der mir zustimmte, dass meine Mutter ermordet worden sein könnte.

Und die ganze Zeit war es eine Lüge.

»Jukebox!«, sagt Joan. »Siebenundsiebzig.«

»Sind das nicht zwei Wörter?«

»Nein, ganz sicher ein Wort.«

Ich blende ihren harmlosen Streit aus.

In den letzten achtzehn Monaten wurde meine Trauer mehrmals von einer anderen Empfindung überlagert.

Wut.

»Es ist vollkommen normal, wütend zu sein, wenn ein geliebter Mensch stirbt«, sagte Mark bei unserer ersten Sitzung. »Vor allem, wenn wir das Gefühl haben, der Gestorbene hätte sich bewusst entschieden, uns zu verlassen.«

Bewusst entschieden.

Meine Hand, mit der ich ein »E« aus dem Beutel in der Tischmitte nehme, fängt an zu zittern. Ich lasse den Buchstaben auf meine Bank fallen und nehme die Hände runter, klemme sie zwischen meine Knie. Im letzten Jahr habe ich mich aktiv »durch die Wut gearbeitet« – um Marks Jargon zu benutzen –, die der Selbstmord meiner Eltern in mir auslöste. Wie sich herausstellt, war sie jedoch vollkommen angebracht.

Mit jeder Sekunde, die ich dieses Geheimnis wahre, wird mir übler. Wächst meine Angst. Ich wünschte, Joan wäre nicht hier. Es ist erst das zweite Mal, dass ich sie sehe, also wie kann ich ihr das vor den Kopf knallen? Noch dazu am Heiligabend …

Mark legt einen Buchstaben hin. »Ex.«

»Neun Punkte«, sagt Joan.

»Nein, das ist doppelter Wortwert …«

»Ups! Mein Fehler. Achtzehn.«

»Pass gut auf, Schatz. Sie schummelt furchtbar.«

»Hör nicht auf ihn, Anna.«

Hey, ratet mal, Leute! Meine Eltern sind gar nicht tot. Sie haben es bloß vorgetäuscht!

Es fühlt sich surreal an.

Dieser Gedanke setzt sich fest. Was ist, wenn es nicht real ist?

Seit zwei Tagen hatte ich mir die Präsenz meiner Mutter so intensiv vorgestellt, dass ich sogar ihr Parfüm roch; sie im Park sah. Was ist, wenn ich sie heraufbeschworen habe? Was ist, wenn es sich bei dem Gespräch an der Tür um eine von den posttraumatischen Halluzinationen handelte, von denen Mark überzeugt ist, dass ich sie erlebe?

Ich werde verrückt. Mark hat recht. Ich muss eine Therapie machen.

Aber es schien so echt.

Ich weiß nicht mehr, was ich glauben soll.

Um kurz nach elf machen wir uns für die Christmette bereit. In der Diele herrscht ein Durcheinander von Mänteln, Regenschirmen und Ellas Kinderwagen, und ich denke an all die Leute, die ich in der Kirche treffen werde, die mir alles Gute wünschen und mir sagen werden, dass sie an mich denken und wie hart es ohne Tom und Caroline sein muss.

Und ich kann nicht. Ich kann einfach nicht.

Wir stehen an der Tür, halb drinnen, halb draußen. Laura parkt an der Straße – in der Auffahrt ist nicht genug Platz, weil sich dort schon mein Wagen, Marks und Joans drängeln –, springt aus dem Auto und wickelt sich einen Schal um. Sie kommt auf uns zu.

»Fröhliche Weihnachten!«

Es folgt das Vorstellen – Mum, das ist Laura, Laura, das ist Joan –, und die ganze Zeit hämmert mein Herz, als wolle es meinen Brustkorb sprengen, und ich starre zu Boden, falls mir anzusehen ist, was in meinem Kopf vorgeht.

»Wie geht es dir, Süße?« Laura drückt meine Schulter. Solidarität, kein Mitgefühl. Sie glaubt zu wissen, was ich durchmache. Wie ich mich fühle. Schuldgefühle nagen an mir. Lauras Mutter starb. Meine log.

»Ehrlich gesagt nicht so toll.«

Alle äußern sich besorgt.

»Du bist wirklich ein bisschen blass um die Nase.«

»Hast du vielleicht was Falsches gegessen?«

»So eine schwierige Zeit – da ist es nur verständlich.«

Ich mische mich ein. »Am besten bleibe ich vielleicht hier. Wenn es euch nichts ausmacht.«

»Wir bleiben alle hier«, sagt Mark. Er sagt es unbekümmert, dabei weiß ich, dass seine Familie noch nie eine Christmette ausgelassen hat. »Mir fehlt sowieso immer die Puste für das Gloria.«

»Nein, geht ihr ruhig. Ella und ich gehen einfach zeitig schlafen.«

»Bist du sicher, Liebes?« Joan ist praktisch schon aus der Einfahrt.

»Bin ich.«

»Ich bleibe und kümmere mich um sie.« Laura kommt sichtlich besorgt die Stufen hinauf.

»Mir fehlt nichts.« Ich lächle entschuldigend. »Tut mir leid. Kopfschmerzen. Ich wäre doch lieber allein.«

Mark und sie wechseln einen Blick. Ich sehe, dass Mark abwägt, ob es sicher ist, mich allein zu lassen. »Ruf an, falls du es dir anders überlegst. Dann komme ich sofort.«

»Gute Besserung«, sagt Laura. Diesmal umarmt sie mich richtig, so dass ihr Haar an meiner Wange kitzelt. »Frohe Weihnachten.«

»Genieß die Feiertage.« Ich schließe die Tür und lehne mich von innen dagegen. Mein vorgeschobenes Unwohlsein war nicht vollends erfunden. Mein Kopf brummt wirklich, und meine Gliedmaßen sind steif vor Anspannung.

Ich schäle Ella aus ihrem dicken Winteranzug, hebe sie aus dem Kinderwagen und nehme sie zum Stillen mit ins Wohnzimmer.

Ellas Augen fallen gerade zu, als ich ein Geräusch aus der Küche höre. Rita springt auf. Ich atme langsam aus, versuche, mein Herz zu beruhigen, das gegen die Rippen hämmert, und löse Ella von der Brust, um mein Oberteil wieder zu richten.

Vorsichtig, mit einer Hand an Ritas Halsband, gehe ich durch die Diele. Aus der Küche höre ich das Schaben von Stuhlbeinen auf den Fliesen.

Ich öffne die Tür.

Der schwache Jasminduft verrät mir, dass ich nicht schreien muss.

Meine Mutter sitzt am Tisch. Sie hat die Hände auf dem Schoß gefaltet und knetet mit zwei Fingern den Stoff desselben billigen Wollkleids, das sie vorhin trug. Sie hat noch ihren Mantel an, obwohl es die Hitze des Aga viel zu warm hier drinnen macht. Es ist erschütternd, sie wie einen Gast in der Küche sitzen zu sehen, die mal ihre war.

Sie ist allein. Ich werde wütend, weil mein Vater nicht den Mut aufbringt, sich mir zu zeigen; dass er meine Mutter vorgeschickt hat, damit sie die volle Wucht meines Zorns abfängt. Mein Vater. So selbstbewusst im Geschäft. So witzig gegenüber den Kunden, fast frech gegenüber den Verkäufern, die förmlich an seinen Lippen klebten, gierig nach jedem Fitzel Weisheit, in der Hoffnung, es könne ihnen eines Tages ein eigenes Geschäft mit ihrem Namen über der Tür einbringen. Aber er hat nicht den Mumm, sich seiner Tochter zu stellen. Zu gestehen, was er getan hat.

Meine Mutter sagt nichts. Ich frage mich, ob auch sie den Mut verloren hat, bis mir klar wird, dass sie vollkommen gebannt von Ella ist.

Ich breche den Zauber. »Wie bist du reingekommen?«

Zunächst schweigt sie. »Ich habe den Schlüssel für die Hintertür behalten.«

Jetzt fällt der Groschen. »Gestern habe ich dein Parfüm in der Küche gerochen.«

Sie nickt. »Ich hatte die Zeit aus dem Blick verloren. Du hättest mich beinahe erwischt.«

»Ich dachte, dass ich den Verstand verliere!« Mein Schreien erschrickt Ella, und ich zwinge mich, um ihretwillen ruhig zu bleiben.

»Tut mir leid.«

»Was wolltest du hier?«

Meine Mutter schließt die Augen. Sie sieht müde aus und viel älter als vor ... vor ihrem Tod, will mein Kopf immer noch sagen.

»Ich war hier, um dich zu sehen. Ich wollte dir alles erzählen. Aber du warst nicht allein – und ich bekam Panik.«

Ich frage mich, wie oft sie den Schlüssel schon benutzt, sich wie ein Geist ins Haus und wieder nach draußen geschlichen hat. Bei dem Gedanken fröstele ich. Ich verlagere Ella von einer Hüfte auf die andere. »Wo bist du gewesen?«

»Ich habe eine Wohnung im Norden gemietet. Sie ist«, sie verzieht das Gesicht, »sehr einfach.«

Ich denke an das ungute Gefühl, das ich in den letzten Tagen hatte. »Seit wann bist du zurück?«

»Ich bin am letzten Donnerstag hergekommen.«

Donnerstag, dem 21. Dezember. Am Tag ihres ... nicht ihres Todes. Sie war nicht gestorben. Das sage ich mir nochmals, versuche es zu begreifen.

»Seitdem wohne ich im Hope.« Sie wird ein bisschen rot.

Das Hope ist ein von der Kirche finanziertes Hostel an der Küste. Sie betreiben eine Tafel, sammeln Kleiderspenden und Hygieneartikel und bieten Frauen in Not übergangsweise eine Unterkunft an, im Austausch gegen Hausarbeiten. Sie sieht mein Gesicht.

»So schlimm ist es nicht.«

Ich denke an die Fünf-Sterne-Hotels, in denen sie früher gerne waren, und stelle mir meine Mutter vor, wie sie für einen Schlafplatz in einem Saal voller schicksalsgebeutelter Frauen auf Knien Toiletten schrubbt.

Sie sieht Ella an. »Sie ist wunderschön.«

Beschützend schlinge ich die Arme um meine Tochter, als könnte ich sie vor den Lügen ihrer Großmutter abschirmen, indem ich sie verstecke. Doch Ella sträubt sich gegen meine feste Umklammerung. Sie dreht sich zu der Fremden in unserer Küche, dieser dünnen, schlechtgekleideten Frau mit den glänzenden Augen, die ich nicht wahrnehmen will.

Ich will es nicht.

Und doch empfinde ich eine Schwere in mir, die nichts mit dem zu tun hat, was meine Eltern getan haben, sondern nur mit dem Schmerz, den ich in den Zügen meiner Mutter erkenne. Die Liebe. Eine solch greifbare Liebe, dass sie einen Bogen zwischen uns spannt; so greifbar, dass ich sicher bin, Ella spürt sie. Sie streckt eine kleine Hand nach ihrer Großmutter aus.

Ein ganzes Jahr, erinnere ich mich.

Betrug. Verschwörung. Lügen.

»Darf ich sie mal halten?«

Die Frechheit verschlägt mir den Atem.

»Bitte, Anna, nur einmal. Sie ist meine Enkelin.«

Es gibt so vieles, was ich darauf erwidern könnte. Dass meine Mutter ihre Verwandtschaftsrechte verwirkte, als sie ihren Tod vortäuschte. Dass sie es nach einem Jahr voller Lügen nicht verdient hat, Ellas kleine Hand zu halten oder den Puderduft ihres frisch gewaschenen Köpfchens zu atmen. Dass sie sich ausgesucht hat, tot zu sein, und sie es, was meine Tochter betrifft, auch bleiben wird.

Stattdessen gehe ich zu meiner Mutter und reiche ihr mein Baby.

Weil es jetzt oder nie ist.

Sobald die Polizei weiß, was sie getan hat, wird man sie wegbringen. Ein Prozess. Gefängnis. Der Medienrummel. Sie hat die

Polizei nach meinem Vater suchen lassen, obwohl sie wusste, dass es ihm gut ging. Sie hat seine Lebensversicherung kassiert. *Diebstahl, Betrug, Irreführung der Justiz …* Von der Liste ihrer begangenen Untaten wird mir schwindlig, und plötzlich bekomme ich Angst, weil ich jetzt zur Helfershelferin geworden bin.

Meine Eltern haben sich das selbst eingebrockt.

Aber ich habe nichts damit zu tun. Und Ella genauso wenig.

Meine Tochter soll nicht für die Taten anderer bestraft werden. Das Mindeste, was ich ihr geben kann, ist, einmal von der Großmutter gehalten zu werden, die sie nie kennenlernen wird.

Meine Mutter nimmt sie so vorsichtig, als wäre sie aus Glas. Sie hält sie in ihrer Armbeuge und betrachtet sie eingehend.

Ich stehe ein kleines Stück entfernt, und meine Finger zucken. Wo ist mein Vater? Warum ist Mum jetzt zurückgekommen? Warum überhaupt? Hundert Fragen rauschen mir durch den Kopf, und ich ertrage keine von ihnen. Ich nehme Ella so schnell wieder zurück, dass sie erschrocken aufschreit. In meinen Armen beruhige ich sie, halte sie an meine Brust, als sie sich zurückdrehen will zu ihrer Großmutter, die leise seufzt. Es ist kein Tadeln, eher Zufriedenheit. Als wäre ihre Enkelin das Einzige, was zählt. Für einen Moment blicken meine Mutter und ich uns in die Augen; wenigstens sind wir uns in dieser einen Sache einig.

»Du musst gehen. Jetzt.« Es kommt abrupter heraus als beabsichtigt, aber ich traue mir nicht mehr zu, mich an das Skript zu halten. Meine Tochter in den Armen meiner Mutter zu sehen hat mich zu weich gestimmt. Ich fühle, dass ich zu schwanken beginne. Doch ich muss das Richtige tun. Ich muss es Mark erzählen. Und dann der Polizei.

Sie ist meine Mutter …

Sie hat mich belogen.

»Zehn Minuten. Ich möchte dir etwas erzählen, und wenn du dann immer noch so empfindest …«

»Es gibt nichts, was du mir erzählen könntest, das …«

»Bitte. Nur zehn Minuten.«

Schweigen. Ich höre die Uhr in der Diele ticken, den Schrei einer Eule im Garten. Dann setze ich mich.

»Fünf.«

Sie sieht mich an und nickt. Holt tief Luft und atmet langsam wieder aus. »Dein Vater und ich sind schon seit vielen Jahren nicht mehr glücklich miteinander.«

Die Worte fügen sich zusammen, als hätte ich sie bereits erwartet. »Konntet ihr euch nicht trennen wie normale Leute?«

Viele meiner Freunde haben geschiedene Eltern. Zwei Häuser, zwei Urlaube, zweimal Geschenke ... Keiner wünscht sich, dass die Eltern sich trennen, aber selbst ein Kind kann begreifen, dass es nicht das Ende der Welt ist. Ich wäre damit klargekommen.

»So einfach war das nicht.«

Ich erinnere mich, wie ich mich einmal in meinem Zimmer versteckte, meinen Walkman laut aufgedreht, um den Streit unten zu übertönen. Da habe ich mich gefragt, ob es das war; ob sie sich jetzt scheiden ließen. Am nächsten Morgen kam ich nach unten, und alles war ruhig. Dad trank seinen Kaffee. Mum summte, während sie mehr Toast auf den Tisch stellte. Sie taten, als sei alles bestens. Und ich tat es auch.

»Bitte, Anna, lass mich alles erklären.«

Ich werde zuhören. Und wenn Mark zurück ist, erzähle ich es ihm. Egal was Joan denkt. Ich werde auch die Polizei anrufen. Denn sobald alle es wissen, kann ich mich von dem wahnwitzigen Komplott distanzieren, den meine Eltern ausheckten, weil sie ihn für die bessere Alternative zur Scheidung hielten.

»Du hast eine Wodkaflasche unten im Schreibtisch gefunden.«

Sie hat mich beobachtet.

Und ich dachte, dass ich irre werde. Dass ich Gespenster sehe.

»Hast du noch mehr gefunden?« Ihre Stimme ist ruhig, und sie blickt auf den Tisch vor sich.

»Die waren von Dad, stimmt's?«

Sie sieht zu mir auf, schaut mich prüfend an, und ich frage mich, ob sie mich verachtet, weil ich alles nicht früher begriffen hatte, weil ich sie die Last allein schultern ließ.

»Warum hat er sie versteckt? Es war kein Geheimnis, dass er gerne trank.«

Für einen Moment schließt meine Mutter die Augen. »Es ist nicht dasselbe, ob man gerne trinkt oder trinken muss.« Sie zögert. »Er stellte es klug an, wie so viele Alkoholiker, achtete darauf, es vor dir zu verbergen – und vor Billy.«

»Onkel Billy wusste nichts?«

Meine Mutter lacht verbittert. »Die Putzfrau fand eine Wodkaflasche in dem Papierkorb unter Dads Schreibtisch. Die brachte sie Billy, weil sie dachte, sie wäre versehentlich weggeworfen worden. Ich bekam Panik, erzählte Billy, dass es meine wäre, dass ich die falsche Marke gekauft und sie weggeworfen hätte, weil ich die nicht mochte. Er glaubte mir nicht, hakte aber auch nicht nach. Vermutlich wollte er nicht der Wahrheit ins Gesicht sehen.« Sie verstummt, und als sie mich ansieht, hat sie Tränen in den Augen. »Warum hast du mir nicht erzählt, dass du von Dads Trinkerei wusstest? Du hättest das nicht allein verarbeiten dürfen.«

Ich werde wieder zum trotzigen Teenager und zucke mit den Schultern. Sicher werde ich ihr jetzt nichts sagen. Nicht mehr. Tatsache ist, dass ich nie irgendwas gesagt hätte. Ich habe das Wissen stets verdrängt, wollte in meiner kleinen Glücksblase leben, vorgeben, dass alles perfekt war, und ignorierte die unzähligen Anzeichen, dass dem nicht so war.

»Tja.« Wieder holt sie tief Luft. »Wenn er betrunken war – und wirklich nur dann«, ergänzt sie rasch, als würde es etwas ändern, als würde es einen verdammten Unterschied an dem machen, was sie getan hatten, »schlug er mich.«

Meine Welt gerät aus den Fugen.

»Er wollte es nie – hat sich immer entschuldigt. Er schämte sich schrecklich deswegen.«

Und deshalb war es in Ordnung?

Wie kann sie so ruhig sein? So sachlich? Ich stelle mir meinen Vater vor, lachend und scherzend, und versuche, meine Erinnerungen neu zu ordnen. Ich denke an die Auseinandersetzungen, die abrupt endeten, wenn ich nach Hause kam; an die Veränderung der Atmosphäre, die ich mit aller Kraft auszublenden versuchte. Ich denke an meinen zerbrochenen Briefbeschwerer, an die versteckten Flaschen überall im Haus. Für mich war mein Dad ein liebenswerter Filou gewesen. Ein lauter, jovialer, großzügiger Mann. Der gerne trank, gelegentlich grob war, aber letztlich ein guter Mensch. Freundlich.

Wie konnte ich mich derart irren?

Ich will etwas sagen, doch sie kommt mir zuvor. »Bitte, lass mich ausreden. Wenn ich es jetzt nicht erzähle, weiß ich nicht, ob ich es überhaupt je schaffe.« Sie wartet, bis ich kaum merklich nicke. »Es gibt so vieles, was du nicht weißt, Anna – und ich will auch nicht, dass du es erfährst. Wenigstens das kann ich dir ersparen. Belassen wir es dabei, dass ich Angst vor ihm hatte. Sehr große Angst.« Sie starrt aus dem Fenster. Die Gartenbeleuchtung ist an, und Schatten huschen über die Terrasse, als Vögel durch den Strahl flattern.

»Tom hat bei der Arbeit Mist gebaut. Er nahm einen Firmenkredit auf, ohne es Billy zu erzählen, und sie konnten die Raten nicht bezahlen. Mit dem Geschäft ging es bergab. Oh, sicher wird Billy dir gesagt haben, dass alles gut ist, aber so ist dein Onkel nun mal. Tom war kreuzunglücklich – drei Generationen, und er würde alles in den Sand setzen. Er dachte sich einen aberwitzigen Plan aus, wollte seinen Tod vortäuschen. Er würde verschwinden, ich bekäme die Lebensversicherung, und nach einem Jahr oder so würde er in einem Krankenhaus auftauchen und behaupten, unter Amnesie zu leiden.«

»Und du hast dabei mitgemacht? Ich fasse es nicht …«

»Ich hielt es für die Antwort auf meine Gebete.« Sie lacht kurz. »Endlich wäre ich frei. Ich wusste, dass es Probleme geben würde, wenn er wieder auftauchte. Doch ich konnte bloß daran denken, dass ich dann keine Angst mehr zu haben brauchte.«

Ich blicke zur Uhr. Wie lange dauert die Christmette?

»Also hast du mitgespielt, und Dad ist verschwunden.« Ich will wissen, wie er das Ganze wie einen Selbstmord aussehen lassen konnte, aber die Details können warten, bis ich weiß, wie das hier ausgeht. »Du warst sicher. Und dann hast du …«

Hast du mich auch verlassen, möchte ich sagen, spreche es aber nicht aus. Ich halte meine Gefühle heraus, behandle es wie eine Fallstudie. Eine furchtbare, schockierende Geschichte, die jemand anderem passiert ist.

»Nur war ich nicht sicher«, sagt sie. »Es war blöd von mir, das zu glauben. Er rief mich immer wieder an, kam sogar einmal her. Er wollte Geld für einen falschen Pass. Papiere. Miete. Er sagte, das Geld von der Lebensversicherung wäre seines; dass ich es gestohlen hätte. Er hat sich das mit der vorgetäuschten Amnesie anders überlegt, meinte, es würde nicht funktionieren. Er wollte das Geld, um ein neues Leben anzufangen, und drohte, mir etwas anzutun, sollte ich nicht bezahlen. Ich fing an, ihm kleinere Geldsummen zu geben, doch er wollte immer mehr.« Sie beugt sich vor und streckt ihre Hände nach mir aus. Ich sehe sie an, mache jedoch keine Anstalten, sie zu ergreifen. »Das Geld war für deine Zukunft, was du erben würdest, wenn wir sterben. Du solltest es haben. Es war nicht fair, dass er es nimmt.«

Ich fühle mich taub. Nach wie vor fällt es mir schwer, diese Version meines Vaters mit dem Mann in eins zu bringen, als den ich ihn gesehen habe …

»Du hast keine Ahnung, wozu er fähig ist, Anna«, sagt sie. »Oder welche Angst ich hatte. Dein Vater starb, um seine Schulden zu bezahlen. Ich starb, um ihm zu entkommen.«

»Und warum bist du zurückgekehrt?« Meine Worte triefen vor Verbitterung. »Du hast bekommen, was du wolltest. Du hast deine Freiheit. Warum bist du überhaupt zurückgekommen?«

Ihr Schweigen lässt mich frösteln, ehe sie antwortet:

»Weil er mich gefunden hat.«

32

Ich bin reizbar. Ist das nicht jeder?

Ich habe mich nicht schlechter oder besser unter Kontrolle wie du dich; neige nicht mehr zur Gewalt als du. Alles steht und fällt mit Auslösern.

Wir alle haben welche. Dass du deinen noch nicht gefunden hast, heißt nicht, dass er nicht da ist. Es ist besser, ihn zu kennen; sonst wird eines Tages jemand den Knopf drücken, und du siehst rot.

Kennt man seinen Auslöser, kann man ihn kontrollieren. Zumindest rein theoretisch.

Meiner ist Alkohol.

Ich bin kein typischer Säufer. Mich findet man nicht vollgepisst und mit einer Dose Tennent's Extra in der Hand in einem Hauseingang. Ich torkle nicht die Straße entlang und brülle Fremde an. Ich gerate nicht in Prügeleien.

Vielmehr bin ich das, was man einen funktionalen Alkoholiker nennt. Becirce Kunden mit meinen Sprüchen, das Personal mit meinem Lächeln. Ein Drink zum Mittag? Warum nicht – das war ein toller Abschluss!

Geld macht es leichter. Seht euch die Rennen an, die hübschen jungen Dinger mit ihren teuren Hüten, die in jeder Hand eine Flasche Champagner haben. Ist doch spaßig, oder? Aber ersetzt man die teuren Hüte durch dreckige Wollmützen und den Schampus durch billigen Schnaps, und schon weichen alle auf die andere Straßenseite aus.

Geld bedeutet, dass man einen silbernen Flachmann mit zum Schulsportfest nehmen kann, während die Whiskeyflasche in einer braunen Papiertüte für einen Aufschrei sorgen würde. Geld bedeutet, dass man Sonntagmorgens Bloody Marys trinken kann, Gin Tonic nach der Arbeit, Pimms, sowie ein Sonnenstrahl zu sehen ist, und keiner denkt sich was dabei.

Natürlich hatte ich meine heimlichen Muntermacher. Man kann keine Bloody Marys kippen, wenn man eine Probefahrt hat, aber man kann an einer Wasserflasche mit Wodka nippen. Man kann einen Schluck von irgendwas nehmen, das zwischen den Grünpflanzen, im Schreibtisch oder unter der Treppe versteckt ist.

Als ich zu trinken anfing, machte es Spaß.

Später trank ich, weil ich nicht mehr aufhören konnte.

Irgendwo dazwischen verlor ich die Orientierung.

Dieses Baby hat mich angekettet. Du wolltest heiraten, Häuslichkeit, Familienausflüge in den Zoo. Ich wollte mein altes Leben. Mir fehlte London. Ich vermisste die lauten Nächte in Bars, die One-Night-Stands, selbst wenn ich danach morgens in einem leeren Bett aufwachte. Mir fehlte es, einen Gehaltsscheck mit nach Hause zu nehmen und keinen Gedanken daran zu verschwenden, ob die Firma sich den leisten konnte. Ich vermisste meine Freiheit.

Das ließ mich verbittern. Machte mich wehmütig. Wütend. Mit alledem konnte ich umgehen – nüchtern.

Mein Auslöser ist Alkohol.

Alkohol bringt mich dazu, die Kontrolle zu verlieren. Er bewirkt, dass mir die Folgen meines Handelns egal sind. Er lässt meine Fäuste fliegen.

Ich weiß eine Menge über funktionale Alkoholiker. Und ich weiß auch viel über Wut.

Das wusste ich damals schon.

Nur nicht, wie man aufhört.

33

Anna

Meine Mutter zieht ein Stück Papier aus ihrer Tasche und faltet es auseinander. Es ist eine Schwarzweißkopie vom Innern einer Karte.

Selbstmord? Von wegen.

Die Karte, die ich bekommen habe.

Ich denke daran, wie schlimm der Tag war; wie beim Aufwachen die Trauer an meinem Herzen nagte, wie sich jede Minute wie eine Stunde anfühlte. Ich denke an den Tritt in den Bauch, den ich empfand, als ich die Karte auspackte und »Glückwunsch zum Jahrestag« las, dann die Übelkeit, die mich bei der Nachricht im Innern überkam.

Auf Mums Kopie steht unter der ausgedruckten Botschaft noch eine mit rotem Filzstift geschriebene Zeile.

Ich könnte ihr alles erzählen ...

»Dad hat die geschickt?«

Sie nickt langsam. Widerwillig.

»Aber warum?«

»Um mir zu zeigen, dass ich nicht so leicht davonkomme? Dass er mich immer noch kontrollieren kann, sogar aus dem Grab heraus?« Tränen laufen über ihre Wangen. »Ich dachte, dass ich so schlau gewesen wäre. Ich suchte einen Ort aus, an dem wir nie zusammen gewesen waren – wo ich seit Jahren nicht gewesen war. Ich mietete mir eine furchtbare Wohnung, weil sie die einzige war, für die ich keine Referenzen vorlegen musste. Ich putzte Toiletten, um Bargeld zu verdienen, ging nicht online, kontaktierte niemanden, obwohl ich es wollte ... Ich wollte es so sehr, Anna! Und trotzdem hat er mich gefunden.«

Ich komme nicht mehr mit.

»Du musst von vorne anfangen. Ich verstehe nicht, wie Dad es angestellt hat. Es gab eine Zeugin ... Sie sah ihn springen.«

Sie schweigt, doch ihre Augen sagen alles.

Mein Verstand sträubt sich. »Du hast den Notruf gewählt. Diane Brent-Taylor. Das warst du.« Ich mochte die Erste in der Familie sein, die studiert hatte, aber das machte mich nicht schlauer als die Generationen vor mir. Ich habe immer gewusst, dass meine Mutter klug war – zu klug, um am Empfang von Johnson's Cars zu versauern –, doch diese Verschlagenheit ist schwer zu verkraften.

»Er hat es über Wochen geplant. Redete von nichts anderem. Ich musste immer wieder proben, und jedes Mal, wenn ich es vermasselte, tat er mir weh. Er gab mir ein Handy, mit dem ich anrufen sollte. Das musste ich beim Sprechen in den Wind halten, damit meine Stimme verzerrt wurde. Er hat an alles gedacht.«

»Du hättest zur Polizei gehen sollen.«

Ihr Lächeln wirkt traurig. »Das ist jetzt leicht zu sagen. Wenn jemand dich vollkommen unter Kontrolle hat, ist es ... nun ja, es ist schwierig.«

Ich denke an meinen Job, an die Kinder überall auf der Erde, für deren Schutz wir uns so sehr engagieren. So viele von ihnen werden missbraucht, eingeschüchtert, unterdrückt. So viele könnten sich an einen Lehrer, einen Freund wenden. Und trotzdem tun es nur so wenige.

»Ich dachte nie, dass er es ernsthaft durchziehen würde. Dass es nur ein Hirngespinst war. Dann wachte er eines Tages auf und sagte: ›Heute. Ich mache es heute. Solange Annie weg ist.‹«

Ich erinnere mich an den Morgen. »Viel Spaß«, hatte er mir gewünscht. Ich war spät dran und kramte in meiner Tasche nach meinen Schlüsseln, während ich in der anderen Hand noch eine Scheibe Toast hielt. Mein Vater saß an der Kücheninsel, las die *Daily Mail* und trank starken schwarzen Kaffee. Zwei Tassen waren nötig, um ihn aus dem Bett zu bekommen; drei, bevor er sich unterhalten konnte; eine vierte, wenn er bei der Arbeit ankam, damit er auf Hochtouren lief.

»Feste arbeiten, feste feiern.« Er zwinkerte. Und das war es. Er hat mich nicht umarmt, mir nicht gesagt, dass er mich liebte, oder mir einen weisen Rat gegeben, den ich später in Ehren halten würde. Nur *feste arbeiten, feste feiern*.

In den Monaten nach seinem Tod habe ich für mich entschieden, dass ich froh über den eben nicht bedeutungsschwangeren Abschied war. Er bedeutete für mich, dass er nicht vorgehabt hatte, sich umzubringen. Hätte er gewusst, dass er mich zum letzten Mal sah, hätte es sich anders angefühlt.

Doch er wusste es. Es war ihm einfach nur egal.

»Der Tag war entsetzlich«, sagt meine Mutter. »Er legte sich mit jedem an – Billy, den Verkäufern, mir. Ich sagte ihm, dass es nicht zu spät wäre, dass wir einen anderen Weg finden würden, die Schulden zu bezahlen. Aber du kennst ja deinen Dad. Er war immer stur.«

Kenne ich meinen Dad? Das glaube ich inzwischen nicht mehr.

»Als wir Feierabend machten, gingen wir jeder unserer Wege. Er nahm den Audi aus dem Autohaus mit, sagte Bill, er wolle mal sehen, wie er sich fährt. Das war das letzte Mal, dass ich ihn gesehen habe.«

Ich kann nicht mehr still sitzen. Deshalb gehe ich ans Fenster und blicke hinaus in den Garten, zu dem großen Lorbeer im Pflanzkübel und den Rosen, die meine Mutter an dem Zaun zwischen unserem und Roberts Grundstück gezogen hat. Dann sehe ich hinauf zu Roberts Haus und denke an seinen geplanten Anbau und meine bescheuerte Unterstellung, er hätte irgendwas mit dem toten Kaninchen vor meiner Tür zu tun.

Ich ziehe die Vorhänge zu. »Was ist dann passiert?«

»Abgemacht war, dass ich vor zehn Uhr morgens nichts hören würde. Er hatte die Flutzeiten herausgesucht und wusste, wann die Flut einen beschwerten Körper am Grund nach draußen schleppen würde, so dass er nie gefunden würde.« Sie erschaudert. »Um halb zehn schickte er mir die Nachricht, dass es ihm leidtut.« Sie verzieht das Gesicht, und ich erkenne, dass sie versucht, nicht zu weinen. »Und ich wusste nicht, ob ihm leidtat, wozu er mich zwang, all die Male, die er mir wehgetan hatte, oder ob es bloß zu seinem Plan gehörte.«

Ich gehe zum Aga, um den Kessel aufzusetzen, überlege es mir dann anders und nehme ihn wieder von der Platte. Stattdessen hole ich zwei Gläser aus dem Schrank und die Flasche Whiskey, die ich für Grogs reserviert habe. Ich schenke mir einen Finger breit von der bernsteinfarbenen Flüssigkeit ein, ehe ich fragend zu meiner Mutter sehe und die Flasche hochhalte. Sie schüttelt den Kopf. Ich trinke meinen Whiskey und behalte ihn im Mund, bis es brennt.

»Um zehn kam noch eine SMS: *Ich schaffe das nicht mehr.* Ich fing an zu glauben, dass er sich wirklich umbringen wollte. Und ich beschloss, es durchzuziehen. Es könnte keiner beweisen, dass ich irgendwas von seinem Plan wusste. Ich tat, was er mir aufgetragen hatte, antwortete auf seine Nachricht und rief dann die Polizei und hinterher dich an.«

Ich werde wieder wütend. »Hast du eine Ahnung, wie schrecklich dieser Anruf war?« Ich erinnere mich nicht an die Fahrt nach Hause, nur an meine blanke Panik, dass man meinen Vater nicht finden würde. Dass wir zu spät waren. »Du hättest es mir sagen müssen!«

»Wir hatten ein Verbrechen begangen!« Meine Mutter steht auf.

Als sie auf mich zukommt, trete ich einen Schritt zurück. Ich will es nicht – meine Füße bewegen sich von selbst –, doch sie bleibt erschrocken und sichtlich verletzt stehen.

»Wir hätten ins Gefängnis gehen können – tun wir vielleicht noch! Ich wollte dein Leben nicht auch noch ruinieren, zusätzlich zu meinem.«

Wir verstummen. Ich trinke noch einen Schluck Whiskey. Es ist nach Mitternacht. Mark und Joan werden bald nach Hause kommen.

»Wir haben eine Trauerfeier für dich abgehalten«, sage ich leise. »Laura hat alles geplant. Billy hielt eine Rede.« Ich denke an den jungen Seelsorger, der bei der Anhörung geweint hatte. Der hinterher zu mir kam, meine Hände ergriff und mir sagte, es täte ihm so leid, dass er meine Mutter nicht vor sich selbst retten konnte.

Mir fällt etwas anderes ein. »Jemand hat letzte Nacht einen Ziegelstein durch das Kinderzimmerfenster geworfen.«

»Einen Ziegelstein?« Entsetzt sieht sie zu Ella.

»Ihr ist nichts passiert. Sie war unten bei Mark. An dem Stein war eine Nachricht, wir sollen nicht zur Polizei gehen. Wir sollen aufhören, ehe wir verletzt werden.«

Ich schaue meine Mutter an, die beide Hände vors Gesicht geschlagen hat, nur ihre Augen sind zwischen ihren gespreizten Fingern zu sehen. »Nein. Nein, nein, nein!«

Nun bekomme ich Angst. »War das Dad?«

Schweigen.

Ich trete auf sie zu. »Du musst gehen.«

»Anna, bitte ...«

»Mark ist gleich zurück.«

»Wir müssen über so vieles reden.« Sie folgt mir in die Diele, versucht, mit mir zu reden, aber ich höre nicht zu. Das kann ich nicht mehr. Ich öffne die Haustür, vergewissere mich, dass niemand auf der Straße ist, und schiebe sie hinaus in die Kälte. Zum zweiten Mal heute schlage ich meiner Mutter die Tür vor der Nase zu.

Dann lehne ich mich von innen an die Buntglasscheibe. Ich frage mich, ob sie wieder klopfen und klingeln wird, wie sie es heute Vormittag getan hat. Für einen Moment ist nichts zu hören, dann sind da Schritte auf den Stufen, im Kies. Wieder Stille.

Meine Gedanken überschlagen sich. Mein Vater war ein gewalttätiger Mann. So grausam, dass Mum ihren Tod vortäuschte, um ihm zu entkommen.

Und jetzt ist er hinter mir her.

34

Murray

Als Murray am Weihnachtsmorgen aufwachte, war Sarahs Betthälfte kalt. Ihn ergriff die vertraute Panik, während er das Haus nach ihr absuchte. Die Hintertür war unverschlossen, und Murray verfluchte sich, weil er den Schlüssel stecken gelassen hatte. Doch als er die Tür aufriss und in den Garten rannte, fand er Sarah ruhig auf der Bank sitzend vor.

Sie war barfuß, und der Morgentau auf der Bank hatte den Bademantel durchfeuchtet, den sie über ihrem Nachthemd trug. Ihre dünnen Arme waren um ihre an die Brust gezogenen Knie geschlungen, und sie umklammerte einen dampfenden Teebecher mit von Erde geschwärzten Händen.

Murray pfiff auf die feuchte Kälte und setzte sich neben Sarah auf die Bank. Der Garten war schmal mit einem ehedem gepflegten Gemüsegarten, einem Gewächshaus hinten und einem ordentlichen Rasenstück zwischen zwei auf Eisenbahnschwellen erhobenen Beeten. Näher am Haus, wo Sarah und er saßen, war eine quadratische, von Pflanztöpfen eingerahmte Terrasse. An den raren Tagen, an denen das britische Wetter nicht für genügend Regen sorgte, wässerte Murray die Töpfe. Allerdings kannte er sich aber mit dem Stutzen und Trimmen nicht aus, so dass nach und nach jede Blüte von ihrer Terrasse verschwunden war.

»Sieh mal.«

Murray folgte Sarahs Blick zu dem größten Topf, in dem ein Weidenrankgerüst stand. Irgendwas war an dem gewachsen, erinnerte Murray, mit blassrosa, papierdünnen Blüten, ehe es vertrocknet und eingegangen war, bis sich nur noch ein paar kahle Ästchen an den Weidenzylinder schmiegten. Die Äste lagen nun neben dem Topf, die Erde darin war aufgelockert und vom Unkraut befreit.

»So sieht es ordentlicher aus.«

»Ja, aber sieh mal.«

Murray sah hin. An einer Ecke des Obelisken-Geflechts, wo die Weide in die Erde stach, war ein winziger, hellgrüner Sprössling zu sehen. In Murray regte sich ein Hoffnungsschimmer, als Sarah ihre Hand in seine schob.

»Frohe Weihnachten.«

Zum Abendessen gab es Putenbrust mit allem Drum und Dran.

»Du setzt dich da hin«, sagte Sarah und schob Murray zum Sofa. »Ruh dich aus.«

Es war schwierig, sich zu entspannen, wenn er hörte, wie Sarah fluchte, weil mehrere Sachen auf einmal kochten oder weil sich irgendwas als »Scheiße, ist das heiß!« entpuppte. Nach einer Weile linste Murray in die Küche.

»Kann ich helfen?«

»Alles im Griff.«

Überall waren Töpfe, mehrere auf dem Fußboden und einer, der recht kippelig auf dem Fensterbrett stand.

»Wir sind aber immer noch zu zweit, oder?«

»Dann haben wir Reste für morgen.«

Und für die nächsten drei Wochen, dachte Murray.

»Oh, Mist! Ich habe die Brotsauce anbrennen lassen.«

»Brotsauce kann ich sowieso nicht leiden.« Murray band Sarah die Schürze auf und bugsierte sie sanft zu einem Stuhl. »Setz dich hin. Entspann dich.«

Während er die Bratensauce rührte, fühlte er, dass Sarah ihn ansah. Er drehte sich um.

Sie nagte an einem Fitzel Nagelhaut. »Sei ehrlich. Ist es leichter, wenn ich in Highfield bin?«

Murray antwortete, ohne zu zögern: »Leichter? Ja. So schön? Nicht mal annähernd!«

Sarah dachte über seine Antwort nach. »Ich frage mich, ob er hinter ihrem Geld her ist.«

Es dauerte einen Moment, bis Murray ihr folgen konnte. »Mark Hemmings?«

»Anna denkt, dass Mark ihren Eltern nie begegnet ist, aber *wir* wissen, dass Caroline einen Termin bei ihm hatte. Wir wissen auch, dass Caroline und Tom zusammen einen Riesenhaufen Geld wert waren.« Sarah goss sich einen kleinen Schluck Wein ein und stand auf, um Murray nachzuschenken. »Caroline geht zu Mark, als sie wegen des Todes ihres Mannes völlig verzweifelt ist. Sie erwähnt, dass sie irgendwas um eine Million Pfund wert ist. Mark bringt sie um und zieht bei ihrer Tochter ein. Peng.«

Murray war skeptisch. »Vielleicht ein klein wenig überzeugender als deine erste Theorie, dass Caroline wegen des Planungswiderspruchs gegen ihren Nachbarn umgebracht wurde.«

»Das habe ich auch noch nicht ganz ausgeschlossen. Aber ich halte das Geld für wahrscheinlicher.«

»Mark und Anna sind nicht verheiratet. Er würde nicht automatisch erben.«

»Noch nicht«, sagte Sarah finster. »Ich wette, er arbeitet daran. Und sind ihm erst Geld und Haus sicher ...« Sie fuhr mit einem Finger über ihre Kehle, wozu sie einen sehr dramatischen Gurgellaut von sich gab.

Murray lachte über Sarahs makabre Darstellung, während er anfing, das Essen aufzutragen. Er bedeckte die verbrannten Kartoffelstücke mit Bratensauce, aber der Gedanke, dass Anna Johnson in Gefahr sein könnte, jagte ihm kalte Schauer über den Rücken. »Nach den Feiertagen frage ich direkt bei der IT-Abteilung nach, ob sie mal diese Nummer von Diane Brent-Taylors Notruf unter die Lupe nehmen können. Ich möchte wetten, dass derjenige, der den Anruf gemacht hat, auch den Stein in Anna Johnsons Scheibe geschmissen hat. Und derjenige weiß auch, wie Tom Johnson gestorben ist.« Er stellte einen mit Essen beladenen Teller vor Sarah auf den Tisch und setzte sich ihr gegenüber hin.

»Es muss jemand sein, der der Familie nahesteht, glaub mir«, sagte Sarah und nahm ihr Besteck auf. »Ist es immer.«

Nicht zum ersten Mal dachte Murray, dass sie wahrscheinlich recht hatte.

Aber wer?

35

Anna

Den ganzen Abend habe ich Ella nicht im Arm gehabt. Sie wird herumgereicht wie ein Paket, genießt anscheinend die Aufmerksamkeit und hat nichts dagegen, von einem netten Fremden zum nächsten zu wandern. Roberts Weihnachtsparty ist der letzte Ort, an dem ich sein will, aber zumindest habe ich hier eine Pause von Mark und seiner Mutter, deren Mitgefühl für mich ungefähr gegen Mittag versiegt war. Ich bemühte mich wirklich – habe Ellas Strumpf ausgepackt, den ich erst Stunden zuvor befüllt hatte, während ich einen Bellini mit mehr Pfirsich als Prosecco zum Frühstück trank –, doch jede Unterhaltung war eine Kraftanstrengung. Jedes Wort fühlte sich wie eine Lüge an.

»Sie könnte sich ein wenig bemühen. Es ist schließlich Ellas erstes Weihnachten.«

Es musste so gegen drei Uhr gewesen sein. Mark und Joan wuschen nach dem Mittagessen ab. Ich blieb auf der Treppe stehen und grub meine nur in Socken gehüllten Zehen in den Teppich. Es war kein Lauschen, nur … Zuhören.

»Sie trauert, Mum.«

»Ich habe getrauert, als dein Vater starb, aber nicht aufgegeben, oder? Ich habe die Fassung gewahrt, meine Schürze umgebunden und mich weiter um euch alle gekümmert.«

Mark sagte etwas, das ich nicht verstand, und ich ging weiter nach unten in die Diele, wo ich absichtlich auf das knarzende Dielenbrett trat, das ich sonst meide. Die Stimmen in der Küche verstummten sofort, und als ich in der Küche ankam, wuschen sie schweigend ab.

»Da ist sie ja! Hier ist die junge Mutter!« Joan strahlte sehr gekünstelt. »Hast du dich ein bisschen ausruhen können, Liebes?«

Ich hatte nicht geschlafen. Wie könnte ich? Aber ich nutzte die Chance, mich zurückzuziehen, um Marks bohrender Sorge und Joans wachsendem Unmut zu entkommen, weil ich nicht die Partymaus war. Ich hatte auf meinem Bett gelegen und an die Decke gestarrt, während sich meine Gedanken wild im Kreis drehten.

Tun sie noch. Wo ist Mum jetzt? Hat sie Weihnachten im Hope verbracht? Ist sie in Sicherheit? Warum interessiert mich das überhaupt? Der Gedanke, dass Ella in ihrem Kinderzimmer hätte sein können, als der Ziegelstein durchs Fenster flog, versetzt mich in schreckliche Angst. Meine Mutter hat uns das angeschleppt. Genauso gut hätte sie selbst den Stein durch die Scheibe schmeißen können.

Wie soll ich ihr das vergeben?

Und warum, nachdem ich weiß, was mein Vater getan hat, will ein Teil von mir ihn immer noch wiedersehen?

Die letzten vierundzwanzig Stunden habe ich den Film meiner Kindheit neu durchgespielt, mit allen Filtern, die ich nun habe, und dem Wissen, dass mein Vater nicht der Mann war, für den ich ihn gehalten habe. Mein Leben ist in seinen Grundfesten erschüttert worden, weil alles auf Lügen aufgebaut war.

Seinen eigenen Tod täuscht man nicht kurz mal vor. Meine Mutter muss verzweifelt gewesen sein.

Sie braucht mich.

Und ich kann ihr nicht vergeben.

Ich brauche sie.

So geht es die ganze Zeit im Kreis.

In Roberts Wohnzimmer drängen sich unsere Nachbarn. Es gibt auch einige Kinder, obwohl die meisten Anwohner älter als wir sind, erwachsene Kinder haben, die bei ihren Familien sind. Ich kenne jeden hier, außer dem Paar am Kamin, bei dem es sich um die neuen Bewohner des Sycamore handeln muss – dort habe ich letzte Woche den Umzugswagen gesehen.

Mark ist in eine lebhafte Diskussion über alternative Therapien mit Ann und Andrew Booth von zwei Türen weiter vertieft, und

Joan hat einen gemütlichen Platz auf dem Sofa gefunden, von dem sie sich nicht wegbewegt. Ich schlendere langsam von Zimmer zu Zimmer. In der Küche, der Diele und dem Wohnzimmer stehen überall kleine Gruppen zusammen, und ich wechsle von einer zur anderen, einen Teller mit Essen in der einen, einen Drink in der anderen Hand, als sei ich unterwegs zu meinem Platz. Keiner hält mich auf. Ich will nicht in einer Ecke stehen und Leuten das Gefühl geben, sie müssten zu mir kommen und fragen, wie es mir geht. Ich will nicht reden.

Jeder heute Abend hat mir sein Beileid ausgedrückt, genau wie damals bei der Trauerfeier für meine Eltern. Mir wird unangenehm heiß bei dem Gedanken, wie viele Tränen vergossen wurden, wie viele Beinahe-Fremde sich die Zeit nahmen, eine Karte zu schreiben, einen Auflauf zu machen, Blumen zu schicken.

Was würden sie sagen, wenn sie Bescheid wüssten?

Bei all den wohlmeinenden, aufrichtigen Plattitüden wird mir schlecht vor Schuldgefühlen. Deshalb ziehe ich von Zimmer zu Zimmer, meide jeden Blickkontakt, bleibe nicht stehen. Ich gehe an Robert vorbei, der mit den älteren Schwestern aus dem Eckhaus Hof hält. Sie wohnen eigentlich nicht mehr in unserer Straße, aber sie machen sensationelle Würstchen im Schlafrock, die dafür sorgen, dass die zwei zu allen gemeinschaftlichen Veranstaltungen geladen werden.

»... ein sehr unaufdringlicher Entwurf. Ich würde euch gerne die Pläne zeigen.« Er sichert sich einen nach dem anderen die Zustimmung für seinen Anbau. Mark hat er bisher nicht für sich gewonnen, aber ich wette, das wird er noch.

»Ich würde euch natürlich für die Unannehmlichkeiten entschädigen«, hatte Robert gesagt, als er zu uns kam, um uns die Pläne zu zeigen. Zu denen gehörte, dass er zeitweise die Grenze zu unserem Grundstück übertrat und die alte Klärgrube samt Abwassersystem ausheben ließ. »Ich sorge dafür, dass sämtliche Pflanzen ersetzt werden und ein neuer Rasen angelegt wird, sobald es fertig ist.«

»Ich mache mir nur Gedanken, ob es nicht zu dunkel wird«, entgegnete Mark wieder.

Er hätte sich gut mit meiner Mutter verstanden, sich ihrem Feldzug gegen den Anbau anschließen können, ihre Argumente rund um Umwelt- und Bauschutz angehört. Für einen Moment sehe ich die beiden am Küchentisch sitzen und ihre Strategie planen, und ich muss schlucken, um nicht zu weinen. Mark würde meine Mutter mögen – das weiß ich. Und sie ihn, wie sie jeden mögen würde, der so für mich sorgt wie er.

Plötzlich kommt mir Murray Mackenzie mit Marks Visitenkarte in den Sinn, auf der Rückseite eine Notiz von meiner Mutter. Ich verdränge das Bild.

Sie sind sich nie begegnet. Mark sagt das jedenfalls, und er hat keinen Grund zu lügen. Ich vertraue ihm.

Ich vertraue ihm, kann ihm aber nichts von meiner Mutter erzählen. In dem Moment, in dem ich es tue, wird er verlangen, dass ich die Polizei informiere. Für Mark gibt es keine Grauzonen, nur Schwarz oder Weiß. Früher mochte ich das an ihm. Mag es noch, nur ist es jetzt ... kompliziert. Ich schlendere zurück in die Küche. Ein Nachbar, der einige Häuser weiter wohnt, sieht zu mir, und ohne nachzudenken, lächle ich ihn an. Ich sehe gleich wieder weg, doch es ist zu spät. Er kommt bereits auf mich zu, dicht gefolgt von seiner Frau.

»Eben habe ich zu Margaret gesagt, dass wir unbedingt noch mit Ihnen reden müssen, ehe wir gehen, nicht wahr, Margaret?«

»Hi, Don, hallo, Margaret.«

Er tritt einen Schritt zurück und mustert mich von oben bis unten wie ein entfernter Onkel. Ich frage mich, ob er gleich sagt, wie groß ich geworden bin, doch stattdessen seufzt er.

»Sie sind ihr wie aus dem Gesicht geschnitten. Stimmt doch, oder, Margaret?«

»Oh ja. Wie ein Ei dem anderen gleicht.«

Ich ringe mir ein Lächeln ab. Nein, ich will nicht wie meine Mutter sein.

»Wie geht es Ihnen?«

»Gut, danke.«

Don sieht regelrecht enttäuscht aus. »Es muss hart für Sie sein.«

»Weihnachten«, ergänzt Margaret für den Fall, dass ich vergessen habe, welcher Tag heute ist.

Obwohl ich die letzten neunzehn Monate getrauert habe, bin ich plötzlich gelähmt vor Unsicherheit. Soll ich weinen? Was erwarten sie von mir?

»Mir geht es gut«, wiederhole ich.

»Es fühlt sich immer noch unwirklich an«, sagt Don. »Ich meine, alle beide – was für eine Tragödie.«

»Eine furchtbare Tragödie«, stimmt Margaret ein. Sie reden im Grunde nur miteinander – meine Anwesenheit ist nicht von Belang –, und ich habe das ungute Gefühl, dass sie mich als Katalysator für ihre Unterhaltung ausgesucht haben. Für das schaurige Vergnügen, das man dem Pech anderer abgewinnt. Ich blicke mich in der Küche um, wer gerade Ella hält, damit ich vorgeben kann, sie stillen zu müssen.

»Ich dachte gestern, ich hätte sie im Park gesehen.«

Ich erstarre.

»Seltsam, was die Fantasie einem für Streiche spielt.« Margaret stößt ein kurzes Lachen aus. Dann schaut sie sich um – eine Märchentante in voller Fahrt –, und ihr Lachen verebbt schlagartig, sobald ihr Blick wieder auf mich fällt. Hastig setzt sie eine beinahe mitfühlende Miene auf. »Ich meine, als ich genauer hinsah, war sie Caroline überhaupt nicht mehr ähnlich. Älter, schwarzes Haar – vollkommen anders. Und dazu noch in Sachen, in denen sie sich nicht mal tot sehen lassen würde ...« Zu spät erkennt sie ihren Fauxpas.

»Würden Sie mich bitte entschuldigen?«, sage ich. »Das Baby ...« Ich beende den Satz nicht einmal, pflücke Ella aus den Armen einer anderen Nachbarin und gehe Mark suchen. Ich finde ihn im Arbeitszimmer, wo er zusammen mit Robert die Anbaupläne studiert.

»Ich bringe Ella nach Hause. Sie ist müde. Der ganze Trubel!« Ich lächle Robert zu. »Danke für die nette Party.«

»Ich komme mit euch. Mum wird auch ins Bett wollen. Wir sind hier sowieso fertig, oder?«

Die Männer schütteln sich die Hand, und ich frage mich, was sie besprochen haben, während ich mich auf die Suche nach Joan mache. Wie immer dauert es ewig, bis wir wegkommen, denn wir müssen uns von allen verabschieden und ihnen frohe Weihnachten wünschen. Dabei sehen wir die meisten dieser Leute ohnehin täglich auf der Straße oder im Park.

»Bis Sonntag!«, ruft jemand, als wir endlich gehen.

Ich warte, bis wir außer Hörweite sind. »Sonntag?«

»Ich habe die Nachbarn zu Silvester eingeladen.«

»Zu einer Party?«

Er sieht mein Gesicht. »Nein, keine Party! Nur ein paar Drinks, um das neue Jahr einzuläuten.«

»Also doch eine Party.«

»Vielleicht eine kleine Party. Ach, jetzt komm schon! Für Silvester würden wir nie einen Babysitter finden, und so können wir zu Hause bleiben und trotzdem Spaß haben. Eine Win-win-Situation. Schreib Laura, ob sie schon etwas vorhat. Und Bill natürlich auch.«

Bis dahin sind es noch Tage, sage ich mir. Und ich habe Wichtigeres, um das ich mich sorgen muss.

»Ich habe Robert gesagt, dass wir seinen Bauantrag unterstützen«, sagt Mark, als Ella in ihrem Stubenwagen liegt und wir uns zum Schlafengehen bereitmachen.

»Was hat dich umgestimmt?«

Er grinst mit dem Mund voller Zahnpasta. »Dreißig Riesen.«

»Dreißig Riesen? Es wird doch keine Dreißigtausend kosten, um den Rasen zu ersetzen und ein paar Blumen wieder einzupflanzen.«

Mark spuckt aus und spült das Waschbecken. »Wenn es ihm das wert ist, werde ich mich nicht sträuben.« Er wischt sich den Mund ab, wobei er einen weißen Schmierstreifen auf dem Handtuch hinterlässt. »Jetzt muss ich mir keine Gedanken mehr machen, dass die Wohnung einige Zeit leer steht.«

»Das hättest du so oder so nicht, wie ich dir schon oft genug gesagt habe.«

Er gibt mir einen minzigen Kuss und geht zu Bett.

Ich starre in den Spiegel. Meine Haut ist noch faltenfrei, doch die Konturen, über die sie sich spannt, sind fraglos die meiner Mutter.

Margaret glaubt, sie hätte meine Mutter gestern im Park gesehen. Sie weiß es nicht, aber wahrscheinlich hat sie das. Es ist nur eine Frage der Zeit, bis sie jemand wirklich erkennt. Bis jemand die Polizei ruft.

Ich könnte dem allen jetzt ein Ende setzen, indem ich die Wahrheit sage.

Also warum tue ich es nicht? Seit über vierundzwanzig Stunden weiß ich, dass meine Eltern leben; dass mein Vater seinen Tod vortäuschte, um den Schulden zu entkommen, und dass meine Mutter ihren vortäuschte, um meinem Vater zu entfliehen. Sie hat mich betrogen. Mich belogen. Warum rufe ich nicht die Polizei?

Mein Spiegelbild blickt mir entgegen, und die Antwort ist an meinen Augen abzulesen.

Weil sie meine Mutter und in Gefahr ist.

36

»Ein Baby?«, sagte ich. »Aber wir haben verhütet!«

»Die Pille ist nur zu achtundneunzig Prozent sicher.«

Ich konnte es nicht glauben. Und das sagte ich auch.

»Sieh es dir an.«

Der schmale blaue Strich war unerbittlich. Genau wie ich.

Ich wollte kein Kind.

Natürlich gab es Möglichkeiten, doch ich wurde wie ein Monster dargestellt, wenn ich sie nur erwähnte.

»Wie kannst du bloß?«

»Es ist ein kleiner Zellhaufen.«

»Es ist ein Baby. Unser Baby.«

Unsere Eltern waren entzückt. Sie hatten sich bei einem peinlichen Nachmittagstee kennengelernt und festgestellt, dass sie sich glänzend verstanden. Es war Zeit, dass wir eine Familie gründeten. Keinem von ihnen gefiel unser »zügelloses« Londoner Leben. Wie wunderbar, dass wir uns gefunden hatten, und was für ein Wunder dieses Baby war!

Mir wurde alles aus der Hand genommen.

Eine Mussehe, ein neues Haus (»Viel familienfreundlicher als diese schreckliche Wohnung«), ein neuer Job (»Keine solche Halsabschneiderei wie in der Großstadt«), ein Umzug an die verdammte Küste (»Die Luft ist so viel sauberer!«) ...

Noch nie hatte ich mich so gefangen gefühlt.

Trotzdem konnte man Anna unmöglich nicht lieben, als sie da war. Sie war klug und schön, voller Wissbegier. Aber es war auch unmöglich, sie nicht abzulehnen. Da draußen wartete ein ganzes Leben auf mich, und anstatt es mit beiden Händen beim Schopf zu packen, war ich zum Stillstand verdonnert, mit einem Baby auf dem Arm. Ich fantasierte, davonzugehen. Sagte mir, dass ein abwesender Elternteil besser war als einer, der nur unter Zwang blieb. Doch ich ging nicht. Ich tat, was ich immer getan hatte, wenn das Leben hart wurde.

Ich trank.

37

Murray

Boxing Day war von jeher der Absturz nach dem Feiertag. Als Murray noch in Uniform war, hatte Boxing Day einen Einsatz wegen häuslicher Gewalt nach dem anderen bedeutet. Wenn der Weihnachtskater mit noch mehr Alkohol kuriert wurde, explodierten familiäre Spannungen, die anlässlich des Feiertags einen Tag lang unter dem Deckel gehalten worden waren.

Für jemanden wie Sarah, der alles so intensiv empfand, war es noch schlimmer. Es war Mittag, bis sie sich blicken ließ, und das auch nur, um sich den Tee zu holen, den Murray ihr bereitet hatte, und wieder ins Bett zurückzugehen. Murray räumte die Küche auf, machte sich ein Mittagessen und fragte sich, was er tun sollte. Er wollte Sarah nicht allein lassen, wenn sie in dieser Stimmung war, doch das Haus fing an, sich erdrückend anzufühlen.

Er holte sich die Johnson-Akte und breitete sie auf dem Küchentisch aus. Tom Johnson hatte mehrfach auf Google nach Beiträgen zu Suizid, Beachy Head und Tiden gesucht, und alle Suchen hatten zwischen Mitternacht am 17. Mai und neun Uhr am folgenden Morgen stattgefunden. Vollkommen plausibel bei einem Mann, der über Selbstmord nachdachte – was vermutlich auch die Ermittler angenommen hatten –, doch im Kontext des Bildes, das Murray allmählich gewann, waren diese Internetsuchen zu sorgfältig. Zu passend. Sie waren eindeutig von demjenigen durchgeführt worden, der die Johnsons ermordete und es wie Suizide aussehen ließ.

Wer könnte Zugriff auf Toms Handy gehabt haben? Es war eine hoffnungslose Frage, solange man nicht wusste, wo der Mann am Morgen vor seinem Tod gewesen war. Das CID hatte versucht, seine Bewegungen nachzuvollziehen, doch nachdem der Audi von der Verkehrskamera nahe Beachy Head aufgenommen und das Kennzeichen zugeordnet war, wurde nichts mehr unternommen. Es war scheinbar nicht nötig gewesen.

Wo war Tom in jener Nacht? Wo war er an dem Morgen? Murray füllte drei Seiten seines Notizbuches mit möglichen Fragen und ärgerte sich über die Feiertage, denn so war niemand bei der Arbeit, mit dem er reden konnte.

Es war früher Abend, als Murray eine Hand auf den Bettdeckenhügel legte und vorschlug, dass Sarah sich eventuell besser fühlte, wenn sie duschte und sich anzog. Die Luft im Schlafzimmer war abgestanden, und die Teetasse, die er Sarah in die Hand gedrückt hatte, stand unangerührt da. Auf dem Tee hatte sich ein glänzender Film gebildet.

»Ich will zurück nach Highfield.«

»Du siehst Mr Chaudhury am Freitag.«

Sarah weinte, vergrub sich unter der Decke, so dass ihre Worte gedämpft klangen. »Ich will nicht hier sein. Ich will nach Highfield.«

»Soll ich deine Decke ins Wohnzimmer bringen? Dann können wir uns auf die Couch lümmeln und Schwarzweißfilme sehen.«

»Geh weg!«

Wäre Sarah zu sehen, hätte Murray seine Kränkung hinter dem Lächeln des treu sorgenden Ehemanns verborgen. Nun legte er eine Hand an die Stelle, an der er Sarahs Schulter vermutete, und begann, die Worte vorzuformulieren, die er brauchte. Die *sie* brauchte. Nur fühlte er sich auf einmal ausgebrannt, todmüde. Nichts würde irgendwas bringen. Was er auch sagte, was er auch tat, es würde Sarah nicht helfen. Nichts konnte Sarah helfen.

Er stand auf, ging aus dem Zimmer und schloss die Tür hinter sich. Dann blickte er hinaus zur Straße und zu den Häusern mit ihrer Weihnachtsbeleuchtung. Drinnen saßen Familien bei Brettspielen oder stritten sich um die Fernbedienung.

»Krieg dich wieder ein, Mackenzie«, murmelte er.

In der Küche schob er sich zwei Scheiben Toast mit Käse unter den Grill. Er würde Anna Johnson anrufen. Zum Teufel mit den Feiertagen. Die Frau trauerte um ihre Eltern; ein Ziegelstein zertrümmerte ihr Fenster. Das waren wohl kaum normale Zeiten. Sie hatte ihn bekniet, die Ermittlungen wiederaufzunehmen, und nach seiner Standpauke von Leo Griffiths würde bald das CID übernehmen. Es wurde also Zeit, dass er Anna Johnson erzählte, was er wusste.

Er drehte den Grill auf kleinere Flamme und griff zum Telefon.

»Hallo?«

»Hallo, hier ist Murray Mackenzie. Von der Polizei«, ergänzte er, als Anna nichts sagte.

»Ja, ich weiß. Ehrlich gesagt ist es im Moment ungünstig ...«

»Tut mir leid, dass ich Sie am Boxing Day störe. Ich wollte Ihnen nur sagen, dass ich denke, Sie haben recht. Hinter dem Tod Ihrer Eltern steckt mehr, als sich auf den ersten Blick erschließt.« Er sprach hastig, ebenso sehr um seinetwillen wie um Annas. Die kleine Enge in seiner Brust löste sich. Er stellte sich vor, wie Anna eine Hand an ihren Hals hielt; vielleicht sogar vor Erleichterung weinte, weil ihr endlich jemand zugehört hatte. Er wartete. Am anderen Ende war ein sehr schwacher Laut zu hören, dann Stille.

Murray rief erneut an.

»Ich glaube, das Gespräch wurde unterbrochen. Ich dachte, dass wir uns vielleicht morgen treffen könnten. Haben Sie Zeit? Ich könnte Ihnen sagen, was ich herausgefunden habe, und wir können besprechen ...«

»Nein!«

Nun war es an Murray, zu verstummen. Er war nicht mal sicher, ob das plötzliche, laute Kommando ihm galt oder jemandem bei Anna zu Hause. Ihrem Partner? Einem Hund? Dem Baby?

»Ich habe es mir anders überlegt.« Da war ein Zittern in Annas Stimme, doch sie redete weiter, wurde lauter, als müsse sie die Worte herauszwingen. »Ich muss nach vorn sehen, mich mit dem abfinden, was passiert ist. Das Urteil des Coroners akzeptieren.«

»Aber das meine ich doch, Anna. Ich denke, Sie haben recht. Ich glaube, Ihre Eltern wurden ermordet.«

Anna gab einen wütenden Laut von sich. »Sie hören mir nicht zu. Es tut mir leid, dass ich Ihre Zeit vergeudet habe, aber ich will das nicht. Ich möchte nicht, dass Sie in der Vergangenheit herumwühlen. Ich will nicht, dass Sie irgendwas tun.« Das Beben in ihrer Stimme veränderte sich, und Murray erkannte, dass sie weinte. »Bitte, lassen Sie es einfach!«

Diesmal war das Klicken am anderen Ende lauter. Anna Johnson hatte aufgelegt.

Die Enge in Murrays Brust kehrte zurück, und er schluckte den albernen Impuls herunter zu weinen. Regungslos stand er da, das Telefon in der Hand, und erst als der Rauchmelder lospiepte, bemerkte er, dass sein Abendessen verbrannte.

38

Anna

Am Mittwoch, dem Tag nach Boxing Day, fährt Joan nach Hause. Es gibt Päckchen mit Resten und Versprechen, sie besuchen zu kommen, sowie mehrere Beteuerungen, dass es wunderbar war, Zeit als Familie zu verbringen. Doch irgendwann sitzt sie in ihrem Wagen, und wir winken ihr von der Einfahrt aus nach.

Die Tage zwischen Weihnachten und Neujahr sind komisch. Immer muss man in dem Kalender nachsehen, welches Datum gerade ist, und jeder Tag kommt einem wie ein Feiertag vor. Mark bringt den Recyclingmüll weg, und ich liege mit Ella auf dem Wohnzimmerfußboden. Sie ist fasziniert von den knisternden Seiten eines Schwarzweißbuches, das wir ihr zu Weihnachten geschenkt haben. Ich blättre die Seiten für sie und wiederhole immer wieder die Namen der abgebildeten Tiere. Hund. Katze. Schaf.

Drei Tage ist es her, seit meine Mutter zurückkam. Ich hatte mir geschworen, dass ich es nach Weihnachten – nachdem Joan weg war – Mark erzählen würde und wir gemeinsam zur Polizei gehen würden.

Jetzt ist Weihnachten vorbei.

Ich frage mich, ob mein Schweigen eine Straftat ist und ob solch ein Vergehen schwerwiegender wird, je mehr Zeit man verstreichen lässt. Sind vierundzwanzig Stunden hinnehmbar, aber zweiundsiebzig ein Fall für den Richter? Gibt es strafmildernde Umstände für das, was ich tue? Im Geiste hake ich die Gründe ab, warum ich dieses Geheimnis wahre.

Ich habe Angst. Vor den Schlagzeilen, dem Presseansturm, den Blicken der Nachbarn. Dank Internet gibt es keinen Schnee von gestern mehr. Ella wird die Auswirkungen ein Leben lang zu spüren bekommen.

Und da ist noch eine unmittelbare, konkretere Furcht. Vor meinem Vater. Meine Mutter hat mir erzählt, wozu er fähig ist; ich habe selbst genug gesehen, um sie ernst zu nehmen. Wenn ich mit dem, was ich weiß, zur Polizei gehe, müssen sie schnell handeln, meinen Vater verhaften und dafür sorgen, dass er uns nichts tun kann. Aber was ist, wenn sie ihn nicht finden? Was könnte er uns antun?

Ich sorge mich, was Mark sagen wird. Was er tun wird. Er liebt mich, aber unsere Beziehung ist noch jung, zerbrechlich. Und wenn dies hier zu viel ist? Ich versuche mir vorzustellen, was ich im umgekehrten Fall tun würde; doch der Gedanke, dass die vernünftige, gradlinige Joan ihren Tod vortäuscht, ist schlicht zu lächerlich. Nichtsdestoweniger würde ich bleiben, oder? Ich würde Mark nie wegen etwas verlassen, das seine Eltern getan haben. Dennoch sorge ich mich. Die ganze Zeit, die Mark und ich zusammen sind, ist meine Trauer wie eine weitere Person in unserem Leben gewesen. Mark hat sie akzeptiert, Zugeständnisse gemacht. Wenn das wegfällt ... Nun begreife ich, wovor ich mich fürchte. Dass wir ohne die Trauer, die uns zusammengeführt hat, auseinanderdriften.

Ich blättere für Ella um. Sie greift mit einer festen kleinen Faust nach einer Ecke der Seite und zieht sie an ihren Mund. Es gibt noch einen Grund, weshalb ich nicht zur Polizei gegangen bin.

Mum.

Auch wenn ich nicht gutheißen kann, was sie getan hat, verstehe ich, warum sie verschwand. Ich wünsche mir von ganzem Herzen, dass sie einen anderen Weg gefunden hätte, aber das wird nichts ändern, wenn ich zur Polizei gehe. Ich muss mich entscheiden, ob ich meine Mutter ins Gefängnis bringen will oder nicht.

Und ich kann nicht meine eigene Mutter ins Gefängnis bringen.

In den letzten Tagen habe ich Joan mit Ella erlebt, die Freude einer Beziehung gesehen, die Generationen überspannt. Wir haben Ella gebadet, sind im Park spazieren gegangen und haben abwechselnd den Kinderwagen geschoben. Ich möchte diese Dinge mit meiner Mutter tun. Ich möchte, dass Ella ihre beiden Großmütter kennt.

Meine Mutter ist zurückgekommen, und ich möchte sie so gern in meinem Leben behalten.

Ich brauche dringend einen klaren Kopf, also gehe ich zu Mark.

»Ich fahre Ella ein bisschen aus.«

»Gute Idee. Wenn du fünf Minuten wartest, komme ich mit.«

Ich zögere. »Macht es dir etwas aus, wenn wir allein gehen? Ich habe das Gefühl, dass ich die letzten Tage mit Joan hier und Roberts Party keine Minute für mich hatte.«

Sein Gesichtsausdruck verrät mir, dass er meine Bitte abwägt. Brauche ich Zeit für mich, weil ich etwas Ruhe möchte oder weil ich gleich zusammenbreche?

Ungeachtet dessen, was in mir vorgeht, sehe ich offenbar nicht aus, als könnte ich eine Gefahr für mich – oder Ella – sein, denn er lächelt. »Klar. Dann bis später.«

Ich gehe in Richtung Stadt. Der Wind, der weiter landeinwärts kaum zu spüren ist, frischt zunehmend auf und peitscht an der Küste entlang. Ich halte an, um den Plastikregenschutz vorn über den Kinderwagen zu spannen. Der Kiesstrand ist dunkel und glänzend vom nächtlichen Regen, und es ist still, da die meisten Geschäfte noch geschlossen sind. Aber es spazieren Leute am Strand und auf der Promenade. Alle scheinen gute Laune zu haben – noch von der Feststimmung und den zusätzlichen freien Tagen, schätze ich –, aber vielleicht fühlt es sich auch wegen des Durcheinanders in meinem Kopf bloß so an. Jeder hat Sorgen, erinnere ich mich, obwohl ich denke, dass eher keiner sonst mit der Tatsache ringt, dass seine Eltern von den Toten zurückgekehrt sind.

Ich hatte nicht vor, zum Hope zu gehen, auch wenn es wohl unvermeidlich war. Meine Beine tragen mich von selbst hin, und ich sträube mich nicht.

Es ist ein unscheinbarer Bau mit grauem Rauputz außen und breiter als hoch. Ich klingle an der Tür.

Die Frau, die mir öffnet, ist ruhig und freundlich. Sie steht wie eine Ballerina, die Füße in der ersten Position, die Hände vor ihrer Taille gefaltet.

»Ich würde gerne zu Caroline …« Ich zögere und entscheide, keinen Nachnamen zu nennen. »Kann ich sie vielleicht sehen? Sie wohnt bei Ihnen.«

»Warten Sie bitte hier.« Sie lächelt und schließt die Tür wieder.

Ich frage mich, ob hier üble Leute aufkreuzen. Prügelnde Ehemänner, die ihre Frauen zurückholen wollen. Sicher lächelt die Frau dann nicht. Ich frage mich, ob mein Vater hier nach meiner Mutter gesucht hat. Unwillkürlich blicke ich mich um. Beobachtet er mich? Er muss es getan haben, wenn er wusste, dass ich bei der Polizei war. Ich fange an zu zittern und umklammere den Griff von Ellas Kinderwagen fester.

»Bedaure, aber hier ist niemand, der so heißt.« Sie ist so schnell wieder da, dass ich mich frage, ob sie überhaupt nachgesehen hat und nur für einen Moment hinter der Tür stehen geblieben war. Vielleicht ist es die Standardantwort, die jeder zu hören bekommt, egal ob jemand mit dem genannten Namen dort wohnt oder nicht.

Erst als die Tür wieder zugeht, erkenne ich meinen Fehler. Meine Mutter wird nicht ihren richtigen Namen benutzen – weder den Vor- noch den Nachnamen –, wenn sie angeblich tot ist. Ich gehe weg und überlege, ob ich noch mal umkehren und sie beschreiben soll; ob es gut ist, dass ich sie nicht hier gefunden habe. Ob es so sein sollte.

»Anna!« Ich drehe mich um. Meine Mutter kommt aus dem Haus. Sie trägt dieselben Sachen wie am Heiligabend und zieht sich die Kapuze ihres Mantels über den Kopf. »Schwester Mary sagte, dass jemand nach Caroline gefragt hat.«

»Sie ist Nonne?«

»Ja, sie ist fantastisch. Und sie beschützt hier alle sehr. Sie hätte immer Nein gesagt, egal welchen Namen du genannt hättest.«

»Das dachte ich mir schon. Entschuldige, ich hatte nicht richtig nachgedacht.«

»Macht nichts.« Wir gehen nebeneinanderher zurück zum Strand. »Angela.«

Verwirrt sehe ich sie an.

»Der Name, den ich jetzt benutze, lautet Angela.«

»Aha.«

Schweigend gehen wir weiter. Ich bin nicht mit einer vorbereiteten Rede oder einem Plan zum Hope gekommen. Jetzt bin ich unsicher. Sprachlos. Ich nehme die Hände vom Kinderwagen und gehe wortlos zur Seite. Meine Mutter übernimmt, und es ist so einfach – so *richtig* –, dass ich heulen könnte.

Ich kann sie nicht ins Gefängnis schicken. Ich will sie – brauche sie – in meinem Leben. In Ellas Leben.

Auf der Pier sind mehr Leute. Kinder rennen auf und ab, lassen nach Tagen im Haus Dampf ab. Ich sehe, wie meine Mutter an ihrer Kapuze zupft und den Kopf senkt. Wir sollten an einem einsameren Ort sein. Was ist, wenn wir jemandem begegnen, den wir kennen?

Die Riesenrutsche ist abgedeckt, die Wurfbude für den Winter geschlossen. Wir gehen bis zum Ende der Pier und blicken hinaus aufs Meer.

Wir beide überlegen, was wir sagen könnten.

Meine Mutter spricht als Erste: »Wie war dein Weihnachten?«

Es ist lächerlich banal, und ich spüre, wie ein Lachen in mir aufsteigt. Als ich zu meiner Mutter sehe, fängt auch sie an zu lachen, und plötzlich lachen und weinen wir beide. Ihre Arme sind fest um mich geschlungen. Ihr Duft ist schmerzlich vertraut. Wie viele Umarmungen habe ich schon von meiner Mutter gehabt? Nicht genug. Es können nie genug sein.

Als unser Schluchzen verklingt, setzen wir uns auf eine Bank und ziehen Ellas Kinderwagen nahe zu uns.

»Wirst du es der Polizei sagen?«, fragt meine Mutter leise.

»Weiß ich nicht.«

Eine Weile sagt sie nichts. Dann spricht sie sehr hastig. »Gib mir einige Tage. Bis nach Neujahr. Lass mich etwas Zeit mit Ella verbringen – sie kennenlernen. Entscheide nicht vorher. Bitte.«

Es ist leicht, Ja zu sagen. Meine Entscheidung aufzuschieben. Wir sitzen schweigend da und schauen aufs Meer.

Meine Mutter hakt sich bei mir ein. »Erzähl mir von deiner Schwangerschaft.«

Ich lächle. Es scheint mir ewig her. »Ich hatte schreckliche Morgenübelkeit.«

»Liegt in der Familie, fürchte ich. Bei dir habe ich mich um Sinn und Verstand gekotzt. Und dieses Sodbrennen ...«

»Grauenhaft! Am Ende trank ich das Gaviscon direkt aus der Flasche.«

»Irgendwelche komischen Gelüste?«

»Karottenstäbchen mit Schokocreme.« Ihr Gesichtsausdruck bringt mich zum Lachen. »Sag nichts, ehe du das nicht probiert hast.« Trotz des Windes, der über die Pier pfeift, ist mir innerlich wunderbar warm. Wenn die Frauen in meinem Geburtsvorbereitungskurs stöhnten, weil ihre Mütter ihnen unerwünschte Ratschläge gaben, dachte ich, wie sehr ich mich nach einigen weisen Tipps meiner Mutter sehnte. Wie wenig es mir ausmachen würde, wenn sie sich einmischte; wie ich jeden Besuch, jeden Anruf, jedes Hilfsangebot schätzen würde.

»Als ich mit dir schwanger war, wollte ich immerzu Oliven. Konnte gar nicht genug von denen bekommen. Dein Dad sagte, du würdest wahrscheinlich wie eine aussehen.«

Mein Lachen erstirbt, und meine Mutter wechselt schnell das Thema.

»Und Mark – ist er gut zu dir?«

»Er ist ein wunderbarer Vater.«

Sie sieht mich aufmerksam an. Ich habe ihre Frage nicht beantwortet, weil ich nicht sicher bin, ob ich es kann. Ist er gut zu mir? Er ist freundlich und umsichtig. Er hört zu, hilft im Haushalt. Ja, er ist gut zu mir.

»Ich habe großes Glück«, sage ich. Mark hätte nicht bei mir

bleiben müssen, als ich schwanger wurde. Viele Männer hätten es nicht getan.

»Ich würde ihn gern kennenlernen.«

Ich will schon sagen, wie schön es wäre, als ich ihr Gesicht sehe. Sie meint es vollkommen ernst. »Das geht nicht ... Es ist ausgeschlossen.«

»Wirklich? Wir können ihm erzählen, dass ich eine entfernte Cousine bin. Dass wir uns aus den Augen verloren hatten, uns zerstritten oder ...« Sie bricht ab und verwirft den Gedanken.

Im unruhigen Wasser unter der Pier bemerke ich eine hastige Bewegung. Ein Arm. Ein Kopf. Jemand ist im Wasser. Ich stehe schon halb, als mir klar wird, dass dort jemand schwimmt, nicht ertrinkt. Ich fröstele stellvertretend für den Schwimmer und sacke auf die Bank zurück.

Meine selbstgesetzte Frist gibt mir vier Tage mit meiner Mutter, bevor ich es entweder der Polizei erzähle oder sie irgendwohin verschwinden lasse, wo sie keiner erkennt. So oder so bleiben mir vier Tage, bevor ich mich zum zweiten Mal von meiner Mutter verabschiede.

Vier Tage mit dem, was ich mir seit Ellas Geburt herbeigesehnt habe. Mark, Ella, Mum und ich.

Ich überlege.

Sie sieht vollkommen anders aus als auf den wenigen Fotos, die Mark gesehen hat. Sie ist dünner, älter, ihr Haar pechschwarz und so geschnitten, dass es ihre Gesichtsform verändert.

Könnten wir?

»Und du bist sicher, dass du ihm nie begegnet bist?«

Meine unvermittelte Frage bewirkt, dass sie verwundert die Augenbrauen hochzieht. »Das weißt du doch.«

»Die Polizei fand eine Visitenkarte von Mark in deinem Terminkalender.« Ich bemühe mich um einen neutralen Tonfall, doch es klingt wie ein Vorwurf. »Du hattest einen Termin bei ihm gemacht.«

Ich sehe ihre gerunzelte Stirn, die Bewegungen ihres Kiefers, als sie an ihrer Unterlippe nagt. Sie blickt zu den Holzplanken unter unseren Füßen, zu dem Schwimmer, der durch die Wellen krault.

»Ach so!« Jetzt sieht sie wieder zu mir, sichtlich erleichtert, dass sie das Rätsel lösen konnte. »Psychotherapeut in Brighton.«

»Ja. Du hattest einen Termin bei ihm gemacht.«

»Das war Mark? Dein Mark? Mein Gott, wie verrückt.« Sie zupft an einem Hautfetzen an ihrem Nagelbett. »Der Flyer mit der Visitenkarte war an dem Tag in der Post, nachdem dein Dad verschwunden war. Du weißt ja, wie es mir ging – ich war aufgelöst. Ich konnte nicht schlafen, schrak bei Nichtigkeiten zusammen. Und ich hatte ja niemanden, an den ich mich wenden konnte. Ich musste es jemandem erzählen, es mir von der Seele reden, also habe ich einen Termin gemacht.«

»Aber du bist nicht hingegangen.«

Sie schüttelt den Kopf. »Ich dachte, alles was ich sage, wäre vertraulich. Wie eine Beichte, schätze ich. Aber dann las ich im Kleingedruckten, dass Diskretion nicht garantiert werden kann, wenn das Leben des Klienten in Gefahr ist oder er ein Verbrechen gesteht.«

»Stimmt.« Ich frage mich, ob Mark jemals einen Klienten bei der Polizei gemeldet hat und ob er es mir erzählen würde, wenn er es hätte.

»Also bin ich nicht hingegangen.«

»Er erinnert sich nicht daran.«

»Er muss mit einer Menge Leute zu tun haben.« Sie ergreift meine Hände und reibt sie mit ihren Daumen. »Lass mich wieder Teil einer Familie sein, Anna. Bitte.«

Ich stocke.

»Er wird merken, dass du es bist.«

»Wird er nicht. Die Menschen glauben, was sie glauben wollen«, sagt meine Mutter. »Sie glauben, was man ihnen erzählt. Vertrau mir.«

Und das tue ich.

39

Tatsache: An Weihnachten sterben mehr Leute als zu jeder anderen Zeit.

Sie verkraften die Kälte nicht. Die Krankenhäuser sind überlastet. Die Einsamkeit lässt sie zu Tabletten, zum Messer, zum Strick greifen.

Oder sie stürzen in eine Faust.

Ich schlug zum ersten Mal am 25. Dezember 1996 zu.

Fröhliche Weihnachten.

Anna war fünf, saß in einem Meer von Geschenkpapier neben dem Tannenbaum und hielt verzückt ihren Buzz Lightyear in den Händen.

»Die sind übrigens überall ausverkauft«, sagte Bill ziemlich eingebildet. »Ihr glaubt nicht, was ich tun musste, um noch einen zu erwischen.«

Neben Anna, achtlos auf den Fußboden gelegt, war eine Barbie. Sie hatte Haar, das wuchs, und einen Lidschatten, der die Farbe wechselte. Extrem albern ausgeprägte Fesseln. Eine Barbie, für die ich gearbeitet, die ich ausgesucht und bezahlt hatte. Anna hatte sie nur einmal angeguckt – ausprobiert, wie man mit dem kleinen Rädchen hinten die Haare länger machte – und sie fallen gelassen. Ich glaube nicht, dass sie das Ding an dem Weihnachten noch mal angefasst hat.

Deshalb schenkte ich mir meinen ersten Drink ein. Spürte deinen vorwurfsvollen Blick, als ich ihn herunterstürzte, also goss ich mir gleich nach, da erst recht. Ich saß da und kochte vor Wut.

Du hattest das Weihnachtsessen versaut. Den Truthahn zu lange gegart, den Rosenkohl nicht lange genug. Du hattest selbst etwas getrunken, es witzig gefunden. Ich fand es nicht witzig.

Du versuchtest, Bill zum Bleiben zu überreden, wolltest nicht mit mir allein sein. Als er trotzdem ging, brachtest du ihn zur Tür und umarmtest ihn mit einer Herzlichkeit, wie du sie mir schon lange nicht gezeigt hattest. Ich trank mehr. Wurde wütender.

»Wollen wir nächstes Jahr Alicia fragen, ob sie mit uns Weihnachten feiert?«, fragtest du. »Schrecklich, dass sie und Laura in dieser furchtbaren Wohnung hocken.«

Ich sagte Ja, war mir aber nicht so sicher. Wenn ich ehrlich sein sollte, konnte ich mir Alicia hier, in unserem Haus, nicht vorstellen. Sie war anders als wir, sprach anders, zog sich anders an. Sie gehörte in ihre Welt, nicht in unsere.

Wir warteten mit unseren Geschenken bis zum Schluss. Anna war im Bett und der Truthahn in Folie gewickelt (obwohl er gar nicht noch trockener werden konnte), und du zwangst mich, mit dir auf dem Boden zu fläzen, als wären wir fünf.

»Du zuerst.« Ich gab dir ein Geschenk. Für das Einpacken hatte ich extra bezahlt, und du zogst die Schleife ab, ohne sie richtig anzusehen. Ich dachte, das nächste Mal würde ich mir die Mühe sparen.

»Das ist wunderbar.«

Ich wusste, dass es dir gefallen würde. Die Kamera hatte Anna eingefangen, als sie mit der Schaukel am höchsten Punkt war. Sie lachte, schwang ihre Beine, und ihr Haar flog. Der Rahmen war aus Silber. Teuer. Es war ein gutes Geschenk.

»Jetzt du.« Du gabst mir das Geschenk, warst nervös. »Es ist so schwer, etwas für dich zu finden.«

Vorsichtig pulte ich das Klebeband ab und zog das Kästchen aus dem Papier. Schmuck? Handschuhe?

Es war eine CD.

Easy Listening. Die größten Hits der Welt. Einfach entspannen …

In der Ecke der Hülle war eine klebrige Stelle, wo du das Preisschild abgekratzt hattest.

Mir war, als hätte mir jemand zwanzig Jahre gestohlen, mich zu einem C&A geschleppt und mir eine beige Hose mit Gummibund angezogen. Ich dachte an mein Leben vor dir; vor Anna. An die Partys, das Koks, den Sex, den Spaß.

Und was war mein Leben jetzt?

Eine Easy-Listening-CD.

Man sollte meinen, dass es schnell passieren würde, doch für mich war es andersherum. Die Zeit verlangsamte sich. Ich fühlte, wie sich meine Hand zur Faust ballte, wie sich meine Fingernägel in die weiche Haut meiner Handfläche gruben. Ein Schauer der Anspannung pulsierte von meinem Handgelenk bis zur Schulter, wo er kurz verharrte, um gleich wieder zurückzulaufen. Sich immer weiter aufzubauen. Weiter und weiter.

Der Bluterguss reichte von deiner Schläfe bis zu deinem Hals.

»Tut mir leid«, sagte ich. Tat es wirklich. Ich schämte mich. Und hatte ein bisschen Angst vor dem, wozu ich fähig war, auch wenn ich das nie zugegeben hätte.

»Vergiss es.«

Natürlich vergaß ich es genauso wenig wie du. Aber wir taten trotzdem so.

Bis zum nächsten Mal.

Mir jagte es genug Angst ein, dass ich für eine Weile aufhörte zu trinken. Aber ich war nicht alkoholkrank, weißt du noch? Das redete ich mir jedenfalls ein. Und es war unnötig, gleich ganz abstinent zu werden. Mal ein kühles Bier, mal ein Glas Wein … Es dauerte nicht lange, bis die Säufersonne für mich lange vor sechs Uhr abends aufgehen musste.

Man weiß nie, was hinter verschlossenen Türen vor sich geht. Von zehn Bekannten sind zwei in einer gewalttätigen Beziehung. Zwei. Wie viele Freunde hatten wir? Wir können nicht die Einzigen gewesen sein.

Ich fand das irgendwie beruhigend. Wir fielen nicht aus der Norm.

Selbstverständlich hielten wir es geheim. Hätten wir das nicht getan, wäre es vielleicht nicht so lange gegangen. Aber keiner ist stolz auf eine gescheiterte Ehe. Keiner ist stolz darauf, ein Opfer zu sein.

Du sagtest keinen Ton und ich auch nicht.

Ich würde gerne behaupten, dass ich keine Kontrolle darüber hatte. Immerhin schlug ich dich nur, wenn ich betrunken war; womit ich ja wohl nicht mehr ganz so verantwortlich bin, oder?

Du hast mich nie zur Rede gestellt, doch du wusstest – und ich wusste –, dass ich zumindest noch über ein gewisses Maß an Kontrolle verfügte. Ich schlug nie zu, wenn Anna im Raum war, und später, als sie alt genug war, um die Nuancen von Erwachsenenbeziehungen zu begreifen, nicht mal mehr, wenn sie im Haus war. Es war, als hätte ihre Nähe eine beruhigende Wirkung; wie eine Mahnung, sich wie rationale Menschen zu benehmen.

Das und die Scham, dass sie mich so sehen könnte.

Jedes Mal sagte ich dir, dass es mir leidtat. Jedes Mal sagte ich, es wäre »einfach passiert«, dass ich es nicht gewollt hatte, mich aber nicht bremsen konnte. Heute hasse ich mich für die Lügen, die ich damals erzählte. Ich wusste genau, was ich tat. Denn nach jenem ersten Mal, egal wie betrunken oder wie wütend ich war, schlug ich dich nie wieder so, dass die Blutergüsse zu sehen waren.

40

Murray

Die Spezialeinheit für Computertechnik war eine Meile von der nächsten Polizeiwache entfernt, inmitten eines Gewerbegebiets. Streifenwagen und Uniformierte waren streng verboten, und nichts an der Unit 12 verriet, dass in dem grauen Betonklotz Dutzende von IT-Spezialisten Laptops auseinandernahmen, Festplatten auslasen und schlimmste Pornografie aus verschlüsselten Dateien zogen.

Heute war der Parkplatz leer bis auf einen Wagen. Murray drückte den Summer und blickte in die Kamera hinauf.

»Was denn, keine Nikolausmütze?«, fragte die blecherne Stimme, gefolgt von einem scharfen Surren und einem lauten Klicken, als die Tür aufging.

Sean Dowling hatte die Art von Persönlichkeit, die schon eine Sekunde vor der zugehörigen Person einen Raum betrat. Er war breitschultrig und kräftig, und obwohl er auf die sechzig zuging, spielte er noch jeden Samstag Rugby. Aktuell hatte er einen dunkelvioletten Bluterguss auf dem Nasenrücken. Er schüttelte Murray energisch die Hand.

»Wir hätten dich vorletzte Woche gegen Park House gebrauchen können.«

Murray lachte. »Ich bin längst im Ruhestand, Alter. Mir ist schleierhaft, woher du die Kondition nimmst.«

»Hält mich jung.« Sean grinste und hielt die Tür auf. »Schöne Weihnachten gehabt?«

»Ruhig. Tut mir leid, dass ich dich während der Feiertage herschleppe.«

»Machst du Witze? Tracys Mutter ist bei uns. Ich war schon halb aus der Tür, bevor du aufgelegt hast.«

Sie unterhielten sich im Gehen, versprachen, sich bald mal auf ein Bier zu treffen, und wunderten sich laut, wie sie so viel Zeit verstreichen lassen konnten. Es war so leicht, dachte Murray, wenn man an einem Fall arbeitete. So leicht, mit anderen zusammenzukommen, neue Freunde zu finden, den Kontakt zu den alten zu halten. Er hatte gehofft, wenn er als Zivilangestellter weiter bei der Polizei arbeitete, würde dieser Teil des Jobs, den er so sehr mochte, einfach so weitergehen. Doch als immer mehr von Murrays Kollegen sich in den Ruhestand verabschiedeten, hörten auch die Feierabendbiere auf. Murray bezweifelte, dass die Officers der Wache Lower Meads überhaupt wussten, dass der Mann vorne am Empfang einst einer der angesehensten Detectives von Sussex gewesen war.

Sean führte ihn in die Ecke eines Großraumbüros. An beiden Enden des Raumes rauschten große Klimaanlagen – die eher für die vielen Computer gedacht waren als deren Nutzer. Die Jalousien vor den raumhohen Fenstern dienten dazu, Blicke neugieriger Passanten auszusperren.

Einzig Seans Schreibtisch war besetzt, sein dunkelgrüner Parka hing über dem Stuhl. Auf dem Schreibtisch standen drei große Archivkartons, jeder angefüllt mit Beweismitteltüten, deren rote Plastiksiegel in allen Winkeln herausragten. Unter dem Schreibtisch waren noch zwei volle Kartons. In jeder der Tüten steckte ein Handy.

»Wir hinken ein bisschen hinterher.«

»Was du nicht sagst.«

Sean zog einen zweiten Stuhl heran und schlug ein großes schwarzes Projektbuch auf. Oben auf der Seite war die Handynummer der Anruferin, die sich als Diane Brent-Taylor ausgegeben hatte.

»Die SIM-Karte war prepaid und damit nutzlos, wir müssen beim Gerät selbst ansetzen. Nach dem Vorfall war es noch sechs Monate aktiv, allerdings wurden keine Anrufe gemacht.« Sean wirbelte den Stift zwischen seinen Fingern wie einen Taktstock.

»Kann man irgendwie herausbekommen, wo sich das Gerät jetzt befindet?«

»Nur wenn deine Zeugin – oder wer immer das Teil jetzt hat – es einschaltet.« Ein allzu schwungvolles Wirbeln ließ seinen Stift quer durch den Raum fliegen und unter einen Aktenschrank kullern. Gedankenverloren griff Sean nach einem anderen Schreiber und wirbelte auch mit dem gleich wieder los. Murray fragte sich, wie viele Stifte unter dem Aktenschrank liegen mochten. »Also, was wir tun können, ist, die Anrufdaten extrahieren und die IMEI finden …«

»In Menschensprache?«

Sean grinste. »Jedes Handy hat eine fünfzehnstellige Seriennummer, die IMEI. Sie ist wie ein Fingerabdruck für Mobiltelefone. Wenn wir den Anruf deiner Zeugin zu dem Gerät zurückverfolgen können, könnten wir von da nachverfolgen, wo es gekauft wurde.«

Und dann, dachte Murray, könnte er eventuell die Anruferin aufspüren, erst recht, falls das Handy mit Karte bezahlt wurde. »Wie schnell könntest du ein Ergebnis für mich haben?«

»Tja, ich helfe einem alten Freund ja jederzeit gerne, aber …« Sean sah zu den vollen Kartons vor sich und rieb sich übers Gesicht. Dabei vergaß er den Bluterguss und zog eine Grimasse vor Schmerz. »Was ist denn daran so rasend wichtig?«

»Nichts«, antwortete Murray gelassener, als er sich fühlte. »Die Tochter war bei mir, weil sie einige Zweifel an der festgestellten Todesursache hat, und ich sehe mir das mal näher an.«

»In deiner Freizeit? Hoffentlich weiß sie das zu schätzen.«

Murray sah zum Schreibtisch. Er versuchte, sich keine allzu großen Gedanken wegen des Telefonats mit Anna zu machen. Es war nur ein ungünstiger Zeitpunkt gewesen, sonst nichts. Und es musste schrecklich für sie sein, folglich war es bloß natürlich, dass ihr Zweifel kamen. Hätte er erst stichhaltige Beweise, dass etwas an dem Tod ihrer Eltern verdächtig war, würde sie froh sein, dass er trotzdem weitergemacht hatte.

Sean seufzte, denn er deutete Murrays Miene irrtümlich als Enttäuschung. »Hör mal, ich sehe, was ich tun kann.«

»Das ist prima, danke.«

»Aber jetzt zum Wesentlichen: Hol deinen Taschenkalender

raus, und lass uns einen Termin für ein gemeinsames Bier machen. Sonst wird das nie was.« Sean öffnete den Kalender auf seinem Laptop und ratterte Termine herunter, die sich jedoch allesamt als bereits vergeben entpuppten. Murray blätterte derweil geduldig in seinem National-Trust-Taschenkalender, bis Sean eine Lücke in seinen Terminen fand. Dann lieh Murray sich einen Stift und trug die Verabredung auf der komplett leeren Seite ein.

Auf der Rückfahrt summte er die Musik im Radio mit. Die Wintersonne schien ihm in die Augen. Mit ein bisschen Glück würde Sean sich noch heute bei ihm melden. Die Feiertage lieferten Murray einen legitimen Grund, den Bericht fürs CID aufzuschieben, und falls er die Ergebnisse zu dem Handy schnell bekam, konnte er ihnen darin eventuell auch gleich noch einen Verdächtigen nennen.

Neben dem Mobiltelefon nagte noch etwas an ihm, seit dem Besuch bei Diane Brent-Taylor. Es war nicht Diane selbst – Murray bildete sich ein, über eine gute Menschenkenntnis zu verfügen, und wenn die Twinset-und-Perlen-Rentnerin eine Mörderin war, würde er einen Besen fressen.

Doch irgendwas war da.

Etwas, das er auf der Pinnwand bei der Haustür gesehen hatte. Eine Broschüre? Eine Karte? Es ärgerte ihn, dass er sich nicht erinnerte, und da Diane gerade packte, um zu verreisen, konnte er nichts tun, um seinem Gedächtnis auf die Sprünge zu helfen.

Zu Hause steckte er den Schlüssel ins Schloss und hielt inne. Die übliche Angst regte sich in seiner Brust. Dieses Stocken stand für die letzten Sekunden, in denen das Leben unter Kontrolle war; in denen er wusste, wo oben, wo unten war. Hinter der Tür konnte ihn alles Mögliche erwarten. Im Laufe der Jahre hatte Murray sich einen vollkommen neutralen Gruß angewöhnt, während er abwartete, wie es Sarah ging – was sie von ihm erwartete –, doch nie kam er ohne diese drei Sekunden zwischen den beiden Hälften seiner Welt aus.

»Ich bin zu Hause.«

Sie war im Wohnzimmer, was schon eine Verbesserung war.

Die Vorhänge waren noch geschlossen, und als Murray sie aufzog, krümmte Sarah sich und hob die Hände vor die Augen.

»Wie fühlst du dich?«

»Ich bin müde.«

Sarah hatte zwölf Stunden geschlafen, sah jedoch aus, als hätte sie die Nacht durchgemacht. Sie hatte dunkle Augenringe, und ihre Haut wirkte mattgrau.

»Ich mache dir etwas zu essen.«

»Ich habe keinen Hunger.«

»Eine Tasse Tee?«

»Ich will keinen.«

Behutsam versuchte Murray, die Bettdecke aufzunehmen und auszuschütteln, aber Sarah hielt sie fest umklammert und vergrub sich tiefer auf dem Sofa. Der Fernseher war stummgestellt; es lief ein Zeichentrickfilm mit Tieren in einem Zoo.

Eine Weile stand Murray da. Sollte er trotzdem etwas kochen? Manchmal überlegte Sarah es sich anders, wenn tatsächlich Essen vor ihr stand. Aber genauso oft blieb sie auch dabei, nichts zu wollen. Dann aß Murray es selbst, warf es weg oder deckte es in der Hoffnung ab, dass sie später etwas wollte. Murray sah zu dem großen Deckenknäuel, zu seiner Frau, die so weit weg von ihm gerückt war, wie sie konnte, ohne das Sofa zu verlassen.

»Dann gehe ich in die Küche. Ruf mich, wenn du irgendwas brauchst.«

Es war nicht zu erkennen, ob Sarah ihn gehört hatte.

Murray holte eine leere Recycling-Kiste aus dem Garten. Methodisch öffnete er eine Küchenschublade nach der anderen und packte alle scharfen Messer, die Scheren und die scharfkantigen Einsätze der Küchenmaschine in die Kiste. Danach nahm er die Frischhaltefolie und zog sorgfältig die metallene Reißkante von der Pappe. Er sammelte die ätzenden Putzmittel aus dem Spülenschrank ein und die rezeptfreien Medikamente aus der Kommodenschublade. Es war einige Zeit her, seit er dies hier für nötig gehalten hatte, und er wollte nicht darüber nachdenken, warum er es jetzt tat. Stattdessen ging er im Geiste seinen Besuch bei Diane Brent-Taylor Schritt für Schritt in der Hoffnung durch, dass ihm wieder einfiel, was er flüchtig an der Pinnwand gesehen hatte.

Die Haustür war aus weißem Hartplastik gewesen, die Fußmatte draußen eine Mischung aus Kokosfasern und Gummi. Der Dielenboden war aus Laminat gewesen, und die dunkelrot gestrichenen Wände machten das bereits dämmrige Erdgeschoss noch düsterer. Die Pinnwand hatte links gehangen, über einem Regal mit einem Sammelsurium von Gegenständen. Was war dort gewesen? Eine Haarbürste. Eine Postkarte. Schlüssel. Er visualisierte jeden Bereich des Regals, bis die Sachen Form annahmen, eine Erwachsenenvision des Gedächtnisspiels aus seiner Kindheit.

Murray legte alles in die Recycling-Kiste und trug sie nach hinten in den Garten. Dort öffnete er den Schuppen und begann, die Kiste zwischen staubiger Malerfolie zu verstecken.

Während er das tat, kehrten seine Gedanken zu der Pinnwand zurück. Was hatte dort gehangen? Weitere Postkarten – mindestens drei. Eine mit dem Tafelberg drauf (an den erinnerte er sich, weil Kapstadt auf seiner Liste der Traumziele stand). Ein Flyer von einem Schönheitssalon. Eine Liste mit Telefonnummern. Hatte er einen Namen auf der Liste wiedererkannt? War es das, was ihm keine Ruhe ließ?

»Was machst du da?«

Murray hatte Sarah nicht in den Garten kommen sehen, und die Stimme direkt hinter ihm erschreckte ihn, so dass er ungeschickt wurde. Er sammelte sich, ehe er sich umdrehte. Sarah zitterte, und ihre Lippen waren bereits nach wenigen Sekunden draußen blau angelaufen. Sie war barfuß, hatte die Arme vorm Oberkörper verschränkt, die Hände in den Ärmel des jeweils anderen Arms geschoben. Ihre Finger bewegten sich rhythmisch, und Murray wusste, dass die Haut dort schon wundgekratzt war.

Er legte seine Hände an ihre Oberarme, und die Bewegung hörte auf.

»Ich habe Hunger.«

»Dann mache ich dir etwas.«

Murray führte sie zurück durch den Garten, holte ihre Hausschuhe und setzte sie in die Küche. Sarah sagte nichts, als er ihr ein Sandwich mit einem stumpfen Messer bereitete, von dem das Brot einriss, aber sie aß gierig, was Murray als Gewinn verbuchte.

»Ich habe an dem Johnson-Fall gearbeitet.« Er suchte in Sarahs Augen nach einem Anflug von Interesse, fand jedoch keinen. Ihm wurde mulmig. Sie hatte seinen Lackmustest gemacht, und das Ergebnis bestärkte nur, was Murray schon wusste: Sarah steuerte wieder auf eine schwierige Phase zu. Ihm war, als würde er in tiefem Wasser strampeln, auf halber Strecke ohne unterstützendes Begleitboot. »Nicht dass es noch viel Sinn hätte«, ergänzte er. Ob er von Annas Sinneswandel sprach oder der Tatsache, dass die Ermittlungen anscheinend nicht mehr die Rettungsleine für ihn und Sarah waren, konnte er nicht sagen.

Sarah hörte auf zu essen. Tiefe Falten gruben sich in ihre Stirn, als sie ihn ansah.

»Anna Johnson will keine Ermittlung«, sagte Murray langsam und tat, als hätte er ihre Reaktion nicht bemerkt, als würde er mit sich selbst sprechen. Er starrte zu einem Punkt gleich rechts von Sarahs Teller. »Deshalb verstehe ich selbst nicht, warum ich meine Freizeit damit verbringe ...«

»Warum will sie keine Ermittlung?«

»Weiß ich nicht. Sie hat mir gesagt, ich soll es lassen. Sie war wütend und hat aufgelegt.«

»Wütend? Oder ängstlich?«

Murray blickte Sarah an.

»Falls sie Angst hat, könnte es sich auch so anhören, als sei sie wütend. Als wolle sie nicht, dass du weitermachst.«

»Auf jeden Fall war sie sehr deutlich«, sagte Murray und dachte daran, wie Anna den Hörer aufgeknallt hatte. »Sie will meine Hilfe nicht.«

Sarah überlegte. »Sie will sie vielleicht nicht.« Sie zupfte an ihrem Sandwich, schob es weg und sah Murray an. »Aber vielleicht braucht sie die.«

41

Anna

Das Telefonklingeln hallt durch die Diele. Es klingelt selten – wir beide benutzen unsere Handys –, und wenn doch, ist es normalerweise Werbung oder jemand, der mit irgendeiner absurden Geschichte unsere Passwörter ergaunern will. Mark will schon hingehen, aber ich springe auf. Zwei Tage ist es her, dass ich bei Murray Mackenzies Anruf aufgelegt habe, und seitdem bin ich angespannt und rechne damit, dass er wieder anruft.

»Ich gehe ran.« Mark habe ich nichts davon erzählt. Was soll ich denn sagen? Auch wenn er die Karte zum Jahrestag als einen kranken Scherz abgetan hat, ist der Stein, der durchs Fenster geworfen wurde, eine Drohung, die er nicht ignorieren kann. Täglich telefoniert er mit den ermittelnden Polizisten.

»Anscheinend tun sie, ›was sie können‹«, sagte er nach dem letzten Telefonat. »Was nicht sehr viel zu sein scheint.«

»Haben sie Fingerabdrücke gefunden?« Die Polizei hat die DNS und die Fingerabdrücke meiner Eltern. Die haben sie von persönlichen Sachen hier und im Autohaus genommen, so dass sie sie identifizieren können, sollte eine Leiche auftauchen. Ich habe mich bereits gefragt, ob mein Vater das wusste, ob er so unvorsichtig war, eine Spur zu hinterlassen. Was passiert, wenn sie seinen Fingerabdruck finden? Dann wissen sie, dass er nicht tot ist; und ihnen wird klar sein, dass auch meine Mutter noch lebt. Die beiden Fälle sind eng miteinander verknüpft. Wenn einer von ihnen ins Gefängnis geht, wird es der andere sicher auch.

Will ich das wirklich?

»Keine auf der Nachricht, und angeblich ist Ziegelstein eine schlechte Oberfläche für Fingerabdrücke.«

Meine Erleichterung hat mich selbst überrascht.

»Sie warten noch auf DNS-Ergebnisse von dem Gummiband«, sagte Mark achselzuckend. Offenbar hat er die Hoffnung auf irgendeinen Hinweis aufgegeben. Inzwischen ist das Kinderzimmerfenster repariert, und wir haben Sicherheitsstrahler für vorne und hinten bestellt.

»Hallo?«, melde ich mich nun.

Am anderen Ende ist es still.

»Hallo?« Ich bekomme Angst.

Stille. Nein, nicht ganz. Ein Rascheln. Atmen.

Dad?

Ich spreche es nicht aus. Das kann ich nicht. Und nicht bloß weil Mark mithört, sondern weil ich fürchte, mein Tonfall würde mich verraten. Weil ich fürchte, dass die Wut auf meinen Vater für das, was er meiner Mutter – und mir – antat, in dem Augenblick verraucht, in dem ich etwas sage. Dass die Furcht und der Hass, die sich in der letzten Woche eingestellt hatten, von sechsundzwanzig Jahren Liebe ausgelöscht würden.

Sechsundzwanzig Jahre Lügen, korrigiere ich mich und verschließe mein Herz und mein Denken vor den Erinnerungen, die auf mich einstürmen: Dad, der anruft, dass er später kommt; der mir zum Geburtstag gratuliert, als er und Billy beruflich unterwegs sind; der mich ans Lernen erinnert; der fragt, ob wir irgendwas brauchen; der mich bittet, *Planet Earth* aufzuzeichnen.

Ich drücke im Geiste auf »Aktualisieren«, und nun sehe ich anstelle jener Bilder die, von denen ich weiß, dass sie wahr sind. Dad, der meinen selbst gemachten Briefbeschwerer in einem Wutanfall an die Wand schleudert; der sich auf Alkohol verlässt, um ihn durch den Tag zu bringen; der überall im Haus Flaschen versteckt; der Mum schlägt.

Ich kann nicht auflegen. Wie versteinert stehe ich da, presse den Hörer an mein Ohr, will dringend, dass er etwas sagt, und fürchte mich schrecklich davor, was er sagen könnte.

Er sagt nichts.

Es ertönt ein leises Klicken, und die Leitung ist tot.

»War keiner dran«, sage ich, als ich ins Wohnzimmer zurückkehre und Mark mich fragend ansieht.

»Das ist ein bisschen beunruhigend. Wir sollten es der Polizei sagen. Vielleicht können die den Anruf zurückverfolgen.«

Können sie? Sollen sie? Ich kann nicht klar denken. Wenn die Polizei meinen Vater verhaftet, sind wir in Sicherheit. Meine Mutter ist in Sicherheit. Sein vorgetäuschter Suizid käme ans Licht, und er würde ins Gefängnis gehen. Meine Mutter wäre ebenfalls in Schwierigkeiten, aber gewiss wirkt sich häusliche Gewalt strafmildernd aus. Etliche Frauen wurden unter ähnlichen Umständen schon freigesprochen.

Aber.

Eventuell hat er von einer Telefonzelle aus angerufen. Eventuell gibt es da Sicherheitskameras. Eventuell geht die Polizei dem Anruf nach, sieht die Bilder. Sie werden wissen, dass er noch lebt, aber er wäre nicht sicher hinter Gittern. Wird er vielleicht nie sein. Der vorgetäuschte Selbstmord meiner Mutter käme heraus, und mein Vater wäre immer noch da draußen. Immer noch frei. Immer noch eine Bedrohung.

»Es war eines dieser Callcenter«, sage ich. »Ich konnte die anderen im Hintergrund hören.«

Anscheinend ist es, nachdem ich einmal mit dem Lügen begonnen habe, leicht, damit weiterzumachen.

Es ist acht Uhr, als die Textnachricht kommt. Im Fernsehen läuft die Wiederholung eines frühen Klassikers mit Richard Briers, und keiner von uns sieht richtig hin. Wir beide blicken auf unsere Handys, scrollen uns durch unsinnige Facebook-Updates und tippen hier und da »Gefällt mir« an. Mein Handy ist lautlos gestellt, und die Nachricht erscheint auf dem Display – von einer Nummer, die ich unter »Angela« abgespeichert habe.

Jetzt?

Mein Herz hämmert wie wild. Ich sehe zu Mark, doch er achtet nicht auf mich. Ich tippe eine Antwort.

Ich bin nicht sicher.

Bitte, Anna. Ich weiß nicht, wie lange ich noch riskieren kann, hierzubleiben.

Ich tippe noch eine Nachricht. Lösche sie; tippe eine andere; lösche auch die.

Wie konnte ich auch bloß mit dem Gedanken spielen, meine Mutter herzuholen, sie Mark vorzustellen? Sie ist angeblich tot. Okay, ihr Haar sieht anders aus, sie ist dünner und wirkt älter, als sie ist. Aber sie ist immer noch meine Mutter.

Er würde es merken.

Tut mir leid – ich kann das nicht. Ich schreibe die Nachricht, doch als ich auf »Senden« tippe, läutet es an der Tür, fest und klar. Meine Augen sind spürbar geweitet vor Panik, als ich aufblicke. Mark ist schon auf den Beinen, und ich rapple mich hastig auf, um ihm in die Diele zu folgen, wo mir die Umrisse in dem Buntglas verraten, dass sie es ist.

Mark öffnet die Tür.

Falls sie nervös ist, überspielt sie es gut.

Sie sieht ihn direkt an und streckt ihm die Hand entgegen. »Du musst Mark sein.«

Es entsteht eine kurze Pause, ehe er antwortet. Ich stelle mich neben ihn, obwohl ich beinahe sicher bin, dass er mein Herzklopfen hören kann, und als er ihr die Hand schüttelt und höflich auf eine Erklärung wartet, weiß ich, dass mir nichts anderes übrig bleibt, als bei dieser Scharade mitzumachen.

»Angela! Mark, darf ich dir Mums Cousine zweiten Grades vorstellen? Wir sind uns gestern zufällig begegnet, und sie sagte, dass sie dich und Ella gerne kennenlernen würde, deshalb …« Ich verstumme. Die Geschichte, die meine Mutter und ich uns bei dem Spaziergang am Wasser ausgedacht hatten, kommt mir jetzt lachhaft vor, und von den Lügen, die wir Mark auftischen, wird mir schlecht.

Aber diese Lügen schützen ihn. Ich kann nicht zulassen, dass er in die Straftaten meiner Eltern verwickelt wird. Das will ich nicht.

Er tritt mit dem Lächeln von jemandem zur Seite, der es gewohnt ist, unerwartet Besuch zu bekommen. Ich frage mich, ob meine Mutter – wie ich – die Sorge hinter der heiteren Maske wahrnimmt. Sorge, weil ich nie zuvor eine Cousine erwähnt habe? Oder weil seine emotional labile Freundin offensichtlich wieder vergessen hat zu erwähnen, dass sie jemanden eingeladen hatte? Ausnahmsweise hoffe ich, dass es Letzteres ist.

Ich suche nach Anzeichen, dass er misstrauisch wird, einem Aufblitzen von Wiedererkennen.

Nichts.

Erst jetzt wird mir bewusst, wie unwohl mir wegen der Handschrift meiner Mutter auf Marks Karte gewesen ist; dass ich diese Bestätigung gebraucht habe, obwohl mir beide versichert hatten, sich nie begegnet zu sein.

»Hi, ja, ich bin Mark.« Er reicht ihr die Hand, schüttelt dann den Kopf und lacht über seine Förmlichkeit, bevor er vortritt und meine Mutter umarmt. »Es ist klasse, dich kennenzulernen.«

Ich atme aus.

»Caroline und ich hatten ein blödes Zerwürfnis«, sagt meine Mum, als wir mit Weingläsern in den Händen im Wohnzimmer sitzen. »Ich erinnere mich nicht mal mehr, worum es ging, aber wir haben jahrelang nicht miteinander geredet, und …« Sie bricht mitten im Satz ab, und ich denke schon, dass sie den Faden verloren hat, aber sie schluckt. »Und jetzt ist es zu spät.«

Mark stützt einen Ellbogen auf die Armlehne des Sofas. Den Daumen hat er unters Kinn gelegt, und er reibt leicht mit dem Zeigefinger über die Oberlippe. Hört zu. Überlegt. Findet er es eigenartig, dass »Angela« so plötzlich in Eastbourne aufgetaucht ist, ein Jahr nach dem Tod meiner Mutter? Mein Blick wandert zwischen Mark und ihr hin und her. Sie sieht mich sehr kurz an, bevor sie nach einem Taschentuch sucht.

»Wir können die Vergangenheit nicht ändern«, sagt Mark sanft. »Nur die Art, wie wir zu ihr stehen und wie sie unsere Zukunft beeinflusst.«

»Da hast du recht.« Sie putzt sich die Nase und steckt das Taschentuch in ihren Ärmel. Es ist eine solch vertraute Geste, dass mir für einen Moment die Luft wegbleibt. Rita sitzt ganz nahe bei ihr und lehnt sich so schwer an ihr Bein, dass sie umkippen würde, sollte Mum es bewegen.

»Du darfst dich geehrt fühlen«, sagt Mark. »Normalerweise ist sie Fremden gegenüber misstrauisch.«

Ich wage nicht, meine Mutter anzusehen.

»Es ist wunderbar, jemanden von Annas Seite kennenzulernen. Natürlich kenne ich Bill und Carolines Patenkind, Laura, die praktisch zur Familie gehört.« Er wirft mir einen Seitenblick zu und zwinkert, um zu entschärfen, was als Nächstes kommt. »Noch jemand für den Ehrentisch.«

»Ihr heiratet?«

»Nein«, sage ich und lache, weil Mark es tut. Gleichzeitig rutsche ich unruhig auf meinem Platz hin und her.

»Vielleicht kannst du sie überreden, Angela – ich habe bisher kein Glück.« Es ist bloß als Scherz gemeint.

»Aber du bist so jung, Anna!«

»Ich bin sechsundzwanzig.« Als wüsste sie das nicht. Als hätte sie mich nicht neun Monate lang ausgetragen; und da war sie jünger, als ich jetzt bin.

»Ihr solltet nichts überstürzen.«

Es folgt verlegenes Schweigen. Mark hüstelt.

»Bist du verheiratet, Angela?«

»Getrennt.« Sie sieht zu mir. »Es hat nicht funktioniert.«

Noch eine unbehagliche Pause folgt, während Mum und ich überlegen, wie es zu der Trennung kam, und Mark nachdenkt über ... was? Sein Therapeutengesicht gibt nichts preis.

»Wie lange bleibst du in Eastbourne?«, frage ich.

»Nicht lange, nur bis Neujahr. Genug Zeit, um die Menschen zu sehen, die zählen, und die zu meiden, die es nicht tun.« Sie lacht.

Mark grinst. »Wo wohnst du?«

Meine Mutter wird rot. »Im Hope.« Mark verzieht keine Miene, aber die Verlegenheit meiner Mutter wächst. »Es ist ein bisschen eng und … na, es ist ja bloß für ein paar Nächte. Das geht schon.«

»Warum bleibst du nicht bei uns?« Er sieht mich an, damit ich zustimme, obwohl er das Angebot unmöglich zurücknehmen könnte. »Wir haben reichlich Platz, und es wäre schön für Ella, Zeit mit dir zu verbringen.«

»Aber ich kann doch nicht …«

»Wir bestehen darauf. Nicht wahr?«

Ich wage nicht, meine Mutter anzusehen, weil ich fürchte, dass ihr Entsetzen meinem entspricht. Sie dachte, dass sie sicher sei. Sie dachte, dass mein Vater sie nie aufspüren könne. Wenn er weiß, dass sie hier ist …

»Natürlich«, höre ich mich sagen. Denn wie wollte ich ein Nein erklären?

»Tatsächlich würdest du mir einen Gefallen tun. Ich habe einige Termine, die ich nicht absagen kann, und es wäre super zu wissen, dass ich die beiden Mädchen hier nicht allein lasse.«

Er meint es ernst. Er sorgt sich, dass ich eine Art Zusammenbruch haben könnte. Was nicht mal so unrealistisch ist.

»Na ja, wenn ihr wirklich meint …«

»Meinen wir«, sagt Mark für uns beide.

»Dann sehr gerne. Danke.«

Mark wendet sich mir zu. »Vielleicht könnte Laura rüberkommen. Kennst du Laura, Angela? Carolines Patenkind.«

Trotz ihres gekünstelten Lächelns wird sie kreidebleich. »Ich … Ich glaube nicht, dass wir uns schon mal begegnet sind.«

Ich ringe mir ebenfalls ein Lächeln ab, sage mir, dass alles gut wird. Mark wird zur Arbeit gehen. Ich kann ihm erzählen, dass Laura mal wieder einen neuen Job hat oder mit Freundinnen weg ist. Solange ich Mum im Haus behalte, außer Sicht, gibt es keinen Grund, weshalb irgendwer irgendwas vermuten sollte.

Und mein Vater?

Mein Puls wird schneller.

Ich versuche mir einzureden, dass er nicht herkommen wird, wo ihn die Leute wiedererkennen könnten. Meine Mutter hat sich im Norden versteckt – dort hat er sie aufgespürt. Und dort wird er nach ihr suchen.

Es sei denn …

Selbstmord? Von wegen.

Er hat die Karte geschickt. Er hat den Ziegelstein geworfen. Er weiß, was meine Mutter getan hat. Er wusste schließlich auch, dass ich bei der Polizei war. Anscheinend weiß er genau, was in diesem Haus vor sich geht. Falls er nicht schon weiß, dass Mum in Oak View ist, wird er es zweifellos bald wissen.

Mein Puls wird noch schneller. Hat mein Vater hier angerufen, weil er denkt, dass meine Mutter hier ist? Hat er gehofft, dass sie rangeht? Ihm die Bestätigung liefert, die er braucht?

Wäre sie doch nur zur Polizei gegangen, als er erstmals diesen aberwitzigen Plan erwähnte, wäre nichts von alledem passiert. Meine Mutter hätte keinen Selbstmord vortäuschen müssen, um zu entkommen, und ich wäre jetzt nicht hier, würde einer Kriminellen Unterschlupf gewähren. Sie hätte das nie tun dürfen.

Sie hätte ihm nie helfen dürfen zu verschwinden.

42

Ich hätte es ohne Hilfe durchgezogen, wäre es möglich gewesen.

War es nicht.

Das Prozedere machte es unmöglich für eine Person allein. Ein Wagen, der am Beachy Head bleiben musste, ein zweiter, um uns wieder zurückzubringen. Zeugen fabrizieren, Spuren verwischen, Beweise vernichten. Selbst für uns zwei war es ein Kampf.

Wir hätten Anna um Hilfe bitten können. Wir hätten ihr alles erzählen können, ihr alles Mögliche versprechen, wenn sie für uns lügt. Aber ich wollte sie da nicht mit reinziehen; wollte ihr Leben nicht so vermasseln, wie ich meines vermasselt hatte.

Und jetzt steckt sie trotzdem bis zum Hals mit drin.

Sie hat Angst. Das gefällt mir nicht, aber es geht nicht anders. Mein Lügengeflecht bekommt mehr und mehr Löcher, und wenn die Polizei nicht aufgibt, wird alles in der Presse ausgeschlachtet, und ich wandere in eine Knastzelle – sofern sie mich finden.

Ich dachte, dass ich keine andere Wahl hätte, als jemanden einzuspannen.

Hätte ich doch nur besser nachgedacht.

Wenn ich es allein erledigt hätte, müsste ich mich nicht auf jemand anderen verlassen. Ich müsste nicht nachts wachliegen und mich fragen, ob meine Geheimnisse sicher sind.

Hätte ich es allein gemacht, hätte ich das Geld behalten können.

43

Murray

Murray wachte vom Radio auf. Er öffnete die Augen, drehte sich auf den Rücken und blinzelte an die Zimmerdecke, bis sich der Nebel geklärt hatte und er richtig wach war. Sarah war gestern Abend auf dem Sofa eingeschlafen, und obwohl Murray gewusst hatte, dass sie nicht ins Schlafzimmer kommen würde, war er enttäuscht, weil ihre Betthälfte unberührt aussah.

Das Radio war laut. Jemand wusch seinen Wagen oder arbeitete im Garten, ohne daran zu denken, dass vielleicht nicht jeder in der Straße Chris Evans hören wollte. Murray schwang die Beine aus dem Bett.

Auch das Gästezimmer war leer und die Bettdecke noch unten auf dem Sofa. Sarah hatte heute einen Termin in Highfield. Murray würde versuchen, allein mit Mr Chaudhury zu sprechen. Ihm erzählen, wie es Sarah die letzten Tage gegangen war.

Er war schon halb die Treppe runter, als ihm klar wurde, dass der Radiolärm aus dem Haus kam. Im Wohnzimmer waren die Vorhänge zugezogen, und die Bettdecke lag ordentlich zusammengelegt auf dem Sofa. Aus der Küche lachte Chris Evans über seinen eigenen Witz.

»Spiel Musik, Idiot.«

Murray schöpfte Zuversicht. Wenn Sarah die Radiomoderatoren beschimpfte, hörte sie ihnen zu. Und Zuhören hieß, dass sie aus ihrer eigenen Welt in die der anderen getreten war. Was sie weder gestern noch vorgestern getan hatte.

»Bei Radio Four gibt es keine Idioten.« Er ging zu ihr in die Küche. Sie trug noch die Sachen von gestern, und ein leichter Schweißgeruch umgab sie. Ihr graues Haar war fettig, ihre Haut immer noch stumpf und blass. Aber sie war wach. Sie war auf den Beinen, und sie machte Rührei.

»Was ist mit Nick Robinson?«

»Ich mag Nick Robinson.«

»Aber er ist ein Idiot.«

»Er ist ein Tory. Das ist nicht dasselbe.« Murray stellte sich neben den Herd und drehte Sarah zu sich. »Na ja, nicht immer. Wie lässt sich der heutige Tag an?«

Sie zögerte, als wolle sie sich nicht festlegen, dann nickte sie langsam. »Es fühlt sich an, als könnte er okay werden.« Zögerlich lächelte sie, und er beugte sich vor, um sie zu küssen.

»Wie wäre es, wenn ich hier übernehme und du unter die Dusche springst?«

»Stinke ich?«

»Da ist so ein gewisses Aroma.« Murray grinste, als Sarah den Mund aufmachte, um zu widersprechen. Dann verdrehte sie die Augen und ging ins Bad.

Murray beendete einen Anruf, als Sarah zurückkam. Er steckte sein Handy in die Tasche und holte die beiden Teller aus dem Ofen, wo er sie warm gehalten hatte.

»Ich nehme an, dir ist nicht nach einem Einkaufsbummel?«

Sarah verzog das Gesicht, spannte die Lippen an, obwohl sie versuchte, entgegenkommend zu sein. »Es ist bestimmt sehr voll.«

Normalerweise vermied Murray das Einkaufen zwischen Weihnachten und Neujahr, und der Fernsehwerbung nach zu urteilen, waren die Schlussverkäufe schon in vollem Gange. »Ja.«

»Macht es dir etwas aus, wenn ich hierbleibe?« Sie sah Murrays Gesicht und reckte ihr Kinn. »Ich brauche keinen Babysitter, falls du das denkst. Ich murkse mich nicht ab.«

Murray bemühte sich, nicht auf diese lässige Anspielung auf die vielen Male zu reagieren, die sie versucht hatte, sich das Leben zu nehmen. »Das dachte ich auch nicht.« Eigentlich hatte er es doch gedacht. Natürlich hatte er das. »Ich kümmere mich ein anderes Mal drum.«

»Was brauchst du denn?«

»Sean von der Computereinheit hat eben angerufen. Das Handy, von dem der Anruf wegen Tom Johnsons Selbstmord kam, wurde bei Fones4All in Brighton gekauft.«

»Denkst du, die haben noch einen Beleg, wer es gekauft hat?«

»Das hoffe ich.«

»Dann fahr!« Sarah schwenkte ihre befüllte Gabel durch die Luft. »Überleg mal: Du könntest alles aufgeklärt haben, bevor die vom CID auch nur ahnen, was los ist.«

Murray lachte, obwohl ihm derselbe Gedanke gekommen war. Nicht, dass er jemanden verhaften könnte, natürlich nicht, aber er könnte alles zusammenhaben, und dann ... Dann was? Sich einen weiteren Fall vornehmen, der zu den Akten gelegt worden war? Sich in die Ermittlungen von jemand anderem einmischen?

Als Murrays dreißig Jahre um waren, war er nicht bereit für den Ruhestand gewesen. Er war nicht bereit gewesen, seine Polizeifamilie zu verlassen, auf die Befriedigung zu verzichten, die sich mit jedem Fall einstellte, der etwas bewegte. Aber er konnte auch nicht ewig bleiben. Irgendwann musste er sich zurückziehen, und wollte er allen Ernstes warten, bis er alt oder gebrechlich war? Bis er zu mitgenommen war, um die letzten paar Jahre seines Lebens zu genießen?

Murray sah Sarah an, und in diesem Moment wusste er genau, was er tun würde, sobald der Johnson-Fall geklärt war. Er würde in den Ruhestand gehen, und diesmal richtig.

Sarah hatte gute und schlechte Tage, und Murray wollte keine weiteren der guten verpassen.

»Bist du sicher, dass es okay ist?«

»Ist es.«

»Ich rufe dich jede halbe Stunde an.«

»Fahr.«

Murray fuhr.

In dem Handy-Laden bewarb ein riesiges Banner an der Decke den neuesten Bluetooth-Lautsprecher, und die Kunden brüteten mit perplexen Gesichtern über Ständen, während sie versuchten, die Unterschiede zwischen den Modellen auszumachen. Murray ging geradewegs durch zu dem Stand mit dem neuesten – und teuersten – iPhone, weil er wusste, dass er auf die Weise am ehesten einen Verkäufer auf sich aufmerksam machte. Und tatsächlich erschien Sekunden später ein Bursche neben ihm, der kaum alt genug aussah, um schon aus der Schule zu sein. Sein blassblauer Anzug war ihm an den Schultern zu weit, und die Hose bauschte sich über den Turnschuhen. Auf seinem goldenen Namensschild stand »Dylan«.

»Nicht schlecht, was?« Er nickte zu dem iPhone. »Fünfeinhalb-Zoll-Bildschirm, kabelloses Aufladen, OLED-Display, absolut wasserfest.«

Für einen Moment war Murray von dem einzigen Merkmal abgelenkt, das für jemanden entscheidend war, der sein Handy – sehr viel billiger, aber dennoch wichtig – zweimal versehentlich ins Klo hatte fallen lassen. Er zwang sich, bei der Sache zu bleiben, und zeigte Dylan seinen Dienstausweis.

»Könnte ich bitte den Geschäftsführer sprechen?«

»Das bin ich.«

Murray machte aus seinem überraschten »Oh« geschwind ein »Ah, prima! Mir geht es um ein Handy, das irgendwann vor dem 18. Mai 2016 hier gekauft wurde.« Er blickte zu den beiden Kameras auf, die recht auffällig auf die Kundenschlange gerichtet waren. Zwei weitere Kameras hatten den Ladeneingang im Visier. »Wie lange bewahren Sie die Aufzeichnungen der Sicherheitskameras auf?«

»Drei Monate. Vor Ihnen waren schon vor ein paar Wochen Leute hier, die einen Haufen gestohlener Handys dabeihatten. Wir konnten zwar nachweisen, dass sie hier geklaut wurden, aber sie wurden vor sechs Monaten gestohlen, also war da nichts in den Aufzeichnungen.«

»Ein Jammer. Können Sie Zahlungen in den Kassenbüchern nachprüfen, um da zu sehen, wie der Verdächtige bezahlt hat?«

Dylan gab sich keinerlei Mühe, seine mangelnde Begeisterung zu verbergen. »Wir haben hier viel zu tun.« Er sah zu den Kassen.

»Es sind Weihnachtsferien«, ergänzte er, als könnte es Murray entgangen sein.

Murray lehnte sich vor und gab seine beste Darstellung eines Fernseh-Polizisten. »Es steht im Zusammenhang mit einer Mordermittlung. Finden Sie diesen Verkauf für mich, Dylan, und wir könnten den Fall knacken.«

Dylan bekam große Augen, richtete den bereits engen Krawattenknoten und blickte sich um, falls der Killer direkt hinter ihnen stand. »Kommen Sie lieber mit ins Büro.«

Dylans »Büro« war eine winzige Kammer, in die jemand einen Ikea-Schreibtisch und einen kaputten Drehstuhl gequetscht hatte, dessen Rückenlehne wie besoffen zur Seite hing. Mehrere Urkunden für »Angestellter des Monats« waren an eine Pinnwand über dem Computer geheftet.

Großzügig bot Dylan Murray den Stuhl an, während er sich auf den halb so hohen Kasten daneben hockte und nach oben griff, um sein Passwort in ein schmutziges Keyboard zu tippen. Höflich sah Murray zur Seite. An der Wand hing ein Foto von sechs Männern und zwei Frauen, alle elegant gekleidet und in die Kamera strahlend. Dylan war der Zweite von links, in demselben blassblauen Anzug, den er heute trug. Auf dem Papp-Passepartout stand »Fones4All Manager Course 2017«.

»Wie ist die IMEI?«

Murray las die fünfzehnstellige Seriennummer vor, die Sean ihm gegeben hatte. Obwohl der Verdächtige eine nicht zurückverfolgbare SIM-Karte gekauft hatte, war sie mit einem Fones4All-Handy gekauft worden, das eine eigene IMEI hatte und Murray – hoffentlich – zu dem Käufer führte.

»Bar.« Mit dem einen Wort brachte Dylan alles zu einem kreischenden Stillstand. Er sah ängstlich zu Murray. »Heißt das, wir schnappen das Schwein nicht?«

Murray gestattete sich ein Grinsen ob des Jugendjargons, der direkt aus amerikanischen Krimiserien zu stammen schien, und zuckte mit den Schultern. »So nicht, fürchte ich.«

Dylan sah aus, als hätte er einen Tiefschlag erlitten. Er seufzte, sah Murray an und öffnete den Mund leicht, als sei ihm etwas eingefallen. »Es sei denn …« Er drehte sich zurück zum Bildschirm und tippte blitzschnell auf die Tastatur ein, bevor er nach der Maus griff und den Bildschirm hinunterscrollte. Murray beobachtete alles und dachte an Sean, denn er fragte sich, ob das IT-Team noch irgendwas tun konnte, um den Verkauf nachzuverfolgen. Ohne die Identität der Anruferin hatte er sehr wenig.

»Ja!« Dylan stieß erstaunlich selbstsicher eine Faust in die Luft und schwenkte seine offene Hand dann zu Murray. »Wir sind gut!«, half er Murray auf die Sprünge, und der klatschte den euphorisierten Fones4All-Manager ab.

»Treuekarte«, erklärte Dylan und strahlte Murray so breit an, dass seine Zahnfüllungen zu sehen waren. »Jeder Manager wird danach beurteilt, wie viele Treuekarten seine Filiale im Monat ausgibt, und der Gewinner kriegt ein Samsung Galaxy S8. Ich habe den Preis bisher dreimal abgeräumt. Weil ich es an denjenigen Verkäufer weitergebe, der die meisten Kundenkarten an den Mann gebracht hat.«

»Das ist nett von Ihnen.«

»Sind mistige Handys, Samsungs. Jedenfalls ist mein Team sehr wettbewerbsorientiert, nicht? Lassen keinen ohne Kundenkarte rausgehen. Und Ihr Typ«, er zeigte auf den Bildschirm, »war keine Ausnahme.«

»Haben wir einen Namen?«

»Und eine Adresse.« Dylan präsentierte die Information mit dem Schwung eines Zauberers, der auf Applaus zählte.

»Wer ist es?« Murray beugte sich zum Bildschirm vor, aber Dylan war schneller.

»Anna Johnson.«

Er musste sich verhört haben. Anna Johnson?

Murray las die Daten selbst. *Anna Johnson, Oak View, Cleveland Avenue, Eastbourne.*

»Ist das jetzt unsere Täterin?«

Murray machte den Mund auf, wollte sagen, dass es nicht die Täterin war, dass es sich um die Tochter des Opfers handelte.

Aber so hilfsbereit Dylan auch gewesen war, gehörte er immer noch zur Zivilbevölkerung und musste somit noch länger im Dunkeln bleiben.

»Könnten Sie mir das ausdrucken? Sie haben mir schon sehr geholfen.« Er nahm sich vor, an Dylans Chef zu schreiben, wenn dies alles vorbei war. Vielleicht schickte der ihm dann etwas anderes als ein Samsung Galaxy S8.

Der Ausdruck schien in seiner Tasche zu brennen, als Murray nun schneller durch das Einkaufszentrum und hinaus auf The Lanes ging.

Anna Johnson?

Anna Johnson hatte das Handy gekauft, mit dem der Zeugenanruf zum Suizid ihres Vaters gemacht wurde?

Murray wurde beständig verwirrter. Nichts an diesem Fall passte.

Hatte Tom Johnson sich das Telefon seiner Tochter aus einem bestimmten Grund geliehen? Seans Nachforschungen hatten bestätigt, dass der falsche Zeugenanruf von Diane Brent-Taylor der erste Anruf war, der mit diesem Handy gemacht wurde. War es glaubwürdig, dass Anna das Handy aus einem harmlosen Grund gekauft und Tom es am selben Tag genommen hatte, Stunden vor seinem Tod?

Gedankenverloren wanderte Murray zurück zu seinem Wagen, wobei er die Massen um sich herum kaum wahrnahm.

Falls Tom Johnson nicht zum Beachy Head fuhr, um Selbstmord zu begehen, warum war er dann dort? Um jemanden zu treffen? Jemanden, der insgeheim vorhatte, ihn zu ermorden?

Auf der Heimfahrt spielte Murray dieses Szenario im Kopf durch. Eine heimliche Affäre, ein eifersüchtiger Ehemann auf Rachefeldzug, ein Kampf, in dessen Folge Tom über den Klippenrand stürzte. Nahm der Mörder das Handy, das Tom sich von seiner Tochter geborgt hatte, um den falschen Anruf bei der Polizei zu tätigen? Die Geliebte? Warum war Diane Brent-Taylor als Alias gewählt worden?

Murray schüttelte verdrossen den Kopf. Der Täter hätte keine

Ersatz-SIM-Karte dabeigehabt, es sei denn, der Mord war geplant. Und wäre er geplant gewesen, hätte der Mörder sich ein eigenes Wegwerfhandy besorgt, anstatt zufällig eines aus der Tasche des Opfers zu nehmen. Nichts hiervon ergab einen Sinn. Es war alles so ... Murray suchte nach dem richtigen Wort.

Inszeniert. Das war es.

Es fühlte sich nicht real an.

Strich man den Zeugenanruf aus der Gleichung, was blieb dann? Eine vermisste Person. Eine Abschiedsnachricht von Toms Handy, die jeder geschrieben haben könnte. Wohl kaum ein Beweis für einen Mord.

Kaum ein Beweis für einen Suizid ...

Und Carolines Tod: War der schlüssiger? Alles deutete auf Suizid hin, doch niemand hatte sie gesehen. Der Seelsorger – der arme Mann – hatte sie zurück zu ihrem Wagen begleitet. Wer konnte sagen, dass sie nicht dortgeblieben war? Jedenfalls nicht der Hundehalter, der später ihre Tasche und ihr Handy am Klippenrand gefunden hatte, direkt an der Stelle, an der die verzweifelte Caroline zuvor vom Seelsorger entdeckt worden war. Indizienbeweise, sicher, aber nicht stichhaltig. Und wie das Verschwinden ihres Mannes war auch ihres irgendwie zu inszeniert. Echte Todesfälle waren chaotisch. Da gab es lose Enden, die sich nicht verknüpfen ließen. Die Johnson-Selbstmorde waren viel zu sauber.

Bis Murray zu Hause in seine Einfahrt bog, war er sich sicher.

Es gab keinen Zeugen für Toms Tod. Es gab keinen Mord. Es gab keine Suizide.

Tom und Caroline Johnson lebten noch.

Und Anna Johnson wusste es.

44

Anna

Es ist seltsam, Mum wieder in Oak View zu haben. Seltsam und wunderbar. Sie ist nervös, doch ob sie sich vor der Entdeckung durch Mark fürchtet oder einfach Angst vor meinem Vater hat, weiß ich nicht. Jedenfalls zuckt sie bei dem kleinsten Geräusch draußen zusammen und redet nur wenig, es sei denn, wir sprechen sie direkt an. Rita folgt ihr auf Schritt und Tritt, und ich frage mich, wie es für sie wird, wenn Mum wieder verschwindet.

Denn das ist die Vereinbarung. Drei Tage noch als Familie – wenn auch eine voller Geheimnisse –, dann ist es vorbei.

»Du musst nicht gehen.« Wir sind im Garten, und meine Worte verwandeln sich in Nebelwolken, als sie über meine Lippen kommen. Heute ist es trocken, aber so kalt, dass es im Gesicht schmerzt. Ella liegt in ihrer Babywippe in der Küche, die ich zur Glastür gerichtet habe, damit ich sie im Auge behalten kann.

»Doch, muss ich.« Sie hat darum gebettelt, in ihren geliebten Garten zu dürfen. Er ist nur von einer Seite einsehbar, während uns auf den anderen beiden Seiten hohe Hecken vor neugierigen Blicken schützen. Trotzdem rast mein Herz. Nun stutzt sie ihre Rosen – nicht das richtig fachmännische Schneiden, das im Frühjahr gemacht werden muss –, sie kürzt sie nur um ein Drittel ein, damit die Winterstürme sie nicht umknicken. Ich habe den Garten, der Mums ganzer Stolz war, sehr vernachlässigt, und die Rosen sind zu hoch und schief. »Jemand wird mich sehen, wenn ich bleibe. Es ist zu riskant.«

Immer wieder schaut sie zu Roberts Haus, das einzige, von dem aus man freien Blick in den Garten hat. Dabei haben wir ihn beide morgens wegfahren gesehen, den Wagen beladen mit Weihnachtsgeschenken für seine Verwandten im Norden. Meine

Mutter trägt Marks Gartenjacke und hat sich eine Wollmütze tief über die Ohren gezogen.

»Ihr hättet den Schmetterlingsflieder letzten Monat zurückschneiden müssen. Und der Lorbeer muss eingewickelt werden.« Kopfschüttelnd blickt sie zu dem Zaun zwischen unserem Garten und Roberts, wo ich die Kletterrosen und die Klematis hätte schneiden müssen, nachdem sie verblüht waren.

Schon jetzt sieht alles besser aus, obwohl ich meine Mutter hin und wieder schnalzen und seufzen höre; vermutlich weil meine Nachlässigkeit bereits einige Pflanzen unrettbar ruiniert hat.

»In der Küche steht ein Buch, in dem du nachschlagen kannst, was in welchem Monat zu tun ist.«

»Ich sehe es mir an, versprochen.« Ein Kloß bildet sich in meinem Hals. Es ist ihr ernst damit, dass sie geht. Dass sie nie mehr wiederkommt.

Irgendwo habe ich gelesen, dass nach dem Verlust eines nahen Menschen das erste Jahr am schlimmsten ist. Das erste Weihnachtsfest, der erste Todestag. Einmal alle Jahrestage ohne die Person, bevor ein neues Jahr frische Hoffnung keimen lässt. Es stimmt, dass es hart war. Ich wollte meinen Eltern von Ella erzählen, Schwangerschaftsgeschichten mit meiner Mutter austauschen und Mark mit meinem Dad in den Pub schicken, um das Baby zu begießen. Ich wollte grundlos heulen, während meine Mutter winzige Strampler faltete und mir erklärte, dass jede Frau den Babyblues hat.

Das erste Jahr war schlimm, doch ich weiß, dass mir noch schlimmere Zeiten bevorstehen. An der Endgültigkeit des Todes ist nicht zu rütteln, aber meine Eltern sind nicht tot. Wie werde ich damit fertig? Meine Mutter wird mich willentlich verlassen, weil sie zu große Angst hat hierzubleiben, wo mein Vater sie finden wird; zu große Angst, hier zu sein, wo sie erkannt und ihre Tat entlarvt werden könnte. Ich bin keine Waise mehr und dennoch elternlos, und die Trauer, die ich empfinde, ist kein bisschen weniger heftig als die nach einem echten Verlust.

»Robert bezahlt für die Gartenarbeiten, wenn seine Bauarbeiten fertig sind. Überleben es die Pflanzen am Zaun, wenn sie umgesetzt werden?« Zu spät wird mir klar, dass ich nichts von dem Anbau hätte sagen sollen.

»Hast du Widerspruch eingelegt? Das musst du. Mit dem Anbau wird die Küche furchtbar dunkel, und ihr habt keine Privatsphäre mehr auf der Terrasse.« Sie fängt an, all die Gründe aufzuzählen, warum Roberts Anbau eine Zumutung für uns ist, und ihre Stimme springt dabei eine Oktave höher. Ich möchte sie fragen, warum es sie kümmert, wo sie doch nicht wieder herkommen will. Andererseits pflegt sie auch hingebungsvoll Rosen, die sie nicht blühen sehen wird. Wir sind so gestrickt, dass wir uns noch um Dinge sorgen, die uns längst nicht mehr betreffen.

Also gebe ich vage zustimmende Laute von mir und erwähne das Geld nicht, das Mark als Entschädigung für die Unannehmlichkeiten während der Bauphase ausgehandelt hat.

»Hilf mir mal mit dem hier.« Meine Mutter hat den Lorbeer fertig eingehüllt, der in einem großen Terrakotta-Topf auf einem Grubendeckel steht. »Er muss an eine geschütztere Stelle.« Sie zieht an dem Topf, doch der rührt sich keinen Millimeter. Ich gehe hin, um ihr zu helfen. Roberts Bauarbeiter werden ihn versetzen, wenn sie die Abwasserleitungen für sein Fundament ausgraben, aber ich will nicht, dass meine Mutter sich wieder aufregt. Gemeinsam ziehen wir den Topf über die Terrasse auf die andere Gartenseite.

»So. Da haben wir doch einiges geschafft.«

Ich hake mich bei ihr ein und drücke ihren Arm fest, so dass sie sich nicht rühren kann.

»Geh nicht weg.« Bisher habe ich nicht geweint, aber jetzt bricht meine Stimme, und ich kann die Tränen nicht zurückhalten.

»Ich muss.«

»Können wir dich besuchen kommen? Ella und ich? Wenn du nicht herkommen willst, dürfen wir dann zu dir kommen?«

Ihre Stille verrät mir schon, dass die Antwort nicht die sein wird, die ich mir wünsche.

»Es wäre nicht sicher.«

»Ich würde es keiner Menschenseele erzählen.«

»Du würdest dich verplappern.«

»Würde ich nicht!« Ich ziehe meinen Arm weg, und heiße Wuttränen brennen in meinen Augen.

Meine Mutter sieht mich an und seufzt. »Wenn die Polizei herausfindet, dass Tom und ich noch leben und du es gewusst hast – dass du unsere Straftaten verschleiert, mir *Unterschlupf* gewährt hast –, wird man dich verhaften. Du könntest ins Gefängnis gehen.«

»Ist mir egal!«

Meine Mutter spricht ruhig und langsam, sieht mir in die Augen. »Tom wird keine Ruhe geben, Anna. Seiner Meinung nach habe ich ihn betrogen, ihn zum Narren gehalten. Er wird nicht eher ruhen, bis er weiß, wo ich bin. Und er wird dich benutzen, um mich zu finden.« Sie wartet, um ihre Worte wirken zu lassen.

Nun kommen die Tränen, rinnen über meine von der Kälte tauben Wangen. Solange ich weiß, wo meine Mutter ist, bin ich in Gefahr. Sind es Mark und Ella gleichfalls. Ich sehe zurück ins Haus, wo Ella in ihrer Wippe eingeschlafen ist. Ich darf sie nicht leiden lassen.

»Es geht nur so.«

Ich zwinge mich zu nicken. Es geht nur so. Aber es wird hart. Für uns alle.

45

Murray

»Glaubst du, sie war von Anfang an beteiligt?« Nisha kratzte an einem Fleck auf dem Knie ihrer Jeans. Sie saß an Murrays Küchentisch. Ihr Teebecher stand neben dem Stapel an Unterlagen, die Murray aufgetürmt hatte.

»Laut ihrer Aussage war sie an dem Abend, an dem Tom angeblich verschwand, auf einer Tagung.« Bei dem Wort »verschwand« malte Murray Anführungszeichen in die Luft. »Die Organisatoren bestätigen, dass sie bei der Einschreibung dort war, können aber nicht sagen, ob oder wann sie weggefahren ist.«

»Also wackelt ihr Alibi.«

»Sie hat ihre Selbstmorde nicht vorgetäuscht.«

Nisha und Murray sehen zu Sarah, die bislang stumm zugehört hatte, während die beiden Kollegen den Fall durchgingen.

»Was macht dich so sicher?«, fragte Nisha.

»Weil sie Murray gebeten hat, die Ermittlungen wiederaufzunehmen. Das ergibt anders keinen Sinn.«

Nisha griff nach ihrem Becher, stellte ihn jedoch gleich wieder hin, als ihre Theorie Gestalt annahm. »Es sei denn, jemand hat ihr die Karte geschickt, um sie wissen zu lassen, dass er ihr auf der Spur ist. Und ihr Mann hat sie gesehen, deshalb brachte sie uns die Karte. Das würde ein Unschuldiger tun.«

»Er war bei der Arbeit. Die Karte hat er erst später gesehen.«

Nisha winkte ab, als wäre Murrays Einwand nichtig. »Oder der Postbote. Oder ein Nachbar. Jedenfalls war der Gang zur Polizei ein Bluff.«

Murray schüttelte den Kopf. »Überzeugt mich nicht. Es ist ein gewaltiges Risiko.«

»Wann hat sie dir gesagt, du sollst dich raushalten?«, fragte Sarah.

»Am Boxing Day.« Murray sah Nisha an, die hiervon noch nichts wusste. »Sie hat aufgelegt, als ich sie anrief. Zweimal.«

»Dann hat sie es irgendwann zwischen dem einundzwanzigsten und dem sechsundzwanzigsten erfahren.« Sarah zuckte mit den Schultern. »Offensichtlich.«

Murray grinste. »Danke, Columbo.«

»Und was jetzt?«, fragte Nisha.

»Ich brauche Beweise. Ein Handykauf reicht nicht – erst recht nicht, wenn Anna Johnson nach dem gegenwärtigen Stand zur Tatzeit meilenweit von Eastbourne entfernt war. Ich kann nicht anfangen zu behaupten, dass zwei Tote noch leben, oder zur Cleveland Avenue rasen und Anna verhaften, ohne beweisen zu können, dass die Johnsons noch munter und lebendig sind und sie es wusste.«

»Wir müssen logisch denken«, sagte Sarah. »Warum täuschen Leute ihren eigenen Tod vor?«

Nisha lachte. »Bei dir klingt es, als würde so etwas laufend passieren.«

»Da gab es diesen Kanuten«, sagte Murray. »Das war ein Versicherungsbetrug. Und diesen Politiker in den Siebzigern – wie hieß der noch? Stone-irgendwas.«

»Stonehouse. Er ließ seine Sachen am Strand von Miami liegen und ist mit seiner Geliebten auf und davon.« Die Quiz-Shows, die Sarah jahrelang tagsüber angesehen hatte, hatten ihr einen enormen Fundus an Trivialwissen beschert.

»Also Sex und Geld.« Nisha zuckte mit den Schultern. »Wie bei den meisten Verbrechen.«

Wäre nur einer der Johnsons verschwunden, würde Murray eher auf Ersteres setzen, aber da Caroline es Tom gleichgetan hatte, war unwahrscheinlich, dass Tom mit einer Geliebten durchgebrannt war.

»Tom Johnson war eine Menge Geld wert«, erinnerte Murray sie.

»Dann blieb Caroline also, um zuerst die Lebensversicherung zu kassieren und anschließend zu Tom nach Monaco zu fahren? Rio de Janeiro?« Nisha blickte abwechselnd Murray und Sarah an.

»Ja, sie hat die Lebensversicherung kassiert, aber sie hinterließ Anna alles. Falls sie irgendwo in Saus und Braus lebt, dann auf Kosten von jemand anderem.«

»Entweder wollten sie aus einem anderen Grund verschwinden«, sagte Sarah, »und Annas Trost war das Geld, oder die drei haben jetzt vereinbart, sich das Geld zu teilen. Dann wartet Anna nur ab, bis Gras über die Sache gewachsen ist.«

Murray stand auf. Es war sinnlos – sie bewegten sich im Kreis. »Ich denke, es wird Zeit, dass ich Anna Johnson noch einen Besuch abstatte. Was meint ihr?«

46

Anna

Wir stehen da und betrachten den Garten: der Laubhaufen, bereit für ein Lagerfeuer; der ordentlich verpackte Lorbeer; die gestutzten Rosen.

»Im Moment gibt es nicht viel her, aber du wirst im Frühling sehen, dass es sich gelohnt hat.«

»Ich wünschte, du könntest es auch sehen.«

Sie legt einen Arm um mich. »Wie wäre es, wenn du uns einen Tee machst? Ich finde, nach dem hier haben wir uns einen verdient.«

Ich lasse sie im Garten zurück, und erst als ich meine Gummistiefel ausgezogen habe, die Tür geschlossen und den Kessel auf den Aga gestellt, schaue ich wieder nach draußen und sehe, dass sie weint. Ihre Lippen bewegen sich. Sie spricht mit ihren Pflanzen, sagt ihrem Garten Lebwohl.

Ich passe auf ihn auf, verspreche ich ihr stumm.

Ich lasse den Tee ziehen und gebe meiner Mutter die Zeit allein, die sie so eindeutig braucht. Währenddessen frage ich mich, ob sie zurück in den Norden gehen wird oder sich einen anderen Ort suchen, an dem sie sich niederlassen kann. Ich hoffe, dass sie eines Tages wieder einen Garten haben wird.

Nachdem ich die Teebeutel herausgefischt und ins Spülbecken geworfen habe, nehme ich die beiden Becher vorsichtig in eine Hand, um mit der anderen die Tür öffnen zu können.

Ich bin schon halb durch die Küche, als es läutet.

Ich bleibe stehen, sehe nach draußen zu Mum, die das Klingeln anscheinend nicht gehört hat. Als ich die Becher abstelle, schwappt Tee auf den Tisch über, wo sich ein dunkler Fleck auf dem hellen Pinienholz bildet.

Wieder geht die Klingel, lauter diesmal. Der Besucher drückt seinen Finger fest auf den Knopf.

Geh weg.

Alles ist gut, sage ich mir. Wer das auch sein mag, weiß nicht, dass jemand zu Hause ist, und kann nicht in den Garten sehen, ohne seitlich um das Haus herumzugehen. Ich behalte meine Mutter im Auge, um mich zu vergewissern, dass sie außer Sichtweite bleibt. Sie bückt sich und zupft etwas Unkraut zwischen den Pflastersteinen heraus.

Wieder läutet es. Und dann höre ich Schritte, das Knirschen von Kies.

Jemand geht um das Haus herum.

Ich renne in die Diele, stolpere in meiner Hast und reiße die Haustür auf. »Hallo?« Lauter. »Hallo?« Ich will schon auf Strumpfsocken nach draußen laufen, als sich das Knirschen wieder in meine Richtung bewegt und ein Mann an der Hausecke erscheint.

Es ist die Polizei.

Mein Brustkorb wird eng, und ich weiß nicht, wohin mit meinen Händen. Erst verschränke ich sie so fest, dass der Daumennagel der einen in die Handfläche der anderen bohrt, dann löse ich sie und schiebe sie in meine Taschen. Mir ist allzu bewusst, was mein Gesichtsausdruck verraten könnte, und ich bemühe mich, eine neutrale Miene aufzusetzen, auch wenn ich vergessen habe, wie die aussehen könnte.

Murray Mackenzie lächelt. »Ah, Sie sind zu Hause. Ich war mir nicht sicher.«

»Ich war im Garten.«

Er mustert meine schlammbespritzte Jeans und die dicken Wollstrümpfe, die ich in den Gummistiefeln getragen habe. »Darf ich reinkommen?«

»Es ist gerade ungünstig.«

»Ich bleibe nicht lange.«

»Ella ist eben eingeschlafen.«

»Nur einen Moment.«

Während dieses kurzen Wortwechsels ist er näher gekommen und steht nun auf der untersten Stufe, der mittleren, der obersten ...

»Danke.«

Er drängt sich nicht richtig ins Haus; es ist eher so, dass mir kein Grund einfällt, es ihm zu verbieten. Mein Puls rast laut, und die Enge in meiner Brust macht meinen Atem schnell und flach. Ich habe das Gefühl, zu ertrinken.

Rita flitzt an mir vorbei in die Auffahrt, wo sie sich hinsetzt, um zu pinkeln, ehe sie die Markierungen unsichtbarer Katzen beschnuppert. Ich rufe sie. Der Katzenduft ist verlockender, bei der Hündin setzt mal wieder selektive Taubheit ein.

»Rita, sofort hierher!«

»Hierdurch?« Murray ist auf dem Weg in die Küche, bevor ich ihn aufhalten kann. Unmöglich kann er meine Mutter jetzt nicht sehen. Zum Garten hin ist die Küchenwand praktisch komplett verglast.

»Rita!« Es fahren Autos auf der Straße, und ich darf die Hündin nicht da rauslaufen lassen. »Rita!« Endlich hebt sie den Kopf und sieht mich an. Und dann, nachdem sie lange genug stehen geblieben ist, um klarzustellen, dass sie sich entscheidet, ins Haus zu kommen, trottet sie zurück nach drinnen. Ich stoße die Tür fest zu, so dass sie ins Schloss fliegt, während ich hinter Murray Mackenzie herlaufe. Ich höre einen scharfen Laut – einen Ausruf.

Nicht jetzt. Nicht so. Ich frage mich, ob er sie selbst verhaftet oder wartet, bis die Uniformierten hier sind. Ob er zulässt, dass ich mich verabschiede. Oder mich gleich mitnimmt.

»Sie waren aber fleißig.«

Ich trete neben ihn. Der ordentliche Laubhaufen und der Pflanzenschnitt sind der einzige Hinweis, dass jemand im Garten war. Ein Fink fliegt über die Terrasse zum Zaun, wo Mum das Vogelhäuschen befüllt hat. Dort hängt der Vogel kopfüber und pickt an dem Knödel aus Erdnussbutter und Samen. Abgesehen von den Vögeln ist der Garten leer.

Murray wendet sich vom Fenster ab. Er lehnt sich an den Frühstückstresen, und ich sehe ihn fest an, wage nicht, in den Garten zu blicken. Dieser Mann ist zu aufmerksam. Zu scharfsinnig.

»Worüber wollten Sie mit mir reden?«

»Ich habe mich gefragt, wie viele Mobiltelefone Sie besitzen.«

Die Frage erwischt mich eiskalt. »Ähm ... nur das eine.« Ich ziehe das iPhone aus meiner Gesäßtasche und halte es zum Beweis in die Höhe.

»Sonst keine?«

»Nein. Ich hatte ein zweites Handy für die Arbeit, aber das habe ich zurückgegeben, als ich in Mutterschutz ging.«

»Erinnern Sie sich, was für ein Fabrikat das war?«

»Nokia, glaube ich. Worum geht es?«

Sein Lächeln ist höflich, aber verhalten. »Ich versuche nur, einige lose Enden bei der Ermittlung zu verknüpfen.«

Ich gehe zur Spüle, wasche mir die Hände und schrubbe den Dreck unter meinen Fingernägeln heraus. »Ich habe Ihnen doch gesagt, dass ich es mir anders überlegt habe. Inzwischen glaube ich nicht mehr, dass sie ermordet wurden. Und ich habe Sie gebeten, die Sache zu vergessen.«

»Dennoch waren Sie so überzeugt ...«

Das Wasser wird heißer, verbrüht mir die Finger, bis ich es fast nicht mehr aushalte. »Ich konnte nicht klar denken«, sage ich und schrubbe fester. »Ich habe gerade ein Baby bekommen.« Ich ergänze *meine Tochter als Ausrede benutzen* zu der Liste von Dingen, die mein Gewissen belasten.

Von draußen ist ein Geräusch zu hören. Etwas ist umgekippt – eine Harke, ein Spaten, die Schubkarre. Ich drehe mich um, lasse das Wasser laufen. Murray blickt nicht nach draußen. Er sieht mich an.

»Ist Ihr Lebensgefährte zu Hause?«

»Nein, er arbeitet. Ich bin allein.«

»Ich frage mich ...« Murray beendet den Satz nicht. Seine Züge werden weicher, verlieren diese Strenge, die mich verunsichert. »Ich frage mich, ob es etwas gibt, das Sie mir erzählen wollen.«

Die Stille zieht sich endlos hin.

Meine Stimme schrumpft zu einem Flüstern. »Nein, nichts.«

Er nickt kurz, und wüsste ich nicht, dass er Polizist ist, würde ich denken, dass er Mitleid mit mir hat. Vielleicht ist er bloß enttäuscht, weil er nicht gefunden hat, wonach er sucht.

»Ich melde mich wieder.«

Ich begleite ihn zur Tür und halte Rita am Halsband, während ich zusehe, wie er in einen blitzblank polierten Volvo steigt. Ich bleibe stehen, bis er fort ist.

Rita zerrt winselnd an dem Halsband, und mir wird bewusst, dass ich zittre und sie zu fest halte. Ich gehe auf die Knie und streichle sie.

Mum wartet in der Küche. Sie ist aschfahl. »Wer war das?«

»Die Polizei.« Es auszusprechen macht es noch beängstigender, noch realer.

»Was wollte er?« Ihre Stimme ist so schrill wie meine, ihre Miene angespannt.

»Er weiß Bescheid.«

47

Murray

Nisha unterhielt sich noch mit Sarah, als Murray zurückkam.

»Das hat ja nicht lange gedauert.«

»Sie war nicht unbedingt gastfreundlich.« Murray versuchte noch zu ergründen, was an der Situation in Annas Küche nicht gestimmt hatte. Sie war schreckhaft gewesen, ja, aber da war noch etwas anderes.

»Hast du sie auf den Kopf zu gefragt?«

Murray verneinte stumm. »Momentan wissen wir nicht, ob sie erst kürzlich erfahren hat, dass ihre Eltern leben, oder ob sie es von Anfang an wusste. Falls sie eine Komplizin ist, muss sie offiziell vernommen werden, nicht von einem Expolizisten in ihrer Küche befragt.«

Nisha stand auf. »Ich würde ja gerne bleiben, aber Gill schickt einen Suchtrupp los, wenn ich nicht bald zu Hause bin. Wir wollen später noch weg. Sag mir Bescheid, wenn sich irgendwas ergibt, ja?«

Murray brachte sie zur Tür und wartete draußen mit ihr, als sie in den Untiefen ihrer Tasche nach den Autoschlüsseln suchte.

»Sarah scheint es gut zu gehen.«

»Du weißt ja, wie es ist: zwei Schritte vor, einer zurück. Manchmal auch andersrum. Aber ja, heute ist ein guter Tag.«

Er blickte Nisha nach, als sie wegfuhr, und winkte noch einmal, ehe sie um die Ecke bog.

Drinnen hatte Sarah Carolines Kontoauszüge ausgebreitet. Sie waren schon nach dem angeblichen Selbstmord überprüft worden, und eine Notiz in der Akte besagte, dass sie keinerlei relevante Informationen ergeben hatten. Es hatte keine großen Auszahlungen oder Überweisungen vor dem vermeintlichen Suizid gegeben, keine Auslandsgeschäfte, die auf eine geplante Flucht hindeuten könnten. Sarah bewegte ihren Finger an den Zahlenreihen entlang, und Murray setzte sich mit Carolines Terminkalender aufs Sofa.

Er markierte die Zeit zwischen Toms Verschwinden und Carolines mit Haftnotizen. Hatte sich das Paar verabredet? Irgendwelche Vorbereitungen getroffen? Murray durchsuchte die Seiten nach verschlüsselten Einträgen, fand jedoch nur Termine, Listen von zu erledigenden Dingen und gekritzelte Erinnerungen wie *Milch kaufen* oder *Anwalt anrufen*.

»Hundert Pfund sind eine ziemlich hohe Abhebung an einem Geldautomaten, meinst du nicht?«

Murray blickte auf. Sarah fuhr mit einem neonpinken Marker über einen Auszug. Dann wanderte sie mit dem Stift ein paar Zentimeter tiefer und markierte sorgfältig eine zweite Zeile.

»Für manche Menschen nicht.«

»Aber jede Woche?«

Interessant. »Haushaltsgeld?« Es war ein bisschen altmodisch, aber einige Leute wirtschafteten bis heute so, nahm Murray an.

»Ihre Ausgaben sind sonst viel willkürlicher. Sieh mal, sie bezahlt dauernd mit Karte – bei Sainsbury's, beim Coop, an der Tankstelle. Und bei ihren anderen Abhebungen ist kein Muster zu erkennen. Mal zwanzig Pfund, mal dreißig. Aber zusätzlich, alle sieben Tage im August, hat sie hundert Pfund abgehoben.«

Murrays Puls beschleunigte sich. Es könnte nichts sein. Doch es könnte auch etwas bedeuten.

»Wie sieht es den Monat danach aus?«

Sarah suchte die September-Auszüge heraus. Auch da fanden sich zwischen sonstigen Abhebungen und Kartenzahlungen wöchentliche Bargeldauszahlungen am Automaten, nun über jeweils hundertfünfzig Pfund.

»Und im Oktober?«

»Wieder hundertfünfzig ... Nein, warte – in der zweiten Monatshälfte sind es mehr. Zweihundert.« Sarah blätterte durch die Papiere vor sich. »Und jetzt dreihundert. Von Mitte November bis zu dem Tag, bevor sie verschwand.« Sie zog die Spitze des Markers über die letzten Zeilen und gab Murray den Stapel Auszüge. »Sie hat jemanden bezahlt.«

»Oder jemanden *bestochen*.«

»Anna?«

Murray schüttelte den Kopf. Er dachte an die Notrufe, die von Oak View aus gemacht wurden; an die Berichtnotizen, in denen Caroline Johnson als »emotional« beschrieben wurde, gefolgt von dem Vermerk über einen lautstarken Ehestreit, den der direkte Nachbarn gemeldet hatte, Robert Drake.

Die Ehe der Johnsons war recht bewegt gewesen. Womöglich sogar gewalttätig.

Seit Murray klar geworden war, dass die Johnsons ihren Tod vorgetäuscht hatten, hielt er Caroline für die Hauptverdächtige. Aber war sie vielleicht auch ein Opfer?

»Ich denke, Caroline wurde erpresst.«

»Von Tom? Weil sie seine Lebensversicherung kassiert hatte?«

Murray antwortete nicht. Er versuchte nach wie vor, die verschiedenen Möglichkeiten durchzuspielen. Wenn Tom seine Frau erpresst hatte und sie bezahlte, musste sie Angst haben.

Genug Angst, dass sie ihren eigenen Tod vortäuschte, um zu entkommen?

Murray nahm ihren Terminkalender wieder auf. Er hatte ihn schon mehrmals durchgesehen, aber da hatte er nach Hinweisen gesucht, warum Caroline am Beachy Head gewesen war, nicht, wohin sie von dort aus vielleicht gegangen war. Er ging die Faltblätter, Visitenkarten und Zettel hinten in dem Buch durch, hoffte auf eine Quittung, einen Zugfahrplan, eine notierte Adresse. Da war nichts.

»Wohin würdest du gehen, wenn du verschwinden wolltest?«

Sarah überlegte. »An irgendeinen Ort, den ich kenne, an dem mich aber niemand kennt. Wo ich mich mal sicher gefühlt habe. Vielleicht ein Ort, an dem ich vor sehr langer Zeit schon mal war.«

Murrays Handy vibrierte.

»Hi, Sean. Was kann ich für dich tun?«

»Es ist wohl eher so, dass ich etwas für dich tun kann. Ich habe die Ergebnisse von der IMEI-Inverssuche nach deinem Apparat.«

»Und die verrät uns was genau?«

Sean lachte. »Als du mir den Fall gebracht hast, habe ich nachgefragt, bei welchen Netzwerkbetreibern diese SIM-Karte benutzt wurde, nicht wahr?«

»Stimmt. Und du hast sie zurückverfolgt zu Fones4All in Brighton.«

»Okay, also dasselbe funktioniert auch umgekehrt, dauert nur ein bisschen länger. Ich habe bei den Netzwerkbetreibern angefragt, ob das Gerät irgendwann nach dem Zeugenanruf von Beachy Head in ihrem System aufgetaucht ist.« Er machte eine Pause. »Und das ist es.«

Murray merkte auf.

»Was ist?«, fragte Sarah stumm, aber er konnte nicht antworten, weil er Sean zuhörte.

»Der Täter hat eine neue SIM-Karte eingelegt, und die taucht im Frühjahr bei Vodaphone auf.«

»Ich nehme nicht an ...«

»Dass ich weiß, welche Anrufe gemacht wurden? Also wirklich, Murray, du solltest mich besser kennen. Hast du was zu schreiben? Ein paar Handynummern und ein Festnetzanschluss, die dir sagen könnten, wer der Mann ist ...«

Oder die Frau, dachte Murray. Er schrieb die Nummern mit und versuchte, sich nicht von Sarah ablenken zu lassen, die wild mit den Armen fuchtelte und wissen wollte, was ihn so aufgeregt machte. »Danke, Sean, du hast was gut bei mir.«

»Und ob ich das habe!«

Sie beendeten das Telefonat, und Murray berichtete Sarah grinsend, was ihm der IT-Ermittler erzählt hatte. Er drehte sein Notizbuch um, damit Sarah die Nummern sehen konnte, und malte einen Stern neben die des Festnetzanschlusses.

»Möchtest du?«

Dann war es an Murray zu warten, solange Sarah mit einer unverständlichen Stimme am anderen Ende sprach. Als sie fertig war, hob er die Hände.

»Und?«

»Our Lady's Preparatory«, sagte sie im näselnden Oberschichtston.

»Eine Privatschule?« Was hatte ein Nobelinternat mit Tom und Caroline Johnson zu tun? Murray fragte sich, ob sie in eine Sackgasse liefen. Der falsche Zeugennotruf, vermeintlich von Diane Brent-Taylor, war im letzten Mai gewesen, zehn Monate bevor das Handy mit einer anderen SIM-Karte erneut benutzt wurde. In der Zwischenzeit könnte es durch unzählige Hände gewandert sein. »Wo ist die Schule?«

»In Derbyshire.«

Murray dachte einen Moment nach. Er drehte den Terminkalender in seiner Hand hin und her und erinnerte sich an das Foto, das aus dem Buch gefallen war, als Anna Johnson es ihm gab: eine jugendliche Caroline im Urlaub mit einer alten Schulfreundin.

Meine Mutter sagte, sie hätten eine wunderbare Zeit gehabt.

Sie hatten in einem Pub-Garten gesessen, und auf dem Schild über ihnen war ein Pferdefuhrwerk zu sehen gewesen.

So weit weg vom Meer, wie man nur sein kann.

Murray öffnete den Browser auf seinem Handy und googelte »Pferdewagen Pubs UK«. Mist, das waren zig Seiten! Er versuchte es anders und gab ein »am weitesten vom Meer entfernter Ort in UK«.

Coton in the Elms, Derbyshire.

Davon hatte Murray nie gehört. Aber eine letzte Google-Suche – »Pferdewagen Derbyshire« – lieferte ihm, was er wollte. Der Pub war zwar seit dem Foto aufgemotzt worden und hatte ein neues Schild mitsamt bepflanztem Hängekorb bekommen, war aber ohne Zweifel derselbe, in dem Caroline und ihre Freundin vor vielen Jahren gewesen waren.

Luxury B&B … bestes Frühstück im Peak District … freies WLAN …

Murray sah Sarah an. »Lust auf einen Ausflug?«

48

Ich war mit Sand in den Socken, Salz auf der Haut und dem festen Entschluss aufgewachsen, dass ich, wenn ich alt genug war, selbst auszusuchen, wo ich leben wollte, es überall, nur nicht am Meer sein sollte.

Es war eines der wenigen Dinge, die wir gemeinsam hatten.

»Ich verstehe nicht, wieso die Leute so versessen darauf sind, am Meer zu leben«, sagtest du, als ich dir erzählte, woher ich kam. »Ich bin durch und durch Stadtmensch.«

Wie ich auch. Geflohen, sobald ich konnte. Ich liebte London. Voller Leben, laut, anonym. Genug Bars, dass es keine Rolle spielte, wenn man aus einer rausflog. Genug Jobs, dass einen zu verlieren bedeutete, am nächsten Tag einen neuen zu finden. Genug Betten, dass aus einem zu steigen, mich nie einsam machte.

Hätte ich dich nicht kennengelernt, könnte ich immer noch dort sein. Du wärst es vielleicht auch.

Wir wären nicht zusammen.

Wir hätten uns nach wenigen Wochen getrennt, auf zu neuen Ufern. Andere Arme, andere Bars.

Ich erinnere mich an den ersten Morgen in Oak View. Du schliefst noch, das Haar zerzaust, der Mund leicht geöffnet. Ich lag auf dem Rücken und kämpfte mit dem Drang abzuhauen. Mit den Schuhen in der Hand die Treppe hinunterzuschleichen und nichts wie weg von hier.

Dann dachte ich an unser ungeborenes Kind. An den Bauch, über den ich mal mit der Hand gestrichen hatte und den ich jetzt nicht mehr anfassen wollte. Stramm wie ein Trommelfell, groß wie ein Wasserball, kettete er mich an dieses Bett. An dieses Leben. An dich.

Fünfundzwanzig Jahre Ehe. Es wäre falsch zu sagen, dass ich die ganze Zeit unglücklich war; genauso falsch wäre zu vermuten, ich sei glücklich gewesen. Wir lebten nebeneinanderher, beide gefangen in einer Ehe, die zu verlassen uns die Konventionen verboten.

Wir hätten mutiger sein müssen. Ehrlicher zueinander. Wäre einer von uns gegangen, hätten wir beide das Leben gehabt, das wir wollten.

Wäre einer von uns gegangen, hätte keiner Blut an den Händen.

49

Murray

»Was willst du tun, wenn wir sie finden?« Sarah tippte auf das Navi von ihrem Handy, das sie die M40 hinauf- und an Oxford vorbeischickte. »An der Abfahrt drei runter.«

»Sie verhaften«, sagte Murray, ehe ihm wieder einfiel, dass er keine Befugnis mehr hatte. Er müsste Verstärkung anfordern.

»Obwohl du denkst, dass sie gezwungen wurde?«

»Das mag strafmildernd wirken, aber es ist und bleibt ein Vergehen. Sie hat immer noch einen Betrug begangen, von Irreführung der Polizei und der Justiz ganz zu schweigen.«

»Glaubst du, sie sind zusammen?«

»Keine Ahnung.«

Bevor sie losfuhren, hatte Murray im Wagon and Horses angerufen und nach Tom und Caroline Johnson gefragt. Die Personenbeschreibung hatte der Wirtin nichts gesagt, also blieb wohl nur, selbst hinzufahren. Hätte er es auch getan, wäre er noch Detective? Vielleicht hätte er es gewollt – ein Ausflug auf DCI-Spesen war immer ein Bonus –, aber es hätte effizientere Wege gegeben herauszufinden, ob die Johnsons in Coton in the Elms waren. Er hätte eine Anfrage an die Derbyshire Constabulary geschickt, die Officers dort gebeten, sich zu erkundigen; in deren System nachgesehen. All das war möglich, wenn man die Befugnisse hatte, und nichts davon leicht zu bekommen, war man ein DC im Ruhestand, dem bereits vom Superintendent auf die Finger geklopft wurde.

»Es ist schön, mal wegzukommen«, sagte Sarah. Sie blickte aus dem Fenster, als würde sie sanft geschwungene Hügel oder Meer sehen, keine Raststätte kurz vor Birmingham. Sie grinste Murray zu. »Wie Thelma und Louise, nur mit weniger Haar.«

Murray strich sich mit der Hand über den Kopf. »Willst du behaupten, dass ich eine Glatze bekomme?«

»Ganz und gar nicht. Deine Follikel sind lediglich etwas wuchsbeeinträchtigt. Du musst hier auf der linken Spur bleiben.«

»Vielleicht sollten wir das öfter machen.«

»Tote aufspüren, die eigentlich nicht tot sind?«

Murray schmunzelte. »Ausflüge machen.« Sarah hatte Angst vorm Fliegen, und in den vierzig Jahren ihres Zusammenlebens waren sie nur einmal im Ausland gewesen, in Frankreich. Auf der Fähre hatte Sarah eine Panikattacke bekommen, als sie zwischen den Wagen eingekesselt waren, die alle darauf warteten, dass sie vom Schiff fahren durften. »Es gibt so viele schöne Flecken in diesem Land.«

»Das würde mir gefallen.«

Noch ein Grund, richtig in den Ruhestand zu gehen, dachte Murray. Wenn er ganz zu Hause war, könnten sie jederzeit wegfahren. Wann immer Sarah sich dem gewachsen fühlte. Eventuell könnten sie sich ein Wohnmobil kaufen, damit Sarah sich nicht wegen anderer Leute sorgen müsste. Nur sie beide auf einem hübschen Campingplatz irgendwo. Diesen Fall würde er noch abschließen – er hatte bisher noch keinen Fall aufgegeben und würde jetzt nicht damit anfangen –, und dann würde er seine Kündigung einreichen. Nun war er bereit zu gehen, und zum ersten Mal seit langem blickte er voller Hoffnung in die Zukunft.

Coton in the Elms war ein hübsches Dorf wenige Meilen südlich von Burton upon Trent. Dem Broschürenstapel in ihrem Zimmer nach zu urteilen – sie hatten ein hübsches Doppelzimmer im ersten Stock des Wagon and Horses –, gab es in der näheren Umgebung eine Menge anzusehen, nicht hingegen im Dorf selbst. Murray konnte sich nicht vorstellen, dass dies das reizvollste Reiseziel für zwei junge Frauen gewesen war, obwohl man vielleicht, wenn man im Zentrum von London lebte, den Kontrast von frischer Luft und ländlicher Gegend an sich schon als Urlaub empfand. Auf dem Foto hatten Caroline und Alicia vollkommen sorglos gewirkt.

In der kürzlich renovierten Bar dekorierte die Wirtin für die bevorstehende Silvesterparty.

»Ein Glück, dass Sie nur eine Nacht bleiben. Morgen sind wir total ausgebucht. Reichen Sie mir doch bitte mal einen Poster-Strip, ja, Schätzchen?«

Sarah tat ihr den Gefallen. »Gibt es hier im Dorf viel zu mieten?«

»Meinen Sie Ferien-Cottages?«

»Eigentlich etwas Festeres. Wohnungen zum Beispiel. Barzahlung, keiner stellt Fragen, solche Sachen.«

Die Wirtin sah Sarah über ihren Brillenrand hinweg an und verengte die Augen.

»Es ist nicht für uns«, sagte Murray grinsend. Er hatte schon mit einigen Detectives gearbeitet, deren Fragemethoden eine gewisse Finesse vermissen ließen, aber Sarah schlug sie alle.

»Ach so! Nein, nicht für uns. Wir suchen nur nach jemand.«

»Nach dem Paar, das Sie am Telefon erwähnten?«

Murray nickte. »Es wäre möglich, dass sie in der Gegend sind. Und falls ja, wollen sie nicht auffallen.«

Die Wirtin stieß ein schnaubendes Lachen aus, bei dem ihre Leiter erbebte. »In Coton? Hier weiß jeder alles über jeden. Falls Ihr Pärchen hier war, würde ich es wissen.« Sie nahm noch einen Poster-Strip von Sarah entgegen und klebte damit ein Bündel silberner Ballons an einen unechten Deckenbalken. »Reden Sie heute Abend mal mit Shifty. Vielleicht weiß der was.«

»Wer?«

»Simon Shiftworth. Shifty passt aber besser zu ihm. Sie werden sehen, warum. Wer hier keine Sozialwohnung bekommt, kriegt eine von Shifty. Er wird gegen neun hier sein – ist er immer.«

Sarah sah zu Murray. »Abgemacht.«

Sie aßen im anderen Pub des Dorfs zu Abend, dem Black Horse, um dort den Wirt zu fragen, ob er etwas über Neuzugezogene im Dorf wusste. Tat er nicht. Murray stellte erstaunt fest, dass ihn die ausbleibenden Fortschritte nicht sonderlich störten. Selbst wenn sich ihr Ausflug insgesamt als fruchtlos erweisen sollte, würde es ihn nicht scheren. Sarah sah so glücklich aus wie seit Monaten nicht mehr. Sie hatte ihr Steak mit Pommes frites und ein Stück Siruptorte komplett aufgegessen, zwei Gläser Wein getrunken, und sie beide hatten so viel gelacht wie seit ihrer ersten Zeit zusammen nicht mehr. Abwechslung wirkt Wunder, hieß es doch so schön, und Murray fühlte, wie er neue Kraft schöpfte – als hätte er eine Woche in einer Kurklinik hinter sich.

»Falls Shifty nicht da ist, können wir einfach zu Bett gehen«, sagte Sarah auf dem Rückweg zum Wagon and Horses.

»Es ist noch früh. Ich bin nicht ...« Murray bemerkte Sarahs Zwinkern. »Ah, netter Plan!« Prompt hoffte er, dass Shifty sich einen gemütlichen Abend zu Hause machte. Aber als sie an die Bar gingen, um sich einen Schlummertrunk mit nach oben zu nehmen, nickte die Wirtin zum Nebenraum.

»Da drinnen. Sie können ihn nicht übersehen.«

Murray und Sarah wechselten einen Blick.

»Wir müssen ihn sprechen.«

»Aber ...« Es war sehr lange her, seit Murray früh ins Bett gegangen war.

Angesichts seiner enttäuschten Miene unterdrückte Sarah ein Lachen. »Jetzt sind wir den weiten Weg gekommen.«

Waren sie. Und mit ein wenig Glück dauerte die Unterhaltung mit Shifty nicht lange. Noch war reichlich Zeit.

Die Wirtin hatte recht gehabt; man konnte Shifty nicht übersehen.

Er war in den Sechzigern, hatte sein fettiges, vergilbtes Haar über seinen kahlen Kopf gekämmt und eine dicke Brille, die so verdreckt war, dass man sich wunderte, wie er dadurch überhaupt etwas sah. Ein Lippenherpes blühte in einem seiner Mundwinkel. Er trug eine ausgeblichene Jeans und eine Lederjacke, bei der die Falten in den Ellbogenbeugen aufgebrochen waren.

»Er sieht aus wie das Fahndungsfoto für einen Pädophilen«, flüsterte Sarah.

Murray warf ihr einen warnenden Blick zu, doch Shifty machte nicht den Eindruck, als hätte er es gehört. Er blickte auf, als sie sich ihm näherten.

»Caz sagt, Sie suchen jemanden.«

»Zwei Leute. Tom und Caroline Johnson.«

»Nie von denen gehört«, sagte Shifty zu schnell, als dass es glaubwürdig wirkte. Er musterte Murray von oben bis unten. »Ihr seid doch nicht von der Polizei, oder?«

»Nein«, antwortete Murray mit blütenreinem Gewissen.

Shifty leerte sein Pint und stellte das Glas demonstrativ vor sich hin.

Murray kannte das Spiel. »Darf ich Ihnen einen Drink spendieren?«

»Ich dachte schon, ihr fragt nie. Ich nehme ein Pint Black Hole.«

Murray sah zur Wirtin. »Ein Pint Black …«

»Und einen Whiskey«, ergänzte Shifty.

»Sicher.«

»Und noch ein paar für später. Ich bin durstig.«

»Ich sage Ihnen was.« Murray öffnete seine Brieftasche. »Wie wäre es, wenn ich Ihnen das hier gebe?« Er zog zwei Zwanzig-Pfund-Scheine heraus und legte sie auf die Bar. Dann holte er die Fotos von Tom und Caroline Johnson aus der Tasche, die die Polizei bekommen hatte, nachdem die beiden verschwunden waren. »Und Sie erzählen mir, ob Sie diesem Paar eine Wohnung vermietet haben.«

Shifty steckte das Geld ein. »Warum wollen Sie das wissen?«

Weil sie vorgeben, tot zu sein.

Wenn Shifty nur halb so viel Grips hatte, wie es schien, würde er ihnen gar nichts erzählen und bei der *Daily Mail* anrufen.

»Sie schulden uns Geld«, sagte Sarah.

Einfallsreich. Murray wollte applaudieren. Shifty nickte, offensichtlich gingen ihm die eigenen Erfahrungen mit säumigen Schuldnern durch den Kopf.

»Den Kerl habe ich noch nie gesehen.« Er tippte auf Tom Johnsons Foto. »Aber die Kleine.« Nun tippte er auf Caroline. »Die hat eine von meinen Einzimmerwohnungen in Swad gemietet. Das Haar ist anders, aber das ist sie ganz eindeutig. Nennt sich Angela Grange.«

Murray hätte ihn küssen können! Vorgetäuschte Selbstmorde. Das war ein Riesending. Er wollte Sarah durch die Luft wirbeln, Champagner bestellen, dem ganzen Pub erzählen, was sie entdeckt hatten.

»Großartig«, sagte er.

»Na ja, tat sie wenigstens …«

So nahe dran.

»Dann ist sie abgehauen. Schuldet mir noch Miete.«

»Ziehen Sie die doch von der Kaution ab«, schlug Sarah naiv vor.

Murray versuchte, ernst zu bleiben, doch es gelang ihm nicht.

Shifty sah sie an, als hätte sie ihm geraten, sich die Haare zu waschen. »Welche Kaution? Die Leute mieten bei mir, weil es keine Kaution *gibt.* Keine Verträge. Keine Fragen.«

»Keine Teppiche«, ergänzte Caz hinter der Bar.

»Klappe halten«, sagte Shifty nicht unfreundlich.

»Könnten wir uns die Wohnung mal ansehen?« Wer nicht wagt, dachte Murray. Ein richtiger Vermieter würde ihm sagen, wohin er sich scheren könnte. Shifty jedoch …

»Meinetwegen. Kommen Sie morgen Vormittag.« Er blickte zu dem vollen Pint und dem Whiskey vor sich. »Lieber nach dem Mittagessen.«

Die Adresse, die Shifty ihnen aufgeschrieben hatte, war in Swadlincote, fünf Meilen von Coton in the Elms entfernt und nicht annähernd so charmant. Eine Reihe von Wohlfahrtsläden und mit Brettern vernagelten Geschäften schmückten die Hauptstraße, und eine bunte Schar Jugendlicher vor dem ebenfalls geschlossenen Supermarkt legte nahe, dass Arbeitsplätze hier rar waren.

Murray und Sarah fanden Potters Road und parkten vor dem Wohnblock, den Shifty ihnen beschrieben hatte. Es war ein Rotklinkerbau, bei dem mehrere Fenster mit Metallgittern versehen waren, die wiederum Graffiti zierten. Auf die Haustür war ein großer gelber Penis gesprüht.

»Hübsch hier«, sagte Sarah. »Wir sollten herziehen.«

»Und die reizende Aussicht«, pflichtete Murray ihr bei. Ein Hügel alter Matratzen lag im ungepflegten Vorgarten. Mittendrin war ein verkohlter Fleck, wo jemand versucht hatte, die Dinger in Brand zu stecken.

Sarah nickte zu einem Wagen, der heranfuhr – der einzige in der verlassenen Straße. »Meinst du, das ist er?«

An Shiftys Wagen war nichts Unauffälliges: ein weißer Lexus, tiefergelegt und mit übergroßen Reifen. Blaue LEDs leuchteten hinter dem silbernen Kühlergrill, und ein riesiger Spoiler beschwerte das Heck.

»Nobel.«

Murray stieg aus. »Vielleicht wartest du lieber im Wagen.«

»Nie im Leben.« Sarah sprang aus dem Auto und wartete, dass Shifty hinter seinen getönten Lexus-Scheiben vorkam. Der Mann war ein wandelndes Klischee. Murray überraschte, dass er kein Goldkettchen zwischen den Hemdknöpfen blitzen sah.

Für ein »Guten Morgen« war keine Zeit. Shifty nickte kurz und schritt auf den penisverzierten Eingang zu.

Die Einzimmerwohnung, in der Angela Grange alias Caroline Johnson die letzten zwölf Monate verbracht hatte, war deprimierend. Sie war sauber – vermutlich sauberer als bei Carolines Einzug, unterstellte Murray, nachdem er das dreckige Treppenhaus gesehen hatte –, doch die Wandfarbe blätterte ab, und wegen der geschlossenen Fenster glänzte Kondenswasser an den Wänden. Murray nickte zu den zusätzlichen Riegeln an der Tür.

»Ist das hier Standard?«

»Die hat sie angebracht. Der war mächtig bange.«

»Hat sie das gesagt?«

»Musste sie nicht. Die war schreckhaft wie nur was. Und mich geht das nichts an.« Shifty wanderte durchs Zimmer, suchte nach Schäden. Er zog eine Schublade auf und hob einen schwarzen

BH heraus, mit dem er sich anzüglich grinsend zu Murray umwandte. »Neunzig C, falls Sie das interessiert.«

Tat Murray nicht. Doch wenn Shifty herumschnüffeln wollte, konnte er es auch.

Der war mächtig bange …

Tom. Er musste es sein. Und wenn Caroline aus dem Ort geflohen war, bedeutete das, dass er sie in dieser Wohnung aufgespürt hatte? Murray fand er schwer, mit allem Schritt zu halten. Diese Ermittlung hatte sich von einem Doppel-Selbstmord zu einem möglichen Mord zu einem vorgetäuschten Selbstmord gewandelt und nun zu … was?

War Caroline noch auf der Flucht, oder hatte Tom sie eingeholt?

Hatte Murray es jetzt mit einer Entführung zu tun?

Es wäre das perfekte Verbrechen. Denn wer würde nach einer Toten suchen?

In der Wohnung befand sich nicht viel. Einige Kleidung, eine Dosensuppe im Küchenschrank, Milch im Kühlschrank, die Murray nicht einmal zu öffnen wagte. Der Mülleimer stank nach vergammeltem Essen, trotzdem hob Murray den Deckel hoch. Er nahm sogar einen Holzlöffel von der Spülablage und stocherte in dem Müll. Sein Verstand arbeitete auf Hochtouren. War es möglich, dass Caroline ihren eigenen Tod nicht aus finanziellen Gründen vorgetäuscht hatte, sondern aus Angst? Tom hatte sie erpresst, verlangte immer mehr Geld, bis Caroline glaubte, ihr einziger Ausweg sei, zu verschwinden. Schließlich hatte es bei ihrem Mann funktioniert.

Murray bemerkte einen Stapel Papiere unter einem Haufen alter Teebeutel. Etwas an dem Aussehen – dem Logo – kam ihm vertraut vor, und als er die Blätter herauszog, erkannte er, um was es sich handelte. Die Frage war nur, warum hatte Caroline sie?

Als er das Dokument durchlas, begannen die Puzzleteile, sich zu einem Bild zusammenzufügen. Selbstmorde konnten aus Geldgründen vorgetäuscht werden. Auch wegen Sex. Aber dass Leute verschwanden, geschah bisweilen aus einem anderen Grund, und wie es aussah, hatte Murray den soeben entdeckt.

50

Anna

Mum packt. Viel hat sie nicht – die kleine Tasche, die sie mit zum Hope gebracht hatte, und einige wenige Teile aus ihrem alten Kleiderschrank hier, die ich ihr mehr oder weniger aufgedrängt habe. Ich sitze auf der Bettkante, möchte sie beknien zu bleiben, weiß aber, dass es zwecklos ist. Sie wird nicht bleiben. Kann nicht bleiben. Die Polizei wird zurückkehren, und das nächste Mal lassen sie mich nicht so leicht davonkommen. Es wird schon so schwierig genug, sie zu überzeugen, dass ich nichts von den Taten meiner Eltern weiß. Da kann ich die sorgenvollen Gedanken, ob meine Mutter gut genug versteckt ist, nicht auch noch gebrauchen.

»Willst du nicht wenigstens zur Party bleiben?«, fragte Mark, als sie beim Frühstück verkündete, dass sie abreisen würde. »Mit uns ins neue Jahr feiern?«

»Ich bin eigentlich kein Party-Mensch«, hat sie vollkommen ruhig geantwortet.

Sie liebt Partys. Zumindest liebte meine alte Mum sie. Bei dieser bin ich mir nicht sicher. Meine Mutter hat sich verändert – und damit meine ich nicht bloß den Gewichtsverlust und das gefärbte Haar. Sie ist ängstlich. Still. Immerzu wachsam. Sie wurde gebrochen, und jetzt empfinde ich doppelte Trauer. Ich trauere nicht bloß um eine Mutter, sondern auch um die Frau, die sie mal war.

Ich unternehme einen letzten Versuch, sie hierzubehalten.

»Wenn wir der Polizei alles erzählen …«

»Anna, nicht!«

»Sie verstehen vielleicht, warum du das getan hast.«

»Vielleicht aber auch nicht.«

Ich verstumme.

»Ich würde ins Gefängnis gehen. Dir droht das auch. Du wirst ihnen erzählen, dass du erst seit Heiligabend weißt, dass ich noch lebe, aber denkst du, die glauben dir? Wenn es aussieht, als hätten Tom und ich alles gemeinsam geplant? Wenn das Haus jetzt auf dich überschrieben ist?«

»Das ist mein Problem.«

»Und wenn du verhaftet wirst, ziehst du Mark und Ella mit rein. Willst du, dass deine Tochter ohne Mutter aufwächst?«

Will ich nicht. Natürlich nicht. Aber ich will auch nicht ohne Mutter sein.

Sie zieht den Reißverschluss ihrer Tasche zu. »So. Fertig«, sagt sie und versucht zu lächeln, was keinen von uns überzeugt. Ich greife nach der Tasche, aber sie schüttelt den Kopf. »Geht schon. Eigentlich …« Sie bricht ab.

»Was?«

»Du hältst mich sicher für albern.«

»Lass es drauf ankommen.«

»Darf ich mich vielleicht von dem Haus verabschieden? Nur ein paar Minuten …«

Ich nehme sie so fest in die Arme, dass ich ihre Knochen fühle. »Natürlich darfst du das. Es ist dein Haus, Mum.«

Sanft entwindet sie sich mir und lächelt traurig. »Es ist *euer* Haus. Deins, Marks und Ellas. Und ich wünsche mir, dass ihr es mit schönen Erinnerungen füllt, hast du gehört?«

Ich nicke und muss sehr stark blinzeln. »Mark und ich werden mit Ella durch den Park gehen, dir Zeit geben, dich zu verabschieden.«

Ich halte sie überhaupt nicht für albern. Ein Zuhause ist viel mehr als bloß ein Haus, viel mehr als Stein und Mörtel. Deshalb bin ich gegen Marks Vorschlag, dass wir verkaufen; deshalb wollte ich nichts gegen Roberts *Edelanbau* unternehmen. Ich lebe hier. Hier bin ich glücklich. Daran soll sich nichts ändern.

Im Park schiebt Mark Ellas Kinderwagen, und ich hake mich bei ihm ein.

»Die Polizei hat sich nicht bei dir gemeldet, oder?«

Ich sehe ihn streng an. »Was meinst du? Warum hätte sich die Polizei bei mir melden sollen?«

Mark lacht. »Entspann dich. Ich glaube nicht, dass das FBI dir *jetzt schon* auf der Spur ist. Der Typ vom CID sagte, dass er heute anrufen und uns sagen wollte, ob sie an dem Gummiband DNS-Spuren gefunden haben. Ich hatte ihm meine Handynummer nicht gegeben, deshalb dachte ich, dass er vielleicht auf dem Festnetz zu Hause angerufen hat.«

»Ach so, nein. Nichts.« Die Kinderwagenräder hinterlassen Pfützenspuren auf dem Weg. »Übrigens habe ich darüber nachgedacht, und ich ... ich finde, wir sollten das abhaken.«

»Abhaken?« Mark bleibt so abrupt stehen, dass ich in den Kinderwagenbügel laufe. »Anna, wir können das nicht abhaken. Es ist ernst.«

»In der Nachricht stand, keine Polizei. Wenn wir nichts weiter unternehmen, hören die Warnungen auf.«

»Das kannst du nicht wissen.«

Doch, kann ich. Ich ziehe meinen Arm aus Marks Ellbogenbeuge und gehe weiter, schiebe den Kinderwagen weg von ihm. Er läuft uns nach.

»Bitte, Mark. Ich will das einfach nur vergessen. Das neue Jahr mit einem positiven Gefühl anfangen.« Mark hält große Stücke auf Neuanfänge. Neue Kapitel aufschlagen. Unbeschriebene Blätter. Vielleicht tun das alle Therapeuten.

»Nur damit das klar ist, ich halte es für falsch ...«

»Ich will das, was mit meinen Eltern passiert ist, hinter mir lassen. Um Ellas willen.« Ich sehe nach unten zu ihr, um einerseits mein Gesicht zu verbergen, andererseits meine Worte zu bekräftigen. Schlagartig habe ich ein schlechtes Gewissen, weil ich sie als emotionales Pfand benutze.

Mark nickt. »Ich sage ihnen, dass wir keine weiteren Ermittlungen wollen.«

»Danke.« Zumindest meine Erleichterung ist echt. Ich bleibe stehen, um ihn zu küssen.

»Du weinst.«

Ich wische mir die Augen. »Es war wohl alles ein bisschen viel, denke ich. Weihnachten, unser erstes gemeinsames Silvester, die Polizei ...« *Mum*. Ich komme der Wahrheit so nahe, wie ich mich traue. »Ich werde Angela ehrlich vermissen.«

»Habt ihr euch oft gesehen, als du kleiner warst? Du hast nie von ihr erzählt. Mir war nicht klar, dass du sie so gut kennst.«

Der Kloß in meinem Hals wird größer, und mein Kinn bebt, als ich mich nach Kräften bemühe, nicht zu schluchzen. »Darum geht es doch in Familien«, bringe ich heraus. »Selbst wenn man sich nie vorher begegnet ist, hat man das Gefühl, sich schon ewig zu kennen.«

Mark legt einen Arm um mich, und wir gehen langsam zurück zu Oak View, wo blinkende Lichterketten entlang der Veranda vorn Silvester einläuten und damit das Ende dieses schrecklichen, wunderbaren, außergewöhnlichen Jahrs.

Meine Mutter ist im Garten. Ich schiebe die Glastür auf, und sie zuckt zusammen, sieht panisch aus, bis sie erkennt, dass ich es bin. Sie trägt keinen Mantel, und ihre Lippen sind bläulich verfärbt.

»Du holst dir noch den Tod«, sage ich mit einem zynischen Lächeln, das sie nicht erwidert.

»Ich habe den Rosen Lebwohl gesagt.«

»Ich kümmere mich um sie, versprochen.«

»Und leg ja Widerspruch ein gegen ...«

»Mum!«

Sie bricht ab und lässt den Kopf hängen.

»Es ist Zeit zu gehen.«

Drinnen öffnet Mark eine Flasche Champagner.

»Ein verfrühtes Prost Neujahr.«

Wir stoßen an, und ich kämpfe mit den Tränen. Mum hält Ella in den Armen, und sie sehen sich so ähnlich, dass ich mir diesen

Moment einprägen will. Doch es tut zu sehr weh. Wenn es so ist, jemanden langsam zu verlieren, würde ich jederzeit für einen plötzlichen Tod beten. Ein scharfer Schnitt anstelle eines langsamen Zersplitterns, wie ich es jetzt spüre, ähnlich Sprüngen im Eis auf einem Teich, die sich zu irrsinnigen Mustern kreuzen.

Mark hält eine Ansprache über Familie, über Wiedervereinigung, über das neue Jahr und Neuanfänge – Letzteres mit einem Zwinkern zu mir. Ich versuche, Mums Blick einzufangen, aber sie hört Mark aufmerksam zu.

»Ich hoffe, das Jahr bringt uns allen Gesundheit, Reichtum und Glück.« Er erhebt sein Glas. »Ein sehr schönes neues Jahr, Angela; auf meine wunderschöne Ella und auf Anna, die hoffentlich in diesem Jahr Ja sagt.«

Ich lächle strahlend. Er wird mich heute Abend fragen. Um Mitternacht womöglich, wenn meine Mutter im Zug nach sonst wohin sitzt und ich allein für mich trauere. Er wird mich fragen, und ich werde Ja sagen.

Und nun rieche ich etwas. Ein beißendes Brennen, wie schmelzendes Plastik, das meine Nasenschleimhäute reizt und sich hinten in meiner Kehle verfängt.

»Ist da etwas im Ofen?«

Mark reagiert eine Sekunde später, aber schnell. Er läuft hinaus in die Diele.

»Mein Gott!«

Mum und ich folgen ihm. Der Gestank ist noch schlimmer im Flur, und unter der Decke wabert ein schwarzer Rauchpilz. Mark stampft auf die Fußmatte, und schwarze Aschefetzen von verbranntem Papier stieben von seinen Füßen auf.

»Oh mein Gott, Mark!«, schreie ich, obwohl offensichtlich ist, dass die Flammen gelöscht sind, sich die Rauchwolke bereits auflöst.

»Ist schon okay. Alles okay.« Mark versucht, die Fassung zu wahren, aber seine Stimme ist eine Nuance höher als sonst, und er stampft immer noch auf die Fußmatte ein. Mir wird klar, dass es die Gummiumrandung war, die ich gerochen habe. Was immer durch den Briefschlitz geworfen wurde, ist verschwunden. Wahrscheinlich war es schon restlos verbrannt, bevor Mark es fand. Papiernes Anzündmaterial, das uns erschrecken sollte.

Ich zeige auf die Haustür, und Schweiß rinnt mir unten am Rücken herunter.

Jemand hat von draußen etwas auf die Buntglasscheiben gemalt, die den oberen Teil der Tür bilden. Ich sehe Großbuchstaben, die durch das alte Glas verzerrt werden.

Mark öffnet die Tür, und jetzt können wir die Worte erkennen, mit breitem schwarzem Stift geschrieben.

HAB DICH.

51

Murray

Es war dunkel, bis sie wieder auf der Autobahn waren. Nachdem sie die Einzimmerwohnung verlassen hatten, hatte Murray einen Anruf nach dem anderen gemacht, und da offensichtlich war, dass er vorerst anderweitig beschäftigt wäre, hatte er Sarah die Autoschlüssel gegeben.

»Ich bin nicht versichert.«

»Meine Versicherung deckt dich mit ab.« Im Geiste drückte Murray die Daumen, dass es stimmte.

»Ich weiß gar nicht, wann ich zuletzt gefahren bin.«

»Ist wie Fahrradfahren.«

Er schloss die Augen, als sie auf die M42 bogen und Sarah sich inmitten einer Kakophonie von Hupen vor einen Zehntonner setzte. Sie blieb eisern mit siebzig Meilen die Stunde auf der Mittelspur, ignorierte die Lichthupen der Wagen hinter ihnen und umklammerte das Lenkrad so fest, dass ihre Fingerknöchel weiß hervortraten.

Beim Bauamt in Eastbourne hatte er niemanden erreicht, und er besaß nicht mehr die Autorität, jemanden an einem Feiertag herauszuklingeln. Ehe er jemanden fand, der es konnte, musste er alle Fakten geklärt haben. Er glättete die Papiere, die er in dem Mülleimer der Wohnung gefunden hatte. Es handelte sich um einen Ausdruck von Robert Drakes Bauantrag, zerknüllt und fleckig, aber immer noch lesbar.

In Murrays dreißig Dienstjahren war es oft vorgekommen, dass seine Intuition den entscheidenden Schlüssel in einer ansonsten frustrierenden Ermittlung lieferte. Auch wenn er bei der neuesten Gesetzgebung und dem Prozedere nicht mehr ganz auf dem Laufenden sein mochte, sein Gespür war nie in den Ruhestand gegangen. Drake hatte etwas mit dem Verschwinden seiner Nachbarn zu tun; dessen war Murray sich sicher.

Er überflog die Widersprüche, wobei ihn weniger der Inhalt interessierte als die Daten der Kläger. Als Nächstes arbeitete er sich durch die Anlagen. Er sah sich die Bauzeichnungen an und verglich die geplante Grundfläche mit der vorhandenen. Es war ein riesiger Anbau, daher wunderte Murray nicht, wie viele Einwände es gab.

Auf der nächsten Seite ging er die Liste der Baumaterialien, der Arbeiten und den geplanten Verlauf durch. Zwar könnte er nicht erklären, wonach er suchte, doch er war sicher, der Schlüssel zu diesem Fall lag bei Robert Drake.

Und er fand ihn versteckt in einem Absatz in der Mitte der letzten Seite.

Murray blickte auf, beinahe überrascht, dass er immer noch im Wagen saß. In Gedanken war er im Büro des CID gewesen, mitten im Gewusel von Dutzenden laufender Fälle, der gutmütigen Hänselei unter Kollegen und dem ständigen Kampf mit den Dienstvorschriften.

Es blieb keine Zeit, darüber nachzudenken, wie sehr sich das Leben verändert hatte. Keine Zeit für irgendwas, außer endlich den Fall zu präsentieren. Jenen Fall, der seinen Anfang genommen hatte, als Anna Johnson zum ersten Mal auf die Wache in Lower Meads gekommen war.

»Hallo?« Detective Sergeant James Kennedy klang nicht wie ein Mann im Dienst. Vielmehr hörte er sich wie jemand an, der das Glück hatte, ein paar Tage nach Weihnachten nur auf Bereitschaft zu sein und der sich mit einem Bier auf einen ruhigen Silvesterabend zu Hause samt Frau und Kindern einstimmte. Nun würde Murray ihm einen Strich durch die Rechnung machen.

»James, hier ist Murray Mackenzie.«

Es entstand eine kurze Pause, ehe James Freude heuchelte. Murray stellte sich vor, wie er seine Frau ansah und ihr kopfschüttelnd bedeutete, *nein, ist nichts Wichtiges.*

»Erinnerst du dich an die Johnson-Selbstmorde, die wir angesprochen hatten, als ich letzte Woche bei dir war?« Ob James es noch wusste oder nicht, wartete Murray nicht ab. »Wie sich herausstellt, waren es keine.« Murray empfand das vertraute Kribbeln, wenn ein Fall in Schwung kam, und seine Stimme gewann den energiegeladenen Ton früherer Jahre.

»Was?«

Nun hatte Murray seine Aufmerksamkeit. »Tom und Caroline Johnson haben sich nicht umgebracht. Die Suizide waren vorgetäuscht.«

»Woher weißt du ...«

Es spielte keine Rolle, dass Murray noch eine Standpauke von Leo Griffiths blühte. Was kümmerte es ihn, wenn er so oder so aufhören würde? Er blickte noch einmal zu Sarah, die nach wie vor angespannt hinterm Steuer saß, und beschloss, dass es besser wäre, wenn er ihr neues Wohnmobil fuhr.

»Am einundzwanzigsten Dezember – dem Todestag von Caroline Johnson – bekam ihre Tochter Anna eine anonyme Nachricht, die andeutete, dass etwas an den Selbstmorden nicht stimmte. Da habe ich mir die Sache mal angesehen.« Ohne James zu Wort kommen zu lassen, fuhr er fort: »Ich hätte den Fall an euch übergeben sollen, aber ich wollte etwas Konkretes haben, mit dem ihr arbeiten könnt.« Und ich dachte, ihr würdet es nicht ernst nehmen, wollte er hinzufügen, ließ es aber. Genau wie er verschwieg, dass der Fall ihm wieder einen Fokus verliehen hatte, dass er ihn und Sarah von ihrem eigenen Leben abgelenkt hatte.

»Und das hast du jetzt?« Murray hörte, wie eine Tür geschlossen wurde und die Hintergrundgeräusche von James' Kindern verstummten.

»Der Notruf der Zeugin, die sagte, sie hätte Tom Johnson von der Klippe springen gesehen, war ein Schwindel. Er wurde von einem Handy aus gemacht, das die Johnsons am Tag vor Toms vermeintlichem Tod gekauft hatten.«

»Warte kurz, ich muss mir Notizen machen.« Da war kein Zögern mehr, keine unterschwellige Frage in James' Tonfall, ob Murrays Behauptungen Hand und Fuß hatten. Es wurde nicht auf Dienstgrade gepocht, nicht darauf bestanden, die offiziellen Kanäle zu nutzen.

»Keiner sah Caroline springen. Der Seelsorger war ein glaubwürdiger Zeuge, weil er Caroline tatsächlich oben auf der Klippe gesehen hatte und es schien, als wollte sie springen.«

Murray erinnerte sich an die Aussage des jungen Seelsorgers, an dessen Gewissensbisse, weil er Caroline Johnson nicht retten konnte. Wenn dies alles vorbei war, würde Murray zu dem armen Kerl gehen und ihm erzählen, was wirklich passiert war. Auf dass der Mann wieder ein wenig Seelenfrieden fand.

»Es läuft ein Bauantrag beim Eastbourne Borough Council«, fuhr Murray fort. Falls James sich über den scheinbaren Themenwechsel wunderte, ließ er es sich nicht anmerken. »Ich kann niemanden auf dem Amt erreichen, aber wir brauchen Zugriff auf ihre Website und die IP-Adressen von jedem, der Widerspruch gegen einen geplanten Anbau an dem Haus direkt neben den Johnsons eingereicht hat.«

»Wonach suchen wir?«

»Bestätigung für meine Theorie. Einer der Widersprüche wird von einer IP-Adresse in oder bei Swadlincote in Derbyshire kommen, von einer Frau, die sich Angela Grange nennt.« Murray war sich sicher. Caroline war genauso wild entschlossen gewesen, den Anbau zu verhindern, wie Robert Drake es war, ihn durchzudrücken. Falls sie das bisher nicht bereute, würde sie es bald.

»Ich kümmere mich darum.«

»Die anonyme Nachricht an Anna sollte Caroline aus der Deckung locken, und das hat sie. Sie verließ Derbyshire am einundzwanzigsten Dezember, und man muss kein Genie sein, um zu erraten, wohin sie wollte.«

»Nach Hause?«

»Bingo. Und wenn wir da nicht bald hinfahren, wird jemand verletzt.«

»Warum wird …?« James beendete die Frage nicht. Stattdessen wurde er unruhiger und ernster, als würde er die Antwort bereits kennen. »Murray, wo ist Tom Johnson?«

Obwohl Murray sich so sicher war, wie er nur sein konnte, zögerte er. Nach diesem Gespräch würde James direkt wieder telefonieren, Ressourcen anfordern, Officers aus der Bereitschaft holen, die Spurensicherung und Detectives losschicken, ein Zugriffsteam – das ganze Programm für einen Großeinsatz.

Was, wenn Murray sich irrte?

»Er ist auch da.«

52

Anna

Mum und ich sehen uns an, beide starr vor Entsetzen.

»Er weiß, dass du hier bist«, spreche ich es aus, ehe ich mich bremsen kann.

Mark blickt abwechselnd meine Mutter und mich an. »Wer weiß das? Was ist los?«

Wir antworten nicht. Ich bezweifle, dass eine von uns weiß, was sie sagen sollte.

»Ich rufe die Polizei.«

»Nein!«, schreien wir im Chor.

Ich schaue nach draußen. Ist er da? Beobachtet er uns? Sieht er unsere Reaktion? Ich schließe die Haustür und lege die Kette vor. Meine Hände zittern so sehr, dass ich sie zweimal fallen lasse. Was mir Zeit verschafft.

Mark nimmt das Telefon auf.

»Bitte nicht.«

Ich hätte nie zur Polizei gehen dürfen, als die Karte zum Jahrestag ankam; damit habe ich alles nur schlimmer gemacht.

»Warum denn nicht? Anna, eben hat jemand versucht, das Haus anzuzünden!«

Weil meine Mutter ins Gefängnis käme. Weil ich dafür verhaftet würde, dass ich sie versteckt habe.

»Erst fliegt ein Stein durchs Fenster, jetzt das ...« Seine Finger verharren über den Tasten. Er starrt mich an, deutet meinen Gesichtsausdruck. Dann blickt er wieder abwechselnd mich und meine Mutter an. »Da ist etwas, das ich nicht weiß, stimmt's?«

Mein Vater ist nicht tot. Er hat die Karte geschickt, weil er wusste, dass meine Mutter noch lebt. Aber als er merkte, dass ich bei der Polizei war, wollte er mich aufhalten. Er hat ein totes Kaninchen vor unsere Tür gelegt. Er hat einen Ziegelstein durch das Fenster unserer Tochter geworfen. Er ist labil. Er ist gefährlich. Und er beobachtet das Haus.

»Weil …«, beginne ich und sehe Mum an. Ich muss es ihm erzählen. Er sollte nie in diesen Mist mit hineingezogen werden, aber ich kann ihn nicht länger belügen. Es ist nicht fair. All das versuche ich, meiner Mutter mit meinem Blick zu bedeuten, doch sie streckt eine Hand aus, als wollte sie meine Worte zurückhalten, und tritt einen Schritt vor.

»Ich war nicht ehrlich zu dir, als ich dir erzählt habe, warum ich in Eastbourne bin.« Sie spricht schnell, ehe ich auch nur die überfällige Erklärung für Mark formulieren kann. Und sie hält meinen Blick. *Bitte.*

Es ist alles zu viel. Meiner Mutter beim Packen zu helfen, mich darauf gefasst zu machen, sie ein zweites Mal zu verlieren; Murray Mackenzie, der kurz davor ist, mich der Verschwörung zu bezichtigen.

Jetzt dies.

Es fühlt sich an, als lägen sämtliche meiner Nerven blank, als wäre jede weitere Enthüllung wie eine Reihe von Elektroschocks.

»Dann erkläre es lieber. Jetzt.« Mark lässt das Telefon abwechselnd von einer Hand in die andere gleiten. Er ist kurz davor, die Polizei zu rufen. Die Kälte in seinen Augen lässt mich frösteln, dabei weiß ich, dass es nur Sorge ist. Ich nehme meiner Mutter Ella ab, muss ihr Gewicht in meinen Armen fühlen, ihren warmen Körper an meinem.

Meine Mutter sieht zu mir und schüttelt kaum merklich den Kopf. *Nicht.*

Ich bleibe still.

»Ich bin auf der Flucht«, sagt sie. »Meine Ehe ist letztes Jahr gescheitert, und seitdem verstecke ich mich vor meinem Mann.«

Ich behalte Mark im Blick. Da ist kein Anzeichen, dass er Mum misstraut, und warum sollte er auch? Es ist die Wahrheit.

»Kurz vor Weihnachten fand er heraus, wo ich wohnte. Ich wusste nicht, wohin. Und ich dachte, wenn ich mich für eine Weile bedeckt halte …«

»Das hättest du uns sagen müssen, Angela.« Es ist ein Vorwurf und doch in sanftem Ton geäußert. Viele seiner Patienten kommen aus oder leben noch in gewalttätigen Beziehungen. Vielleicht sind einige sogar selbst die Gewalttäter; ich habe nie gefragt und Mark würde es mir nie sagen. »Wenn die Gefahr bestand, dass er dir bis hierher folgt – dass du uns auch gefährden würdest –, hättest du es uns sagen müssen.«

»Weiß ich. Es tut mir leid.«

»Ich nehme an, er hat den Stein durchs Fenster geworfen?«

»Ich habe das Zugticket online gekauft. Er muss meine E-Mails gesehen haben; nur so konnte er wissen, wohin ich wollte. Caroline war die Einzige in meinen Kontakten mit einer Adresse in Eastbourne.«

Mark sieht zu dem Telefon in seiner Hand, dann wieder zur Tür mit den Buchstaben in Spiegelschrift. »Wir müssen es der Polizei sagen.«

»Nein!« Wieder kommt es von uns beiden gleichzeitig.

»Doch.«

»Du weißt nicht, wie er ist. Mit wem du es zu tun hast.«

Mark blickt mich an. »Kennst du ihn?«

Ich nicke. »Er ... er ist gefährlich. Wenn wir ihn der Polizei melden, können wir nicht hierbleiben, nicht wenn er weiß, dass wir hier sind. Er ist zu allem fähig.« Ich zittere immer noch. Ich wiege Ella, was eher dazu dient, ein wenig von dem Adrenalin loszuwerden, das in mir pulsiert, als um sie zu beruhigen. Mark geht in der Diele auf und ab und tippt mit dem Telefon an seinen Oberschenkel.

»Ich gehe.« Meine Mutter hat ihre Tasche in der Hand. »Es geht ihm nur um mich. Ich hätte nie herkommen dürfen – es ist nicht fair, euch da mit reinzuziehen.« Sie macht einen Schritt auf die Tür zu, und ich packe ihren Arm.

»Du darfst nicht gehen!«

»Ich wollte so oder so weg. Das weißt du doch.« Sie zieht meine Hand von ihrem Arm und drückt sie sanft.

»Jetzt ist es anders. Er weiß, wo du bist. Er wird dir etwas tun.«

»Und wenn ich bleibe, tut er euch etwas.«

Es ist Mark, der die nun einsetzende Stille bricht. »Ihr müsst beide weg«, sagt er entschlossen. Er kramt in der Kommodenschublade nach einem Schlüssel und drückt ihn mir in die Hand. »Fahrt zu meiner Wohnung. Ich warte hier und rufe die Polizei.«

»Welche Wohnung? Nein, ich kann euch beide da nicht mit reinziehen. Ich muss weg.« Meine Mutter versucht, die Tür zu öffnen, aber Mark ist schneller als sie. Er stemmt eine Hand flach gegen die Haustür.

»Wir stecken da schon mit drin, Angela. Und so leid mir deine Situation auch tut, für mich ist nur wichtig, dass Anna und unsere Tochter in Sicherheit sind. Also müssen sie schnellstens aus diesem Haus, bis dein Mann sicher hinter Gittern ist.«

»Er hat recht«, sage ich. »Marks Wohnung ist in London – keiner wird wissen, dass wir dort sind.« Ella regt sich in meinen Armen. Sie ist wach und hat Hunger.

Meine Mutter ist blass. Sie sucht nach Gegenargumenten, aber es gibt keine. Dies ist die beste Lösung. Sobald wir sicher aus Eastbourne sind, kann Mark die Polizei rufen, und ich werde meine Mutter überreden, reinen Tisch zu machen. Anders geht es nicht.

»Ich will Anna und das Baby nicht bei mir haben«, sagt sie. »Es ist zu gefährlich.«

»Da dein Ex gerade unser Haus niederbrennen wollte, ist es hier für sie wohl kaum sicher.« Mark hält ihr die Schlüssel hin. »Fahrt.«

»Hör auf ihn.« Ich lege eine Hand auf Mums Arm. »Nimm uns mit.« Ich kann nur noch daran denken, aus Eastbourne wegzukommen. Von meinem Vater. Von Murray Mackenzie und den Fragen, die der Wahrheit immer näher kommen.

Meine Mutter seufzt. »Ich fahre. Du sitzt bei Ella. Wir wollen nicht unterwegs anhalten müssen.« Sie sieht Mark an. »Sei vorsichtig, ja? Er ist gefährlich.«

»Ruf mich an, wenn ihr in der Wohnung seid. Und lasst niemanden außer mir rein. Verstanden?«

Meine Mutter umklammert das Lenkrad und sieht starr auf die Straße. Ich sitze hinten neben Ella. Sie ist in ihrem Kindersitz und nuckelt gierig an meinem Daumenknöchel anstelle der Brust, die sie will. Es wird nicht lange dauern, bis sie nach ihrer Milch schreit. Vielleicht können wir kurz anhalten, wenn wir in sicherer Entfernung von Eastbourne sind.

»Dad weiß nicht mal, dass es Marks Wohnung gibt«, wiederhole ich, als ich bemerke, dass Mum zum hundertsten Mal in den Rückspiegel sieht. »Es ist okay.«

»Ist es nicht.« Sie ist den Tränen nahe. »Und wird es auch nie sein.«

Ich fühle, dass meine Augen brennen. Aber sie muss stark sein. Für mich. Sie muss stark sein, damit ich es sein kann. So war es immer.

Ich erinnere mich, wie ich als Kind hinfiel, an den brennenden Schmerz an meinem aufgeschürften Knie.

»Hoppala!«, trällerte meine Mutter und zog mich wieder hoch. Ich sah sie an, sah ihr Lächeln, und ohne bewusst zu denken, ob es mehr oder weniger wehtat, spürte ich, wie der Schmerz an meinem Knie verschwand.

»Die Polizei hätte es so oder so herausgefunden, Mum.«

Ihr Gesicht im Rückspiegel ist aschfahl.

»Es ist Dad, hinter dem sie her sein werden. Bei dir werden sie milde sein. Sie werden begreifen, dass du keine andere Wahl hattest. Wahrscheinlich gehst du nicht mal ins Gefängnis, bekommst nur eine Bewährungsstrafe ...«

Sie hört nicht zu, blickt sich auf der Straße um, sucht nach etwas – nach Dad? Und plötzlich stampft sie auf die Bremse, so dass ich nach vorn kippe. Der einfache Schoßgurt auf dem Mittelsitz hält mich kaum zurück.

»Steig aus.«

»Was?« Wir sind am Stadtrand von Eastbourne.

»Da drüben ist eine Bushaltestelle. Oder du kannst Mark anrufen, damit er euch abholt.« Ihr Fuß steht auf der Kupplung, ihre Hand ist an der Handbremse. Sie weint. »Das darf so nicht sein,

Anna. Ich wollte nie, dass jemand verletzt wird, dass du da mit reingezogen wirst.«

Ich rühre mich nicht. »Ich lasse dich nicht allein.«

»Bitte, Anna – es ist zu deinem Besten.«

»Wir stecken da zusammen drin.«

Sie wartet volle zehn Sekunden. Dann, mit einem Laut, der irgendwo zwischen einem Schrei und einem Stöhnen siedelt, löst sie die Handbremse und fährt weiter.

»Es tut mir leid.«

»Weiß ich.« All die Jahre, die sie meine Tränen getrocknet und mir Pflaster auf die Knie geklebt hat, und jetzt bin ich die Starke. Jetzt braucht meine Mutter mich. Ich frage mich, ob diese Metamorphose nur den außergewöhnlichen Umständen geschuldet ist oder ein natürlicher Prozess, wenn Frauen von Töchtern zu Müttern werden.

Wir fahren schweigend, mit Ausnahme von Ella, bei der das mürrische Quaken zu einem lauten Schreien angeschwollen ist.

»Können wir noch mal halten?«

»Nein, geht nicht.« Meine Mutter sieht wieder in den Rückspiegel. Und noch einmal.

»Nur fünf Minuten. Sie hört nicht auf, wenn ich sie nicht stille.«

Mums Blick wechselt vom Rückspiegel zur Straße und wieder zurück. Sie hat etwas gesehen.

»Was ist?«

»Hinter uns ist ein schwarzer Mitsubishi.« Sie tritt fest auf das Gaspedal, und die plötzliche Beschleunigung drückt mich in den Sitz. »Er verfolgt uns.«

53

Wenn man sein Leben lang Autos verkauft, lernt man, mit ihnen umzugehen.

Den Fuß fest auf den Boden drücken. Sechzig, fünfundsechzig, siebzig, fünfundsiebzig ...

Eine scharfe Kurve. Erst eine Richtung, dann die andere. Wir beide nehmen sie zu weit. Ich sehe den verängstigten Blick des entgegenkommenden Fahrers, das Rucken seiner Hände, als er uns ausweicht.

In die nächste Biegung, die Bremse antippen, aber die Gänge benutzen. Runterschalten, weiter, weiter. Das Lenkrad herumreißen und dann wieder Vollgas, bis es sich anfühlt, als wäre das Heck schneller als der Kühler.

Die Lücke wird kleiner.

Mein Puls rast so sehr, dass ich ihn trotz des Motordröhnens höre, und ich neige mich vor, als würde das etwas ändern.

Katz und Maus.

Wer wird gewinnen?

Schnell zu fahren heißt, schnell zu denken. Schnell zu reagieren. Unmöglich für einen Alkoholiker – selbst für einen funktionalen –, und das ist nur einer der vielen Gründe, weshalb ich froh bin, dass ich mit dem Trinken aufgehört habe.

Am Ende war es leicht. Keine AA-Treffen, keine Therapie, keine Intervention von wohlmeinenden Freunden.

Nur du.

Der Ausdruck in deinen Augen, als du in jener Nacht zu Boden fielst. In dem Moment bedeutete er nichts; es war bloß ein weiterer Streit. Ein weiterer Schlag, ein weiterer Tritt. Erst hinterher, als ich mich an dein Gesicht erinnerte – die Enttäuschung, den Schmerz, die *Angst* –, begriff ich endlich, was ich dir im Suff antat.

Nein. Was ich dir angetan hatte.

Es tut mir leid. Es reicht nicht, und es kommt zu spät, aber es tut mir leid.

Ich bin langsamer geworden, muss mich konzentrieren. Ich packe das Lenkrad, zwinge meinen Fuß zurück nach unten.

Wie konnte es so weit kommen?

Ich möchte zurückspulen, meine Fehler rückgängig machen. Ja, ich habe es vermasselt. Habe unsere ganze Ehe lang nur an mich gedacht, und jetzt sieh uns an.

Was tue ich hier?

Ich kann nicht aufhören, stecke zu tief drin.

Anna.

Sie ist da, auf dem Rücksitz, duckt sich, versucht sich zu verstecken. Ich erhasche einen Blick auf sie, als sie kurz durch die Heckscheibe linst, zu sehen versucht, ohne gesehen zu werden.

Was ihr nicht gelingt.

Ich wollte ihr nie wehtun.

Jetzt ist es zu spät.

54

Anna

Ich drehe mich auf meinem Sitz um. Hinter uns ist ein nagelneuer Mitsubishi Shogun, gut hundert Meter entfernt, aber er holt auf. Die Scheiben sind getönt, so dass ich den Fahrer nicht sehen kann.

»Ist er das? Ist das Dad?«

So habe ich meine Mutter noch nie erlebt. Sie zittert vor Angst. »Du hättest aussteigen sollen. Ich hab alles versucht, damit du aussteigst.« Sie schaut wieder in den Spiegel und reißt das Lenkrad herum, um einem Stück Stoßstange auszuweichen, das mitten auf der Straße liegt. Mein Magen dreht sich um.

»Konzentrier dich aufs Fahren.«

»Bleib unten. Vielleicht hat er dich noch nicht gesehen. Er soll nicht wissen, dass du bei mir bist.«

Ich reagiere automatisch auf die Anweisungen meiner Mutter, wie ich es immer getan habe, löse meinen Gurt, ziehe meine Beine zu einer Seite und beuge mich über Ellas Autositz. Meine Mutter fährt eine scharfe Linkskurve, und ich stütze mich an der Wagentür ab, rutsche oben an Ellas Sitz entlang. Sie schreit erschrocken, und ich versuche, sie zu beruhigen, aber mein Herz fühlt sich an, als würde es gleich aussetzen, und mein »Schhh, Schhhh« klingt hysterischer als ihr Schreien.

»Er ist immer noch hinter uns!« Die Selbstbeherrschung meiner Mutter schwindet; ihr ist dieselbe blanke Panik anzumerken, die ich empfinde. »Und er kommt näher!«

Ellas Schreien wird lauter, steigert sich mit jeder Sekunde in Volumen und Stimmhöhe, als sie sich von der Hysterie ihrer Großmutter anstecken lässt. Ich habe eine Hand innen an der Tür, die andere hinten am Fahrersitz. Im Halbkreis meiner Arme ist Ella, schreit nur Zentimeter von meinem Ohr entfernt. Der Lärm dringt in mein linkes Trommelfell und hinterlässt ein Klingeln, das die Pause füllt, während sie Luft holt für den nächsten Schrei. Ich hole mein Handy aus der Tasche, wische übers Display, um es zu entriegeln. Mir bleibt keine andere Wahl, als die Polizei zu rufen.

»Fahr schneller!«

Noch ein Schlenker nach links, dicht gefolgt von einer Rechtskurve, bei der ich den Halt an Ellas Sitz verliere und in den Fußraum auf der anderen Seite falle. Mein Handy fliegt unter den Beifahrersitz, außer Reichweite. Meine Mutter tritt das Gaspedal durch, und ich krabble zurück, um erneut meine Arme um Ellas Sitz zu schlingen. Dann hebe ich den Kopf. Ich will meinen Vater nicht sehen, kann aber auch nicht widerstehen hinzuschauen.

Meine Mutter schreit mich an. »Bleib unten!«

Ella verstummt vor Schreck, atmet tief ein und schreit wieder los.

Im Rückspiegel sehe ich, dass meiner Mutter die Tränen übers Gesicht strömen, und wie ein Kind, das nur weint, wenn es die Maske seiner Mutter fallen sieht, breche ich zusammen. Das war es. Wir werden sterben. Ich frage mich, ob mein Vater den Wagen rammen oder uns von der Straße drängen wird. Ob er uns umbringen will oder am Leben lassen. Und ich mache mich auf den Aufprall gefasst.

»Anna!« Meine Mutter klingt panisch. »In meiner Tasche ... Als ich wusste, dass er mich gefunden hat, hatte ich solche Angst, dass ich ...«

Noch eine scharfe Kurve. Quietschende Bremsen.

»Ich hatte nie vor, sie zu benutzen. Es war nur eine Versicherung. Falls ...« Sie stammelt. »Falls er mich aufspürt.«

Immer noch liege ich halb auf der Rückbank, die Füße gegen den Beifahrersitz und die Tür gestemmt. Ich öffne die Tasche zu meinen Füßen, wühle in der Kleidung, die ich sie erst vor rund einer Stunde habe einpacken sehen. Es fühlt sich sehr weit weg an.

Ich reiße meine Hand zurück.

Meine Mutter hat eine Waffe.

Sie kurbelt an dem Lenkrad, als würde sie in einem Autoskooter sitzen. Mein Kopf knallt gegen die Wagentür. Ella schreit. Ich schlucke und schmecke Erbrochenes in meiner Kehle.

»Eine Waffe?« Die fasse ich nicht an.

»Ich habe sie von meinem Vermieter.« Vor Anstrengung, den Wagen auf der Straße zu halten, klingt es, als wäre zwischen jedem Wort ein Punkt. »Sie ist geladen. Nimm sie. Schütz dich. Schütz Ella.«

Wieder quietschen die Bremsen, als sie eine Kurve zu schnell nimmt. Der Wagen schert erst nach links, dann nach rechts aus, bevor sie ihn wieder unter Kontrolle hat. Ich schließe die Augen, höre die Kupplung, die Pedale, den Motor.

Scharf links. Mein Kopf rammt gegen die Tür, und der Bügel von Ellas Autositz presst gegen meine Brust.

Der Wagen kommt schlitternd zum Stehen.

Und dann ist alles ruhig.

Ich höre meine Mutter angespannt atmen und hebe den Kopf, bis meine Lippen die meiner Tochter berühren. Ich schwöre ihr stumm, dass ich eher sterbe, als zuzulassen, dass ihr etwas passiert.

Und das meine ich todernst.

Würde ich die Waffe benutzen? Langsam greife ich danach, fühle das Gewicht des Knaufs in meiner Hand, hebe sie aber nicht an.

Schütze dich. Schütze Ella.

Würde ich meinen eigenen Vater töten, um meine Tochter zu retten? Um mich zu retten?

Ja.

Ich kneife die Augen zu, horche nach einer Autotür. Nach der Stimme meines Vaters.

Wir warten.

»Wir haben ihn abgehängt.«

Ich höre die Worte meiner Mutter, aber sie dringen nicht durch. Mein Körper ist immer noch vollkommen angespannt, meine Nerven liegen blank.

»Die letzte Biegung.« Sie ist außer Atem. »Wir sind abgebogen, bevor er um die Kurve war. Er hat es nicht gesehen.« Sie bricht in lautes Schluchzen aus. »Er hat uns nicht abbiegen sehen.«

Langsam setze ich mich auf und blicke mich um. Wir sind auf einem Feldweg, ungefähr eine halbe Meile von der heckengesäumten Ausfahrt zur Straße. Kein anderer Wagen in Sichtweite.

Ich löse Ellas Gurt und hebe sie in meine Arme, küsse sie auf den Kopf und halte sie so fest, dass sie zappelt, um sich zu befreien. Dann hebe ich mein T-Shirt, öffne den BH und lege sie an. Sie trinkt gierig, und wir beide entspannen uns. Mir wird bewusst, dass mein Körper dies genauso dringend gebraucht hat wie ihrer.

»Eine Waffe?« Es hört sich nicht real an. »Eine verdammte *Waffe?*« Ich nehme die Tasche auf und stelle sie auf den Vordersitz neben meine Mutter. Sie war keinen Meter von Ellas Kopf entfernt. Ich darf gar nicht daran denken, was hätte geschehen können, wäre sie losgegangen; hätte ich die Tasche falsch angehoben, wäre draufgetreten ...

Meine Mutter sagt nichts. Ihre Hände sind noch am Lenkrad. Falls sie eine Art Zusammenbruch hat, muss ich sie auf den Beifahrersitz bekommen. Ich frage mich, ob wir den Plan aufgeben und zur Polizei fahren sollten. Was wir auch tun, wir müssen bald weiter; hier sind wir zu leichte Ziele, mitten im Nichts. Mein Vater wird bald merken, dass wir abgebogen sind, und umkehren.

»Ich habe es dir doch gesagt, zur Sicherheit. Ich weiß nicht mal, wie das verfluchte Ding funktioniert.«

Sanft ziehe ich Ella von meiner Brust und taste unter dem Sitz nach meinem Telefon. Es ist eine Nachricht von Mark eingegangen.

Keine Spur von dem Ex. Haben allen geschrieben, um die Party abzusagen. Polizei ist unterwegs. Sie brauchen Angelas Geburtsdatum und Adresse. Ruf mich an!

Ich weiche der Frage aus.

Schwarzer Shogun ist uns gefolgt, aber konnten ihn abhängen. Rufe dich an, wenn wir in der Wohnung sind. Ich liebe dich. Kuss!

Ein tiefer Atemzug drängt die Tränen zurück. »Fahren wir. Wir sollten auf den Nebenstraßen bleiben, bis wir an der Autobahn sind.« Ich schnalle Ella wieder in ihren Sitz und lege meinen Gurt an. Dann fahren wir – vorsichtiger, aber nicht weniger eilig – auf gewundenen Nebenstraßen, die nur einen Katzensprung von der A23 entfernt sind. Von den vielen Biegungen und dem häufigen Umdrehen nach anderen Wagen hinter uns wird mir schlecht, und es scheint ewig zu dauern.

Wir reden nicht. Ich versuche es zweimal, aber meine Mutter ist nicht in der Verfassung, Pläne zu machen. Ich muss nur dafür sorgen, dass sie uns heil zu Marks Wohnung bringt.

Sobald wir auf der Autobahn sind, fühle ich mich besser. Hier ist viel Verkehr. Unserer ist einer von tausenden Wagen auf dem Weg nach London. Die Chancen, dass mein Vater uns hier findet, sind verschwindend gering, und falls er es doch schafft, was will er angesichts so vieler Zeugen tun? So vieler Kameras? Mein Blick begegnet dem meiner Mutter, und ich lächle ihr matt zu. Sie bleibt ernst, und prompt nimmt meine Angst wieder zu. Ich schaue mich unwillkürlich nach dem Shogun um.

Wir wechseln auf die M25. Ich mustere die Wagen zu beiden Seiten von uns. In den meisten sind Familien auf dem Heimweg von Weihnachtsfeiern oder unterwegs zur Silvesterparty bei Freunden, die Sitze voller Geschenkpakete und Bettzeug. Ein Paar in einem verbeulten Astra singt vergnügt, und ich stelle mir die klassischen Weihnachtshits vor, die sie gerade hören.

Mein Telefon klingelt. Auf dem Display leuchtet eine unbekannte Nummer.

»Miss Johnson?«

Murray Mackenzie. Ich verfluche mich, dass ich rangegangen bin, und überlege, ob ich auflegen soll und es auf eine schlechte Verbindung schieben.

»Ich muss Ihnen etwas sagen. Etwas ... Unerwartetes. Ist jemand bei Ihnen?«

Ich sehe zu meiner Mutter. »Ja. Ich bin im Auto. Meine ... eine Freundin fährt. Es ist okay.« Im Rückspiegel sieht meine Mutter mich fragend an, und ich bedeute ihr kopfschüttelnd, dass kein

Grund zur Sorge besteht. Sie biegt auf die Überholspur, will schneller fahren, weil wir so nahe am Ziel sind.

Murray Mackenzie scheint um die richtigen Worte zu ringen. Er fängt mehrere Sätze an, von denen keiner einen Sinn ergibt.

»Was ist denn passiert?«, frage ich schließlich. Meine Mutter beobachtet mich im Rückspiegel, sieht abwechselnd zu mir und auf die Straße, merklich besorgt um mich.

»Tut mir leid, dass ich es Ihnen am Telefon sagen muss«, antwortet Murray, »aber Sie sollten es so schnell wie möglich erfahren. Es sind gerade Officers bei Ihnen zu Hause, und ich muss Ihnen leider mitteilen, dass sie eine Leiche gefunden haben.«

Ich schlage eine Hand vor meinen Mund, um meinen Schrei zu unterdrücken. *Mark.*

Wir hätten nie wegfahren dürfen. Nie erlauben dürfen, dass er sich allein meinem Vater entgegenstellt.

Murray Mackenzie redet noch. Er spricht von Fingerabdrücken und Entstellung, von DNS, vorläufiger Identifizierung und ...

Ich unterbreche ihn, weil ich nicht begreife, was ich zu hören glaube. »Verzeihung, was haben Sie gesagt?«

»Wir sind noch nicht sicher, aber erste Anzeichen deuten darauf hin, dass es sich bei dem Toten um Ihren Vater handelt. Es tut mir sehr leid.«

Meine Erleichterung, dass wir sicher sind, währt nur kurz, wird sofort von dem Wissen getrübt, dass Mark bei unserer Abfahrt allein im Haus war.

Ich warte hier und rufe die Polizei.

Was, wenn mein Vater aufgetaucht ist, bevor die Polizei ankam? Mark ist stark; er kann auf sich selbst aufpassen. Hat er meinen Vater angegriffen? Sich verteidigt?

»Wie ist er gestorben?«

Ich versuche zu überschlagen, wann der Shogun hinter uns verschwunden ist. Warum sollte mein Vater zurück zu Oak View fahren, wenn er wusste, dass wir nicht dort waren? Selbst wenn er direkt umgekehrt ist, wie hätte er so schnell dort hinkommen können? Im Rückspiegel sehe ich meine Mutter die Stirn runzeln. Da sie das Gespräch nur zur Hälfte hört, ist sie vermutlich noch verwirrter als ich.

»Wir werden die Autopsie abwarten müssen, um sicher zu sein, aber ich fürchte, es besteht kein Zweifel, dass er ermordet wurde. Es tut mir sehr leid.«

Mir wird heiß und übel. Hat Mark meinen Vater umgebracht?

Notwehr. Es muss Notwehr gewesen sein. Dafür kann er doch nicht ins Gefängnis kommen, oder?

Ein Gedanke, den ich nicht recht fassen kann, nagt an mir, ähnlich einem Kind, das an meiner Hand zieht und mir sagt, ich solle *hinsehen* ... Ich frage mich, ob meine Mutter dem Gespräch folgt; ob sie, trotz allem, einen Anflug von Trauer um den Mann empfindet, den sie vermutlich mal geliebt hat. Doch ihre Augen im Rückspiegel sind kalt. Was auch immer früher zwischen meinen Eltern gewesen sein mag, ist längst gestorben.

Murray redet, ich denke, meine Mutter starrt mich im Rückspiegel an, und es ist etwas in ihrem Blick ...

»... seit mindestens zwölf Monaten in der Klärgrube, wahrscheinlich länger«, sagt Murray.

In der Klärgrube.

Das hier hat nichts mit Mark zu tun.

Ich stelle mir die schmale, brunnenähnliche Grube im Garten von Oak View vor, den Lorbeerbaum in seinem schweren Topf. Mir fällt wieder ein, wie meine Mutter darauf bestand, dass wir den Topf von dem Grubendeckel nehmen; wie besessen sie von Robert Drakes Anbau war. Dem Anbau, für den die alte Grube entsorgt werden musste.

Sie wusste es. Sie wusste, dass er dort war.

Mein Brustkorb ist zu eng. Jeder Atemzug fällt flacher aus als der vorherige. Ich starre meine Mutter an, und obwohl das Handy an meinem Ohr ist, kann ich nicht hören, was Murray Mackenzie sagt. Ich kann nicht sprechen. Denn mir wird klar, dass es nur einen Grund gibt, aus dem sie von meinem Vater in der Klärgrube wissen kann.

Weil sie ihn dort hineingeworfen hat.

Teil 3

55

Anna

Der Blick meiner Mutter huscht zwischen mir und der Autobahn hin und her. Ich bleibe regungslos, das Handy an mein Ohr gepresst. Murray Mackenzie redet immer noch, aber ich nehme nichts mehr auf. Wieder wechselt meine Mutter auf die Überholspur, und wir fahren an demselben Paar in dem verbeulten Astra vorbei. Die beiden singen noch vergnügt.

»Miss Johnson? Anna?«

Meine Angst ist zu groß, als dass ich antworten kann. Ich frage mich, ob die Chance besteht, dass meine Mutter nicht gehört hat, was Murray sagte – nicht an meiner Miene abgelesen, was ich gehört habe –, doch der Ausdruck in ihren Augen verrät mir, dass alles vorbei ist.

»Gib mir das Telefon.« Ihre Stimme bebt.

Ich tue nichts. Sag es ihm, schreit es in meinem Kopf. Sag ihm, dass du in einem VW-Polo auf der M25 bist. Sie haben Kameras, Autobahnpolizei, Einsatzkräfte. Sie holen dich.

Doch meine Mutter beschleunigt, wechselt ohne Vorwarnung die Spur, und der Fahrer hinter uns hupt wütend. Der dichte Verkehr, der sich vorhin noch beruhigend anfühlte, macht mir jetzt Angst. Jeder Wagen ist ein potentielles Kollisionsziel. Ellas Autositz, der mir bis eben so stabil erschien, wirkt nun zerbrechlich und unsicher. Ich ziehe den Gurt darum straffer, stelle meinen fester. Murray sagt nichts mehr. Entweder ist die Leitung unterbrochen, oder er hat aufgelegt; dachte vielleicht, dass ich das Gespräch wieder beendet hätte.

»Wer war das in dem Mitsubishi?«

Nichts.

»Wer hat uns verfolgt?«, schreie ich, und sie holt Luft, ignoriert meine Frage aber.

»Gib mir das Telefon, Anna.«

Sie ist genauso verängstigt wie ich. Ihre Fingerknöchel sind weiß vor Furcht, nicht vor Wut. Ihre Stimme bebt vor Panik, nicht vor Zorn. Dieses Wissen sollte mich beruhigen, mir Kraft geben, doch das tut es nicht.

Weil sie am Steuer sitzt.

Ich gebe ihr das Handy.

56

Es war ein Unfall. Das musst du verstehen. Ich wollte nicht, dass es so kommt.

Ich habe dich nicht gehasst. Ich habe dich zwar nicht geliebt, aber auch nicht gehasst, und ich glaube nicht, dass du mich gehasst hast. Ich denke, wir waren jung, und ich war schwanger, und wir taten, was unsere Eltern von uns erwarteten. Und dann saßen wir miteinander fest, wie eine Menge anderer Leute auch.

Es dauerte eine Weile, ehe ich es verstand.

Während unserer ganzen Ehe habe ich entweder getrunken, mich vom Trinken erholt oder ans Trinken gedacht. Und so war ich selten richtig betrunken, aber auch so gut wie nie richtig nüchtern. Immer weiter, so viele Jahre, dass niemand, der mich nie nüchtern gesehen hatte, jemals den Unterschied erkannte.

Ich warf dir vor, mir meine Freiheit beschnitten zu haben, weil ich nicht begriff, dass es keine Freiheit gewesen war, was ich in London gehabt hatte. Irgendwo war es genau solch ein Käfig gewesen wie die Ehe: ein unendlicher Kreislauf von arbeiten, trinken, durch die Clubs ziehen, nach One-Night-Stands suchen, mich in den frühen Morgenstunden wegschleichen.

Ich dachte, du hättest mich angekettet. Mir wurde nie klar, dass du mich eigentlich gerettet hast.

Ich sträubte mich dagegen, und ich bekämpfte es – und dich – fünfundzwanzig Jahre lang.

An dem Abend, als du starbst, hatte ich eine halbe Flasche Wein und drei Gin Tonic intus. Weil Anna unterwegs war, musste ich nichts verstecken – dir machte ich schon lange nichts mehr vor.

Nicht, dass ich jemals zugegeben hätte, ein Problem zu haben. Es heißt, das ist der erste Schritt. Ich hatte ihn nicht getan – damals nicht. Erst hinterher.

»Meinst du nicht, du hast genug?« Du hast auch einen Drink gehabt. Sonst hättest du das nie gewagt. Wir waren in der Küche, wo Rita in ihrem Körbchen lag. Ohne Anna fühlte sich das Haus leer an, und ich wusste, dass ich deshalb mehr trank. Nicht nur weil ich konnte, sondern weil die Atmosphäre seltsam war. Unausgewogen. So wie während ihrer Zeit an der Uni. Da hatte ich einen Vorgeschmack auf das Leben bekommen, wenn sie ganz auszog, und es gefiel mir nicht. Unsere Ehe drehte sich ganz um unsere Tochter; wer waren wir ohne sie? Der Gedanke beunruhigte mich.

»Eigentlich will ich noch einen.« Wollte ich gar nicht. Trotzdem schüttete ich den restlichen Wein in ein Glas, das nur zu einem Viertel befüllt werden sollte. Ich hielt die Flasche am Hals kopfüber in die Höhe. Provozierte dich. »Prost.« Ein Rotweintropfen rann meinen Ärmel hinab.

Du sahst mich an, als würdest du mich zum ersten Mal sehen. Schütteltest den Kopf, als hätte ich dir eine Frage gestellt. »Ich kann das nicht mehr, Caroline.«

Ich glaube nicht, dass du es geplant hast. Es war nur etwas, das du so dahinsagtest. Aber ich fragte dich, was du meinst, und das brachte dich ins Grübeln. Ich erkannte den Moment, in dem du die Entscheidung trafst. Das entschlossene Nicken, deine verkniffenen Lippen. Ja, dachtest du, das ist es, was ich will. Was ich mir wünsche.

»Ich möchte nicht mehr mit dir verheiratet sein.«

Wie gesagt: Mein Auslöser ist Alkohol.

Als ich dich zum ersten Mal schlug, war ich betrunken, als ich dich zum letzten Mal schlug, war ich es auch. Das ist keine Entschuldigung – nur ein Grund. Machte es für dich einen Unterschied, dass ich mich hinterher entschuldigte? Wusstest du, dass ich ernst meinte, was ich sagte, dass ich mir immer schwor, es würde nie wieder vorkommen? Manchmal kam die Reue spät; manchmal kam sie gleich, wenn mich das plötzliche Entladen der aufgestauten Wut so ernüchterte, als hätte ich meinen Rausch ausgeschlafen.

Als die Polizei auftauchte, hast du mit mir gelogen. Hier gibt es nichts zu sehen. Nach den Notrufen sagten wir, es wäre ein Versehen gewesen. Das Kind, das mit dem Telefon gespielt hatte.

Du hörtest auf zu sagen, dass du mir verzeihst. Du hörtest überhaupt auf, etwas zu sagen; gabst einfach vor, es wäre nichts passiert. Als ich Annas Briefbeschwerer an die Wand warf und er zerbrochen zu Boden fiel, hast du die Teile aufgehoben und sie wieder zusammengeklebt. Und du hast Anna glauben lassen, dass du dafür verantwortlich warst.

»Sie liebt dich«, sagtest du. »Ich ertrage den Gedanken nicht, dass sie die Wahrheit weiß.«

Das hätte mich aufhalten müssen. Tat es nicht.

Hätte ich an dem letzten Abend nicht so viel getrunken, wäre ich vielleicht traurig geworden anstatt zornig. Ich hätte vielleicht sogar genickt und gedacht: Du hast recht – es funktioniert nicht. Ich hätte vielleicht erkannt, dass keiner von uns glücklich war, dass es vielleicht an der Zeit war, dieser Ehe ein Ende zu machen.

Doch all das tat ich nicht.

Noch ehe du den Satz zu Ende sprechen konntest, bewegte sich mein Arm. Fest. Schnell. Unüberlegt. Die Flasche knallte gegen deinen Kopf.

Ich stand in der Küche, den Flaschenhals noch in der Hand und ein grünes Scherbenmeer zu meinen Füßen. Und du. Du lagst auf der Seite. Eine glänzende Blutlache unter deinem Kopf, weil du auf die Granitarbeitsplatte aufgeschlagen warst, ehe du auf dem Fliesenboden gelandet bist.

Tot.

57

Murray

Murray drückte auf Wiederwahl, doch bei Anna Johnson sprang direkt die Mailbox an.

»Ich will nicht, dass die Tochter etwas erfährt, bevor wir eine sichere Identifizierung haben«, hatte DS Kennedy gesagt. Er hatte Murray angerufen, um ihm mitzuteilen, dass er recht gehabt hatte: In der Klärgrube war eine Leiche gefunden worden, und vorläufige Ergebnisse legten nahe, dass es sich um Tom Johnson handelte.

Murray hatte überlegt, was er tun sollte. Der Detective Sergeant hatte natürlich recht. Das in der Klärgrube konnte unmöglich jemand anders als Tom Johnson sein, doch bis die Leiche geborgen und identifiziert war, sollte diese Information strikt auf diejenigen beschränkt bleiben, die sie brauchten.

Aber brauchte Anna sie etwa nicht? So schnell wie möglich? Sie war es, die darauf bestanden hatte, dass sich die Polizei den Selbstmord ihrer Mutter noch einmal ansah. Sie war es, die allein dastand, als ihre Eltern im Abstand von wenigen Monaten verschwanden. Sie verdiente zu erfahren, dass ihr Vater höchstwahrscheinlich ermordet und seine Leiche in seiner eigenen Klärgrube versteckt worden war.

Während er auf seinem Handy nach ihrer Nummer scrollte, hatte er die Stimme in seinem Kopf ignoriert, die sagte, er würde sie ebenso sehr um seinetwillen anrufen wie um ihretwillen. Du hast weitergebohrt, selbst als sie dir gesagt hatte, dass du aufhören sollst. Jetzt willst du ihr zeigen, dass es richtig von dir war.

Nur legte Anna schon wieder auf. Und jetzt war ihr Handy ausgeschaltet. Sie stand selbstverständlich unter Schock. Während einer Krise taten Menschen seltsame Dinge. Dennoch hatte

Murray das schreckliche Gefühl, dass es falsch von ihm gewesen war, sie anzurufen.

Sarah bog in die Einfahrt. Murray war, als hätte man ihm einen Dämpfer verpasst, und das nicht nur wegen Annas Reaktion, sondern weil er auf einmal nichts mehr mit der Ermittlung zu tun hatte, in die er so vertieft gewesen war. Er kannte diesen Effekt schon aus seiner Zeit als Uniformierter: Wenn das Hochgefühl, einen tollen Fall entdeckt zu haben, sofort der Enttäuschung wich, dass er ans CID übergeben musste. Nie zu wissen, was der Verdächtige im Verhör gesagt hatte; bisweilen nicht mal zu erfahren, wer angeklagt wurde oder welche Strafe verhängt. Zuzuschauen, wenn jemand anderem auf die Schulter geklopft wurde, obwohl man selbst es war, der sich bei einem Rugby-Tackle die Hose zerrissen oder ein Kind aus dem Autowrack eines betrunkenen Fahrers geholt hatte.

»Du solltest hinfahren.« Sarahs Hand lag locker auf dem Schaltknüppel, und jetzt wirkte sie völlig entspannt hinter dem Steuer. Es war lange her, seit Murray Beifahrer gewesen war, und nachdem er aufgrund eines leeren Akkus nicht mehr sein Handy hatte benutzen können, hatte er sich zurückgelehnt und beobachtet, wie das Selbstvertrauen seiner Frau mit jeder Meile wuchs. Ihm war der Gedanke gekommen, dass seine Bemühungen, Sarahs Wohlfühlzone um jeden Preis zu schützen, manches Mal deplatziert gewesen sein könnten. Dass er ihr mehr helfen würde, wenn er sie ermunterte, auch mal etwas zu wagen.

Murray stieg aus dem Wagen. »James ist dort. Das ist jetzt sein Job.«

»Deiner ist es auch.«

Stimmte das? Wenn er nach drinnen ging, seine Hausschuhe anzog und den Fernseher einschaltete, würde sich die Polizeiwelt trotzdem weiterdrehen. James hatte die Situation unter Kontrolle; Officers suchten bereits nach Caroline Johnson. Was könnte Murray tun?

Und dennoch blieben offene Fragen, die ihn frustrierten. Wie hatte Caroline Tom – der beileibe kein kleiner Mann gewesen war, wie die Fallakten bestätigten – in die Klärgrube bekommen? Hatte ihr jemand geholfen? Wer hatte die Karte zum Jahrestag geschickt, die andeutete, dass Caroline nicht von der Klippe gesprungen war?

»Fahr schon.« Sarah drückte ihm die Schlüssel in die Hand.

»Wir wollten zusammen das neue Jahr begrüßen.«

»Es wird noch andere Silvester geben. Na los!«

Murray fuhr.

In der Cleveland Avenue war Oak View durch ein Polizeiband abgesperrt. Aus dem Haus eines Nachbarn war Musik zu hören, und Partygäste – bereits angetrunken – standen mit ihren Drinks vor dem privaten Park und begafften das Geschehen. Murray duckte sich unter dem blau-weißen Band durch.

»Verzeihung, können Sie mir erzählen, was los ist?«, rief ein Mann, der direkt hinter dem Zaun auf dem Nachbargrundstück der Johnsons stand. Er trug eine verblichene rote Baumwollhose und einen cremefarbenen Blazer über einem Hemd, das am Kragen offen war. Er hatte ein Glas Champagner in der Hand.

»Und Sie sind?«

»Robert Drake. Ich wohne nebenan. Na ja, hier, um genau zu sein.«

»Bereit, das neue Jahr einzuläuten, wie ich sehe.« Murray zeigte auf das Champagnerglas.

»Eigentlich sollte es Marks und Annas Party sein. Aber ich habe sie irgendwie …«, er suchte nach dem richtigen Wort, »geerbt!« Er lachte, sichtlich zufrieden mit sich, wurde jedoch gleich wieder ernst. »Wo sind sie? Mark hat allen eine Nachricht aufs Handy geschickt, dass er und Anna nach London mussten und die Party abgesagt ist. Und als Nächstes ist die ganze Straße abgesperrt.« Er sah erschrocken aus. »Gütiger Himmel, er hat sie doch nicht umgebracht, oder?«

»Nicht, dass ich wüsste. Tja, wenn Sie mich entschuldigen würden …« Murray ging weiter. Das war also Robert Drake. Im Grunde hätte Murray ihm danken sollen. Wären seine von mehr

Geld als Verstand zeugenden Anbaupläne nicht gewesen, hätte man Tom Johnsons Leiche eventuell nie entdeckt.

Wie musste Caroline sich gefühlt haben, als ihr klar wurde, dass für die Bauarbeiten die Klärgrube ausgehoben werden musste? Angenommen, sie hatte Tom am Tag seines vermeintlichen Suizids getötet und ihn direkt dort entsorgt, müsste Tom schon monatelang in der Grube gelegen haben, bevor Drake seine Pläne. Ihr schriftlicher Widerspruch war sehr ausführlich gewesen, und der Zahl der anderen, identischen Beschwerden aus dem Ort nach zu urteilen – obwohl keine weiteren von Anwohnern der Cleveland Avenue eingegangen waren, wie Murray bemerkt hatte –, musste sie die Schreiben der typischen Planungsgegner vorgefertigt haben. Sie hatte kurzerhand die Leute benutzt, die anderen mit Freuden Steine in den Weg legten.

Bis Drake seinen Bauantrag überarbeitet und erneut eingereicht hatte, war Caroline bereits verschwunden, gaukelte ihrer Familie, der Polizei und dem Coroner vor, dass sie Selbstmord begangen hätte. Hatte sie die Website des Bauprüfamts für alle Fälle im Blick behalten? Ihr Widerspruch – unter dem Namen Angela Grange – war unter der Adresse Sycamore, Cleveland Avenue eingereicht worden. Niemandem war es aufgefallen. Niemand hatte es überprüft. Warum sollten sie?

Also waren Mark und Anna laut Robert Drake in London. Keiner der beiden Wagen stand in der Einfahrt, folglich musste das Paar getrennt weggefahren sein. Murray versuchte sich zu erinnern, ob Anna ihm von ihren Plänen erzählt hatte. Nein – nur dass ihre Freundin am Steuer saß. Es war gut, dass sie jemanden bei sich hatte, dachte Murray. Nichts konnte einem die Silvesterpläne so gründlich versalzen wie ein Leichenfund.

In der Mitte des Gartens, wo die Terrasse in die Rasenfläche überging, befand sich ein weißes Zelt. DS James Kennedy stand am Eingang, durch den die gespensterhaften Gestalten zweier Kriminaltechniker zu sehen waren.

»Er ist es«, sagte James, als Murray bei ihm war. »Der Siegelring passt zu der Beschreibung in der damaligen Vermisstenmeldung.«

»Anfängerfehler«, murmelte Murray.

»Die Leiche ist gut erhalten. Die Grube ist trocken und unterirdisch, und da die Öffnung versiegelt war, wirkte die Umgebung beinahe wie eine Leichenhalle. Und er hat eine große Wunde am Kopf. Erschlagen vielleicht? Ein eskalierter Ehekrach?«

»Im Laufe der Jahre hatte es mehrere Einsätze unter dieser Adresse gegeben«, sagte Murray. »Notrufe und eine Meldung des Nachbarn, Robert Drake, nachdem er lautes Geschrei gehört hatte.«

»Und wir waren hier?«

Murray nickte. »Beide Johnsons leugneten, dass es irgendwelche Streitereien gegeben hatte, aber Caroline Johnson wurde von einem Officer als ›emotional‹ beschrieben.«

»Meinst du, das hier könnte Notwehr gewesen sein?«, fragte James. Der Grubendeckel lag eingetütet und etikettiert im Zelt, und man konnte noch knapp in die Öffnung der Grube sehen. Tom Johnsons Leiche war bereits von der Spezialeinheit geborgen und in die Gerichtsmedizin gebracht worden, bereit für die Autopsie, die ihnen hoffentlich verriet, wie genau er gestorben war.

»Vielleicht. Oder sie könnte die Gewalttätige gewesen sein«, antwortete Murray. Mutmaßungen zahlten sich nie aus. Dass Leute gerne dem Schein trauten, hatte Caroline Johnson überhaupt erst ermöglicht, mit ihren Taten davonzukommen. »Wer sucht nach ihr?« Er fragte sich, ob sie auf dem Weg zurück nach Derbyshire war, nicht ahnend, dass Shifty sie bereits verraten hatte.

»Wer sucht sie nicht? Ihr Foto wurde an sämtliche Stellen verteilt, und alle Häfen und Flughäfen sind informiert, auf eine Caroline Johnson oder Angela Grange zu achten, obwohl sie noch andere Namen benutzen könnte. Die Sicherheitskameras am Bahnhof von Eastbourne haben eine Frau aufgezeichnet, auf die ihre Beschreibung passt. Sie kam spät am einundzwanzigsten an, und ein Taxifahrer *glaubt*, er könnte sie an dem Abend am Hope-Hostel abgesetzt haben, ist sich aber nicht sicher.«

»Was sagen sie im Hope?«

»Was denkst du wohl?«

»Verpisst euch?« Die Mitarbeiter des Hope beschützten ihre Bewohnerinnen mit Klauen und Zähnen. Was großartig war, wenn dort ein Opfer wohnte, allerdings weniger hilfreich, beherbergten sie eine Verdächtige.

»So ungefähr.« James rieb sich seitlich an der Nase. »Die Polizei in Derbyshire hat deinen Shifty zur Befragung geholt, aber nach meinem letzten Stand verweigert er jede Aussage.«

Nicht weiter verwunderlich, dachte Murray. Vor allem nicht nach dem, was ihnen die Wirtin Caz erzählt hatte, als Sarah und er aus dem Wagon and Horses auscheckten.

»Der versorgt die Leute übrigens nicht nur mit Wohnungen.«

Murray hatte stumm abgewartet.

»Gras. Koks. Crack.« Sie zählte es an den Fingern ab, als ginge sie eine Einkaufsliste durch. »Waffen auch. Ich meine nur, seien Sie vorsichtig, Schätzchen.«

»Der Super hat die Genehmigung für Straßensperren auf sämtlichen Ausfallstraßen von Eastbourne angeordnet«, sagte James. »Bisher hatten wir kein Glück. Mark Hemmings ist seiner Lebensgefährtin nach London nachgefahren. Er geht nicht an sein Handy, also ist er vermutlich noch unterwegs. Sobald ich eine Adresse habe, schicke ich eine Met-Einheit hin, um sie zu befragen. Wir wollen wissen, ob Caroline sie kontaktiert hat oder bei wem sie sich gemeldet haben könnte.«

Murray hörte nicht mehr zu. Jedenfalls nicht James' Überlegungen. Stattdessen ging er im Kopf noch mal alle Gespräche durch, die er mit Anna Johnson, Mark Hemmings und Diane Brent-Taylor geführt hatte. Denn nach wie vor spürte er dieses Unbehagen tief in seinem Bauch, dieses Kribbeln in seinem Nacken.

Soweit sie wussten, war Caroline Johnson am 21. Dezember in Eastbourne angekommen, dem Jahrestag ihres angeblichen Todes und dem Tag, an dem Anna Johnson mit der Behauptung zur Polizei gegangen war, dass ihre Mutter ermordet wurde. Sie hatte so hartnäckig darauf gedrängt, dass Murray die Ermittlung wiederaufnahm, und dennoch hatte sie ihn keine Woche später angeschrien, er solle nicht weiter nachforschen. Murray hatte ihren Sinneswandel auf die wechselhaften Gefühle einer trauernden Tochter geschoben, aber jetzt wurde ihm mit Entsetzen klar, wie gefährlich falsch er gelegen hatte. Und endlich fiel ihm ein, was ihm merkwürdig vorgekommen war, als er bei Anna gewesen war, um nach ihrem Handy zu fragen. Sie sei allein zu Hause, hatte sie gesagt. Trotzdem hatten zwei Teebecher auf dem Küchentisch gestanden.

»Ich bin im Auto. Meine ... eine Freundin fährt«, hatte Anna vorhin gesagt.

Dieses Zögern – warum hatte ihn das nicht eher stutzig gemacht? Er war so erpicht gewesen, derjenige zu sein, der Anna erzählte, dass die Leiche ihres Vaters gefunden wurde, hatte dringend beweisen wollen, dass er im Herzen immer noch ein Detective war.

»Wir brauchen die Adresse in Putney«, sagte Murray. »Und zwar schnell.«

58

Anna

Ich denke an all die Actionfilme, die ich gesehen habe, in denen jemand gegen seinen Willen in einem Wagen ist.

Ich bin nicht gefesselt und geknebelt. Ich blute nicht oder bin halb bewusstlos. In Filmen kriechen sie durch die Rückbank und öffnen die Kofferraumklappe; sie treten die Rücklichter ein und winken nach Hilfe. Sie machen auf sich aufmerksam, schicken vielleicht Morse-Botschaften mit der Blitzfunktion ihrer Handys.

Ich bin nicht in einem Film.

Ich sitze brav hinter meiner Mutter, als wir von der Autobahn und durch die Straßen des südwestlichen Londons fahren. Wir halten an einer Ampel, und ich überlege, gegen das Fenster zu hämmern. Zu schreien. Eine Frau in einem Fiat 500 steht auf der Abbiegerspur rechts von uns. Mittleres Alter. Vernünftig. Wenn sie die Polizei ruft und mir folgt, bis sie uns haben …

Aber was ist, wenn sie es nicht tut? Wenn sie mich nicht bemerkt, mein Schreien als idiotisch abtut oder sich in nichts verstricken lassen will? Wenn es nicht klappt, mache ich meine Mutter umsonst wütend.

Und im Moment ist sie schon sehr angespannt. Ich erinnere mich an Kindertage, nachdem ich gelernt hatte, die Zeichen zu lesen und zu erkennen, wann ich unterbrechen konnte, um zu fragen, ob ich draußen spielen durfte, etwas mehr Taschengeld bekommen oder die Erlaubnis, zu einem Konzert in Brighton zu fahren. Ich pirschte mich langsam an sie heran, und wenn ich den Puls an ihrer Schläfe sah, wusste ich, dass ich es verschieben musste, bis sich der Stress des Tages gelegt hatte und sie bei einem Glas Wein entspannte.

Obwohl ich weiß, dass die Kindersicherung aktiviert ist, bewegt meine Hand sich wie von selbst zur Tür und drückt auf den Knopf, der das Fenster öffnet. Es ertönt ein dumpfes Klicken, als die Mechanik den Versuch registriert und blockiert. Im Rückspiegel sehe ich meine Mutter aufblicken.

»Lass uns raus.« Ich versuche es wieder. »Du kannst den Wagen haben, und Ella und ich fahren nach Hause ...«

»Dazu ist es zu spät.« Ihre Stimme ist hoch. Panisch. »Sie haben Toms Leiche gefunden.«

Mir läuft ein Schauer über den Rücken, als ich an meinen Vater in der Klärgrube denke. »Warum?«, frage ich. »Warum hast du das getan?«

»Es war ein Unfall!«

Ella wacht erschrocken in ihrem Autositz auf und starrt mich an, ohne zu blinzeln.

»Ich ... ich war wütend. Ich habe zugeschlagen. Er ist ausgerutscht. Ich ...« Sie bricht ab und verzieht das Gesicht, als wolle sie die Bilder abwehren, die ihr durch den Kopf gehen. »Es war ein Unfall.«

»Hattest du einen Krankenwagen gerufen? Die Polizei?«

Stille.

»Warum bist du zurückgekehrt? Du warst damit durchgekommen. Jeder dachte, dass Dad und du Selbstmord begangen hättet.«

Sie nagt an ihrer Lippe, sieht in die Spiegel und wechselt auf die rechte Spur, um abzubiegen. »Roberts Anbau. Er hatte ihn seit Monaten geplant, aber ich wusste nicht, dass er das alte Abwassersystem ausheben lassen musste, sonst hätten wir nie ...« Sie verstummt abrupt.

»Wir?« Angst verbeißt sich wie eine Zange in mein Inneres.

»Ich habe versucht, es zu verhindern. Er hat keine Genehmigung bekommen, und dann ging er in Berufung. Ich legte Widerspruch ein, aber ich musste sehen ... Ich musste sehen ...«

»Was musstest du sehen?«

Die Antwort ist ein Flüstern. »Ob von der Leiche noch etwas übrig war.«

Mir wird speiübel. »Du hast gesagt *wir*.« Ich denke an den Mitsubishi. Die Angst meiner Mutter vorhin war echt. »Wer ist uns gefolgt? Vor wem hast du solche Angst?«

Sie antwortet nicht.

Das Navi schickt uns nach links. Wir sind fast da.

Ich bekomme Panik. Wenn wir erst in der Wohnung sind, ist eine Flucht ausgeschlossen.

Verstohlen löse ich Ellas Gurte im Autositz, damit ich sie in dem Moment greifen kann, in dem meine Mutter die Autotür öffnet. Ich vergegenwärtige mir die Tiefgarage unter Marks Wohnung in Putney. Das Garagentor wird mit einem Zahlencode geöffnet und schließt sich automatisch. Es rollt mit einem kreischenden Ächzen zu, das ich immer furchtbar fand, wenn ich früher Mark hier besuchte. Sein Stellplatz ist am hinteren Ende der Garage. Wie schnell geht das Tor zu? Ich versuche, mich zu erinnern, in welchem Tempo das Tageslicht schwand, während man zum Fahrstuhl ging, bis es schließlich ganz ausgesperrt war und das Tor mit einem dumpfen Knall auf dem Boden aufschlug. Es wird reichen. Ich muss schnell sein, aber es bleibt genug Zeit.

Mein Blut pocht so heftig in meinem Kopf, dass ich überzeugt bin, jeder kann es hören. Ich schiebe einen Arm unter Ella, wage jedoch nicht, sie zu früh hochzuheben. Meine Mutter soll nicht ahnen, dass ich fliehen will. Sie wird uns natürlich nachlaufen, doch selbst aus dem Training und mit einem Baby kann ich schneller laufen als sie. Ich muss es schaffen.

Meine Mutter zögert, ist unsicher, wohin das Navi sie führt. Ich kann die Einfahrt zur Tiefgarage sehen, sage aber nichts. Sie soll nicht wissen, dass ich schon hier war und mit allem vertraut bin. Ich brauche jeden Vorteil, den ich kriegen kann.

Sie kriecht vorwärts, sieht zu jedem Eingang, bis sie den richtigen entdeckt. Sie braucht drei Anläufe, um den Code einzugeben, den Mark ihr auf einen Zettel geschrieben hat, weil ihre zitternden Finger immer wieder von den Tasten abrutschen.

Langsam hebt sich das Metalltor. Es ist langsamer, als ich es in Erinnerung habe, und ich bin froh, weil es sich im selben Tempo wieder schließen wird. Ich stelle mir die Entfernung zwischen dem Stellplatz und dem Ausgang vor, bereite mich im Geiste auf den Sprint mit Ella in meinen Armen vor.

In der Tiefgarage ist es dunkel, nur sporadisch dort von Neonlichtern erhellt, wo kein Tageslicht hineindringt. Das Rolltor schabt metallen, als es aufgeht.

Wir sind durch das Tor und die Rampe hinunter, bevor ich das Scheppern höre, mit dem das Tor die Oberkante erreicht. Es folgt eine Pause, dann setzt das Schaben wieder ein. Das Tor schließt sich.

Ich kann mich nicht bremsen. »Ich glaube, sein Platz ist da drüben.«

Sie manövriert den Wagen in die nächste Reihe direkt vor Marks Parkplatz. Ich beginne, Ella aus ihrem Sitz zu heben. Sie versteift sich jammernd, und ich beschwöre sie stumm, mitzumachen. Meine Mutter zögert wieder, überlegt anscheinend, ob sie rückwärts einparken soll, fährt dann aber doch vorwärts in die Lücke.

Ella ist in meinen Armen. Mum ist ausgestiegen. Mach schon, mach schon! Ich blicke mich zu dem hellen Rechteck um, vor dem sich das Tor schließt.

Ihre Hand ist auf dem Türgriff.

Mach schon!

Es müssen zwanzig Meter zwischen Wagen und Ausgang sein. Zehn Sekunden, bis das Tor auf dem Boden aufsetzt. Es ist möglich. Es muss möglich sein.

Sie öffnet meine Autotür.

Ich zögere nicht, sondern trete fest zu. Die Tür knallt gegen meine Mutter, so dass sie rückwärtsfliegt. Ich krabble aus dem Wagen, Ella an meine Brust gepresst, und renne los.

59

Ich hätte sie rausgelassen. Anna und Ella.

Als ich den Wagen anhielt und Anna befahl auszusteigen, meinte ich es ernst. Nicht nur weil ich dann ebenfalls weggekonnt hätte – so schnell und weit verschwinden, dass ich nicht gefunden würde –, sondern weil ich nie wollte, dass die beiden verletzt werden.

Jetzt ist es zu spät. Ich muss sie bei mir behalten. Als Versicherung. Als Pfand.

Wäre ich deine Leiche doch nur allein losgeworden, dann wäre dies hier niemals geschehen. Aber ich konnte nicht.

Ich kniete auf dem Boden, wo dein Blut durch meine Jeans sickerte. Ich fühlte nach einem Puls, wartete, dass deine Brust sich hob und senkte – obwohl mir der blutige Schaum zwischen deinen Lippen verriet, was ich wissen musste. Es gab kein Zurück mehr. Für keinen von uns.

Ich hätte nicht sagen können, ob ich um dich oder um mich weinte. Vielleicht um uns beide. Alles, was ich weiß, ist, dass ich schlagartig nüchtern war. Ich legte die Arme um dich, versuchte, dich aufzusetzen, aber meine Hände waren glitschig vom Blut, und du rutschtest mir weg und schlugst wieder auf den Fliesen auf.

Ich schrie, rollte dich herum und sah das Gewebe durch den Spalt in deinem Schädel. Ich übergab mich. Zweimal.

Und da, als ich dort saß, bedeckt von deinem Blut und weinend vor Angst vor dem, was jetzt auf mich zukam, ging die Tür auf.

60

Anna

Ella in meinen Armen bringt mich aus dem Gleichgewicht. Ich schwanke beim Laufen von einer Seite zur anderen, wie eine Betrunkene, die hinter dem letzten Bus herrennt. Hinter mir rappelt meine Mutter sich stöhnend auf. Sie ist verletzt.

Ich höre ihre Schuhe – bequeme flache Schuhe, passend zu ihrer neuen, schäbigen Erscheinung, die sie als Angela angenommen hat. Die Sohlen schlagen hinter uns auf den Estrichboden, als sie losläuft.

Graue Stützpfeiler stehen in gleichmäßigen Abständen und unterteilen die Tiefgarage. Neonröhren flackern in den schmutzigen Kunststoffröhren und lassen jede Säule doppelte Schatten auf den Boden werfen. Es raubt mir die Orientierung. Ich konzentriere mich auf das Rechteck Freiheit direkt vor mir. Das Rechteck, das, während ich hinsehe, die Abmessungen wechselt, als hätte es jemand auf die Seite gedreht.

Zwischen den Parkreihen sind halbhohe Mauern, von denen ich dachte, ich könnte über sie hinwegspringen. Sie sind höher, als ich sie in Erinnerung hatte – und breiter –, deshalb klettere ich über die erste, schürfe mir das Knie durch die Jeans auf und lasse beinahe Ella fallen. Ich drücke sie fest an meine Brust, und sie reißt den Mund auf, um einen sirenenartigen Schrei auszustoßen, der durch die Garage hallt und sich dabei verzehnfacht.

Ich blicke über meine Schulter, kann meine Mutter aber nicht sehen. Unwillkürlich halte ich inne: Hat sie aufgegeben? Doch jetzt höre ich ein Geräusch und schaue nach links. Sie ist zur Seite gedriftet. Es ergibt keinen Sinn, bis ich erkenne, dass dort keine Mauern oder Säulen sind, denen man ausweichen muss. Ihr Weg ist weiter als meiner, aber ohne Hindernisse. Sie wird mich eingeholt haben, ehe ich am Tor bin. Es sei denn ...

Ich sprinte schneller. Es sind noch zwei Mauern zwischen mir und dem Tor und keine Zeit, um über sie zu klettern. Ich verlege Ella unter meinen einen Arm, worauf sie noch lauter schreit, aber so bin ich beweglicher. Die erste Mauer erscheint vor mir. Wann habe ich zuletzt eine Hürde übersprungen? Vor zehn Jahren?

Drei Schritte.

Zwei.

Ich hebe das rechte Bein und strecke es vor, während ich mich mit dem linken abstoße und es sofort anziehe, um über die Mauer zu kommen. Mein Fuß streift den Beton, aber ich bin drüben und renne weiter.

Der Türmechanismus kreischt. Metall schabt an Metall. Es ist noch ein Meter zwischen Tor und Boden, und der Spalt Nachtluft schrumpft vor der dunklen Garage zurück, als fürchtete er sich genauso wie ich.

Die letzte Mauer.

Drei.

Zwei.

Eins.

Ich springe zu früh ab.

Halb über die Mauer, schleudert es mich nach vorn und nach links, und ich schaffe es gerade noch, Ella zur Seite zu ziehen, als ich gegen den Kühler eines Mercedes fliege.

Der Aufprall verschlägt mir den Atem.

»Mach es uns nicht so schwer, Anna.«

Mir ist schwindlig vor Sauerstoffmangel und dem Schmerz in meinem Bauch und meiner Brust. Ich hebe den Kopf, immer noch auf der Kühlerhaube liegend, und sehe sie dastehen. Zwischen mir und dem Ausgang.

Ich gebe auf.

Das Tor ist noch nicht ganz geschlossen. Die dicke Metallschiene unten ist niedriger als meine Hüften, aber höher als meine Knie. Das Licht ruft nach mir. Noch ist Zeit.

Aber sie steht da.

Und obwohl ihre Hand zittert und sie geschworen hat, dass sie nicht wisse, wie man das Ding benutzt, schaffe ich es nicht, den blanken schwarzen Lauf der Waffe zu ignorieren.

61

Ich wünschte, du wärst hier. Was für eine Ironie, nicht?

Du würdest wissen, was zu tun ist.

Du würdest deine Hand auf meine legen und meinen Arm nach unten drücken, bis die Waffe auf den Boden zielt. Du würdest sie mir abnehmen, und obwohl ich dich anbrüllen würde, dass du mich in Ruhe lassen sollst, wie ich dich angebrüllt habe, als du mir den Wodka wegnehmen wolltest, wie ich dich anbrüllte, wenn du mir sagtest, ich hätte genug, würde ich dich lassen. Ich würde dich die Waffe nehmen lassen.

Ich will sie nicht in meiner Hand. Wollte sie nie.

Er kam damit an. Shifty. Sammelte die Wochenmiete ein, legte die Waffe auf den Tisch und sagte, er hätte gedacht, dass ich die vielleicht haben will. Zwei Riesen.

Er wusste, wie knapp ich bei Kasse war. Wusste, dass Toilettenputzen – sogar an einer vornehmen Mädchenschule – keine solchen Summen einbrachte und ich ihm schon alles für die Miete zahlte, was ich verdiente.

Aber er wusste auch, dass ich Angst hatte. Er bot mir einen Kredit zu Zinsen an, bei denen mir die Luft wegblieb, aber was hatte ich für eine Wahl? Ich brauchte Schutz.

Ich nahm den Kredit und kaufte die Waffe.

Mir ging es besser damit zu wissen, dass sie da war, auch wenn ich nicht ernsthaft daran dachte, sie jemals zu benutzen. Ich stellte mir vor, was geschehen würde, würde man mich finden; malte mir aus, in die Schublade zu greifen, in der ich sie verwahrte. Zu zielen. Zu feuern.

Meine Hand zittert.

Sie ist deine Tochter. Das ist deine Enkelin!

Was tue ich bloß?

Ich höre das schwache Heulen einer Sirene und hoffe halb,

dass es lauter wird. Aber es verklingt. Dabei brauche ich dringend jemanden, der mich aufhält.

Wärst du doch hier.

Aber ich nehme an, wenn du noch hier wärst, würde ich dich jetzt nicht brauchen.

62

Anna

Ich möchte sie ansehen, um zu erkennen, ob ihre zitternde Hand bedeutet, dass sie genau solche Angst hat wie ich. Nur kann ich nicht aufhören, auf die Waffe zu starren. Ich schlinge die Arme um Ella, als könnten sie eine Kugel aufhalten, und frage mich, ob es das war. Sind dies die letzten Sekunden, die ich mit meiner Tochter verbringe?

Jetzt wünschte ich, ich hätte gegen das Autofenster gehämmert. Der Frau im Fiat 500 zugerufen. Versucht, das Glas einzutreten. Etwas getan. Irgendwas. Was für eine Mutter versucht nicht einmal, ihr Baby zu retten?

Vor Jahren, als ich von einer Freundin nach Hause ging, versuchte jemand, mich in einen Wagen zu zerren. Ich kämpfte wie ein Tier. Ich kämpfte so verbissen, dass ich ihn zum Aufgeben brachte.

»Du verfluchte Schlampe«, rief er, ehe er wegfuhr.

Da musste ich nicht einmal nachdenken. Ich kämpfte einfach.

Warum mache ich das jetzt nicht auch?

Sie zeigt mit der Waffe zur Ecke der Garage. Einmal. Zweimal.

Ich bewege mich.

Es ist nicht nur die Waffe. Es ist, weil sie ist, wer sie ist, weil ich darauf programmiert bin, bei ihr zu sein. Wie eine beste Freundin, die sich plötzlich gegen einen wendet, oder ein Liebhaber, der einen unerwartet schlägt. Ich bekomme nicht zusammen, was hier mit der Person geschieht, die ich zu kennen glaubte. Es ist leichter, sich gegen einen Fremden zu wehren. Leichter, einen Fremden zu hassen als sein eigenes Fleisch und Blut.

Von draußen höre ich ein fernes Rattern wie von einem Maschinengewehr. Feuerwerk. Es ist noch eine Stunde bis Mitternacht – jemand feiert verfrüht. Die Tiefgarage ist verlassen. Alle

Hausbewohner sind entweder ausgegangen oder haben es sich zu Hause gemütlich gemacht.

Die Aufzugtüren öffnen sich zu einem mit Teppichboden ausgelegten Flur. Marks Wohnung ist am Ende des Korridors, und als wir uns der Wohnung direkt nebenan nähern, sind wilde Schreie zu hören. Musik dröhnt aus dem Innern. Wenn die Tür angelehnt ist – damit Leute kommen und gehen können –, könnte ich sie aufstoßen und nach drinnen fliehen. Wäre sicher in der Menge.

Mir ist nicht bewusst, dass ich langsamer geworden bin, dass sich mein ganzer Körper für diesen letzten Versuch bereitmacht, mein Leben – Ellas Leben – zu retten. Aber das muss ich wohl, denn ich bekomme einen spitzen Stoß in den Rücken, und ich muss nicht hinsehen, um zu wissen, dass sie mir die Waffe an den Rücken presst.

Ich gehe weiter.

Marks Wohnung sieht vollkommen anders aus, als ich sie in Erinnerung habe. Das Ledersofa ist zerkratzt und eingerissen, die Polsterfüllung quillt aus einem Riss in der Armlehne. Und der Holzfußboden ist von Brandflecken übersät. Aus der Küche ist der Müll zwar entsorgt worden, den die Mieter zurückgelassen hatten, aber der Gestank ist noch da. Er verfängt sich hinten in meiner Kehle.

Dem Sofa gegenüber stehen zwei Sessel. Beide sind schmutzig. Einer ist mit etwas bespritzt, das Farbe sein könnte. Die weichen Wolldecken, die Mark immer gefaltet über die Rückenlehnen drapiert hatte, liegen zusammengeknüllt auf dem anderen Sessel.

Wir stehen in der Zimmermitte. Ich warte, dass sie mir Anweisungen gibt, etwas sagt – irgendwas –, aber sie steht einfach nur da.

Sie weiß nicht, was sie tun soll.

Sie hat keine Ahnung, was sie mit uns anfangen soll, nun, da sie uns hier hat. Irgendwie finde ich das beängstigender, als zu wissen, dass dies alles Teil eines ausgeklügelten Plans ist. Alles Mögliche könnte passieren.

Sie könnte alles Mögliche tun.

»Gib mir das Baby.« Jetzt hält sie die Waffe mit beiden Händen, was wie die Karikatur einer Gebetshaltung anmutet.

Ich schüttle den Kopf. »Nein.« Ich halte Ella so fest, dass sie aufschreit. »Du bekommst sie nicht.«

»Gib sie mir!« Sie klingt hysterisch. Gerne würde ich glauben, dass jemand sie hört, an die Tür klopft und fragt, ob alles in Ordnung ist, aber der Partylärm von nebenan dringt durch die Wände, und ich denke, selbst wenn ich schreie, wird keiner kommen.

»Leg sie auf den Sessel, und geh da rüber.«

Wenn sie mich erschießt, hat Ella niemanden, der sie aus dieser Situation rettet. Ich muss am Leben bleiben.

Langsam gehe ich auf einen der Sessel zu und lege Ella auf den Deckenhaufen. Sie blinzelt zu mir auf, und ich ringe mir ein Lächeln ab, obwohl es wahnsinnig schmerzt, sie loszulassen.

»Jetzt beweg dich.« Noch ein Rucken mit der Waffe.

Ich gehorche, ohne den Blick von Ella abzuwenden, als meine Mutter sie hochhebt und an ihre Brust presst. Sie gibt beruhigende Laute von sich und wippt auf ihren Fußballen. Wäre die Waffe in ihrer Hand nicht, könnte sie schlicht eine hingebungsvolle Großmutter sein.

»Du hast Dad umgebracht.« Ich fasse es immer noch nicht.

Sie sieht mich an, als hätte sie mich bereits vergessen. Dann geht sie im Zimmer auf und ab, hin und her, hin und her. Ob es Ella oder sie selbst beruhigen soll, lässt sich nicht sagen. »Es war ein Unfall. Er ist ... gefallen. Gegen den Küchentresen.«

Ich halte mir die Hände vor den Mund, ersticke den Schrei, der sich bei dem Gedanken in mir aufbaut, wie mein Vater auf dem Küchenfußboden liegt. »War er ... war er betrunken?«

Es ändert nichts, doch ich suche nach Gründen, versuche zu verstehen, wie es dazu gekommen ist, dass mein Baby und ich in dieser Wohnung gefangen sind.

»Betrunken?« Meine Mutter sieht für einen Moment verwirrt aus. Dann dreht sie sich weg, so dass ich ihr Gesicht nicht sehe. Als sie spricht, höre ich, dass sie sich anstrengt, nicht zu weinen. »Nein, er war nicht betrunken. *Ich* war es.« Sie dreht sich wieder zu mir. »Ich habe mich verändert, Anna. Ich bin nicht mehr der Mensch, der ich damals war. Die alte Caroline starb – so wie ihr es alle gedacht habt. Ich hatte eine Chance, neu anzufangen; die alten Fehler nicht zu wiederholen. Niemandem wehzutun.«

»Nennst du das hier niemandem wehtun?«

»Das hier war ein Fehler.«

Ein Unfall. Ein Fehler. Mir schwirrt der Kopf von den Lügen, die sie erzählt hat. Und wenn dies die Wahrheit ist, bin ich nicht sicher, ob ich sie hören will.

»Lass uns gehen.«

»Das kann ich nicht.«

»Doch, kannst du, Mum. Du hast es selbst gesagt: Dies alles ist ein großer Fehler gewesen. Gib mir Ella, leg die Waffe weg, und lass uns gehen. Mir ist egal, was du danach machst. Lass uns einfach gehen.«

»Sie werden mich ins Gefängnis stecken.«

Ich antworte nicht.

»Es war ein Unfall! Ich habe die Beherrschung verloren, einfach zugeschlagen. Ich wollte ihn nicht treffen. Er ist ausgerutscht und ...« Tränen laufen auf ihren Wangen hinab und tropfen auf ihren Pullover. Sie sieht unglücklich aus, und trotz allem, was sie getan hat, merke ich, wie ich schwach werde. Ich glaube ihr, wenn sie sagt, dass es nie so sein sollte. Wer würde das hier wollen?

»Dann erzähl das der Polizei. Sei ehrlich. Das ist alles, was du tun kannst.« Ich spreche betont ruhig, doch sobald das Wort »Polizei« fällt, reißt sie erschrocken die Augen auf und beginnt wieder, auf und ab zu wandern, noch schneller und hektischer als zuvor. Sie zieht die Schiebetür zum Balkon auf, und eisige Luft weht herein. Von irgendwo auf der Straße – sieben Stockwerke tiefer – sind Jubelrufe zu hören, und aus allen Richtungen dröhnt Musik. Mein Herz wummert, und meine Hände sind auf einmal klamm und heiß, trotz der offenen Tür. »Mum, komm wieder rein.«

Sie tritt hinaus auf den Balkon.

»Mum, gib mir Ella.« Ich versuche, ruhig zu sprechen.

Der Balkon ist klein, eher als Raucherecke gedacht als für Grillabende, und hat eine Glasumrandung.

Meine Mutter tritt an die Brüstung. Sie sieht nach unten, und mir ist nicht einmal bewusst, dass ich aufschreie, bis mir mein eigener Schrei in den Ohren gellt. Doch es bewirkt nichts, denn meine Mutter starrt entsetzt nach unten. Ella ist fest in ihrem Arm, aber so nahe an der Kante. So nahe ...

»Gib mir Ella, Mum.« Ich gehe langsam, setze behutsam einen Fuß vor den anderen, als würden wir Ochs am Berg spielen. »Du willst ihr nichts tun. Sie ist noch ein Baby.«

Sie dreht sich um. Ihre Stimme ist so schwach, dass ich Mühe habe, sie zu verstehen. »Ich weiß nicht, was ich tun soll.«

Behutsam nehme ich ihr Ella ab, widerstehe dem Drang, sie an mich zu reißen und wegzulaufen, mich in einem der Zimmer zu verbarrikadieren. Meine Mutter sträubt sich nicht, und ich halte den Atem an, als ich eine Hand ausstrecke. Sie weiß, dass es aufhören muss.

»Jetzt gib mir die Waffe.«

Es ist, als hätte ich einen Zauber gebrochen. Sie sieht mich an, scheint sich erst in diesem Moment bewusst zu machen, dass ich hier bin. Ihr Griff wird fester, und sie will den Arm wegziehen, aber meine Hand ist schon an ihrem Handgelenk, und obwohl ich entsetzliche Angst habe, kann ich nicht loslassen. Ich drücke ihren Arm weg von mir – weg von uns – in Richtung Nachthimmel, aber sie will sich wieder zur Wohnung drehen, und wir beide bieten alle Kraft auf, die wir besitzen. Wir rangeln wie Kinder um ein Spielzeug. Keine von uns lässt los. Keine hat den Mut, mehr zu tun, falls ...

Es klingt nicht wie eine Waffe.

Eher hört es sich wie eine Bombe an. Wie ein einstürzendes Gebäude. Wie eine Explosion.

Das gläserne Geländer zerspringt. Ein Echo von dem Schuss, von dem Krachen des Feuerwerks über uns.

Ich lasse als Erste los, trete von der Balkonbrüstung zurück, wo jetzt nur noch Leere zwischen sicherem Boden und Nachthimmel ist. Meine Ohren klingeln, als wäre ich in einem Glockenturm. Mittendrin schreit Ella, und ich weiß, dass es ihr wehtun muss, denn mir tut es auch weh.

Meine Mutter und ich starren uns an, beide voller Entsetzen angesichts dessen, was eben geschehen ist. Was hätte geschehen können. Sie sieht zu der Waffe, hält sie auf der flachen Hand, als wolle sie das Ding nicht berühren.

»Ich weiß nicht, was ich tun soll«, flüstert sie.

»Leg die Waffe hin.«

Sie geht nach drinnen, legt die Waffe auf den Couchtisch und geht auf und ab. Dabei murmelt sie etwas, verzieht das Gesicht, hält die Hände an ihren Kopf, die Finger in ihr Haar gekrallt.

Ich blicke vom Balkon zur Straße hinunter, Ella sicher auf Abstand zur Kante. Wo sind die Leute? Wo sind die Streifenwagen, die Krankenwagen, die Menge, die sehen will, woher der Schuss kam? Da ist nichts. Keiner schaut nach oben. Keiner rennt. Feiernde ziehen von einer Bar zur nächsten. Ein Mann in einem Mantel telefoniert. Er geht um die Glasscherben herum. Betrunkene, Müll, zerbrochenes Glas – nur eine weitere Begleiterscheinung von Silvester.

Ich rufe: »Hilfe!«

Wir sind im siebten Stock. Die Luft ist voller Musikfetzen, als Türen auf- und zugehen, ein beständiges Basswummern von irgendwo einige Straßen weiter, Feuerwerk von Partygästen, die nicht bis Mitternacht warten wollen.

»Hier oben!«

Unten ist ein Paar auf dem Gehweg. Ich sehe mich zu meiner Mutter um, ehe ich mich so weit nach vorn lehne, wie ich wage, und noch mal rufe. Die Frau sieht nach oben; dann er. Er hebt einen Arm. In seiner Hand hält er etwas, das wie ein Pint-Glas aussieht. Und das blecherne Johlen, das zu mir heraufweht, verrät mir, dass mein Rufen sinnlos ist.

Ich will mich gerade wegdrehen, da sehe ich es.

An der Straße und direkt auf der doppelten gelben Linie steht ein schwarzes Auto. Ein Mitsubishi Shogun.

63

Murray

Murray und DS Kennedy waren in die Küche von Oak View umgezogen, die als inoffizieller Besprechungsraum diente.

»Sucht im Wählerverzeichnis nach Mark Hemmings.« Im Stehen erteilte James einem jungen DC Anweisungen, der hastig alles notierte, um es an die Zentrale weiterzugeben. Sein Telefon klingelte. Er nahm das Gespräch an, hörte aufmerksam zu, bevor er den Detective Sergeant auf den neuesten Stand brachte.

»Auf der Strecke aus Eastbourne raus hat Anna Johnsons Wagen zwei Treffer bei der automatischen Kennzeichenerkennung. Die Kameras auf der A27 haben sie nicht registriert, obwohl es dort mehrere gibt.« Murray gefiel das nicht. Hatte Caroline Anna und das Baby ganz woanders hingebracht? Der DC sprach noch. »In London haben sie den Wagen dann wieder aufgeschnappt. Das letzte Mal kurz nach zweiundzwanzig Uhr auf dem Südring.«

James sah zu Murray. »Irgendwas von Hemmings' Handy?«

»Immer noch keine Antwort. Ich versuche es weiter.«

»Ich habe eine Ortung von Annas Handy angefordert.«

Murray drückte auf Wahlwiederholung. Nichts. Er hatte schon eine Nachricht hinterlassen, aber wenn Mark sein Handy während der Fahrt stummgeschaltet hatte, könnte noch eine Stunde vergehen, ehe er sich meldete. Bis dahin hatte Caroline womöglich wer weiß was geplant.

»Sarge, es gibt tonnenweise Mark Hemmings' im Wählerverzeichnis. Haben wir einen zweiten Vornamen?«

Während James den Poststapel auf dem Küchentisch in der Hoffnung durchsuchte, zumindest ein Initial zu finden, rief Murray Google auf.

Es dürfte das Onlinependant zu guter altmodischer Polizeiarbeit sein, dachte er. Die Art, bei der man sich nicht auf die IT, die Datenbanken oder die Datenschutzfreigaben verließ. Vielmehr entsprach es dem Wandern von Tür zu Tür, um echte Menschen zu fragen, was sie wussten.

Er suchte nach »Mark Hemmings, Putney« und bekam zu viele Treffer, als dass es etwas nützen konnte. Für einen Moment schloss er die Augen und überlegte, was er über Annas Lebensgefährten wusste. Dann erlaubte er sich ein kleines Lächeln. Mark Hemmings hatte nicht nur in Putney *gewohnt*; er hatte dort *gearbeitet.*

»Wohnung 702, Putney Bridge Tower, SW15 2JX.« Murray schob James das Handy über den Tisch, auf dessen Display das Verzeichnis akkreditierter Psychotherapeuten geöffnet war: *Mark Hemmings, Dip.ST, DipSTTS, MA (Psych), UKCP (Accredited), MBACP.*

»Gut gemacht.«

Murray hörte zu, während James die Adresse an die Zentrale durchgab. Sofort nach dem Anruf würde Sussex alles an die Metropolitan Police weitergeben, die dann in Aktion trat. Die Einsatzzentrale würde jede Menge Leute losschicken. *Keine Sirenen … Alle Officer warten am Zugriffsort auf weitere Instruktionen.* Die Scharfschützen machten sich bereit für die Einschätzung der Bedrohungslage und Freigaben. Ein Krankenwagen wurde angefordert. Verhandler waren auf Stand-by. Jede Menge Leute, die alle auf dasselbe Ziel hinarbeiteten.

Alle hofften, dass sie rechtzeitig da waren.

»Das war es dann«, sagte James und legte sein Handy hin. »Ich hasse diese grenzübergreifenden Jobs. Wir haben die Rennerei, und die Met kriegt die Festnahme.« Er zuckte frustriert mit den Schultern. »Ärgerlich, findest du nicht?«

Murray verstand ihn. Nur wurde ihm jetzt gerade klar, dass es ihn nicht frustrierte. Er wollte nicht bei der Verhaftung vor Ort sein, nicht beim Leichenzählen, beim Tee und den Orden.

Er wollte nach Hause.

Ihn interessierte durchaus, was mit Anna und Ella passierte – selbstverständlich tat es das –, doch er hatte endlich begriffen, was ihm schon vor langer Zeit hätte klar werden müssen. Verbrechen wurden nicht von einem einzelnen Ermittler aufgeklärt. Ein Team löste Fälle. Murray war ein guter Detective gewesen, aber er war nicht unentbehrlich. Das war niemand.

»Murray.« James zögerte. »Es war mein Team, das sich ursprünglich mit den Johnson-Selbstmorden befasst hatte. Ich persönlich habe die Akten für den Coroner abgezeichnet.«

»Wir alle übersehen Dinge, James. Caroline hat ganze Arbeit geleistet. Die Sache war praktisch wasserdicht.« Caroline. Wie hatte sie allein Toms Leiche in die Klärgrube bekommen?

»Ich war frisch befördert, wollte mich auf schwere Körperverletzung, sexuelle Nötigung und so stürzen, weißt du? Echte Verbrechen. Diese Sache wollte ich zu schnell vom Tisch kriegen.«

Murray erinnerte sich an seine Anfangszeit beim CID. An die Aufregung, wenn ein »guter« Fall reinkam; das kollektive Stöhnen, wenn die Ressourcen von Ermittlungen blockiert wurden, die zu nichts führten. Wäre er an James' Stelle gewesen, wer weiß, ob er nicht dasselbe getan hätte?

Er ließ den jüngeren Mann vom Haken, indem er leicht seinen Arm berührte, während er in Gedanken immer noch bei Caroline war. »Echter als das hier wird es nicht.«

Wer hatte Caroline geholfen, die Leiche zu entsorgen?

»Ich nehme das Team mit zurück ins Büro. Du darfst dich gerne zu uns gesellen – auf ein Update warten?«

»Danke, aber ich fahre nach Hause. Ich möchte das neue Jahr mit Sarah einläuten.« Er sah hinaus in den Garten, wo das Zelt geschlossen worden war und ein Uniformierter Wache stand. Der Mann hatte sich einen dicken schwarzen Schal um den Hals gewickelt.

»Kann ich dir nicht verdenken. Ich sage dir Bescheid, sowie wir von der Met hören.«

Sie standen auf. An der Wand neben Murray hing eine Pinnwand, und gedankenverloren betrachtete er sie, während er wartete, dass

James seine Unterlagen zusammensuchte. In der Mitte war ein Ultraschallbild. Ein Armband von einem Festival baumelte an einer Heftzwecke, ein Relikt aus Annas Leben vor dem Baby. Da war eine Hochzeitseinladung – nur zum Abendempfang – sowie eine Dankeskarte von Bryony für *Wundervolle Blumen – haben zwei Vasen gefüllt!*

Und ganz unten rechts war ein Faltblatt.

Das war es.

Das letzte Puzzleteil.

Euphorie war es nicht, was Murray empfand. Nur Erleichterung, weil ihn sein ehedem hervorragendes Gedächtnis doch nicht im Stich gelassen hatte. Er erinnerte sich endlich, was er an Diane Brent-Taylors Pinnwand gesehen hatte. Und vor allem wusste er genau, was es hieß.

»Eines noch«, sagte er zu James, als sie zu ihren Autos gingen. Dabei fragte er sich, ob er unbewusst diese Information zurückgehalten hatte – um sie selbst zu überprüfen und das Lob zu kassieren, wenn sich alles zusammenfügte. Doch das hatte er nicht. Vielmehr war er froh, das loszuwerden.

»Ja?«

»Ich weiß, wer Caroline Johnson geholfen hat, die Leiche loszuwerden.«

64

Anna

Da ist ein Geräusch auf dem Korridor. Das leise »Pling« des Aufzugs, der ankommt. Ich sehe zu meiner Mutter, doch ihr Blick fixiert die Tür.

»Wer ist das?«, flüstere ich, aber sie antwortet nicht.

Könnte es die Polizei sein?

Mark muss sie angerufen haben, sobald er dachte, dass wir aus Eastbourne raus waren; sie wissen, wo wir sind. Und jetzt, nachdem sie Dads Leiche gefunden haben, müssen sie auch wissen, was meine Mutter getan hat. Ihnen muss klar sein, bei wem ich bin ... Ich setze alle Hoffnung auf Mark und Murray, darauf, dass sie zwei und zwei zusammenzählen.

»Macht die Tür auf. Ich weiß, dass ihr da drinnen seid.«

Vor Erleichterung wird mir so schwindelig, dass ich fast loslache. Nicht die Polizei, aber das Zweitbeste.

Meine Mutter rührt sich nicht, ich hingegen sehr wohl. Wie blöd ich war! Der schwarze Mitsubishi Shogun hat uns nicht gejagt; er hat versucht, meine Mutter aufzuhalten. Ich laufe zur Tür und reiße sie auf, denn plötzlich sind wir zwei gegen eine, und ich fühle mich unbesiegbar.

»Gott sei Dank bist du hier!«

Auf einen Angriff von hinten bin ich vorbereitet, nicht von vorne. Er erwischt mich direkt auf der Brust und zwingt mich zurück, so dass es mir eben noch gelingt, Ella sicher festzuhalten, während ich stolpere und auf dem Hintern lande. Ich stöhne auf. Mein Verstand versucht, mit dem mitzuhalten, was meine Augen wahrnehmen.

Das hier ist nicht die Rettung.

Laura schließt die Wohnungstür und verriegelt sie. Sie hat eine enge schwarze Jeans an, hohe Schuhe und ein Glitzertop. Gekleidet für eine Party, zu der sie nun nicht geht. Unsere Silvesterparty. Ihr Haar fällt ihr in voluminösen Locken über die Schultern, und ihre Lider sind in glitzernden Grau- und Grüntönen geschminkt. Sie beachtet mich nicht, denn ihre Wut richtet sich gegen meine Mutter, die langsam zurückweicht, zum Balkon hin.

»Du verräterische Schlampe!«

65

An Lauras Gesichtsausdruck erinnere ich mich immer noch.

Sie stand in der Tür, wie erstarrt vor Entsetzen.

»Ich habe geklingelt. Die Tür war offen, deshalb ...« Sie sah zu dir. Das Blut gerann schon, und das Deckenlicht spiegelte sich in der klebrigen Lache auf dem Boden – gleich einem Heiligenschein, der deinen Kopf umrahmte. »Was ist passiert?«

Über jenen Moment habe ich viel nachgedacht. Über das, was ich sagte. Wäre alles anders, hätte ich ihr erklärt, dass es ein Unfall war? Dass ich die Beherrschung verloren und zugeschlagen hatte? Dass mich das Trinken Dinge tun ließ, an die ich niemals gedacht hätte?

»Ich habe ihn umgebracht.«

Alle Farbe schwand aus ihrem Gesicht.

Ich fühlte meine Muskeln krampfen, und mir wurde klar, dass ich die ganze Zeit an derselben Stelle gekniet hatte, seit ich ... seit du gefallen warst. Ich richtete mich auf. Erinnerte mich, dass ich immer noch den Flaschenhals in der Hand hatte. Ich ließ ihn fallen, und er schlug mit einem dumpfen Klimpern auf. Rollte ein Stück, ohne zu zerbrechen. Laura zuckte zusammen.

Das Geräusch holte mich aus meiner Erstarrung. Ich griff zum Telefon, wählte aber nicht. Meine Hand zitterte.

»Was machst du?«

»Ich rufe die Polizei.« Ich fragte mich, ob betrunken zu sein es besser oder schlimmer machte. Galt eine Tat unter Alkoholeinfluss als besonders übel, oder wirkte sich die Tatsache, dass ich nicht wusste, was ich tat, strafmildernd aus?

»Du darfst nicht die Polizei rufen!« Laura kam auf mich zu und riss mir das Telefon aus der Hand. Sie sah wieder zu dir und fuhr zusammen angesichts dessen, was hinter deinem Ohr hervorquoll. »Caroline, die verhaften dich! Die sperren dich ins Gefängnis!«

Ich sank auf einen Stuhl, weil meine Beine mich nicht mehr halten konnten. Da war ein befremdlicher Geruch in der Küche, metallisch und säuerlich, nach Blut, Schweiß und Tod.

»Du könntest lebenslänglich kriegen.«

Ich stellte mir vor, wie es wäre, mein Leben in einer Gefängniszelle zu fristen, dachte an die Dokus, die ich gesehen hatte. Ich dachte an *Prison Break* und *Orange is the New Black* und fragte mich, wie realitätsnah die waren.

Ich dachte auch an die Hilfe, die ich bekommen könnte.

Denn du hattest recht, Tom, das war kein Leben. Ich hatte mir vorgemacht, dass ich kein Problem hätte, weil ich nicht zitternd aufwachte oder mit einer Dose Special Brew im Park saß. Aber ich schrie dich an. Ich provozierte dich. Ich schlug dich. Und jetzt hatte ich dich umgebracht.

Ich *hatte* ein Alkoholproblem. Ein großes.

»Ich rufe die Polizei.«

»Caroline, überleg doch mal. Denk nach. Wenn du die anrufst, gibt es kein Zurück mehr. Was dann passiert, ist …« Sie erschauderte. »Gott, es ist furchtbar, aber du kannst es nicht ungeschehen machen. Ins Gefängnis zu gehen bringt Tom nicht zurück.«

Ich sah zu all den auf Leinwand gedruckten Fotos über dem Aga. Du, ich und Anna, wie wir in Jeans und weißen T-Shirts auf dem Bauch liegen. Lachend. Laura folgte meinem Blick. Und sie sprach ganz ruhig.

»Wenn du ins Gefängnis gehst, verliert Anna euch beide.«

Eine Weile lang sagte ich nichts. »Und … was jetzt?« Ich merkte, wie mir entglitt, was richtig und was falsch war. Spielte es eine Rolle? Ich hatte schon ein Verbrechen begangen. »Wir können ihn nicht hierlassen.«

Wir.

Das war der Moment. Der Moment, in dem wir zum Team wurden.

»Nein«, sagte Laura. Ihre Züge verhärteten sich. »Hier können wir ihn nicht lassen.«

Den Terrakotta-Topf konnten wir nur zu zweit von dem Grubendeckel schaffen. Du hattest ihn dorthin gestellt, als wir einzogen, und ich hatte einen Lorbeer hineingepflanzt, den wir zur Einweihung geschenkt bekommen hatten. Der Deckel war so hässlich, und es musste ja niemand mehr an die Grube; sie stammte noch aus der Zeit, als die Stadtgrenze eine halbe Meile westlich gewesen war und diese Häusergruppe nichts als ein ländlicher Ausläufer.

Der Haken zum Öffnen war ein fetter Eisenstab, ungefähr einen Meter lang. Seit wir in Oak View wohnten, lagerte er schon in der Kommodenschublade, passte aber so perfekt in die Deckelfuge wie an dem Tag, an dem er gefertigt wurde.

Darunter war ein schmaler Schacht, wie der Eingang zu einem Sickerbrunnen. Die Luft, die aus ihm aufstieg, war abgestanden, aber nicht faulig, und die Grube war längst ausgetrocknet. Ich sah Laura an. Wir schwitzten von der Anstrengung, dich aus der Küche nach draußen zu schleppen, und vor blanker Angst vor dem, was wir zu tun im Begriff waren. Was wir bereits getan hatten. Wenn wir jetzt aufhörten, wäre es zu spät. Es wäre offensichtlich, dass wir versucht hatten, deine Leiche zu verstecken. Der Schaden war angerichtet.

Wir hievten dich kopfüber hinein. Ich schrie auf, als du halb durch den Tunnel rutschtest und sich dein Gürtel in der Metallumspannung verfing. Laura riss fest an deiner Jeans, und du gabst einen Laut von dir. Ein unfreiwilliges Stöhnen von der Luft, die aus deiner Lunge entwich.

Ich konnte nicht hinsehen, drehte mich weg und hörte das schleifende Schaben, mit dem du in die Grube tauchtest, dann einen lauten, dumpfen Knall, als du auf dem Boden aufschlugst.

Danach Stille.

Ich hatte aufgehört zu weinen, aber mein Herz schmerzte vor Trauer und Schuld. Wäre die Polizei in jenem Moment gekommen, hätte ich wohl alles erzählt.

Laura nicht.

»Jetzt müssen wir saubermachen.«

Es war Lauras Idee, den Selbstmord vorzutäuschen.

»Wenn wir ihn vermisst melden, wirst du zur Verdächtigen. Das ist immer so.«

Sie ließ mich den Plan immer wieder durchspielen, ehe sie ging. Ich schlief nicht. Ich saß in der Küche, sah aus dem Fenster in den Garten, den ich in dein Grab verwandelt hatte. Ich weinte um dich und – ja – auch um mich.

Laura fuhr nach Brighton, sobald es hell wurde, und wartete, bis die Läden öffneten. Dann kaufte sie ein Handy. Eine nicht zurückverfolgbare SIM-Karte. Sie rief die Polizei an und sagte, sie hätte dich springen gesehen.

Täglich rechnete ich mit der Polizei. Immer schrak ich zusammen, wenn es an der Tür klingelte. Ich konnte nicht schlafen, nicht essen. Anna versuchte, mich mit Rührei zu verlocken, mit Häppchen von Räucherlachs, winzigen Schälchen Obstsalat, dabei war sie selbst in Trauer, während sie sich bemühte, meine zu lindern.

Doch die Polizei kam nicht.

Wochen vergingen, und du wurdest für tot erklärt. Keiner zeigte mit dem Finger auf mich oder stellte Fragen. Und obwohl ich Laura oft sah und wir uns nie darauf geeinigt hatten, sprachen wir nicht über das, was geschehen war. Was wir getan hatten.

Bis deine Lebensversicherung ausgezahlt wurde.

66

Anna

Ich zwinge mich in eine sitzende Position, bevor ich mich unsicher aufrichte. Das Klingeln in meinen Ohren hat nicht nachgelassen, aber Ellas Schreien ist zu einem Wimmern geworden. Was wird das hier mit ihr anrichten? Sie wird sich nicht bewusst an diese Nacht erinnern, aber wird sich etwas davon tief in ihrem Unbewussten eingraben? Die Nacht, in der ihre Großmutter sie als Geisel nahm?

Laura.

»Ich wusste nicht, dass er die Abwasserschächte ausheben lassen musste«, hatte meine Mutter im Wagen gesagt. »Sonst hätten wir nie …«

Laura wusste Bescheid. Laura hat ihr geholfen.

Die beiden stehen einander gegenüber. Laura hat ihre Hände in die Hüften gestemmt. Mum sieht zum Tisch, wo die Waffe liegt. Sie ist zu langsam. Laura folgt ihrem Blick, bewegt sich schnell.

Angst pocht in meiner Brust.

Laura zieht den Ärmel über ihre Hand, so dass der Stoff ihre Finger verhüllt, als sie die Waffe aufnimmt. Sie ist methodisch, vorsichtig.

Furchterregend.

»Ich habe dich nicht verraten«, verteidigt meine Mutter sich. Ich will ihr sagen, dass sie sich beruhigen soll, aber ich bringe keinen Ton heraus.

»Du bist mir was schuldig, Caroline.« Sie geht zum Sofa und setzt sich auf die Armlehne, die Waffe in ihrer ruhigen Hand. »Es ist doch alles ganz einfach. Wäre ich nicht gewesen, hätte man dich wegen Mordes an Tom angeklagt. Ich habe dich gerettet.«

»Du hast mich erpresst.«

Die Teile der Geschichte fügen sich in eins.

Nicht Dad, der Mum bedrohte, sondern Laura. Nicht Dad, der sie aufspürte. Laura.

»Du?« Ich verstehe das nicht. »Du hast die Karte geschickt?«

Laura sieht mich an, als hätte sie mich bisher gar nicht bemerkt. »Du solltest das als Streich abtun. Nicht fieser als die kranken Briefe, die ihr nach Toms Tod bekommen habt.« Sie schüttelt den Kopf. »Eigentlich war es eine Nachricht an Caroline, damit sie begreift, mit wem sie es zu tun hat. Ich habe ihr eine Kopie geschickt.«

»Und das Kaninchen war auch eine Botschaft? Und der Stein, der durchs Fenster flog? Du hättest Ella umbringen können!«

Laura wirkt für einen Moment verwirrt, bevor sie grinst. »Ah! Ich denke, du wirst feststellen, dass der von jemandem kam, der dir etwas nähersteht.«

Ich folge ihrem Blick zu meiner Mutter, die ihr Gesicht in den Händen vergräbt.

»Nein ...«

»Ich wollte nur, dass du aufhörst, in der Vergangenheit zu wühlen. Mir war klar, dass sie hinter dir her ist, wenn du die Wahrheit herausfindest, und ...«

»Du hast den Stein durch das Kinderzimmerfenster geworfen? Auf die Wiege deiner Enkelin?« Es klingt, als kämen die Worte von jemand anderem, Hysterie macht meine Stimme schrill und kippelnd.

»Ich wusste, dass Ella unten bei euch war – ich hab sie aus dem Vorgarten gesehen.« Sie macht einen Schritt auf mich zu, streckt einen Arm aus, doch Laura ist schneller. Sie steht da, die Waffe vor sich, mit der sie nach links winkt. Einmal, zweimal. Meine Mutter zögert, ehe sie zurücktritt.

Wer sind diese Frauen? Meine Mutter, die ihre eigene Tochter verletzen könnte? Ihre eigene Enkelin? Und Laura – wie kann man jemanden sein Leben lang kennen und doch gar nicht?

Ich wende mich zu ihr. »Woher wusstest du, wohin Mum gegangen war?«

»Wusste ich nicht. Nicht gleich. Ich wusste bloß, dass sie sich nicht umgebracht hatte.« Sie sieht zu meiner laut schluchzenden Mutter. »Sie ist sehr berechenbar.« Ihr Tonfall ist überheblich, ja verächtlich.

Mich überkommt Ekel, als ich daran denke, wie sie mich nach dem Tod meines Vaters getröstet hat, mir durch die Trauerfeier half. Mein Dad mochte durch die Hand meiner Mutter gestorben sein, aber es war Laura, die seine Leiche versteckte, Laura, die den Suizid vortäuschte, das Verbrechen vertuschte. Ich erinnere mich, wie sie mich drängte, das Arbeitszimmer meiner Eltern durchzusehen – ihr großzügiges Angebot, es für mich zu tun –, und mir wird klar, dass sie nach Hinweisen suchen wollte, wohin meine Mutter verschwunden sein könnte.

»Ich habe übrigens auch einen Abzug von dem Foto. Du und Mum in diesem schäbigen B&B am Arsch der Welt.« Für einen flüchtigen Moment bricht Lauras Stimme. Ein winziges Indiz, dass unter dieser eisernen Selbstbeherrschung noch mehr ist. »Sie hat dauernd davon geredet. Wie viel ihr gelacht habt, dass es Welten entfernt war vom echten Leben. Von *ihrem* Leben. Sie hat es geliebt.« Ihre Schultern fallen nach vorn. »Sie hat dich geliebt.«

Langsam senkt sie ihren Arm. Die Waffe hängt lose an ihrer Seite. Das war es, denke ich. Jeder hat gesagt, was gesagt werden musste, und nun endet es. Ohne dass jemand verletzt wird.

Meine Mutter macht einen Schritt auf Laura zu. »Ich habe sie auch geliebt.«

»Du hast sie umgebracht!« Ruckartig hebt sie die Waffe wieder an. Lauras Arm ist vollständig gestreckt, der Ellbogen wie fixiert. Der Anflug von Verwundbarkeit, den ich eben noch gesehen habe, ist fort. Ihre Augen sind verengt und dunkel, jeder ihrer Muskeln angespannt vor Zorn. »Du hast reich geheiratet und sie in diesem feuchten Loch verrotten lassen! Und dann ist sie gestorben!«

»Alicia hatte Asthma«, sage ich. »Sie starb an einem Asthmaanfall.«

Oder nicht?

Ich bekomme Panik, dass auch das eine Lüge sein könnte, und sehe fragend zu meiner Mutter.

»Du hast sie nicht mal besucht!«

»Habe ich.« Meine Mutter ist wieder den Tränen nahe. »Vielleicht nicht so oft, wie ich es hätte tun sollen.« Sie kneift die Augen zu. »Wir hatten uns auseinandergelebt. Sie war in London, ich war in Eastbourne. Ich hatte Anna und …«

»Und du hattest keine Zeit für eine Freundin ohne Geld. Eine Freundin, die nicht so redete wie deine neuen Freunde; die keinen Champagner trank und kein teures Auto fuhr.«

»So war das nicht.« Doch sie senkt den Kopf, und ich empfinde Mitgefühl für Alicia, weil es genauso war. Das glaube ich zumindest. Wie bei Dad, hat sie auch bei Alicia zu spät erkannt, wie sie die Menschen behandelt. Mir entfährt ein Laut – nicht ganz ein Schrei, nicht ganz ein Wort. Meine Mutter sieht mich an, und an meinem Gesicht muss abzulesen sein, was ich denke, denn sie verzieht das Gesicht und fleht stumm um Vergebung. »Anna und Ella sollten gehen. Sie haben nichts hiermit zu tun.«

Laura lacht hämisch. »Sie haben *alles* hiermit zu tun!« Sie verschränkt die Arme vor der Brust. »Sie haben das Geld.«

»Wie viel willst du?«, komme ich direkt auf den Punkt. Was sie auch will, sie kann es haben.

»Nein.«

Ich sehe wieder zu Mum.

»Das Geld ist für deine Zukunft. Für Ellas Zukunft. Was glaubst du, warum ich weggelaufen bin? Laura hätte alles genommen. Und das habe ich vielleicht verdient, aber du nicht.«

»Mir ist das Geld egal. Sie kann es haben. Ich überweise alles, wohin sie will.«

»Es geht viel einfacher.« Laura lächelt.

Meine Nackenhaare stellen sich auf, und ein Schauer kriecht mir über den Rücken.

»Wenn du mir dein ganzes Geld gibst, werden die Leute Fragen stellen: Billy, Mark, die Steuer. Ich müsste darauf vertrauen, dass du den Mund hältst. Aber wenn ich eines aus dieser Geschichte gelernt habe«, sie sieht meine Mutter an, »dann dass man keinem trauen kann.«

»Laura, nein.«

Ich sehe wieder zu Mum. Sie schüttelt den Kopf, ist mir schon einen Schritt voraus.

»Soweit es alle anderen betrifft, bin ich hergekommen, um dich und Ella zu retten«, sagt Laura. »Mark war so nett zu erwähnen, wo ihr seid, als er die Party absagte, und mein sechster Sinn verriet mir, dass du in schrecklicher Gefahr bist.« Sie reißt die Augen weiter auf, als sie das alles ausdenkt, die Arme erhoben, die Finger an einer Hand gespreizt. »Aber als ich ankam, war es zu spät. Caroline hatte schon euch beide erschossen und danach sich selbst.« Sie zieht die Mundwinkel übertrieben nach unten. »Du hast Carolines Testament gesehen. Du warst dabei, als es verlesen wurde. *Meiner Tochter, Anna Johnson, vermache ich alles Geld- und Sachvermögen, einschließlich aller Immobilien, die zum Zeitpunkt meines Todes auf meinen Namen eingetragen sind*«, zitiert sie wortgetreu und ätzend aus dem Testament meiner Mutter.

»Mum hat auch dir Geld hinterlassen.« Kein Vermögen, aber ein anständiges Erbe, das die langjährige Freundschaft mit Alicia ebenso würdigte wie ihre Pflicht als Lauras Patentante.

Laura fährt fort, als hätte ich nichts gesagt. *»Für den Fall, dass Anna vor Inkrafttreten dieses letzten Willens gestorben sein sollte, hinterlasse ich mein gesamtes Geld- und Sachvermögen meinem Patenkind, Laura Barnes.«*

»Es ist zu spät«, sagt meine Mutter. »Das Testament wurde verlesen, und Anna hat schon geerbt.«

»Ja, aber du bist nicht tot, oder?« Laura lächelt. »Noch nicht. Das Geld gehört immer noch dir.« Sie richtet die Waffe auf mich.

Mir gefriert das Blut in den Adern.

»Wenn Anna und Ella vor dir sterben, erbe ich alles.«

67

Murray

Hard as Nails.

Sarah hätte es früher herausbekommen. Ihr wäre der Name gleich aufgefallen, anders als Murray; sie hätte ihn laut vorgelesen, darüber geredet.

Was für ein furchtbarer Name für ein Nagelstudio.

Er stellte sich vor, wie sie auf den Notizbucheintrag zeigte: auf die Liste mit den Namen aller anwesenden Personen, als die Polizei Caroline die Nachricht vom Tode ihres Mannes überbrachte.

Laura Barnes. Empfangsdame bei Hard as Nails.

Ich hasse es, wenn Geschäfte versuchen, witzig zu sein ... Murray konnte Sarahs Stimme so klar hören, als säße sie neben ihm im Wagen. *Ebenso gut kann man so einen Laden No More Nails nennen, bloß weil es auffällt und ›Nägel‹ drin vorkommen, und das wäre erst recht ein lächerlicher Name ...* Murray lachte laut.

Er fing sich wieder. Wenn Selbstgespräche das erste Anzeichen von Wahnsinn waren, wo auf der Skala rangierten dann ganze imaginierte Unterhaltungen?

Auf jeden Fall hätte Sarah sich an den Namen erinnert. Und hätte sie mit Murray darüber geredet, hätte er ihn sich auch gemerkt. Und dann, als er Diane Brent-Taylors Haus verließ und sich fragte, wer ihren Namen benutzt hatte, wäre ihm der Flyer an ihrer Pinnwand sofort eingefallen, und er hätte umgehend die Verbindung zwischen Laura Barnes und ihrem früheren Arbeitsplatz hergestellt.

Murrays Erfahrung nach war die Erfindung eines Alias verblüffend schwierig. Früher lachte er immer über die Grünschnäbel aus den Sozialsiedlungen, die wie Kaninchen im Scheinwerferlicht dreinblickten, wenn sie versuchten, sich irgendetwas

Glaubwürdiges auszudenken. Unweigerlich bemühten sie dann einen zweiten Vornamen, den Namen eines Mitschülers oder den ihrer Straße.

Laura war panisch gewesen. Sie hatte eventuell nicht damit gerechnet, einen Namen angeben zu müssen, hatte gedacht, dass sie schlicht den Notruf wählen könnte, einen Selbstmord melden, und das wäre alles.

»Wie ist Ihr Name?«

Murray konnte sich vorstellen, wie jemand in der Zentrale saß, das Headset auf und die Finger über der Tastatur. Auch Laura konnte er sich vorstellen: draußen auf den Klippen, wo der Wind ihre Stimme verzerrte. Ihr nichts einfallen wollte. Nicht Laura. Sie war nicht Laura. Sie war …

Eine Kundin. Willkürlich ausgewählt.

Diane Brent-Taylor.

Es war beinahe perfekt gewesen.

Als Murray in seine Straße einbog, war es halb zwölf. Gerade noch genug Zeit, um seine Hausschuhe anzuziehen, die Flasche Sekt zu öffnen und mit Sarah aufs Sofa zu sinken, wo sie sich Jools Holland und dessen Musiker-Gäste ansahen. Und um Mitternacht, wenn sie das neue Jahr begrüßten, würde er Sarah sagen, dass er nicht mehr zur Arbeit zurückkehrte; dass er diesmal richtig in den Ruhestand ging. Er erinnerte sich an einen alten Detective Inspector, der seine dreißig Jahre und dann noch mal zehn gearbeitet hatte. Er war mit dem Job verheiratet, hieß es von ihm, obwohl er eine Frau zu Hause hatte. Murray war bei seiner Abschiedsfeier gewesen – als er endlich eine veranstaltete – und hatte sich die Pläne des DIs angehört, die Welt zu bereisen, eine Fremdsprache zu lernen, mit Golfen anzufangen. Dann starb er. Einfach so. Eine Woche nachdem er seinen Ausweis abgegeben hatte.

Das Leben war zu kurz. Murray wollte seines auskosten, solange er noch jung genug war, es zu genießen. Vor vierzehn Tagen hatte er gedacht, dass ihm wirklich bald eine Seniorenkarte zustünde, aber heute, selbst zu dieser späten Stunde und nach diesem Tag, fühlte er sich so frisch wie an seinem ersten Tag bei der Polizei.

Jemand in der Nebenstraße zündete Silvesterraketen, und für einen Moment wurde der Himmel von blauen, violetten und pinken Funken erhellt. Murray schaute hin, als sich der Funkenschwarm ausdehnte und kurz darauf erlosch. Die Sackgasse teilte sich am Ende, und er wurde langsamer, bevor er nach links in seinen Abschnitt bog. Seine Nachbarn waren größtenteils schon älter, und Murray hielt es mithin für unwahrscheinlich, dass sie an Silvester auf der Straße tanzten, aber man konnte nie wissen.

Als er um die Kurve kam, war das Feuerwerk noch heller, der Himmel schimmerte bläulich und …

Nein. Kein Feuerwerk.

Murray fühlte einen Eisklumpen in seinem Bauch.

Das war kein Feuerwerk.

Es war eine Leuchte, die sich stumm um sich selbst drehte und die Häuser, die Bäume und die Leute draußen vor ihren Häusern in weiches Blau tauchte.

»Nein, nein, nein …« Murray hörte jemanden sprechen; ihm war kaum bewusst, dass er es selbst war. Zu sehr war er auf die Szene vor sich konzentriert: den Krankenwagen, die Sanitäter, die offene Haustür.

Seine Haustür.

68

Anna

»Das machst du nicht.«

Laura zog eine Augenbraue hoch. »Was für eine kühne Behauptung von jemandem auf der falschen Seite einer Waffe.« Sie rümpfte die Nase. »Kannst du ihr Schreien nicht abstellen?«

Ich wiege meine Arme von einer Seite zur anderen, aber Ella ist viel zu quengelig, und ich bin zu angespannt, um meine Bewegungen fließender auszuführen, weshalb sie nur noch mehr schreit. Ich lege sie horizontal vor meinen Bauch und hebe mein Oberteil, um sie zu stillen. Im Zimmer wird es wohltuend ruhig.

»Sie ist noch ein Baby.« Ich versuche, an Lauras mütterliche Gefühle zu appellieren, obwohl sie meines Wissens nach nie Kinder wollte. »Was immer du auch vorhast, bitte tu Ella nichts.«

»Aber verstehst du denn nicht? Das ist der einzige Weg. Du und Ella müsst als Erste sterben. Caroline muss euch umbringen.«

Irgendwo im Haus ist ein dumpfes Klopfen zu hören.

»Nein!« Meine Mutter ist bisher stumm geblieben, und ihr plötzlicher Ausruf erschrickt Ella. »Das werde ich nicht.« Sie sieht mich an. »Ganz bestimmt nicht. Sie kann mich nicht zwingen.«

»Das muss ich auch nicht. Ich habe die Waffe.« Laura hält sie in die Höhe. Immer noch ist der Glitzerstoff ihres Ärmels um ihre Finger gewickelt. »Und da sind deine Fingerabdrücke drauf.« Langsam geht sie auf meine Mutter zu, richtet die Waffe direkt auf sie. Ich blicke zur Tür, überlege, ob ich es schaffen könnte. »Keiner wird je wissen, dass sie nicht die ganze Zeit in deiner Hand war.«

»Damit kommst du nicht durch.«

Wieder zieht sie eine perfekt gezupfte Braue hoch. »Das werden wir wohl nur auf eine Weise erfahren, nicht?«

In meinen Ohren dröhnt es, während Ella gierig trinkt.

»Zufällig habe ich eine eigene Versicherung.« Sie lächelt. »Sollte die Polizei Verdacht schöpfen, muss ich nur in die richtige Richtung zeigen. Ich werde mich daran erinnern, dass ich euch beide über Toms Lebensversicherung reden hörte und ihr schlagartig verstummt seid, als ihr mich kommen saht. Dass ihr beide das von Anfang an gemeinsam durchgezogen habt.«

»Sie werden dir nie glauben.« Da sind mehr Geräusche irgendwo im Gebäude. Ich lausche auf das »Ping« des Aufzugs, aber dies klingt anders. Irgendwie rhythmisch.

»Und wenn sie ein bisschen gründlicher nachforschen, werden sie entdecken, dass das Handy, von dem Toms Selbstmord gemeldet wurde, in Brighton gekauft worden ist von ...« Um des Effekts willen legt sie eine Pause ein. »Von keiner Geringeren als Anna Johnson.«

Das rhythmische Geräusch wird lauter. Schneller. Ich muss Zeit schinden. »Ich habe uns immer als Familie gesehen.« Langsam bewege ich mich durch den Raum, bis ich neben meiner Mutter stehe. Laura gegenüber.

»Die arme Verwandte, nehme ich an.«

Ich weiß, was das für ein Geräusch ist.

Laura ist ganz von ihrem Zorn eingenommen, entlädt dreiunddreißig Jahre Verbitterung. »Für dich war das alles normal, nicht? Großes Haus, Klamottengeld, jeden Winter Skifahren.«

Das Geräusch ist das von Füßen, die Treppen hinauflaufen. Polizeistiefel. Zwei Stockwerke tiefer werden sie leiser, kriechen nur noch voran.

Laura sieht zur Tür.

Ich beginne zu zittern. Meine Mutter hat die Waffe gekauft; sie war es, die Ella und mich herbrachte. Die Dad ermordete und seine Leiche versteckte. Sie wissen nicht mal, dass Laura irgendwas damit zu tun hatte. Warum sollten sie ihr die Geschichte nicht glauben? Sie wird mit allem davonkommen ...

»Das ist nicht meine Schuld, Laura. Und erst recht nicht Ellas.«

»Genau wie es nicht meine Schuld war, mit einer kranken Mutter auf Stütze in einer feuchten Wohnung zu leben.«

Vor der Tür ist ein sehr leises Geräusch zu hören.

Lauras Hand bewegt sich. Nur ganz wenig. Ihr Finger krümmt sich um den Abzug. Sie ist blass, und ich sehe, wie sie schluckt. Auch sie hat Angst. Wir alle haben Angst.

Tu es nicht, Laura.

Ich horche angestrengt und höre ein Scharren von Füßen vor der Tür. Werden sie hereinstürmen, so wie sie es in Filmen immer tun? Erst schießen, dann Fragen stellen? Adrenalin rauscht durch meinen Kreislauf, und während Ella den Kopf zurückzieht, spannt sich mein ganzer Körper an.

Meine Mutter atmet schwer. Sie ist in die Ecke getrieben, kann nirgends mehr hin, keine Lügen mehr erzählen. Langsam bewegt sie sich rückwärts von Laura und mir weg.

»Was hast du jetzt vor? Bleib, wo du bist!«

Meine Mutter sieht zu dem ungeschützten Balkon hinter sich, von dem es sieben Stockwerke in die Tiefe geht. Sie blickt mich mit einem Ausdruck an, der um Vergebung fleht. Mein Kopf füllt sich mit Bildern, wie im Film sehe ich Szenen meiner Kindheit: Mum, die mir vorliest; Dad, der mir Fahrradfahren beibringt; Mum beim Abendessen, die zu laut und zu lange lacht; die unten im Haus herumbrüllt; Dad, der zurückbrüllt.

Worauf wartet die Polizei?

Ein Kaninchen vor meiner Haustür; ein Stein, der durchs Fenster fliegt. Mum, die Ella in den Armen hält. Die mich umarmt.

Plötzlich weiß ich, was sie denkt, was sie vorhat.

»Mum, nein!«

Sie geht weiter. Sehr langsam. Aus der Wohnung nebenan ist lautes Rufen zu hören; die Partygäste beim Countdown bis Mitternacht. Laura sieht hektisch von der Tür zu meiner Mutter und wieder zurück, ist abgelenkt von dem Rufen, weiß nicht, was sie tun, wohin sie sehen soll.

»Zehn! Neun! Acht!«

Ich folge meiner Mutter auf den Balkon. Sie weiß, dass es vorbei ist. Dass sie für das, was sie getan hat, ins Gefängnis gehen wird. Ich denke daran, wie es sich anfühlen wird, meine Mutter ein zweites Mal zu verlieren.

»Sieben! Sechs!«

Da ist ein dumpfer Knall von etwas Schwerem auf dem Korridor.

Laura richtet die Waffe erneut aus, zielt direkt auf mich. Ihr Finger bewegt sich zum Abzug. Hinter mir weint meine Mutter. Der Wind pfeift über den Balkon.

»Fünf! Vier! Drei!« Das Johlen von nebenan wird lauter. Um uns herum ist Feuerwerk, mehr Jubel, mehr Musik.

»Nicht schießen!«, schreie ich, so laut ich kann.

Das Geräusch ist außergewöhnlich. Tausend Dezibel. Mehr. Die Tür fliegt aus den Angeln und kracht zu Boden, und hunderte Polizisten rennen über sie hinweg. Lärm – so viel Lärm – von ihnen, von uns und ...

»Die Waffe runter!«

Laura weicht in die Zimmerecke zurück, immer noch mit der Waffe in der Hand. Die Füße meiner Mutter streifen das zerbrochene Glas an der Balkonkante. Ihr Rocksaum flattert.

Und dann ist sie weg.

Ich schreie – immer weiter, bis ich nicht mehr weiß, ob es nur in meinem Kopf ist oder alle anderen es auch hören. Ihr Rock bläht sich unordentlich, wie ein versagender Fallschirm, und sie dreht sich immer wieder im Fall. Feuerwerk explodiert über uns, füllt den Himmel mit goldenem und silbernem Funkenregen.

Ein Police Officer ist neben mir, spricht Worte, die ich nicht verstehen kann, sieht besorgt aus. Er legt eine Decke um mich und Ella, drückt eine Hand auf meinen Rücken und führt mich nach drinnen, lässt mich nicht innehalten, als wir durch die Wohnung und hinaus auf den Korridor gehen. Trotzdem sehe ich Laura auf dem Boden liegen und einen anderen Police Officer neben ihr knien. Ich weiß nicht, ob sie noch lebt, und ich habe keine Ahnung, ob es mich überhaupt interessiert.

In dem Krankenwagen kann ich nicht aufhören zu zittern. Die Sanitäterin ist freundlich und routiniert, hat blondes, zu zwei dicken Zöpfen geflochtenes Haar. Sie gibt mir eine Spritze in den Arm, und Sekunden später fühle ich mich, als hätte ich eine ganze Flasche Wein getrunken.

»Ich stille«, sage ich zu spät.

»Sie nützen ihr nichts, wenn Sie eine Panikattacke haben. Lieber ist sie ein bisschen schläfrig als hyperaktiv von Secondhand-Adrenalin.«

Scheppernd wird die hintere Tür des Krankenwagens geöffnet. Ich glaube, den Officer mit der Decke wiederzuerkennen, aber das Beruhigungsmittel benebelt mich, und alle Uniformierten sehen gleich aus.

»Besuch«, sagt er und tritt zur Seite.

»Sie wollten uns nicht durch die Absperrung lassen.« Mark klettert in den Wagen und fällt halb auf die Liege neben mir. »Keiner wollte uns sagen, was los ist. Ich hatte solche Angst, dass ihr ...« Er bricht ab, ehe seine Stimme versagt, und legt stattdessen die Arme um Ella und mich. Sie schläft, und ich frage mich mal wieder, wovon Babys träumen und ob sie jemals Albträume von dem haben wird, was heute Nacht geschehen ist.

»Warst du im Krieg, Annie?« Billy versucht zu grinsen, was ihm gründlich misslingt. Sorgenfalten haben sich in sein Gesicht gegraben.

»Laura ...«, beginne ich, aber mein Kopf ist zu schwer und meine Zunge zu groß für meinen Mund.

»Ich habe ihr etwas gegen den Schock gegeben«, höre ich die Sanitäterin sagen. »Sie wird sich eine Weile sehr groggy fühlen.«

»Wissen wir«, sagt Billy zu mir. »Als Mark die Party absagte, erzählte er mir, was passiert war. Von Carolines Cousine und ihrem gewalttätigen Ex. Das gefiel mir nicht. Caroline hat nie eine Cousine Angela erwähnt, und dann musste ich an den Shogun denken, den Laura sich geliehen hat ...«

Vor wenigen Stunden erst habe ich über Ellas Kindersitz gelegen. Habe mich geduckt, weil ich Angst hatte, gesehen zu werden. Es ist, als würde ich mich an einen Film oder eine Geschichte erinnern, die jemand anderem widerfahren ist. Ich kann die Angst nicht nachvollziehen, die ich empfunden habe, und frage mich, ob es nur das Medikament ist, das alles so unwirklich macht. Ich hoffe nicht.

»Ich habe Billy abgeholt, und wir sind so schnell wie möglich hergekommen.«

Etwas zwischen ihnen ist anders – keine Spannung mehr, keine verbalen Schlagabtausche. Aber ich bin zu müde, um ernsthaft darüber nachzudenken, und jetzt bugsieren die Sanitäter die beiden freundlich nach draußen, legen mich auf die Trage und schnallen auch Ella fest. Ich schließe die Augen, gebe der Müdigkeit nach.

Es ist vorbei.

69

Murray

Sarahs Augen waren geschlossen und ihr Gesicht so friedlich, als würde sie schlafen. Ihre Hand fühlte sich schwer und kalt an, und Murray rieb sanft mit dem Daumen über die papierne Haut. Er ließ den Tränen freien Lauf, die auf die weiße Krankenhausdecke fielen.

In diesem Teil der Station waren vier Betten, doch alle bis auf Sarahs waren leer. Eine Krankenschwester hielt sich diskret auf dem Mittelgang und gewährte ihm diesen privaten Moment. Als er aufblickte, kam sie zu ihm.

»Nehmen Sie sich so viel Zeit, wie Sie brauchen.«

Murray streichelte Sarahs Haar. Zeit. Das kostbarste Gut. Wie viel Zeit hatten Sarah und er zusammen verbracht? Wie viele Tage? Wie viele Stunden, Minuten?

Nicht genug. Es könnte nie genug sein.

»Sie dürfen mit ihr reden, wenn Sie möchten.«

»Kann sie mich hören?« Er beobachtete, wie sich Sarahs Brustkorb schwach hob und senkte.

»Da ist das letzte Wort noch nicht gesprochen.« Die Schwester war in den Vierzigern, hatte sanfte dunkle Augen, und ihre Stimme war voller Mitgefühl.

Murray folgte den Schläuchen und Kabeln, die sich über dem Körper seiner Frau schlängelten und zu den unzähligen Apparaten führten, die sie am Leben erhielten; zu der Infusion mit dem lindernden Morphium.

Sie würden die Dosis erhöhen, hatte der Arzt erklärt. Wenn es so weit war.

Der Krankenwagen hatte nur Minuten gebraucht, dennoch war es zu lange gewesen. Während der darauffolgenden Tage – in einem Gewirr von Krankenschwestern, Ärzten, Apparaten und Papierkram – hatte Murray immer wieder versucht, jene Minuten nachzuspielen, als wäre er dabei gewesen. Als wäre es ihm passiert.

Da hatte ein umgekippter Stuhl in der Küche gelegen; ein zerbrochenes Glas, wo Sarah neben die Spüle gefallen war. Das Telefon neben ihr auf den Fliesen. Murray ging die Bilder durch, eines nach dem anderen, und jedes einzelne war wie eine Klinge, die über seine Haut gezogen wurde.

Nisha hatte ihn angefleht, damit aufzuhören. Sie war mit einem Päckchen in Alufolie vorbeigekommen, noch warm vom Ofen, und hatte Murray in einem der kurzen Momente zwischen den Krankenhausbesuchen erwischt. Sie hatte zugehört, als Murray ihr erzählte, dass niemand genau wusste, was passiert war. Dann hatte sie seine Hände gehalten und mit ihm geweint. »Warum quälst du dich so?«

»Weil ich nicht hier war«, hatte Murray schlicht geantwortet.

Nishas Tränen hatten Spuren auf ihren Wangen gezogen. »Du hättest es nicht verhindern können.«

Gehirnaneurysma, hatte der Arzt gesagt.

Koma.

Hoffen Sie auf das Beste. Machen Sie sich auf das Schlimmste gefasst.

Dann: *Es tut mir leid. Wir können nichts mehr tun.*

Sie würde nichts spüren, hatten sie beteuert. Es wäre das Richtige. Das Einzige, was man tun könne.

Murray öffnete den Mund, aber es kam kein Laut heraus. Seine Brust schmerzte, und er wusste, dass sein Herz brach. Er sah die Krankenschwester an. »Ich weiß nicht, was ich sagen soll.«

»Irgendwas. Reden Sie über das Wetter. Erzählen Sie ihr, was Sie zum Frühstück hatten. Jammern Sie über die Arbeit.« Sie legte eine Hand auf Murrays Schulter, drückte sie sanft und ließ sie wieder los. »Sagen Sie, was immer Ihnen durch den Kopf geht.«

Sie zog sich in eine Ecke zurück, so weit weg von Murray wie möglich, und fing an, Decken zu falten und den Inhalt eines Metallschranks neben einem leeren Bett zu sortieren.

Murray betrachtete seine Frau. Er strich mit einem Finger über ihre Stirn, wo die Sorgenfalten nun geglättet waren, und über ihren Nasenrücken. Er mied die Plastikmaske, die den Beatmungsschlauch in Sarahs Hals hielt, und streichelte stattdessen ihre Wange, ihren Hals. Malte den Bogen ihrer Ohrmuschel nach.

Sagen Sie, was immer Ihnen durch den Kopf geht.

Hinter ihm surrten und summten die Maschinen weiter, lieferten den rhythmischen Soundtrack der Intensivstation.

»Es tut mir leid, dass ich nicht da war ...«, begann er, aber es klang wie ein Schluchzen, und seine Tränen strömten so haltlos, dass er nichts mehr sehen konnte. Wie viel Zeit hatten sie zusammen gehabt? Wie viel Zeit hätten sie noch haben können, wäre das hier nicht passiert? Murray dachte an Sarah an ihrem Hochzeitstag, an das dunkelgrüne Kleid, das sie anstelle eines weißen gewählt hatte. Er erinnerte sich an ihre Freude, als sie ihr Haus kauften. Während er Sarahs schlaffe Finger hielt, sah er im Geiste die Nägel voller Erde; ihr Gesicht nicht blass auf einem Krankenhauskissen, sondern gerötet von einem Vormittag bei der Gartenarbeit.

Es war nicht genug gewesen, aber die gemeinsame Zeit, die sie gehabt hatten, bedeutete ihm alles.

Sie war *alles* für ihn gewesen.

Ihre gemeinsame Welt.

Murray räusperte sich und sah hinüber zur Schwester. »Ich bin bereit.«

Es entstand eine Pause. Fast hoffte Murray, sie würde sagen: *Noch nicht – vielleicht in einer Stunde*. Zugleich wusste er, dass er es nicht ertragen könnte, sollte sie ihn vertrösten. Mehr Zeit würde es nicht leichter machen.

Sie nickte. »Ich hole Dr. Christie.«

Die Ärzte stellten keine Fragen. So behutsam, als wäre Sarah aus Glas, zogen sie den Schlauch aus ihrem Hals und schoben die Maschinen weg, die ein Herz schlagen gelassen hatten, das zu schwach war, um es allein zu tun. Sie versprachen, direkt draußen zu sein, auf dem Korridor, falls sie gebraucht würden. Dass er keine Angst haben müsste; sich nicht allein fühlen sollte.

Und dann gingen sie.

Und Murray legte den Kopf auf das Kissen neben die Frau, die er sein halbes Leben geliebt hatte. Er beobachtete, wie sich ihre Brust so leicht hob und senkte, dass es beinahe nicht zu sehen war.

Bis es gar nicht mehr da war.

70

Anna

»Anna! Hier drüben!«

»Wie fühlen Sie sich jetzt, nach dem Tod Ihrer Mutter?«

Mark legt eine Hand unten an meinen Rücken und dirigiert mich über die Straße, während er leise auf mich einredet. »Sieh nicht hin ... schau nach vorn ... wir haben es gleich geschafft ...« Wir erreichen den Gehweg, und er nimmt seine Hand weg, um den Kinderwagen über den Bordstein zu bugsieren.

»Mr Hemmings, was hat Sie als Erstes an der Millionärin Anna Johnson fasziniert?«

Es folgt Gelächter.

Mark holt den Schlüssel aus seiner Tasche und schließt das Tor auf. Jemand hat einen in Zellophan gewickelten Blumenstrauß an das Gittertor gebunden. Für meinen Vater? Meine Mutter? Mich? Als Mark das Tor gerade weit genug öffnet, damit ich den Kinderwagen hindurchschieben kann, stellt sich uns ein Mann von der *Sun* in den Weg. Ich weiß, dass er von der *Sun* ist, weil er es mir gesagt hat – an jedem einzelnen der letzten sieben Tage. Und weil ein zerknickter Presseausweis am Reißverschluss seiner North-Face-Fleecejacke baumelt, als könnte dieser Verweis auf Professionalität die tägliche Belästigung um irgendwas besser machen.

»Sie befinden sich auf Privatgrund«, sagt Mark.

Der Journalist sieht nach unten. Ein zerkratzter Stiefel steht halb auf dem Gehweg, halb auf dem Kies unserer Einfahrt. Er zieht den Fuß keine zwei Zentimeter zur Seite, begeht jetzt keinen Hausfriedensbruch mehr. Er hält mir ein iPhone vors Gesicht.

»Nur ein schneller Kommentar, Anna, dann ist alles gut.« Hinter ihm steht sein Handlanger. Zwei Kameras hängen wie Maschinengewehre vor dem Oberkörper des älteren Mannes, und seine Parkataschen sind ausgebeult von Linsen, Blitzen und Batterien.

»Lassen Sie mich in Ruhe.«

Es ist ein Fehler. Sofort rascheln Notizblöcke, erscheint noch ein Handy. Die kleine Horde von Schreiberlingen stürmt vor, nimmt meine wenigen Worte als Einladung.

»Es ist Ihre Chance, die Geschichte aus Ihrer Warte zu erzählen.«

»Anna! Hier!«

»Wie war Ihre Mutter früher, Anna? Hat sie Sie auch geschlagen?« Der letzte Satz ist lauter, und nun rufen sie alle. Jeder versucht, gehört zu werden, giert verzweifelt nach einem Aufreißer.

Roberts Haustür geht auf, und er kommt in Leder-Slippers die Stufen hinunter. Zwar nickt er uns kurz zu, doch sein Blick ist auf die Reporter gerichtet. »Warum verzieht ihr euch nicht alle?«

»Warum verziehen *Sie* sich nicht?«

»Wer ist das überhaupt?«

»Niemand.«

Das ist genug Ablenkung. Ich werfe Robert einen dankbaren Blick zu, fühle Marks Hand auf meinem Rücken, die mich wieder vorwärtsschiebt. Die Kinderwagenräder knirschen auf dem Kies, und dann zieht Mark das Tor zu und verriegelt es. Zwei, drei, vier Blitze leuchten auf.

Mehr Fotos.

Mehr Fotos von mir, wie ich blass und ängstlich ausschaue; mehr Fotos von Ellas Kinderwagen, an dessen Kalesche eine dünne Decke hängt, um sie zu verschleiern. Mehr Fotos von Mark, der uns grimmig begleitet, wenn sich nicht vermeiden lässt, das Haus zu verlassen.

Wir sind nur noch im Lokalblatt auf der Titelseite (die landesweiten Zeitungen haben uns bereits auf Seite fünf verlegt) mit einem durch den Zaun aufgenommenen Foto, als wären wir hinter Gittern.

Drinnen macht Mark Kaffee.

Sie wollten, dass wir vorerst woanders wohnen.

»Nur für einige Tage«, hat Detective Sergeant Kennedy gesagt.

Ich hatte gerade meine Aussage gemacht, das Resultat von fast acht Stunden in einem fensterlosen Raum mit einem weiblichen Detective, und sie hatte ausgesehen, als wäre sie überall sonst lieber als dort. Womit die Polizistin nicht die Einzige gewesen war.

Zu Hause war die Küche abgesperrt – der Schauplatz des Mordes an meinem Vater –, und Kriminaltechniker in weißen Anzügen nahmen Abdrücke von jedem Millimeter.

»Es ist mein Haus«, sagte ich. »Ich gehe nirgends hin.«

Sie fanden Spuren von Dads Blut in den Fliesenfugen, obwohl Laura und Mum den Boden mit Bleiche begossen hatten. Blut unter meinen Füßen, all diese Monate. Ich habe das Gefühl, dass ich es hätte sehen müssen; es hätte wissen müssen.

Erst nach drei Tagen durften wir die Küche wieder komplett nutzen, und nach weiteren vierundzwanzig Stunden waren sie auch im Garten fertig. Mark hat die Vorhänge zugezogen, damit ich die Erdhügel im Rasen nicht sehe, und nach vorn die Läden geschlossen, um die Teleskoplinsen der Schlagzeilenjäger auf der Straße auszusperren.

»Heute sind es nicht mehr so viele«, sagt er nun. »Bis zum Wochenende sind die alle weg.«

»Zum Prozess kommen sie wieder.«

»Damit befassen wir uns, wenn es so weit ist.« Er reicht mir einen dampfenden Kaffeebecher, und wir setzen uns an den Tisch. Ich habe umgeräumt, den Tisch umgestellt und die beiden Sessel ausgetauscht. Kleine Veränderungen, von denen ich hoffe, dass sie mich mit der Zeit davon abhalten, mich zu erinnern und mir auszumalen, was hier geschehen ist.

Mark geht die Post durch und legt die meiste ungeöffnet auf einen Stapel fürs Altpapier, zusammen mit den Zetteln der Reporter, die unsere Einfahrt übersäen, bis Mark sie einsammelt.

Wir zahlen bares Geld für die Exklusivrechte an Ihrer Geschichte.

Es hat Angebote von Verlegern und Literaturagenten gegeben. Anfragen von Filmproduktionen und Reality-TV-Shows. Beileidskarten, Bestatterwerbung, Karten von Ortsansässigen, die geschockt waren zu erfahren, dass Caroline Johnson – die Mitstreiterin, die Spendenwerberin, das Komiteemitglied – ihren Mann ermordet hat.

Sie alle wandern in die Tonne.

»Es wird sich bald legen.«

»Weiß ich.« Die Reporter werden sich der nächsten saftigen Geschichte widmen, und eines Tages kann ich wieder durch Eastbourne gehen, ohne dass die Leute tuscheln. *Das ist sie – die Johnson-Tochter.*

Eines Tages.

Mark räuspert sich. »Ich muss dir etwas sagen.«

Als ich ihn ansehe, fühlt sich mein Bauch an, als stünde ich in einem Aufzug, der in vollem Tempo nach unten rauscht. Noch mehr Enthüllungen, noch mehr Überraschungen halte ich nicht aus. Ich würde gern für den Rest meines Lebens immer genau wissen, was vor sich geht. Jede Stunde, jeden Tag.

»Als die Polizei mich nach dem Termin fragte, den Caroline gemacht hatte ...« Er starrt in seinen Kaffee und verstummt.

Ich sage nichts. Mein Puls schmettert einen Trommelwirbel in meine Ohren.

»Da habe ich gelogen.«

Ich fühle wieder diese Bewegung unter mir, wie der Boden unter meinen Füßen einreißt, splittert, ins Wanken gerät. Wie sich das Leben mit einem einzelnen Wort verändert.

Einer einzigen Lüge.

»Ich habe deine Mutter damals nicht getroffen.« Nun blickt er mir in die Augen. »Aber gesprochen haben wir schon.«

Ich schlucke angestrengt.

»Ich habe den Zusammenhang später hergestellt, nach meiner ersten Sitzung mit dir. Da sah ich in meine Termine und fand ihn: den Namen deiner Mutter. Und ich erinnerte mich an das Telefonat. Sie erzählte mir, dass ihr Mann gestorben war und sie

Hilfe brauchte, es zu verarbeiten. Aber sie kam nie, und ich habe es irgendwann vollkommen vergessen.«

»Warum hast du mir das nicht erzählt?«

Mark atmet aus, als käme er von einem Marathon. »Vertraulichkeit?« Da ist ein Fragezeichen in seinem Tonfall, als wisse er, wie absurd es klingt. »Und weil ich nicht wollte, dass du gehst.«

»Warum nicht?«, frage ich, obwohl ich die Antwort bereits kenne.

Er nimmt meine Hand und reibt mit dem Daumen innen über mein Handgelenk. Unter seinem sanften Druck wird die Haut blasser. Die blaugrünen Adern sind nur schwach zu sehen, wie die Nebenarme eines Flusses. »Weil ich mich auf den ersten Blick in dich verliebt hatte.«

Er beugt sich vor, und ich tue es ebenfalls. Wir treffen uns in der Mitte, linkisch über den Tisch gebeugt. Ich schließe die Augen, fühle seine weichen Lippen, seinen warmen Atem auf meinen.

»Es tut mir leid«, flüstert er.

»Ist nicht wichtig.«

Ich verstehe, warum er es getan hat. Denn er hat recht: Ich wäre woanders hingegangen. Es hätte sich zu seltsam angefühlt, mich dem Mann anzuvertrauen, den meine Mutter für ihre eigenen Geständnisse ausgewählt hatte. Und wäre ich woanders hingegangen, wäre Ella nie geboren worden.

»Aber keine Geheimnisse mehr.«

»Keine Geheimnisse mehr«, sagt Mark. »Ein Neuanfang.« Er zögert, und eine Sekunde lang denke ich, da ist noch etwas, das er sich von der Seele reden will. Stattdessen greift er in seine Tasche und holt eine kleine, samtbezogene Schachtel hervor.

Er sieht mich an, als er von seinem Stuhl rutscht und auf ein Knie geht.

71

Murray

»Noch eines, bitte.«

Es war eine Pose allein für die Kamera, Seite an Seite und die Hände schüttelnd, mit Murrays gerahmter Belobigung zwischen ihnen.

»Erledigt.«

Der Fotograf war fertig, und der weibliche Chief Constable von Sussex schüttelte Murray noch einmal die Hand, diesmal mit einem echten Lächeln voller Wärme. »Wird heute Abend gefeiert?«

»Nur mit einige Freunden, Ma'am.«

»Sie verdienen es. Gute Arbeit, Murray.«

Die Polizeichefin trat zur Seite und gönnte Murray einen Moment im Scheinwerferlicht. Es gab keine Reden, aber Murray straffte die Schultern und hielt seine Belobigung vor sich, und als sie zu klatschen begann, applaudierte der ganze Raum. Einige Tische weiter hinten reckte Nisha beide Daumen in die Höhe, bevor sie weiter energisch klatschte. Von der Tür aus jubelte jemand. Sogar der sauertöpfische John vom Wachtresen in Lower Meads applaudierte.

Für einen kurzen Moment stellte Murray sich Sarah im Publikum vor. Sie würde eines ihrer leuchtenden, voluminösen Leinenkleider tragen, dazu einen Schal, der um ihren Kopf geschlungen und um ihren Hals drapiert war. Sie würde von einem Ohr zum anderen grinsen und heftig blinzeln, bis keine Gefahr mehr bestand, dass ihre Augen überliefen. Er hatte sich Sarah an einem guten Tag vorgestellt, dachte er. Es wäre sehr gut möglich gewesen, dass sie sich gar nicht im Raum befunden hätte; dass sie in Highfield gewesen wäre oder zu Hause unter der Bettdecke, außerstande, Murray zu begleiten. Zu seinem letzten Arbeitstermin.

C6821 Murray Mackenzie wird ausgezeichnet für seine Hingabe, seine Beharrlichkeit und sein Können als Ermittler, die zur Aufklärung des Mordes an Tom Johnson wie auch zur Identifikation beider Verdächtiger führten. Sein Beitrag ist ein außergewöhnliches Beispiel für die Werte der Polizei.

Die Identifikation beider Verdächtiger. Es war vorsichtig formuliert. Murray verspürte einen Anflug von Bedauern, dass sie Caroline Johnson nicht vor Gericht bringen konnten. Sie war von Mark Hemmings' Balkon im siebten Stock gesprungen und in einer Menge von Schaulustigen gelandet, die der Anblick ihres Körpers, wie er auf der Straße aufschlug, für immer verfolgen würde. Und sie hatte alle Geheimnisse mit ins Grab genommen, die sie ihrer Tochter bis dahin nicht verraten hatte.

Laura Barnes wartete in Untersuchungshaft auf ihren Prozess. Bei der Befragung hatte sie standhaft geschwiegen, doch bei ihrer Verhaftung hatten die Bodycams der Officers eine Reihe von kompromittierenden Aussagen aufgezeichnet. Diese Aufzeichnungen, zusammen mit dem Fall, den DS James Kennedy und sein Team gegen sie hatten, ließen Murray fest an einen Schuldspruch glauben. Laura hatte ihre Spuren gut verwischt, dennoch wiesen die Verkehrskameras ihren Wagen in Brighton zur Zeit des Handykaufs bei Fones4All nach. Ein Stimmenspezialist hatte bestätigt, dass die Aufzeichnung des Notrufs von »Diane Brent-Taylor« zu Lauras Stimme passte, und würde das als Zeuge vor Gericht wiederholen.

Nicht dass Murray dann da wäre.

Der Applaus verebbte. Murray nickte dem Publikum dankbar zu, ehe er von der kleinen Bühne stieg. Als er zurück zu seinem Platz ging, um die Abschlussansprache der Chief Constable anzuhören, sah er Sean Dowling mit ihrem alten DS zusammensitzen, der inzwischen Seans Kollege in der IT-Abteilung war. Geschlossen standen die beiden Männer auf und begannen, Beifall zu klatschen, diesmal langsam. Der Rest an ihrem Tisch stimmte ein.

Und während Murray durch die Mitte des Raumes ging, schabten überall Stuhlbeine über den Boden, als die Freunde und Kollegen, mit denen er über die Jahre zusammengearbeitet hatte, ihn mit stehenden Ovationen ehrten. Das Klatschen wurde schneller, schneller als seine Schritte, aber nicht so schnell wie sein Herz, das überging vor Dankbarkeit.

Seine Polizeifamilie.

Bis Murray seinen Platz erreichte, war er sehr rot. Es erklang ein letztes Hurra, dann noch mehr Stühlerücken, als die Polizeichefin die Abschlussrede hielt. Es war gut, dass alle nach vorn sahen, nicht zu ihm, und Murray nutzte die Gelegenheit, um nochmals seine Belobigung zu lesen. Es war die dritte in seiner Polizeilaufbahn, doch die erste als ziviler Mitarbeiter. Die erste und letzte.

»Gut gemacht.«

»Nicht schlecht.«

»Trinken wir mal ein Bier?«

Nachdem der formelle Teil des Abends vorbei war, strebten Murrays frühere Kollegen zum Büffet hinten im Raum und klopften ihm im Vorbeigehen auf die Schulter. Es kam selten vor, dass bei einer internen Veranstaltung Essen gereicht wurde, und es lag in der Natur der Polizisten, diesen Umstand weidlich auszukosten. Nisha drängte sich zu Murray durch, umarmte ihn und flüsterte leise, so dass nur er es hören konnte: »Sie wäre so stolz auf dich.«

Murray nickte, wagte jedoch nicht zu sprechen. Auch Nishas Augen glänzten.

»Wenn ich mal kurz stören darf …« Leo Griffiths in Uniform und mit einer Cola light in der Hand. Ein Krümel auf seiner Krawatte legte nahe, dass er als Erster am Büffet gewesen war.

Murray schüttelte brav die Hand, die Leo ihm reichte.

»Glückwunsch.«

»Danke.«

»Eine recht eindrucksvolle Veranstaltung.« Leo blickte sich um. »Auf der letzten Belobigungsfeier gab es lauwarmen Orangensaft und genau einen Keks pro Person.«

»Es ist eine Kombination aus Belobigung und Verabschiedung. Also effizient und wirtschaftlich«, ergänzte Murray ernst. Bewusst verwandte er eines der Lieblingswörter des Superintendents. Nisha unterdrückte ein Kichern.

»Richtig. Übrigens wollte ich deshalb mit Ihnen reden.«

»Über Effizienz?«

»Ruhestand. Ich hatte mich gefragt, ob Sie die Ausschreibung für zivile Ermittler im Cold-Case-Team gesehen haben.«

Hatte Murray. Tatsächlich hatten ihn sage und schreibe sieben Leute darauf hingewiesen, einschließlich der Chief Constable.

»Ist doch genau Ihr Ding, dachte ich«, hatte sie gesagt. »Eine Chance, Ihr Ermittlertalent sinnvoll zu nutzen und einige der weniger erfahrenen Teammitglieder weiterzubilden. Diesmal offiziell«, hatte sie mit einem strengen Blick hinzugefügt. Der positive Ausgang des Johnson-Falls bedeutete, dass man über Murrays Verstöße gegen das Protokoll hinwegsah. Trotzdem ließ man ihn deutlich wissen, dass es – sollte er weiter angestellt bleiben wollen – niemals wieder vorkommen dürfte.

Murray wollte nicht weiter angestellt bleiben. Er wollte überhaupt nicht mehr bei der Polizei bleiben.

»Danke, Leo, aber ich habe meinen Abschied eingereicht. Ich will meinen Ruhestand genießen, ein bisschen reisen.« Murray dachte an das blitzblanke neue Wohnmobil, auf das er eine Anzahlung geleistet hatte und das er nächste Woche abholen würde. Es hatte einen großen Brocken seiner Pension verschlungen, war aber jeden Penny wert. Drinnen gab es eine Küche, ein winziges Bad, ein Doppelbett und einen gemütlichen Wohnbereich mit klappbarem Tisch sowie ein riesiges Lenkrad, an dem Murray sich fühlte, als würde er einen Lkw fahren.

Er konnte es kaum erwarten. Seine Polizeifamilie war gut zu ihm gewesen, doch es wurde Zeit, sich abzunabeln.

»Verständlich, aber Sie können uns nicht verdenken, dass wir es versuchen, oder? Wohin soll es denn gehen?«

In den Wochen, seit Murray seine Ruhestandspläne bekannt gegeben hatte, war ihm diese Frage wieder und wieder gestellt worden.

Murrays Antwort lautete immer gleich. Jahrelang hatte er sein Leben nach dem Takt von anderen gerichtet. Sarahs Aufenthalten in Highfield. Ihren guten Tagen; ihren schlechten. Frühschichten, langen Abenden, Überstunden, Wochenenddiensten. Besprechungen hier, Besprechungen da. In Murrays Ruhestandsplänen gab es keine Uhren, keine Kalender, keine Pläne.

»Dahin, wonach mir ist.«

72

Anna

Der Geruch von frisch gemähtem Rasen erfüllt die Luft. Es ist noch kalt, aber schönes Wetter kündigt sich an. Ich habe Ellas Kinderwagen gegen einen Buggy ausgetauscht, und sie brabbelt vergnügt, als ich sie darin anschnalle. Danach rufe ich nach Rita und nehme sie an die Leine.

»Ich gehe euch mal aus dem Weg. Ich habe mein Handy dabei, falls ihr mich braucht.«

»Keine Sorge, Schätzchen. Irgendwas in der Küche, das hierbleiben soll?«

In Oak View herrscht reges Treiben. Fünf Umzugsleute, jeder in einem anderen Zimmer, und ein Stapel bereits gepackter Kartons.

»Nur den Kessel bitte.« In meinem Wagen ist ein Karton mit dem Nötigsten – Tee, Klopapier, einige Teller und Becher –, damit wir im neuen Haus nicht gleich auspacken müssen.

Im Gehen plaudere ich mit Ella, zeige auf eine Katze, einen Hund, einen Luftballon, der sich in einem Baum verfangen hat. Wir kommen an Johnson's Cars vorbei, doch ich bleibe nur kurz stehen, um zu Billy zu sehen. Er winkt, und ich beuge mich vor, um Ellas Hand zu heben und zurückzuwinken. Billy redet gerade mit einem neuen Verkäufer, und ich will ihn nicht stören.

Der Vorplatz sieht gut aus. Der Boxster hat sich beim ersten Anzeichen von Frühling verkauft. An seiner Stelle stehen nun zwei andere Sportwagen, die Verdecke optimistisch weggeklappt und die Kühlerhauben blitzblank. Onkel Billy hat mich endlich einspringen lassen, daher versorgte ich das Geschäft mit einer Finanzspritze, die zumindest für eine Weile die Aasgeier fernhält. Mark fand, dass ich verrückt bin.

»Es ist ein Geschäft, kein Wohlfahrtsunternehmen«, sagte er.

Doch es ist nicht nur ein Geschäft. Es ist meine Vergangenheit. Unsere Gegenwart. Ellas Zukunft. Großvater Johnson hat es von seinem Vater übernommen und Billy und mein Vater von ihm. Jetzt ist es an Billy und mir, alles am Laufen zu halten, bis die Umsätze wieder steigen. Wer weiß, ob Ella die Tradition fortsetzen will – das liegt bei ihr –, aber ich lasse Johnson's Cars nicht vor die Hunde gehen.

Wir gehen am Wasser entlang. Ich sehe zur Pier und denke daran, wie ich mit meinen Eltern hier war. Aber statt wütend zu sein, so wie in den letzten drei Monaten, bin ich jetzt nur unfassbar traurig. Ich frage mich, ob das ein Fortschritt ist, und nehme mir vor, es bei meiner nächsten Therapiesitzung anzusprechen. Ich gehe wieder zu »jemandem«. Niemandem aus Marks Praxis, denn das wäre zu eigenartig, sondern zu einer besonnenen, sanftmütigen Frau in Bexhill, die mehr zuhört als redet. Nach unseren Sitzungen fühle ich mich jedes Mal ein bisschen stärker.

Unten in einer Seitenstraße, die vom Wasser wegführt, steht eine Zeile mit kleinen Reihenhäusern. Der Buggy wackelt auf dem unebenen Pflaster, und Ellas Brabbeln nimmt zu. Sie macht Laute, die sich beinahe wie Sprechen anhören, und ich nehme mir erneut vor, jeden Meilenstein zu notieren, ehe ich ihn vergesse.

Wir halten bei Nummer fünf, und ich läute. Für alle Fälle habe ich einen Schlüssel, aber den würde ich nie benutzen. Ich bücke mich bereits, um Ella aus dem Buggy zu heben, als Mark die Tür aufmacht.

»Wie läuft es?«

»Organisiertes Chaos. Ich weiß, dass wir früh dran sind, aber wir waren im Weg, also ...« Ich gebe Ella einen Kuss und halte sie noch, so lange ich kann, bevor ich sie Mark übergebe. Ich habe mich immer noch nicht daran gewöhnt, aber mit jedem Mal wird es ein bisschen einfacher. Es gibt nichts Offizielles, keine Jedes-zweite-Wochenende-und-ein-Tag-die-Woche-Regelung. Nur wir beide, die immer noch gemeinsam Eltern sind, selbst wenn wir getrennt leben.

»Kein Problem. Möchtest du ein bisschen hierbleiben?«

»Nein, ich gehe lieber zurück.«

»Ich bringe sie morgen zum neuen Haus.«

»Dann bekommst du eine ausgiebige Führung!«

Eine Sekunde lang sehen wir uns in die Augen, reflektieren alles, was geschehen ist, und wie neu und seltsam sich dies hier anfühlt. Dann küsse ich Ella wieder und lasse sie bei ihrem Vater.

Am Ende war es einfach.

»Willst du mich heiraten?«

Ich sagte nichts. Er wartete hoffnungsvoll.

Ich stellte mir vor, mit ihm vor dem Altar zu stehen, Ella als kleines Blumenstreumädchen. Ich stellte mir vor, mich zur Gemeinde umzudrehen, und begriff aufs Neue, wie sehr mein Vater mir fehlte. Billy würde mich zum Altar führen, vermute ich. Er war nicht mein Vater, kam dem aber am nächsten. Ich hatte großes Glück, ihn zu haben.

Es wären Freunde und Nachbarn dort, um die Bänke zu füllen.

Keine Laura.

Beim Gedanken an sie fühlte ich keine Trauer. Ihr Prozessdatum war festgesetzt worden, und obwohl es mir Albträume bereitete, gegen sie aussagen zu müssen, half mir die Opferbetreuung, mit der ich alles besprach. Ich wäre allein im Zeugenstand, jedoch mit einem Team von Leuten hinter mir. Sie würde verurteilt werden. Dessen war ich mir sicher.

Sie hatte ein paarmal geschrieben, um Vergebung gebeten. Untersuchungshäftlinge durften keinen Kontakt zu Prozesszeugen aufnehmen, und die Briefe waren über eine gemeinsame Bekannte gekommen, die aus Loyalität zu blind war zu glauben, dass Laura wirklich getan hatte, wofür man sie anklagte.

Es waren lange, ausschweifende Briefe gewesen. Sie spielten auf unsere gemeinsame Geschichte an, auf die Tatsache, dass wir nur uns gehabt hatten. Dass wir beide unsere Mütter verloren hatten.

Ich bewahrte sie zur Sicherheit auf, nicht aus Sentimentalität, auch wenn mir klar war, dass ich sie nie der Polizei zeigen würde. Laura ging ein Risiko ein, mir zu schreiben, aber bloß ein kleines. Sie kannte mich zu gut.

Ich empfand auch keine Trauer, dass meine Mutter nicht bei meiner Hochzeit wäre. An sie zu denken weckt einen Hass in mir, den keine Therapie mindern wird. Allerdings hasse ich sie nicht für den Mord an meinem Vater – obwohl der auch eine Rolle spielt. Nicht einmal für die Lügen, die sie erzählte, um seinen Selbstmord vorzutäuschen, oder weil sie mich in meiner Trauer verließ. Ich hasse sie für die Lügen, die sie hinterher erzählt hat, für die Geschichte von ihrer Ehe, gespickt mit Unwahrheiten. Weil sie mich glauben ließ, dass er ein Alkoholiker gewesen war, der sie geschlagen hatte, nicht umgekehrt. Und weil sie mich dazu brachte, ihr wieder zu vertrauen.

»Und?«, hatte Mark gefragt. »Willst du?«

Ich begriff, dass das Nein, das mir auf der Zunge lag, nichts damit zu tun hatte, wer bei unserer Hochzeit wäre und wer nicht.

»Wenn wir Ella nicht hätten«, fragte ich, »denkst du, dass wir dann noch zusammen wären?«

Er zögerte einen Tick zu lange. »Natürlich wären wir das.« Ich sah ihn an, und für einen Moment blieben wir so. Schließlich richtete er sich auf und lächelte, aber seine Augen blieben ernst. »Vielleicht.«

Ich griff nach seiner Hand. »Ich glaube nicht, dass vielleicht genügt.«

Oak View hat sich schnell an eine Familie mit drei Kindern verkauft. Sie arrangierten sich mit der Vorgeschichte, weil es auch deshalb weit unter Marktwert angeboten wurde. Und ich hoffe, dass sie die Zimmer wieder mit Lachen und Lärm füllen. Marks Wohnung in Putney steht zum Verkauf, denn vorerst wird er in Eastbourne bleiben, damit wir Ella zusammen großziehen können.

Ich habe geweint, als das »Zu verkaufen«-Schild aufgestellt wurde, aber nur für einen Moment. Ich wollte nicht in der Cleveland Avenue bleiben, wo mich die Nachbarn mit morbider Faszination musterten und Touristen aufkreuzten, um an dem Haus vorbeizugehen und zu einem Garten zu gaffen, den sie von der Straße nicht mal sehen konnten.

Laura und Mum haben die Glassplitter zusammen mit der Leiche in der Klärgrube entsorgt. Mums Fingerabdrücke waren auf dem Flaschenhals, Lauras auf den Glasscherben, die sie so sorgfältig eingesammelt und in die Grube geworfen hatte.

Der Grubentank ist längst verschwunden. Die Bauarbeiten für Roberts Anbau haben begonnen, und sein Angebot von dreißigtausend Pfund als Entschädigung für die Unannehmlichkeiten konnten nun die neuen Besitzer akzeptieren. Sie haben nicht vor, die Rosenbeete zu ersetzen; stattdessen stehen ein Fußballtor und ein Klettergerüst auf ihrer Einkaufsliste.

Ich gehe zurück zu Oak View. Ohne den Buggy kommen mir meine Hände leer vor. Rita zieht an ihrer Leine, als eine schwarzweiße Katze vor mir über den Weg huscht, und ich kann mich gerade noch bremsen, sie der abwesenden Ella zu zeigen. Ich frage mich, ob ich mich jemals daran gewöhnen werde, dass sie nicht immerzu bei mir ist.

Das Haus, das ich gekauft habe, könnte gar nicht unterschiedlicher sein als Oak View. Es ist ein moderner Kastenbau mit drei Zimmern oben und einem offenen Küchen-Ess-Wohnbereich unten. Dort kann ich Ella, wenn sie zu krabbeln anfängt, von der Küche aus im Blick behalten.

Vor Oak View beladen sie den Lkw. Mein Bett lassen sie da, und heute Nacht werde ich in einem fast leeren Haus schlafen, bereit für den großen Umzug morgen. Es ist nur eine Meile die Straße runter, und doch fühlt es sich so viel weiter weg an.

»Fast fertig.« Der Möbelpacker ist verschwitzt vom Schleppen und Verladen. Die schweren Kleiderschränke, den großen Küchentisch und die riesige Kommode in der Diele lasse ich für die neue Familie da, die sehr froh war, an diesen Ausgaben sparen zu können. Die Sachen sind zu groß für das neue Haus und mit Erinnerungen verbunden, die ich nicht mehr will. Der Möbelpacker wischt sich mit dem Handrücken die Stirn. »Es ist Post gekommen. Die habe ich für Sie zur Seite gelegt.«

Der Brief findet sich auf der Kommode. Wieder mal persönlich vorbeigebracht von Lauras Freundin. Ich frage mich, ob sie nach dem Prozess immer noch so hilfsbereit sein wird, wenn all die Beweise ans Licht kommen. Die Anklagepunkte bekannt werden. Vertuschung einer Straftat; Verstecken der Leiche; Bedrohung von Ella und mir.

Der Anblick des Umschlags beschwört unerwünschte Bilder herauf. Laura mit der Waffe in der Hand. Meine Mutter, die näher an die Balkonkante tritt. Ich schüttle mich. Es ist vorbei. Alles ist vorbei.

Ich nehme den Brief heraus. Nur ein einzelnes Blatt. Keine wortgewaltigen Entschuldigungen wie in den vorherigen Briefen. Meine ausbleibende Reaktion – die Bereitschaft, beim Prozess für die Anklage auszusagen – muss durchgedrungen sein.

Ich falte das Blatt auseinander, und plötzlich ist da ein Surren in meinen Ohren. Mein Puls rast.

Ein einziges Wort in der Mitte der Seite.

Selbstmord?

Das Blatt zittert in meiner Hand. Mir wird so heiß, dass ich fürchte, in Ohnmacht zu fallen. Ich gehe in die Küche, zwischen Kartons und Möbelpackern hindurch, die vom Haus zum Lastwagen und zurück laufen – und öffne die Hintertür.

Selbstmord?

Ich gehe in den Garten, zwinge mich, tief und langsam zu atmen, bis mir nicht mehr schwindlig ist. Aber das Rauschen in meinen Ohren hört nicht auf, und meine Brust wird eng vor Angst.

Denn diesmal muss ich nicht woanders nach der Antwort suchen.

Es war auch dieses Mal kein Selbstmord.

Meine Mutter ist nicht gesprungen.

Anmerkung der Autorin

Wie so viele Leute überall auf der Welt fand auch ich das anscheinend wundersame Wiederauftauchen von John Darwin im Jahr 2007 spannend. Er war fünf Jahre zuvor für tot erklärt worden, nachdem man glaubte, dass er bei einem Kanuunfall in Nordostengland ums Leben gekommen war. Seine Frau Anne gestand später, dass John weiterhin mit ihr im Haus der Familie gelebt hatte, bevor das Paar zu einem neuen Leben in Panama aufbrach.

Mich faszinierte die Geschichte, die schiere Unverfrorenheit von John Darwin, der sich eine Verkleidung zugelegt hatte, damit er weiterhin unerkannt in seiner Heimatstadt leben konnte, und der mehrfach seine beiden erwachsenen Söhne belauscht hatte, wenn sie ihre vermeintlich trauernde Mutter besuchten. Ich fragte mich, wie es sich anfühlen musste, zu entdecken, dass die eigenen Eltern absichtlich Kummer und Schmerz verursacht hatten, und wie man es anstellen würde, wieder eine Beziehung zu ihnen aufzubauen. Keine Sekunde konnte ich verstehen, wie Eltern ihre Kinder so gefühllos behandeln konnten.

Als ich an diesem Buch schrieb, fand ich die folgenden Bücher zu Darwins außergewöhnlicher Geschichte besonders hilfreich: *Up the Creek Without a Paddle* von Tammy Cohen und *Out of My Depth* von Anne Darwin. Dessen ungeachtet sind die Ereignisse und Figuren in diesem Buch rein fiktive Produkte meiner Fantasie und basieren nicht auf Geschichten, die ich gelesen oder von denen ich gehört habe.

Bei der Recherche zu Selbstmorden am Beachy Head berührte mich *Life on the Edge* von Keith Lane besonders – die Autobiografie eines Mannes, dessen Frau sich von den Klippen in Sussex gestürzt hatte. Keith Lane ist die nächsten vier Jahre seines Lebens auf den Klippen Patrouille gegangen und konnte neunundzwanzig Menschen davon überzeugen, sich nicht das Leben zu nehmen.

Das Beachy Head Chaplaincy Team schickt seine Seelsorger über hundert Stunden pro Woche auf Patrouille am Beachy Head. Sie unterstützen die Polizei und die Küstenwache bei den Such- und Bergungsarbeiten, sind spezialisiert auf Suizid- und Krisenintervention und haben seit ihrer Gründung 2004 an die zweitausend Menschen gerettet. Das Team ist ausschließlich auf öffentliche Spenden angewiesen, also, bitte, folgen Sie ihnen auf Facebook unter @BeachyHeadChaplaincyTeam und unterstützen Sie ihre Arbeit, wenn Sie können.

Der Organisation Mind zufolge hat jeder Vierte von uns in diesem Jahr mit psychischen Problemen zu kämpfen, und über zwanzig Prozent von uns geben zu, irgendwann mal Selbstmordgedanken gehabt zu haben. Jeden Tag sterben in Großbritannien sechzehn Menschen durch Suizid. Falls Sie von irgendeinem der in diesem Buch angesprochenen Probleme betroffen sind oder mit jemandem darüber reden möchten, wie Sie sich fühlen, kann ich Ihnen nur empfehlen, die Telefonseelsorge anzurufen. Sie ist rund um die Uhr erreichbar.

Meine ehemaligen Polizeikollegen sind unverwüstlich in ihrer Ermutigung und Unterstützung, und ich bin ihnen allen dankbar für den Ansporn bei meiner Arbeit an den Büchern, selbst wenn ich hier und da ein Prozedere nicht ganz akkurat schildere. Bei diesem Buch gilt mein besonderer Dank: Sarah Thirkell für ihren forensischen Rat; Kirsty Harris für ihre Antworten auf meine Fragen zu Anhörungen; DI Jones für die Erklärung, wie Notrufe behandelt werden, und Andy Robinson – mal wieder – für weiteren Rat zu Mobiltelefonen. Eines Tages werde ich ein Buch schreiben, bei dem ich nicht deine Hilfe brauche.

Mein Dank geht an Heather Skull und Kaimes Beasley von der Maritime and Coastguard Agency, die mich großzügig und kreativ zu Tide-Aktivitäten und Leichenbergung berieten; und an Becky Fagan für ihre Informationen zur Borderline-Persönlichkeitsstörung und die Abläufe in der staatlichen Psychiatrie. Ich entschuldige mich bei allen Genannten für jedwede dichterischen Freiheiten, die ich mir herausnahm. Alle Fehler gehen auf meine Kappe, und nur auf meine.

Marie Davies gewann einen Wettbewerb der Tierschutzorganisation Love Cyprus Dog Rescue, die wunderbare Arbeit leisten, ausgesetzte Hunde in ein neues Zuhause zu vermitteln. Es war mir eine Freude, Maries eigene Rettungshündin Rita in diese Geschichte aufzunehmen, und ich hoffe, dass ich ihr gerecht wurde.

Vor zehn Jahren spielten soziale Medien im Leben von Autoren so gut wie keine Rolle; heute kann ich mir nicht mehr vorstellen, auf meine fabelhaften Follower bei Facebook, Twitter und Instagram zu verzichten. Ihr habt mit mir gelitten, wenn das Schreiben schwierig wurde, habt mich mit guten Nachrichten aufgemuntert, mir bei der Recherche geholfen und meine Bücher auf die Bestsellerlisten gehievt. Danke euch allen.

Ich habe das Glück, mit den fantastischsten Leuten zu arbeiten. Sheila Crowley und das Curtis-Brown-Team begleiten mich weiterhin von Anfang bis Ende – eine bessere Agentur könnte ich mir nicht wünschen –, und ich habe wunderbare Verleger auf der ganzen Welt. Ein besonderer Dank geht an Lucy Malagoni, Cath Burke und das Sphere-Team; an Claire Zion und ihre Gang bei Berkley und an das Lizenzteam von Little, Brown. Danke euch allen – ich liebe es, mit euch zu arbeiten.

Es gibt zu viele Bücher-Blogger, Einzelhändler und Bibliothekare, um ihnen einzeln zu danken, aber ich versichere euch allen, dass ich schätze, was ihr tut, und ich bin so dankbar für eure Rezensionen, Empfehlungen und euren Regalplatz, ob virtuell oder in anderer Form.

Ein großes Dankeschön an all jene in der Krimiszene; an Kim Allen, die mich bei der Stange hält und meine nächtlichen E-

Mails klaglos hinnimmt, und an meine Freunde und meine Familie, die weiterhin immer für mich da sind. Rob, Josh, Evie und George: Ihr seid meine Welt. Entschuldigt, dass ich so mürrisch bin.

Schließlich – aber so wichtig – Dank an Sie, dass Sie dieses Buch ausgewählt haben. Ich hoffe, Sie haben die Reise mit mir genossen.